Robert Müller
Gesammelte Essays

LITERATUR

Robert Müller
Gesammelte Essays

Mit einem Nachwort von
Hans Heinz Hahnl
Herausgegeben von Michael Matthias Schardt

Robert Müller:
Werkausgabe in Einzelbänden / Robert Müller: Bd. 11. Hg. v. G. Helmes
Gesammelte Essays. Mit einem Nachwort von Hans Heinz Hahnl hg. von Michael M. Schardt

1. Auflage 1995 | 2. unveränd. Auflage 2011
ISBN: 978-3-86815-533-4
© IGEL Verlag *Literatur & Wissenschaft*, Hamburg 2011
Alle Rechte vorbehalten.
www.igelverlag.com

Igel Verlag Literatur & Wissenschaft ist ein Imprint der Diplomica Verlag GmbH
Hermannstal 119 k, 22119 Hamburg
Printed in Germany

Die Deutsche Bibliothek verzeichnet diesen Titel in der Deutschen Nationalbibliografie.
Bibliografische Daten sind unter http://dnb.d-nb.de verfügbar.

INHALT

WAS ERWARTET ÖSTERREICH VON SEINEM JUNGEN THRONFOLGER?

Die Wissenschaft von Prinzen 9
Die Wissenschaft vom Germanen 15
Der österreichische Staatsgedanke 31
Jung Österreichs Hoffnungen 49

MACHT

Der kategorische Imperativ der Macht 87
Faust. Münchhausen. Zarathustra 94
Macht auf Erden 100
Mephistopheles oder "mechanische Macht" 107
Weltdeutsche Welt 127
Atlantis, ein deutscher Kontinent 136

ÖSTERREICH UND DER MENSCH

Österreichische Reichszucht 145
Österreich und die Frau 154
Österreich und der Mann 161
Wien. Genesis und Überwindung 170
Österreich und die Welt 190

EUROPÄISCHE WEGE

Europäische Wege 197
Deutsche Menschen 206
    Thomas Mann 206
    Gerhart Hauptmann 218
    Der nordische Mensch 223
Slawen 230
    Die Poesie der Masse 230
    Blumen der serbischen Wiese 237
Der Kelte 253
Die hysterische Rasse 258
Der Amerikaner 264
Der Österreicher 269
Die kleine und die große Welt 281

Hans Heinz Hahnl: Atlantische Verlockungen (Nachwort) 294
Editorische Nachbemerkung 308

Was erwartet Österreich von seinem jungen Thronfolger?

Motti.

Nietzsche:
> *Was ich treibe, ist nur eine Art höherer, ja höchster Politik.*

Novalis:
> Die Christenheit oder Europa: *Alle eure Stützen sind zu schwach, wenn euer Staat die Tendenz nach der Erde behält. Aber knüpft ihn durch eine höhere Sehnsucht an die Höhen des Himmels, gebt ihm eine Beziehung zum Weltall, dann habt ihr eine nie ermüdende Feder in ihm und werdet eure Bemühungen reichlich belohnt sehen. An die Geschichte verweise ich euch, forscht in ihrem belehrenden Zusammenhang nach ähnlichen Zeitpunkten und lernt den Zauberstab der Analogie gebrauchen!*

Die Wissenschaft von Prinzen

Der Prinz ist ein poetischer Wert des Volkstums. Dieser Aphorismus hat, wie Alles in diesem Buche, keine Absicht, geistreich zu sein. Er ist die logische Form für metalogische Voraussetzungen, die in der Seele unserer Volksordnung wirksam sind. Er muß als Anspruch an die Spitze gestellt werden, in einer Zeit, in der Zweifel und geistige Zerstückelung in den Sinn der Masse gesät sind, jener Masse, die uns das Volk verdrängt hat. Die demokratische Masse verteilt Befugnis und Wirkungsspielraum nach den Gesetzen stofflicher Nützlichkeit, die einen von außen an die Seele herangetragener Maßstab darstellen. Das Volk verteilt sie nach den Bedürfnissen seiner Seele, nach sittlicher Einsicht, nach unbewußter höherer Gerechtigkeit, die nicht nach Leistungen, sondern nach Werten frägt. Besser wäre freilich zu sagen: das Volk verteilte.

In den alten Mythen von Egil, Grettir und Hrafnkel spricht dieser Geist sich ebenso natürlich aus, als handle es sich um Gesetze heutiger Volkswirtschaft. Dort verdingt der Tüchtige sich dem Tüchtigeren. "Du bist ein besserer Mann als ich", sagt der Starke, "nimm mich auf, ich will dein Knecht sein. Ich habe Vertrauen zu dir. Odin und Thor sind mit dir." Neidlos läßt er das Schicksal seine Lieblinge wählen. Oder er sagt: "Du bist aus besserer Sippe als ich und hast von den Vätern her einen mächtigen Hof und gastlichen Herd. Bei dir möchte ich wohl Gefolgsmann sein." Er wählt frei seinen Herrn, wie es für beide Menschenrecht ist. Der Eine ist heller von Erscheinung und höher von Gestalt, und dieser Fingerzeig der Natur genügt dem Andern, um eine glückliche Verbindung zwischen Beiden herzustellen. Des Freien Freiheit ist es, sich zu eigen zu geben, wo die Natur in Vorzügen gesprochen hat.

So ging der Sinn unserer reinblütigen Vorfahren. Er kehrt stets wieder: wo die Majestät begriffen wird, wo der deutsche Mystiker seinen Gott liebt, weil er ihn über sich gesetzt hat, und wo spät noch Bismarck, widersetzlich und herrisch als Eigener, von seinem König als seinem Herrn in Demut spricht.

Demut ist groß. Sie ist die eine Tiefe der Welt. Sie hebt die slawische Seele über die demutslose Massenfläche der westlichen Kultur. Härte ist die andere Tiefe. Mit Demut gepaart, hebt sie den höchsten Mann auf den Schild aller Zeiten: den Germanen. Schönere Menschen hat man nie gesehen. Stolz und reuig: Herr und Büßer; Kaiser und Mönch. Die Welt war sittlich noch im Vergehen und Verbrechen; es gab kein Ende der Gewalten; die Unendlichkeit der Stärke war Begriff. Das war der Mythos. Die Welt hatte einen Menschensinn; einen anderen wird sie nie haben. Aber der Sinn des Menschen ist die Stärke auf der Stufenleiter bis zu Gott.

Diese aus sich quellende Kraft des mythisch-poetischen lebt in dem Begriffe Prinz. Der Prinz ist kein Beamter. Solche Einschätzung birgt den modischen Tarif von Lohn und Arbeit in sich. Der Prinz aber ist als Erscheinung wertvoll, auch wenn er nicht arbeitete und volkswirtschaftlich keinen zählbaren Wert darstellte. In seiner Gesundheit ist er vollkommen; wahrscheinlich ist, daß er aus Gesundheit auch arbeiten wird. Der gesunde Mensch zeugt stets und ist stets schöpferisch. Nur Mangel an körperlicher oder geistiger Gesundheit können den Prinzen unter den weniger Edlen, aber Tüchtigen stellen. Soferne nur seine Organe regelmäßig entwickelt und sein ererbtes Blut unbeeinträchtigt ist, ist seine Prinzenschaft vollendet. Niemand, außer einem Edleren, kann ihn arbeiten heißen. Aber er wird arbeiten und Wirkung schaffen, ohne geheißen zu sein. Ein tiefer Sinn liegt in der Unverantwortlichkeit der Großen und in der Ehrerbietung des Volkes. Ein Prinz, der Aufwand treibt, oder seinen Körper athletisch stählt, oder die Tage in launiger Muße verbringt, kann immer noch ein Volksgut sein. Sein Anblick sättigt das Volk, auch wenn dieser Nährwert nicht in den Statistiken steht.

Majestät und Prinzenschaft sind eine Kraft, die nicht geringer wahr ist als die Schwere. Wahrheit ist Empfindung. Die Gottgewolltheit ihrer Stellung schwebt im Gleichmaß. Was sie dem Volke nicht danken, müssen sie vor Gott gehorsamen. Ihr Sinn ist von Gottes Gnaden, nicht des Volkes. Aber er ist von Gottes *Gnaden*, und ihrem Stolz ist Demut auferlegt. Die Majestät ist eine Vorstellung der germanischen Volksseele und unterscheidet sich von der des orientalischen Despoten, wie die tragenden Rassen sich unterscheiden. Der Mongolenchan ist niemals majestätisch. Er erzielt den Druck durch die Hebel roher

Machtmittel. Ein Napoleon kann es niemals sein. Ein intelligenter Präsident wird sofort lächerlich, wenn er Absichten auf Thronbesteigung äußert. Majestät und Prinzenschaft sind poetische Werte eines Volkstums und brauchen auch heute keine Rechtfertigung. Sie sind aus dem Mythos geboren. Als die Franzosen zur Zeit der Revolution ihre fränkische Oberschicht, den Adel, vernichteten und der nackte Kelte in ihrem Volkstum zum Vorschein kam, hatten sie sich den Zusammenhang mit dem schaffenden Urquell des Mysthischen zerstört und ihre Führerschaft vor der europäischen Kultur eingebüßt. Die heutigen Amerikaner, die durch eine Auslese niederrassiger Teile hochartiger Völkerschaften entstanden sind und des Mythos vollständig ermangeln, verstehen die Majestät und das Wesen der Prinzenschaft nicht. Ihre Widerstandskraft, auf keine erdbedeckten mythischen Wurzeln verwiesen, ist gering; sie werden in erschreckend kurzer Zeit untergehen, ohne eine Kultur erzeugt zu haben.

* * *

Die Vorstellung der Prinzenschaft kann ohne schwere Schädigung nicht aus dem Verband unserer Kulturordnung gelöst werden. Der Prinz ist nicht nur ein Notnagel für die Einbildungskraft des gemeinen Mannes; er ist dem Gefühle des Geistigen und Schöpferischen noch viel näher; denn eben dieser ist es, der, je stärker sein Gehirn arbeitet, desto heftiger seinen unausgegorenen Zustand und Rohstoffreichtum als eine Neuauflage der mythischen Urformen empfindet und gleichsam in der grundlosen Hoheit eines Einfalles, eines schlicht und schlecht begründeten Gedankens, das Gesetz prinzlicher Daseinsberechtigung walten spürt. Ist nicht der schöngegliederte Gedanke jener, der mit unbegründbaren Ansprüchen jünglingsfrisch sich einstellt? *Wo* aber dem Einzelnen wie dem Volke ein Symbol sich werktätig erweist, wiederholt es sich in allen Regungen seines Lebens. Man wird wenig starke Geister finden, denen nicht der Gedanke an Prinzenschaft näher wäre, als jener an einen arbeitskräftigen Parlamentslenker mit aufgekrempelten Hemdsärmeln vor dem Schreibtisch oder auf der Rednerbühne. Der Prinz ist Symbol für einen Lebenswillen und als solcher auch der modernen Gesellschaft noch sinngemäß. Die verstandesmäßigen Kategorien der demokratischen Durchwalzung unserer Gesellschaft geraten in Verlegenheit vor ihm. Oder vielmehr, sie sind frech genug, nicht in Verlegenheit zu geraten. Sie wissen mit einer Existenz nichts zu beginnen, deren rätselhafte Werte sich in der Gesellschaft ihrer eisernen Lohngesetze wie Nymphen unter Mathematikern ausnehmen würden. Aber diese Art von Demokratie, die statt des Volkes die organisierte Masse – um wieviel höher steht das Chaos: Volk! – ins Treffen führt, ist keine anständige Geburt aus dem Geist der kulturtragenden Schichten unseres Volkes. Es ist die Demokratie des Juden Madochai (Marx), nicht die Demokratie jener germanischen Art, die in den eingangs erwähnten Formeln der Vereinbarung zwischen Mann und Mann anschaulich dargestellt ist.

Der Geist der Zersetzung, der die Werte nach ihrem stofflichen Nutzen ausgelesen und die höheren für uns verschleudert hat, hat den monarchischen Gedanken, die Majestät und den Prinzen als unbeweisbar für den sachlichen Verstand zu den überlebten Formen geworfen. Einem Geschlechte, das heute zwischen zwanzig und dreißig steht und das in diesem Geiste der Zersetzung aufwuchs, das gelehrt und spitzfindig wurde in einer Erziehung geistiger Laster und niemals den frei vom Intellekt sich äußernden Menschen sehen durfte, den jeder Gesunde in sich trägt, diesem Geschlechte wird es vorbehalten sein, den poetischen Menschen wieder ins Leben zu rufen. Nicht jenen der Kaffeehäuser und Zirkel, der nur ein Ergebnis eben eines Geistes der Zersetzung ist, sondern den einfachen Menschen, der sich am klügsten dünkt, wenn er allen Mächten des Lebens Rechnung trägt. In der Welt des Stoffes gelten nur die stofflichen Mächte. Schönheit und Sittlichkeit bewegen keinen Stein vom Platze und verdunsten keinen Tropfen Tau. In der Welt des Geistes aber bewegen nicht nur Schönheit, sondern auch Elektrizität und Radium. Die Welt des Geistes braucht nichts zu leugnen; denn aus Gegensätzen schafft sie. Die Welt des Stoffes ist die Welt des Wegwurfs und der Armut. Die Welt des Geistes ist reicher. Ihr gilt der Prinz und der Lokomotivführer. Ihr gilt, was sich selbst gilt. Was sich beherrscht, beherrscht sie. Hohe Eigenschaft genügt ihr als Form des Daseins, auch wenn der Stoß in die Masse, der diese schübe, nicht sichtbar wird.

Es ist unnötig, an dieser Stelle allzuscharf gegen den wissenschaftlichen Geist, gegen den die besten Köpfe augenblicklich ihren Sturm laufen, zu rüsten. Für unsere Absicht genügt die folgende Überführung. Die Wissenschaft enthält keine geschlossenen Wahrheiten. Nähme man an, daß erst heute, nach sovielen und mannigfachen Kulturen und gesteigerten Einzelexistenzen eine annährende Wahrheit durch chemische und physikalische Entdeckungen gewonnen sei, so muß man sich jedes vergangene Leben in seinem Mangel an Sicherheit als furchtbar vorstellen. Hatten die armen Griechen und Römer doch nicht einmal die blasse Ahnung von der Tatsache, daß sie keineswegs Luft, sondern Sauerstoff und Stickstoff atmeten! Es zeigt sich hier das merkwürdige und für die Wissenschaft geradezu verletzende Ergebnis, daß die geistige Bewußtheit und Daseinssicherheit damals durchaus nicht geringer waren. Diese Völker hatten vielmehr dieselbe Lebensdeutlichkeit wie wir, wenn nicht eine höhere. Ihr Wissenskreis erschien ihnen nicht unvollkommener als uns heute der unsrige. Mit ihren geringen astronomischen Kenntnissen, ihrer unfertigen und plumpen Technik, ihrer unmöglichen Medizin erzielten sie die gleiche Schärfe des Lebensbewußtseins wie wir: ja, sie hatten um ein Organ mehr, die Ahnung, sie waren stärker obenauf als wir Heutigen, denn sie besaßen sittlich-religiösen Auftrieb. Wir sind heute der Meinung, das Ungefähre und Mystische aus unserem äußeren und inneren Betriebe ausschalten zu können. Wir stützen uns auf die Sicherheiten der Wissenschaft und nehmen für uns eine Lebensdeutlichkeit in Anspruch, die alle vorhergegangenen übertreffen soll. Aber dies ist ganz gewiß falsch. Die ethischen Werte der Ägypter, Hellenen und Römer sind noch heute wichtig. Ihre wissenschaftlichen Theorien, die damals zureichende Arbeit taten, sind heute vollständig umgestoßen. Wenn die Elektronen- und die Radiumemanationstheorien einst ebenso lächerlich anmuten werden, wie heute die physikalischen Formeln der griechischen Materialistenschulen, wird jedoch von unserer Zeit nicht einmal ein Ethos geblieben sein. Die Stärke und das Ausmaß eines geschichtlichen Lebensgefühles sind durch Begriffe, wie den in Rede stehenden des Prinzen, besser gemessen, als durch die genaueste Eiweißberechnung unserer Zellengewebe.

Die Technik und die Wissenschaft sind nicht schädlich oder auch nur überflüssig. Im Gegenteil, sie stellen eine unerhörte Schöpfung germanisch-gotischen Geistes dar. Schädlich ist die Verplattung, der diese germanische Schöpfung unter der Masse der niederrassigen Bestandteile unserer Nationen unterliegt. Der Eskimo, der Hunne, der

Finne, der Mongole in uns weiß mit dem Motor und der Retorte nichts anzufangen und überschätzt sie darum. Auch der Jude, der zum technischen Genie keine Anlage mitbringt, hat sein Teil an jenem Geiste. Er verstümpert, was er im Wesen nie verstehen kann. Man sieht diesen Vorgang immer wiederkehren. Der Japaner zum Beispiel, der eine eigene hohe Kultur besitzt, aber keinerlei technisch-wissenschaftliche Begabung, ist an der Maschine zu einem furchtbaren Geschöpf geworden. Sein Materialismus ist jetzt, gleich dem des Juden, eine unorganische schlechte Gewohnheit. Man muß jedoch der Meinung entgegentreten, daß der Jude der Urheber dieses Geistes in Europa sei. Dieser ist und wäre nie im Stande gewesen, uns seinen Geist aufzudrängen, so wenig er je durch einen politischen Kraftaufwand sich die Macht erringen konnte. Es war der politische und geistige Dammbruch der 48er Jahre, der ihn uns samt einer für ihn sehr günstigen Umgebung heraufgeschwemmt hat. Dort wächst er, wie der Champignon am Mist. Man muß ihn bekämpfen. Heftiger aber noch als ihn seine Gelegenheit, den mongoloiden und lappischen Deutschen und Slawen; zumal der letzte war der verderbenbringenden Mischung in vernichtender Weise ausgesetzt. Darum die heftige Rückwirkung der slawischen Seele, die sich durch Pogroms den letzten Rest echten Slawentums wenigstens judenrein erhalten will. Die nordischen und deutschen Völker haben den Juden weniger zu fürchten. Für den stark mongoloiden Österreicher, gegenwärtig des Juden beste Gelegenheit, ist dieser die Giftflasche an den Lippen. Ihn jedoch für Alles, was heute am Geiste gesündigt wird, verantwortlich zu machen, ist weder gerecht noch wünschenswert. Es könnte den oft nicht besseren Nichtjuden allzu leicht beruhigen.

* * *

Der Gang wissenschaftlicher Betrachtung des Lebens und ihre Anwendung auf die praktische Verteilung von Kräften hat Begriffe wie den der Majestät und der Prinzenschaft ihrer mythischen Wurzeln zu berauben gestrebt. Diese Bewegung ist, wie alle gleichgerichteten und verwandten Bewegungen, in unserem Geschlechte zum Stillstand gekommen. Sie war zurückzuführen auf den Durchbruch der Niederrassen im Blut der europäischen Völker und zumal des deutschen

Volkes. Eine Gegenbewegung ist bemerkbar: das *Emportauchen der germanischen Grundgedanken* aus der Blutmischung. Diese ist nicht rückgängig zu machen, und soll auch nicht rückgängig gemacht werden. Doch muß auch die Kristallisation der Zusätze rings um den Rassegedanken erfolgen. Seine Werte werden gesucht; unsere inneren Stimmen kommen zu Worte. Die Frage, ob der Prinz als vollwertige Erscheinung der modernen Gesellschaft gelten kann, ist zu bejahen. Ein wissenschaftliches Zeitalter mag die Hoheit und Sittlichkeit seines Ansichdaseins bezweifelt haben; so wird dennoch an seelische und blutgemäße Voraussetzungen das Recht der Parteinahme erteilt werden dürfen. Des reifen Mannes Behagen ist Parteilichkeit, sagt Goethe. Dieses Geschlecht ist reif. Im Verhältnis zu ihm waren die vorhergehenden, die Vertreter des Naturalismus, der Skepsis und Dekadenz, des Psychologismus nur Wertende. Es kam alt und faltig zur Welt, inmitten eines Geistes und einer Zucht der Zersetzung. Es mußte viel erleben, um so frisch zu werden, wie es heute ist. Und heute sehen wir es frisch genug, seinen Urvoraussetzungen, in seiner Umwelt vernachlässigt, das Wort zu erteilen. Dieses Wort wird nicht Wissenschaft sein. Es wird vielmehr der dichterische Schwung jener Wollust sein, die willig setzt und sich in ihren Satzungen fühlt; einer Wollust, die das Wissen an das Leben schafft. Die Wissenschaft vom Prinzen wäre ihr nimmer eine Untersuchung, sondern wie ehemals eine Priesterschaft und ein vollzogener Dienst!

Die Wissenschaft vom Germanen

Der österreichische Typus

Österreich ist, gleich Preußen, ein germanisches Kolonisations- und Zuchtergebnis. Während aber die Herren vom deutschen Orden in ihren Kämpfen und Organisationsarbeiten auf reine Slawen trafen, müssen die Babenberger und die mit ihnen die Donau ostwärts und die Nebenflüsse südwärts beziehenden Geschlechter bereits das Völkerchaos vorgefunden haben. Die im Nordosten einverleibten Preußen und Wendenstämme zeigten den slawischen Grundtypus, der nur das weichere Abbild des germanischen Bruders, dem er seelisch verwandter ist als irgend ein anderer Stamm Europas, darstellt. Das kräftige

Gesicht, bei dem nur die Kiefer eine stärkere Bildung aufweisen, als es bei dem eigentlichen Deutschen der Fall ist, blonde Haare, blaue Augen und Langknochigkeit, mittlerer Schädeltyp kennzeichnen heute noch den inzwischen zum Deutschen gewordenen Preußen. Einige seelische Merkmale des Slawen, seine passive Beamtennatur und sein geringeres geistiges und gesellschaftliches Freiheitsbedürfnis, sind geblieben. In seiner gesamten Erscheinung aber empfindet man den Preußen als Deutschen. Einen davon grundverschiedenen Typus treffen wir in Österreich. Es steht außer allem Zweifel, daß die Bevölkerung hier zur Zeit der deutschen Einwanderung slawisch war, von einigen keltischen oder illyrischen Resten in unzugänglichen Alpendörfern abgesehen. Nahezu alle Flußnamen, viele Berge, Städte und bemerkenswerte Plätze jeder Art tragen Namen slawischen Ursprungs, der noch heute, wie etwa in dem Flußnamen Feistritz mit der modernen slawischen Endsilbe -itsch, unverändert erhalten ist. Aber die Bevölkerung, die damals diese Sprache redete, war sowenig slawisch, wie es heute etwa die Bulgaren oder die Dalmatiner und Bosniaken sind. Die ersten sind bekanntlich nahezu reine Tartaren, die letzten sind Albanesen. Mit einem geheimnisvollen asiatischen Volke gemischt ist der Stamm der Serben. Dieses Geheimnis sind wahrscheinlich die Hunnen und Awaren, die ja kurz nach ihrem hinreißenden geschichtlichen Auftreten spurlos verschwanden; sie dürften in das Volkstum der Serben aufgenommen und zu dem gegenwärtigen dunkelhäutigen, durch ganz seltsam schwarze Augen auffallenden Südslawen verarbeitet worden sein.

Während ein nördlicher, mit Mongolenresten zu wilder Kriegstüchtigkeit aufgefütterter Teil der Slawen als Tschechen, Slowaken und Morawer, mit den Podolen im Nachtreffen, bis zur Donau drang, waren die Länder südlich der Donau in der Hand der Sorben. Ein mattyarischer Keil trennte später diesen ungeheuren europäischen Slawenblock, der schon damals den germanischen an Zahl weitaus übertroffen haben muß; allerdings auf Kosten seiner Eigenart und hellen Arterscheinung, denn er hatte sich dunkle mongolische und tartarische Elemente einverschmolzen, die noch dazu nicht die Edelsten gewesen sein mochten, sondern Nachzügler, Kranke und Ausgestoßene, die als Bracke der großen asiatischen Flut in den Lücken des slawischen Systems zurückgeblieben waren. Jedenfalls war die Rasse stark getrübt, als die auserlesenen Bajuwarenritter die Donau herabkamen und mit den sorbischen Stämmen zusammentrafen. Schon damals begann eigentlich die große *serbische* Frage, die heute für die Monarchie so brennend geworden ist. Das slawomongolische Mischvolk wurde unterworfen und bis an gewisse Grenzen germanisiert. Noch an den äußersten Posten im Süden und Osten saßen bajuwarische und suebische Herren, aber ihre Zahl war zu gering, um einen anderen als rein organisatorischen Einfluß auszuüben, und so blieben sie denn Gaugrafen und Herzöge in slawischen Landen.

Ob die Bevölkerung nun eingedeutscht wurde oder nicht, in somatischer Hinsicht bildet sie jedenfalls einen einheitlichen Typus, den man als den österreichischen bezeichnen kann, gleichgültig welcher Sprache er sich bedient. Man trifft in Österreich beim Durchschnitt des Volkes stets diese verdrückten Züge, die mehr asiatisch als arisch anmuten. Stellenweise sind dann allerdings Komplexe eingeschichtet, die eine gewisse Arterhaltung germanischer oder slawischer Einsassen deutlich verkünden. Aber diese Reste sind so selten, daß sie als Ausnahme auffallen. Für den Reisenden, der als aufmerksamer Beobachter aus den durchaus nicht ungemischten Gebieten Reichsdeutschlands nach Österreich kommt, ist der erste Eindruck sofort der, daß hier die Zahl der germanisch langgliedrigen Gestalten und der Typus nördlicher Komplexion außerordentlich vermindert ist. Nun wäre es noch möglich, daß das vorherrschende Blut sich von den Nachkommen der Mittelmeerrassen her durchgesetzt hätte. Gegen diese Annahme zeugt die starke Rundköpfigkeit, der tartarische Gesichtsschnitt und die stark verminderten Zeichen der Geschlechtscharaktere, die, wie bei asiatischen Völkern, den scharfen Unterschied zwischen männlichem und weiblichem Bau verwischen. Die Männer sind klein mit außerordentlich breiten Becken und starker weiblicher Fülle. Der orientalische Einschlag ist selbst im Verhältnis zum italienischen Typus, der sich als dunkler Arier durch edle Körpermasse bei weniger ausgesprochener Körperlänge verrät, auffällig.

Inmitten dieser körperlichen Grundlagen eines Volkes, die nach den neuesten Forschungen für eine Kulturbildung von nicht zu unterschätzender Bedeutung sind, gibt es indes eine Menschenart, die ihre germanische Herrenherkunft noch deutlich erhalten hat. Dies ist der österreichische Adel. Die schwäbischen, bajuwarischen und allemanischen Geschlechter, die sich als Träger höherer sittlicher Bildung und technischer Erfindungsgabe in das slawomongolische Meer hinauswagten, die Awarenherrschaft brachen und sich in den reichen Landen zu beiden Seiten der Donau seßhaft machten, brachten einen Troß deutscher Knappen, Knechte und Mägde ins Land. Diese verschmolzen, durch spätere Nachschübe aus Deutschland in ihrem Blutbewußtsein gestärkt, mit den Urinsassen und schufen so den Deutsch-Österreicher, dem sie ihr deutsches Bewußtsein und ihre Sprache vererbten. Ihr Typus freilich ist in der Masse untergegangen und springt nur hier und dort wieder sichtbar hervor. Ihre Herren aber, die anfangs nur unter der eigenen germanischen Oberschicht des Landes freiten und selbst dann noch unter sich blieben, wenn sie unter dem fremdsprachigen Adel des Auslandes, der gleich ihnen eine germanische Oberschicht bildete, ihre Wahl trafen, haben den Typus um so reiner erhalten. Durch Inzucht ist er heute überfeinert und ausgezehrt; aber schöne und wohltuende Erscheinungen heimeln noch heute unter ihm an und sind das Wohlgefallen des weniger begnadeten Volkes, das in diesem Äußeren einer entsprechenden Seele neidlos ein Ideal anerkennt.

Der Adel in Österreich hat somit durch sein bloßes Dasein eine Aufgabe; immer wieder wird das Auge, und somit der Wunsch und der Geschmack des Volkes auf ihn hingewiesen und an ihm gebildet. Er ist für Österreich wichtiger, als für ein anderes deutsches Land, denn er verkörpert die germanische Grundidee auch dieses Staates. Wohl besteht Österreich heute aus einer überwiegenden Mehrzahl slawischer und mongolischer Völker, und selbst seine Deutschen sind nur eingedeutschte Vertreter östlicher Rassen. Der Organisationsplan und -wille, der Österreich geschaffen hat, ist aber so offensichtlich und unanfechtbar, daß man von seiner Staatsidee als einer germanischen sprechen muß. Nirgends haben sich die östlichen Völker von selbständiger staatenbildender Kraft erwiesen. Erst wenn die germanischen Herren aus dem Westen kamen, Ruriks und Habsburger, gelang es, jene ungeheuren vielsprachigen Gebilde zu schaffen, die gleichwohl mit der beispiellosen Zähigkeit einer schöpferischen Idee in sich selbst vernietet sind.

Es ist selbstverständlich, daß ein germanischer Adel über nichtgermanischen Schichten stets das Schicksal dieses von ihm getragenen Staates sein wird, und daß andererseits die Gesellschaft eines solchen

Staates anderen Gesetzen der Entwicklung unterliegen muß, als jene des Nachbarstaates. Der Adel in Österreich ist reich, alt und mächtig. Viele seiner Häuser haben die Gewohnheiten und die Ansprüche von Herrschern. Das mächtigste der Häuser ist das habsburgische.

Das Organisationswerk der Habsburger

Hier soll etwas zugunsten dieses Hauses, dessen Bedeutung von vielen Forschern und Geschichtsphilosophen, wie zum Beispiel Treitschke, mißverstanden wurde, festgestellt werden. *Die jeweiligen habsburgischen Prinzen mit dem Kaiser an der Spitze sind die edelsten Germanen in diesem Reiche.*

Wenn man bedenkt, welche Unsumme von unermüdlicher Arbeit, von Kampf, Härte, Unternehmungsgeist und abschätzender Phantasie dazugehört hat, diese gegeneinander stoßenden Volks- und Rassenteile zu einem Reiche zu zwingen und diesem Reiche die germanische Grundidee aufzuprägen, dann steht man vor dem Begriff einer Riesentat, die nur jenem echten germanischen Geiste gelingen konnte, wie er seit dem Schweizer Rudolf von der Habichtsburg in diesem Geschlechte sich als ein Schicksalswille für Europa ausgedrückt hat. Noch in dem verstorbenen Thronfolger war diese ein Chaos bewältigende Zähigkeit vorhanden; hoffen wir, daß mit ihm die Art nicht ausgestorben ist, und daß Erzherzog Karl Franz Josef auch in seinen Adern noch das alte Habichtsblut rauschen fühlt.

Jene scheinbare Eigensucht und Habgier, auch an den normannischen Eroberern bemerkbar und im Mythos und Epos des frühen Mittelalters mit gesunder Naivität verherrlicht, erklärt sich als der Herrschertrieb des Organisators. Stets sieht man heute an diesem Österreich geheißenen Werke allein die Buntheit und unruhige Betriebsamkeit der Gegensätze. Vor der Macht des Trotzes, die hier fahrige Kräfte zu immerhin einer Macht verklammert, kann man sich jedoch nur ehrfürchtig neigen, sich freuen und hoffen. Im Vergleich zu diesem Werke ist die Selbstbehauptung Deutschlands eine Selbstverständlichkeit. An Österreich ist ein Mehr geleistet: der germanische Gedanke ist hinausgetragen gegen den Osten und auf fremde Art schöpferisch gepfropft. Dies ist echtes Germanentum. Dies ist auch immer wieder die Liebe des Deutsch-Österreichers zu diesem Werke, an dessen inneren Widersinnen er leidet, an dessen uraltem mächtigem Sinn, dem besten Teil seines ererbten Bluts so verständlich, er sich immer wieder zu Hoffnung und Aufforderung aufrafft!

Dieser Sinn kann und darf niemals verloren gehen. Mit ihm fiele die Dynastie, wenn schon nicht das Reich. Denn dieses ist nunmehr zu einer so festen territorialen Einheit verkittet, daß es selbst dann bestehen bliebe, wenn der Akzent vom Germanischen ins Ostländische umspränge. Das Reich würde vorerst bestehen bleiben, aber der Sinn wäre dann von den Serben abhängig, jenem Volke, das seinem Unternehmungsgeiste und seiner Zahl sowie geschichtlichen Vorausgängen nach ein Anrecht auf die Nachfolgerschaft hätte. Bei aller Billigkeit und Teilnahme für die in der letzten Zeit stark unterschätzten Serben muß es jedoch gesagt sein, daß solcher Wechsel für die Weltkultur einen Verlust bedeuten würde. Das deutsche Wesen ist derart, daß es in der Ausbreitung leben muß, um zu zeugen. Im Gegensatze zum slawischen, das unterm Drucke fruchtbar wird, seis äußerlichem, seis innerem. Ohne Reizung oder ohne Reue ist der Slawe, wie er sich heute als mongoloider Mischtypus herangebildet hat, faul. Der Deutsche wieder döst michelmüde, sobald man ihn auf seine vier Wände beschränkt. Wird Österreich, wie es leibt und lebt, serbisch, dann ist Deutschland zwischen seinen Feinden erdrückt. Es sinkt zur Größe Belgiens herab und mit ihm sinken auch seine geistigen Schöpferkräfte. An Österreichs Bestand hängt die deutsche Weltkultur. Gings nicht auf diesem Weg der Rechnung um diese, läge den Deutsch-Österreichern vielleicht auch nichts an Österreich. Die ungeheure Spannung gegen den Osten, unter der ein Teil des deutschen Volkes lebt, wirkt im Austausch belebend auf das Rheinreich zurück.

Darum müssen die Prinzen und Kaiser des Habsburgischen Hauses, als vornehmste Träger des germanischen Grundgedankens, an diesem festhalten. Darum erwartet die deutsche Jugend Österreichs von dem jetzigen Thronfolger Erzherzog Karl Franz Josef, daß die Art, die der jetzige Kaiser und der verstorbene Thronfolger Franz Ferdinand in schwierigen Kämpfen aufrecht erhalten haben, auch fürderhin der Leitstern des habsburgischen Geschlechtes sei. Nur an dieser wurzelt es im Boden aller Völker. Nur diese wird, wenns zur Entscheidung kommt, auch von den fremdartigen Völkern als würdigste Gemeinsamkeit empfunden. Europa, das im Norden und Süden, im Westen und selbst im Osten nur von der germanischen Oberschicht zum gotischen Dom seiner Kultur gestreckt wurde, ist mit dem kleinsten Vorgang in Österreich verwachsen. Soviel Germanenblutes nötig war, um die heutigen Staaten und Nationen zu fermentieren, ist in echter Germanenart verschenkt worden. Die Schonung dessen, was noch deutsch oder germanisch ist, die Erhaltung jedes Gebildes, dem der germanische Gedanke zugrunde liegt, ist eine europäische Politik, die von der Einsicht kommender österreichischer Kaiser sich selbst verlangt.

Österreich ein Produkt des germanischen Imperialismus

Der Prinz ist ein poetischer Wert des Volkstums; er ist, selbst wenn er selbst wenig wohlgeraten und nicht eben geistvoll sein sollte, eine Erscheinung des Volksgeistes im höchsten Sinne. In Österreich ist der Prinz weit mehr. Er ist, als höchster Adeliger und Germane – man sehe, wie das Wort Germane unter den Völkern Europas bereits ein Titel, eine Würde, sogar eine Funktion sein kann! – der berufene Schirmherr aller Bestrebungen, die auf Erhaltung jener Gedanken ausgehen, die zugleich mit den germanischen Herren und Helden in die Donaugebiete kamen. Er kann den Sinn seiner Existenz unmöglich preisgeben, ohne diese zu gefährden. Er ist Prinz dadurch, daß er inmitten einer stark mongoloiden Bevölkerung von einem Geiste, der ihrem Äußeren entspricht, Ariogermane ist. Arier, so hießen sich die hellen Herren der Völker.

Der österreichische Prinz und Herrscher fühlt seine ganze Kraft aus der Tatsache quellen, daß Österreich das mächtigste Gebilde des germanischen Imperialismus ist. Mit diesem Anruf an das Deutschtum des hohen Herrn ist nicht das *Alldeutschtum* gemeint. Dieses ist für Österreich unbrauchbar, ja, es ist hochverräterisch und zerstört das bis jetzt Geschaffene. Das *Alldeutschtum verlegt dem Schöpferischen des Deutschtums den Weg.*

Nicht die friedliche Vereinigung aller Deutschen in einem gemeinsamen Staatskasten entspricht dem im Deutschen verborgenen germanischen Wesen. Der Unterschied zwischen einem solchen Staatengebilde und dem System der beiden nebeneinander bestehenden ist der zwischen einem Steinhaufen und einem Bau. Der deutsche Geist ist restlos erst in einem deutschen Reich *und* einem Österreich ausgedrückt. Es würde der Nation die gesunde Spannung nehmen, die nötige angreiferische Nervosität und Empfindlichkeit. Ganz abgesehen davon, daß ein Deutschland bis Cilli und Klagenfurt selbst mit Einschluß des tschechischen Komplexes nicht die militärische Stärke eines deutsch-österreichischen Staatenheeres besäße, ist dies auch der geistig wertlosere Standpunkt. Der deutsche Österreicher darf sich vor den völkischen Gefahren nicht fürchten. Er muß als loyaler Österreicher deutsch bleiben und die Grundidee des Staates tragen können. Mit dem Anschluß der deutsch-österreichischen Gebiete an Deutschland – immer vorausgesetzt, daß bei einer Liquidation der Monarchie diese höchst unwahrscheinliche Gerechtigkeit Platz griffe – ist weder politisch noch völkisch ein besseres Ergebnis erzielt. Der Deutsch-Österreicher, der bereits einen ausgesprengten deutschen Pioniertypus für sich darstellt und durch einen interessanten völkerbiologischen Prozeß sich passende Eigenschaften angezüchtet hat, würde in Deutschland und im engen Anschluß an den nordischen Bruder nicht glücklich werden. Erfahrungsgemäß kommen die begabten Österreicher, die draußen im Reich Karriere gemacht haben, immer wieder gerne nach Österreich zurück. Es fällt ihnen schwer, sich auch nur an das bayrische Wesen zu gewöhnen. Denn der Österreicher hat, wie angedeutet, sich in der Berührung mit fremder Art und zwecks Assimilierung dieser eine Eigenschaft entwickelt, die ihn vom Reichsdeutschen absondert. Wir möchten sie die *Kraft der Werbung* nennen. Die Liebenswürdigkeit des Österreichers ist sprichwörtlich. Seine Fähigkeit, Menschen fremder Herkunft zu sich zu bekehren, ganz außerordentlich. Er verkehrt sich aber mit dem Slawen besser, als dem Norddeutschen. Als *Grenzertypus*, der er in Wahrheit ist, kommt ihm diese aus- und einschmelzende Kraft zu statten. Sie gibt ihm, nicht gegen, sondern im Zusammenhang mit dem Nord- und Westdeutschen eine eigene Bestimmung. Er ist eine für die slawische Praxis geschaffene Ausgabe des Deutschen.

Das Alldeutschtum politisiert schlecht. Diese rohe Wortwörtlichkeit des nationalen Gedankens ist heute nicht mehr so wichtig, wie man sie zu nehmen pflegt. Der Nationalismus war so lange wirksam, als Völker bestanden, denen ein mächtiger Staatsgedanke als solcher eingeboren war. Diese Völker sind Expansionsvölker; sie produzieren geistig und körperlich soviel Überschuß, daß sie zur Eroberung gedrängt werden. Die Eroberung ist nur in einem geschlossenen Rahmen der Macht möglich: dem Großstaat. War dieser vermittels der nationalen Idee einmal geschaffen, so war dieser schon genug getan, auch wenn sie nicht erschöpft wurde. Es ist zum Beispiel für Deutschlands Kultur und seinen Geist weit wichtiger, Kolonien, Absatzgebiete, Interessenssphären zu schaffen, als etwa die deutschen Teile Österreichs zu besetzen. Tripolis hat für Italien mehr Bedeutung als Südtirol. Das nationale Prinzip, unter dessen Anrufung die Balkankriege der letzten Zeit begonnen haben, ist bereits in diesem selbst überwunden worden. Nicht um die ideale Aufteilung des türkischen Besitzes zwischen den angeblich unterdrückten Nationen wurden diese Kriege geführt, sondern um die Zugänge zum Meer, um Küstenstriche, um Welthandels- und Expansionsmöglichkeiten. Bereits in den Vereinbarungen zum Balkanbund verzichtete Serbien auf serbische Gebiete zugunsten Einfügung Albaniens und seiner Küste. Bulgarien beanspruchte griechische Gebiete am Meer gegen Überlassung binnenländischer Territorien mit bulgarischer Bevölkerung. Die nationale Formel ist keine absolute und war in der Politik stets nur ein Vorwand.

Die Zeit des Nationalismus ist überschritten. Er war nur ein Vorgänger des *Imperialismus*, der gegenwärtig das Gesetz der großen schöpferischen Völker geworden ist. Der Nationalismus hatte einen Sinn für die großen und expansiven Völker, Deutsche und Italiener. Für die Kleinen ist er unergiebig. In gewissem Sinne war man ja immer national. Auch die Kämpfe der alten Sachsen gegen die Franken hatten einen nationalen Charakter. Der Nationalismus als politischer Standard ist jedoch in seinen Erzeugnissen Deutschland und Italien überboten. Die Wiederaufrichtung des alten *Mittelmeerreiches, des imperium romanum*, und die Schaffung eines *zentralafrikanischen deutschen Staates* sind heute weitaus fesselnder und allen wirklichen Politikern zugänglicher, als die Sorgen der Alldeutschen. Welche Chancen aber bietet der Nationalismus den Tschechen und Mattyaren? Heute sind sogar die Juden national gesinnt. Dies ist ein naturgemäßer *Imitationstrieb der kleineren Völker*. Der Nationalismus, der für die Deutschen und Italiener bestimmt, aber nicht einmal von diesen in der strengsten Form gehandhabt worden war, hat bei den Kleinvölkern eine harmlose Mode gemacht. Ein tschechischer oder mattyarischer Staat würde seine Söhne nicht sonderlich beglücken. Man ist als Österreicher in der Welt noch immer besser aufgehoben. Vielleicht liegt hierin eine Ungerechtigkeit des Schicksals, die allerdings für die geschichtliche Entwicklung nie als lindernde Einsicht in Betracht kam; aber die Ungerechtigkeit beginnt bereits mit der Ausstattung eines Volkes an Zahl, Begabung und Leistungsfähigkeit.

Ein anderes Bild gibt die großserbische Staatsidee, die volle Möglichkeiten besitzt. Aber gerade diese ist alles eher als nationalistisch, sie ist imperialistisch. Der Imperialismus ist durchaus die Form moderner politischer Entfaltung. Eben in diesen Tagen sehen wir sein Mutterland, Britannien, um ihn ringen. Dort vertreten neben den Engländern normannisch-sächsischer Herkunft, den geborenen Imperialisten, auch Generäle, Offiziere und Politiker irischen Blutes die imperialistische Idee des Reiches gegen die kleinlicheren Nationalisten. Die Entscheidung kann nicht zweifelhaft sein. Selbst wenn sie zugunsten der Partikularisten fiele, wäre dies nur ein Beweis für Ermüdung des britischen Weltherrschertyps, der von anderen verwandten nunmehr abgelöst werden soll. Auch die grundlegende politische Haltung Deutschlands kann nicht das Alldeutschtum, sondern muß der Imperialismus sein. Er ist tief in der germanischen Seele verankert. Österreich-Ungarn selbst ist nichts anderes als seine erste Verwirklichung.

Arbeitsteilung Deutschlands und Österreichs

Die Aufgabe Österreich-Ungarns ist es, den *deutschen Gedanken ins Mittelmeer* zu tragen und das Rheinreich von dieser Pflicht des Deutschtums zu entlasten.

Stellen wir uns vor, die Aufteilung der Monarchie erfolgte nach dem Geschmacke der Alldeutschen und anderer Nationalisten, so würde Deutschland, bei einigermaßen billiger Einhaltung der Sprachgrenzen, bis nach Cilli in der Südsteiermark reichen. Es wäre damit in fünf Stunden Nähe der Adria gerückt. Jenseits der Grenze liegen, von den Städten und allerdings zahlreichen deutschen Sprachinseln abgesehen, rein slawische Gebiete. Würde Deutschland auf diese Gebiete verzichten können? Im Gegenteil, es müßte das Ergebnis des heutigen Österreichs wiederherzustellen streben, müßte nicht nur einen Stollen zur Adria, eine Küste bis Cattaro, eine maritime Interessenssphäre bis Korfu neu erobern, es müßte den Territorialstollen auch seitlich durch breiten Ländererwerb sichern: Kurz, es müßte dieses eben aufgelassene Österreich-Ungarn beinahe in seiner heutigen Form wiederherstellen. Denn der *heutige Umfang Österreichs ist ein vitales Minimum*. Hiermit ist die Bedeutung Österreichs für Deutschland klar erwiesen. Es entlastet das Rheinreich und befähigt es dermaßen zur Verfolgung fernwirkender Absichten im Osten, zu dem es zugleich durch Einfluß im Mittelmeer den Weg offen hält. Wenn die Bagdadbahn gebaut ist und wenn mit ihrer Hilfe das große *arabische Reich deutscher Signatur* – wie heute das Indien Englands – gegründet wird, als nordöstliche Fortsetzung des zentralafrikanischen Reiches zu einem *deutschen Kolonisationsgürtel am Äquator*, der in den jetzt holländischen Besitzungen Sumatras und Javas und weiter hinaus in den deutschen (hoffentlich vermehrten) Südseeinseln seinen Abschluß findet – die westliche Erstreckung über Rio Grande do Sul und Chile ist nicht ganz auszuschließen – dann, wenn dieses große deutsche Werk, das wir alle im Sinn tragen sollen, im Werden ist, wird sich der Nutzen Österreichs erweisen. Zwischen ihm und Deutschland, als den zwei Komponenten des deutsch germanischen Gedankens in der Welt, erfolgt Arbeitsteilung. *Österreich besorgt den näheren Osten und den Süden. Deutschland*, nach dieser Richtung hin befreit, *waltet der Welt*. Dazu gehört freilich, daß die deutsche Politik der Sendung Österreichs Verständnis entgegenbringt und sie besser unterstützt – als dies in den letzten Zeiten der Fall war. Die reichsdeutsche Öffentlichkeit wird dafür zu sorgen haben, daß diese, deutscher Politik allein würdigen Ziele Jedermann beständig vor Augen schweben, so wie dem durchschnittlichen Engländer die weltbeherrschende Attitüde zur Gewohnheit geworden ist. Die Intelligenzschicht des Deutsch-Österreichertums, die sich langsam wieder nach öder Selbstverbannung in die Literatur und in artistische Lebensauffassungen der Führerherrschaft in der Politik zu bemächtigen strebt, hat diesen einzigen Sinn ihres heutigen Daseins längst begriffen.

Hier liegt die *mächtige Anregung und das Herrscherglück eines kommenden jungen Kaisers!* Hier lagen Größe und Genie des verstorbenen Thronfolgers, der durch Züge, die unter modernen Aufklärern und Skeptikern befremdend wirkten und ihm den Ruf mittelalterlicher

Geistesrichtung eintrugen, das Rätsel seines Wollens verdunkelte. Was aber verschlagen private Engherzigkeiten bei einem Charakter, der mächtig ins Öffentliche wirkt? Ein kleiner Geist von großer Voraussetzungslosigkeit und ein Genie von Zynismus in einem Kaffeehause sehen heute menschenwürdiger aus als der einseitige Glaubensstarke. Heute? Nein, schon heute nicht mehr. Es sind Anzeichen vorhanden, daß der große harte Politiker dem Ideal des jungen Geschlechtes besser entspricht, als der literarische Freigeist, der die Marke des Liberalismus vom Anfang dieses Jahrhunderts abgab. Die besten Kräfte haben sich der literarischen Moral entschlagen; sie wirken im Leben; sie sind Ingenieure, Offiziere, Piloten, Sportsleute, Unternehmer. Wo sie noch schreiben, tun sies, um *ins* Leben zu wirken. Einer solchen Zeit wird auch der Politiker der großen Ziele wieder begreiflich, begreiflich wird seine gigantische Mittelalterlichkeit, die, wie am Anfang unserer Kräfte, gotische Gedanken im harten Schädel glaubensstarker Bauherren wälzt. *Plan und Härte* waren die Größe des verstorbenen Thronfolgers von Österreich Franz Ferdinand. Plan und Härte wird ein *junger Kaiser* zeigen müssen, der sich an die Spitze der neuerwachten Tatenlust unter den Besten und Tiefsten seines Volkes stellt.

Der Begriff der Arbeitsteilung muß Gemeingut werden im Rheinreiche und im Donaureiche. Getrennt marschieren, vereint schlagen! Das System entspricht dem Wesen der Deutschen besser als die Addition. In Österreich, wo Deutsche nicht unter Deutschen, sondern als Erzieher fremder Völker wohnen, ergibt sich die Notwendigkeit eines Systems von selbst.

Das System des verstorbenen Thronfolgers war ein zentralistisch gedachtes; die Gliederung war zugleich elastisch und straff. Sie entspricht durchaus dem Sinn, den germanische Herrschaft seit je bewiesen. In der Abhängigkeit der fremden Völker von einem magnetischen deutschen Kraftkern innerhalb Österreichs und in der Abhängigkeit Österreichs von einer leitenden, mit Deutschland ausbalancierten Kulturidee liegt das schöpferische Gesetz künftiger *europäischer Gravitation* beschlossen. Diesen Anziehungs- und Spannungskräften unsern Staat entziehen, heißt mehr, als nur ihn vernichten. Hier begänne der Politiker Kulturmensch zu werden. Hieran wird ein Herrscher Schöpfer werden.

Germanisierung ist Idealisierung

Es ist eine feststehende Tatsache, daß die Zahl der Germanen, als sie nach dem mittleren Europa kamen, keine allzu große war. Vielleicht hatten sie in schweren Kämpfen und Strapazen einen großen Teil der ihrigen eingebüßt. Vielleicht waren es nur die Tüchtigsten, die diesen Anforderungen und den feindlichen Waffen nicht erlegen waren; aus schwerer Vergangenheit ließe sich gut der schlichte und helle Übermut Übermenschlicher erweisen, die sich dem Leben durchaus gewachsen fühlten. Auch die blendende Begabung dieser Menschen an Körper und Seele ist dadurch erklärt. Sie ist durch strenge Auslese entstanden. Aus dem herben Norden, aus dem sie kamen, fanden nur die Warmblütigsten, die Unternehmungslustigsten, die Geriebensten den Weg zu besserem Dasein. Ihre Begabung war es, die sie zu den Meistern Europas machte, nicht ihre Zahl.

Könnte man das Blut der Völker untersuchen, so würde man vielleicht überrascht sein, im deutschen Volke nur Spuren dieser geheimnisvollen Urexistenz zu entdecken, die wir mit dem Namen "Germane" bezeichnen. Aber die wesentliche Erkenntnis ist eben hiermit erlangt. Das rein germanische Blut hat wie eine Essenz gewirkt, ein Tropfen davon mag genügt haben, um Formloseres zu einer bestimmten wieder schöpferischen Form zu sammeln. Wo immer diese Minderzahl von Germanenrittern sich unter fremder Art niederließ, mit der sie sich langsam verschmolz, hat sie alles Blut zum Blühen gebracht. Der Geist vererbte sich Geschlechtern und diese waren von ihm und nach ihm gebildet. Denn der Geist ist auch körperlich schöpferisch. Um Germanisches zu züchten, bedarf es immer wieder einer Art *Zuchtgermanen*. Dieses Wort und sein Begriff klingen nur für jene Voraussetzungslosen schlimm, die nicht genug Ernst haben, über solche grundlegenden Fragen nachzudenken. Für die Eugenik der Zukunft ist dieses Wesen ein durchaus mögliches und wünschenswertes.

Vielleicht gibt es diesen Germanen nicht mehr? Dann gibt es ihn annähernd. Und vielleicht ist dieser annähernde Zuchtgermane identisch mit dem *Prinzen*, dem Sprößling germanischer Herrscherfamilien. Dieser Zuchtgermane wird ein Beispiel sein. Er wird durch sein Dasein anregen. Er wird durch den Geist zeugen. Denn *der Germane ist eine Idee*.

Als Goethe einst Schillern einen Vortrag über seine Entdeckung der Urpflanze hielt, antwortete dieser nur: dies ist eine Idee! Eine Idee war es, aber eine, wie sich später herausstellte, richtige. In diesem Sinn ist auch der reine Germane Idee. Ist es darum bloße Schwärmerei, diesen scheinbar soweit vom Tage abliegenden Urvorgängen nachspüren und ihre Werte ausgraben zu wollen? Wer hier nicht mitgehen kann oder will, Jude und Liberaler, dem seien seine besseren Sorgen gegönnt. Die Idee ist germanischer Art. Nichts ist germanischer als die Idee vom Germanen!

Sie allein würde genügen, um ein Volk zu Germanen zu machen. Sehen wir nach, so finden wir den reinen Typus nur mehr auf dänischen und friesischen Inseln, verstreut wohl auch noch unter den norwegischen Herrenbauern. *Knut Hamsun* wäre ein solcher Mann; aber hier ist die Rasse bereits durch Inzucht allzu verdünnt, Tatkraft ist pure Phantasie geworden und Peer-Gynt-Menschen und Hedda Gablers sind die Verflüchtigungen des alten Wickingergeistes. Die Expansion ist in Diesen dem Germanischen genommen und domartige, hohl klingende Innerlichkeit hat gleichsam den alten Geist pervertiert: Stoßkraft ist Tiefe geworden. Auch dies ist ein Wert oder war ein solcher und soll nicht geleugnet werden. Immer wieder folgen höchste Höhe und tiefste Tiefe im Germanischen aufeinander. Staufischer Imperialismus und katholische Zerknirschung türmen die Welt des Mittelalters von Berg zu Tal. Aber an einem gewissen Punkte wird Tiefe des Inneren unfruchtbar, wie Höhe des Äußeren es werden kann. Und an jenem Punkte halten wir heute. Die Norweger haben eine noch jetzt durch ihre seelische Verfeinerung sehr reizvolle Literatur aufzuweisen. Es wäre indes denkbar, daß diese bereits in zehn Jahren keinen aktuellen Wert mehr besäße; und nur einen solchen dürfte sie besessen haben. Es zeigt sich, daß der durch Inzucht rein erhaltene Germane der germanischen Idee weniger entsprechen kann als der Mischtypus. Schärfer hervorgetreten und allgemeiner fruchtbar gewesen sind die Schweden, Dänen, Engländer und Deutschen. Die Schweden sind mit Finnen und Lappen, die Dänen mit französischen und schottischen Emigranten, die Deutschen einschließlich der Holländer mit allen europäischen Urrassen gemischt. Am stärksten vermischt sind die Engländer. Es gibt in letzter Zeit nicht einen bedeutenden Mann Englands, der nicht leicht sein keltisches Blut nachweisen könnte. Um so auffallender ist die Erhaltung des germanischen Typs und seines Wesens. Vor allem ist es der Adel Englands, der, gleich dem Österreichs, das Normannisch-germanische seiner Herkunft bewahrt. Die unteren Schichten des Volkes sind vollkommen keltisch. Man betrachte sich ein englisches Regiment oder eine der repräsentativen Fußballmannschaften, die unsere kontinentalen Matchs bestreiten. Man wird nur bei den studentischen Athleten, die aus mittleren Kreisen stammen, angelsächsische Namen und entsprechendes Äußeres antreffen. Der Sachse herrscht unter der bürgerlichen Schicht vor. Die gesamte englische Gesellschaft aber steht unter dem Eindruck des germanischen Menschen und wird von seinem Wesen bestimmt. So wird es wohl noch länger bleiben, wenn nicht der Kampf, der soeben um die Vorherrschaft dieses Typs unter der Ulsterflagge gekämpft wird, allzu unerwartet ausgeht.

Den Verhältnissen in England ähneln die in Österreich. *Der Brite* ist ein Sammelvolk wie *der Österreicher*. Hier sind der Adel und Teile der bürgerlichen und herrenbäuerlichen Schicht germanisch-deutsch. Das Volk ist slawisch-mongoloid. Der Adel als germanische Oberschicht in einem stark gemischten Volkstum hat hier besondere Pflichten als Träger der *germanischen Staatsidee*. Der höchste Adelige im Lande ist der Prinz; er hat das germanisierende Prinzip zu verstehen und ihm durch die eigene Weise Glanz zu verleihen!

Wir sind darüber einig, daß es den reinen Germanen nicht gibt; wo es ihn gibt, aber nur als literarische Verdünnung. Seine Existenz lebt in der Mischung als Idee. Was heißt nun Germanisieren? *Germanisieren heißt, das Ideal geben; germanisieren heißt, die bestimmte und scharfe Idee einer bestimmten Weltordnung geben!* Das Wesen des Germanen ist nicht äußerliches Germanisieren, Wahlzettelkampf im modernen Sinne, sondern herrschen; das heißt, die Fähigkeiten einer territorial und völkisch bestimmten Einheit oder ihrer mehr zum höchstmöglichen Typ entwickeln. Ein Vorbild könnten die Engländer sein, die durch Entwicklung fremder Eigenart und zweitrangiger Organisationskraft in Indien und Ägypten große Staatsgebilde einer exotischen Abart Engländertums geschaffen haben. Auch der Österreicher, den Deutschen eingeschlossen, ist im Verhältnis zum Reichsdeutschen ein wenig östlich angeschlossen; er steht im Wesen dem Slawen näher, als seinem nächsten Bruder. Lassen wir ihm diesen Geruch; er mag sein Bekenntnis werden; aber sein *Bekenntnis* soll dieses sein *Österreichertum* werden. *Nicht* Einförmigkeit der Typen wollen wir zeugen, sondern Reichtum. Seine Musik, seinen Leichtsinn, seine Genußfähigkeit sollen ihn kennzeichnen; aber er soll sich zu ihnen verstehen, auftrumpfen mit sich und handeln, wie er nun schon einmal handeln muß. Vielförmigkeit, Individualität, Andersartigkeit, Selbsteinschätzung sind germanisch. Soferne nur die Sittlichkeit des Germanen ihm gilt, ist er germanisch. Germanisieren wird nicht bedeuten, fremde Eigenart brechen und versklaven; sondern sie pflegen und sie lenken. Die österreichischen Nationalitäten sollen nicht verschwinden; sie sollen sich im Ausmaß ihrer eigenen Begabung entfalten und, wie sie es schon getan haben, auch den Deutschen befruchten.

Die Germanisierung Österreichs kann unter Umständen auch mit den Bajonetten zu tun haben; besser ist's, es käme nicht so weit. Um aber die so *notwendige Zentralisierung des Staates* herbeizuführen, werden *Prinz* und *Herrscher* widerhaarige Nationen zur Anerkennung der *deutschen Staats- und Kultursprache* zwingen müssen. Diese Härte und Selbstbehauptung ist unumgänglich notwendig. Bisher hat sie stets gefehlt; in der Absicht Franz Ferdinands war sie gelegen. Wird er sie dem Neffen vererbt haben?

Germanisches Wesen entsteht, wenn man sich mit ihm beschäftigt. Menschen und Völker einer fremden Art können dadurch, daß sie in der *Umgebung von Zuchtgermanen* leben, beeinflußt werden. Gedanken und Empfindungen, Werte und Wünsche kommen aus dem Körperbau, der Haarfarbe, dem Blick. *Der Germane kann auch physiologisch entstehen, wenn er psychisch vorbereitet wird.* Durch Gedanken, Empfindungen, Wünsche und Werte kann eine Rasse sich formen. Wo Väter und Mütter stets in der Idee leben, erschaffen sie nicht nur den geistigen, auch schon den leiblichen Typus. Idealisten haben blonde Kinder. Amerika gibt ein Beispiel, wie Sinn den Körper modelliert. *Blondheit kann ausgebildet, Blauäugigkeit und Gestrecktheit als Zeichen einer kulturellen Erscheinung können trainiert werden.* Der Germane ist Idee. *Der Germane ist ein Willens- und Schöpfungsakt.*

Was ist der Germane? Unsere Ethik, unser Wille, unsere Philosophie, unsere Politik. Die Politik muß aus den Händen der Parlamentsprofessionals genommen und in die der Geistigen gelegt werden. Heute schon ist es so weit, daß die *Regierung den Freisinnigen*, das heißt *Sinnlosen* und *Mongoloiden ausgeliefert* ist und die *werterhaltenden* (konservativen) *Gruppen des Staates* von Parlamenten und Kabinetten *terrorisiert* werden. Die Staatsfeinde kontrollieren den Staatsgedanken. *Der Germane*, der alle Staaten seit dem Altertum schuf und erhält, *ist in den Parlamenten nicht vertreten*. Die Kräfte der Volksvertretung müssen, und dies nirgends mehr denn in Österreich, beschränkt werden. Ratgeber und Minister des *allerhöchsten Herrn* seien von der eben geschilderten Art, die idealisiert, wenn sie germanisiert. *Die Prinzen, Adeligen* und *Geistigen* sind als die *Zuchtgermanen des Staates* zur Leitung bestimmt.

Der österreichische Staatsgedanke

Nationaler Impressionismus

Nicht das nationale, sondern das kulturelle Chaos drängt zur Ordnung.

Das Mittel zur Ordnung im höchsten Sinn einer Lebensführung Einzelner und Vieler, Einzelner mit Vielen, ist der Staat. Einer der Effekte, nicht die Ursache des Staates, also eines der *Ordnungsresultate* ist die *Nation* im einen, sind die *Nationen* im andern Staate. Der Nationalismus, das heißt, die auf die Erhaltung ursprünglicher Werte und Symbole gerichtete Bestrebung, ist bereits ein Produkt, nicht ein bildender Faktor des Staates.

Der kulturelle Trieb drückt sich staatlich aus; in einem vorgeschrittenen Stadium der Verfeinerung und Besinnung national. Denn was bezeichnet die "nationale" Hochspannung anders denn eben den Wunsch, die einer Eigenart gegebene Möglichkeit zu entwickeln? Diese ideale Entwicklung aber kann nicht durch reine nationale, sondern muß durch staatsgedankliche Praxis gefördert werden!

Der Erwerb von Nationalruhm ist durchaus nicht die Sehnsucht des vornehmen und geistigen Politikers. Wenn Einer im Namen seines Volkes handelt, dann nicht in dem der Mehrzahl seiner Lumpe und Schafsköpfe, die es ausmachen, sondern mit einem scharfen Kultur- und Entwicklungstyp vor Augen. Der Politiker erstrebt *Bewegung und*

Erscheinungsreichtum in einem natürlich abgegrenzten Medium, das ebensogut durch territoriale, religiöse als nationale Bestände geschaffen werden kann. Die religiösen und nationalen Symptome erschließen sich durch sich, die territorialen durch eine kulturelle Gemeinsamkeit und Typik dem politischen Geschmacke. Ein Volksgedanke kann, ein Staatsgedanke muß das Instrument von Musik in irgend einer Art sein.

Sein Volk lieben heißt nicht, jedermann dieses Volkes lieben, sondern seinen höchsten Typus. Der Nationalgedanke aber kreist numerisch ein und scheidet nach äußerlichen Merkmalen aus. Er nivelliert und schätzt das Volk schlechthin als eine Summe. Wer dann sein Volk sein will, will ein Mittelmaß um dieses selbst willen; wer aber den Staat will, will eine Spitze und eine Basis und eine Organisation dazwischen.

Und wer sein Volk will, will es außerhalb der Leistung, als trägen und passiven Gott, als leeren Inhalt des Ruhmes. Wer aber den Staat will, will Leben und Geschehen und Fortführung der allgemeinen Entwicklung in der Richtlinie einer schon erprobten Tradition und Begabung. Man hat zu unterscheiden zwischen dem Nationalismus zugunsten der Nation als einer Tatsache und dem zu ihren Gunsten als eines Entwicklungsrekords. Der Nationalismus vor oder außerhalb des Staatsgedankens umfängt die Nation als qualitätsloses, jener innerhalb des Staatsgedankens als qualifiziertes Wesen. Jener ist national, indem er Hinze und Kunze liebt; dieser, indem er zu einer Gesellschaft Goethes und Schillers strebt.

Dazu kommt, daß die Praxis den Staatsgedanken reeller werden läßt, den Volksgedanken aber auflöst. Denn ist das Volk geschart, dann zeigt es sich, daß es gar nicht da ist, sondern nur das Wort. Der Staatsgedanke enttäuscht als Staat in seinem Einzelnen nicht; der Volksgedanke, als Volk realisiert, aber enttäuscht in seinem Einzelnen bis zur Verkehrung von Liebe in Haß, wie es bei Nietzsche erlebt wird. Die Disharmonie dessen, was ein Volk heißt, ist greulich. Das Minderwertigste läuft hier noch mit – beim Staate nicht. Denn schon ist er kein Geschöpf der Schwärmerei, sondern der schöpferischen Phantasie. Lobe ich einen Staat, so übernehme ich für seine Lumpe und Schafsköpfe keine Verantwortung; was unfehlbar geschieht, wenn ich schlechthin ein Volk lobe. Denn *der Staat ist das geglie-*

derte Volk; wobei es ganz gleichgültig bleibt, ob ein oder mehrere Völker in ihn vergliedert sind; die reichere Gliederung aus mehreren Völkern kann dem Staate sogar eine größere Organisationshöhe verleihen, als die einfache Ein-Volk-Gliederung. Man hat zwischen Land und Reich zu unterscheiden; *Deutschland z.B.* und *Österreich* tragen die Gliederungstendenz ihrer Staatsgedanken schon in ihrem Namen, deren der österreichische das imperialistische Zentralmotiv stärker hervorhebt.

Der Fehler, auf dem die staatsgedanklichen Kalküls des Nationalismus beruhen, leitet sich aus dem unkritischen Verständnis ab, das die nationale Bewegung im 19. Jahrhundert gefunden hat. Die überzeugende Kraft ihrer Berechtigung, der sozialistischen Reife europäischer Staatswesen entsprungen, verleitete, man möchte sagen, zu einem *nationalen Impressionismus*, der die einzig mögliche, staatsgedankliche Geometrie impulsiv verschob. Die auf den ewigen Gesetzen gesellschaftlicher Statik, Kohäsion und Adhäsion basierende Architektonik des Staates ward durch die impressionistische nationale Fleckenmethode verschwemmt worden. Mit Hilfe dieser Methode konstatierte man auf den Landkarten die innerlich verwischten großen nationalen Flecke als gegebene Staaten. Welches Unheil aus diesem *politischen Astigmatismus*, diesem Mangel an politischem "Augenmaß", wie dafür der technische Ausdruck bei Bismarck lautet, entstehen konnte, beweisen die nationalen Verirrungen der österreichischen Politiker. Sie zweigen in die verschiedensten Detailwünsche aus, die alle, ob deutsch, slawisch oder mattyarisch, die Tendenz haben, ihr nationales, weltgeschichtlich berechtigtes Programm nicht innerhalb des Staatsgedankens, sondern gegen ihn durchzuführen. Eine falsche Gefühlsoptik verführt sie alle, die Deutschen, die zu Deutschland, die Serben, die zu Großserbien und die Tschechen, die zu Rußland wollen. Ein dummer, wertloser Spielzeugruhm läßt sie nicht schlafen. Der Ruhm, der auf einen Staat fällt, kommt denen zugute, die an ihm gebaut haben und verspricht neue Typen und Taten der gleichen Art; der Ruhm, der auf ein Volk fällt, ist stets ungerecht, denn er kommt allen zugute und hält doch im Einzelnen das Versprechen nicht. *Zur Nation gehört auch der Paria; der Staat ist das Werk der Qualität.*

Der Staat als Schöpfung der Rasse im Volk

Die Nation führt notgedrungen Schlamm mit; im Staate hat er sich gesetzt. Das, was in der Nation *Rasse* war, *kommt im Staate zum Ausdruck.*

So wenig die Nation die ihr bewiesene Sentimentalität verdient, so sehr verdient sie die Rasse. *Die Rasse ist überall* und allezeit das *kulturtragende* und *staatenbildende* Element. Rasse kennzeichnet die zu einer bestimmten Kultur neigende Disposition; sie kann innerhalb der Nation verdünnt, korrumpiert, sogar verdrängt werden; die Kultur und der ihr adäquate Staatsgedanke beginnt zu verenden, wenn die Essenz der Rasse im Blute einer Nation sich zu verlieren anfängt. Ein neu anhebender Aristokratismus und Idealismus sind allemal ein Beweis für die Erholung des Rassemotivs einer Nation.

Seit dem Absterben der grekoitalischen Kultur und Rasse hat es in Europa nur eine Kultur und eine tragende Rasse gegeben. Von den Warjägern Ruriks bis zu den Vandalen Spaniens und den Normannen Siziliens ist der Germane der unerläßliche schöpferische Zusatz zum eingesessenen Blut gewesen. Nirgends, wo nicht er seinen nordischen Frühling hinbrachte, hatte ein Volk seine Ernten und Sommer. Diese Leistung des Germanen ging konkurrenzlos vor sich. Aus seiner Rasse stammen die europäischen Nationen, in Mischung mit den samojedischen Stämmen des Nordens, den finnischen und keltischen der Mitte, den sarazenischen und illyrischen des Südens entstanden. Das Werk dieser Rasse innerhalb der europäischen Nationen ist die gegenwärtige germanische Kultur, deren Maxima in den Schlagworten Metaphysik im Ideellen und Technik im Praktischen gegeben sind. Außer dieser Kultur gibt es zwischen Theiß-Weichsel und westlich zu dem stillen Ozean keine Kultur, die nicht asiatischen Gepräges wäre. Das moderne Rußland, das der germanischen Entwicklung entrissen wurde, besitzt jene unklare Übergangskultur nach Asien zu, die ein Grund für schwere innere und äußere Erlebnisse sein dürfte. Die Slawen, die sowenig wie die Germanen als Rasse individuär bestehen, haben keine eigene Kultur begründet. Sie werden zwischen Germanismus oder Asiatismus zu entscheiden haben. *Der Vertreter des Germanismus ist Österreich*, dem damit die größte aktuelle Aufgabe zugewiesen erscheint. Möge die starke Zeit ihr Geschlecht finden!

So unsinnig und unbegründet es wäre, Österreich als einen deutschnationalen Staat zu bezeichnen, mit ebensoviel Beruhigung und Sicherheit mag man den Gedanken überlegen, daß Österreich ein germanischer Staat ist. Von Rassekämpfen zu sprechen, ist eine poetische Übertreibung. Denn es gibt wohl eine germanische Rassenidee, die sich mit der vorhandenen Kultur deckt, aber es gibt keine Germanen; es gibt ferner keine slawische Rasse, sondern nur slawische Nationen. Die slawische Rassenidee hingegen, die man der germanischen entgegensetzen könnte, ist praktisch nicht wie diese durch ein Kultursystem sinnfällig gemacht und erweist sich als willkürliche und poetische Konstruktion. Die slawischen Nationen sind sowenig Slawen, wie die Deutschen Germanen sind; der Unterschied ist der, daß diese ihr germanisches Ideal schöpferisch an sich und in sich nachweisen können, während die slawischen Nationen *nirgends* den *Nachweis einer koordinierten Kultur als Rückendeckung der slawischen Rassenidee* erbringen können. Die Koketterie mit der alten verworfenen mongolischen Kokotte Rußland, die nicht eine "junge", sondern schon recht dekadent gewordene Nation darstellt, ist harmlos. Wirklich junge Völker sind die Südslawen, die von den Slawen nichts als die Sprache haben, alles übrige in ihren Herreninstinkten von den Illyrern, Goten, Awaren und Tartaren besitzen. Diese Nationen sind jung; sie können der vorhandenen germanischen Kultur und ihrem Ideal eine völkische Nuance geben, die durchaus sympathisch sein und den Erscheinungsreichtum mehren wird. Von den Bulgaren, als einer europäischen, d.h. innerhalb des germanischen Kulturkreises sich entfaltenden Nation wird demnächst noch Manches zu erwarten sein; der *serbokroatische Stamm ist dazu bestimmt, seine letzte Verfeinerung in der engsten Berührung mit dem österreichischen Kulturcharakter zu erfahren*. Der Gedanke aber, als könnte je eine slawische Kultur gegen die germanische ausgespielt werden, oder als handle es sich bei nationalen Raufereien überhaupt um Kulturwerte, entspringt der Panik politischer Beschränktheit. Das Opfer, das in dem Umstande liegt, daß der Greisler Meier slawisiert wird, ist stets zu sehr überschätzt worden. Herr Meier wird auch nachher ebenso wie früher entweder gar keine Kultur besitzen, oder er besitzt ungeachtet seines Muttersprachenwechsels die germanische.

In zwanzig Jahren schon kann dieser kleine Horizont, der nationale Fragen als Rassefragen wiedergibt, sich weiten und Ausblick gewähren auf den wirklichen drohenden Rasse- und Kulturkampf. *Das kulturelle Ideal in London, Wien und Nisch ist das gleiche.* Alle diese Menschen kleiden, tragen und halten sich nach demselben Typus; sie schätzen dieselben nervösen, ästhetischen und moralischen Eigenschaften mit der gleichen Ursprünglichkeit ein. Und wenn einst die großen Expansionen Europas und Asiens zusammenprallen, wird es sich zeigen, daß der Kampf um germanische und mongolische, nicht um deutsche und chinesische, oder serbische und hindustanische Kulturwerte getobt hat.

Bis dahin aber wird es sich darum handeln, ob das große Ost-Reich der europäisch-germanischen Kultur Asiens Grenzen auf Asien beschränken und seinen Slawen und Mattyaren den kleinstädtischen Ehrgeiz entreißen und den großen Kulturblick anerziehen wird können.

Realpolitik

Alle geschichtliche Entwicklung geht idealistisch vor sich; dies ist ein Grundsatz, der nicht zu folgern, aber zu beweisen ist.

Politik ist Naturgeschichte in suspenso; sie erledigt die schwebenden Fragen der Biologie und schafft Voraussetzungen des höheren Typus. An einem gewissen Punkte der Kultur aber ereignet es sich, daß diese die Politik negiert und absetzt. Dies kann an Einzelnen ein Zeichen großer geistiger Verfeinerung sein; um aber diese geistige Steigerung eines politikfeindlichen Gehirnes zu erzeugen, bedarf es innerhalb großer Massen nach wie vor einer ausgesprochenen Zivilisation; diese, scheinbar noch so materiell, ist immer idealistisch tendenziert.

Die Frage, ob die Natur Zwecke kennt oder nicht, ist religiös-metaphysisch und führt uns auf eine höhere Bewußtseinsebene. Ihre Beantwortung involviert also bereits Kultur, d.h. das Fluidum über einem technisch zweckhaft organisierten System von seelischen Verhältnissen. Dieses System zeugt, erzielt, nährt und gestaltet die Politik. Damit hat die Politik den Zweck geheiligt; d.h. es kann ein tief religiöses Empfinden den Zweck verneinen; der Weg bis dahin aber wird organisatorisch, das heißt staatlich-kirchlich über den Zweck führen. Es ergibt sich daraus, daß gute Politik stets die ideale Initiative hat. Der Menschheit Brot und Broterwerb zu komplizieren, wäre uninteressant und stünde hinter der Indolenz des Buddhisten zurück; diese wäre dann weiser und edler. Daß alle Menschen zu essen erhalten um des Essens willen, kann der Sinn der Politik nicht sein; es wäre sonst vorzuziehen, sie allesamt auszuhungern. Die Berechtigung der aufs Materielle gerichteten Handgriffe der Politik ist daher von ihrer letzten menschlichen Berechtigung, diese Handgriffe lügen zu strafen, nicht zu trennen. *Die letzte Folge der Politik ist die Erregung der feinen geistigen Beziehungen einer Gesellschaft.* Alle Kultur wird mechanisch mittels der Politik angekurbelt.

Kultur, durch das Machtstadium hindurchgehend, verneint es, kann es aber nicht von vornherein vernachlässigen. Jede Teil- oder Ganzkultur ist die Folge von Imperialismus und Expansion; friktionsloses Wachstum von Kulturen kommt geschichtlich nicht vor.

Der Realpolitiker ist im Rechte, denn er hat diese höheren Bildungen mehr im Auge als der Gefühlspolitiker; er will mit den realsten Mitteln die höchste Steigerung menschlicher Äußerungen erzielen. Der Gefühlspolitiker ist weniger hoch und ehrgeizig, er will die Befriedigung sentimentaler Wünsche. Die gute Politik will mehr oder weniger bewußt den materiellen Voraussetzungen der Kultur, die gründlich im härtesten Alltag erfüllt werden müssen, genügen. Künstler, Träumer und Sozialisten pflegen die Mittelglieder zu übersehen.

Eines dieser Mittelglieder, um zur nationalen Entfaltung zu gelangen, ist der Staat; *Sozialisten verleugnen den* charakteristischen *Staat zugunsten eines* allgemeinen, um zur Durchführung ihrer sozialistischen Ideen zu gelangen. Der Internationalismus entspringt dem gleichen Beobachtungsfehler wie der Nationalismus; beide setzen sich über die natürlichen Bedingungen eines Staates hinweg. Die Sozialisten streben nach wirtschaftlicher Hochzivilisation, ohne die der wirtschaftlichen Entfaltung eigenen Bedingungen zu Worte kommen zu lassen. Willkür und optische Täuschung sind die Zeichen dieser schlimmen Propheten.

Die Nationalisten respektieren keine andere denn die nationale Entwicklung als idealistisch; worunter sie das gemütliche Beisammensein verstehen; die Rücksicht auf wirtschaftliche Motive der Staatenbildung scheint ihnen materialistisch. Als Berichtigung dieses Fehlers kann gelten: Entwicklung als solche ist Wirkung idealer

Kräfte. Welche Unsumme von Fleiß, Intelligenz, Ausdauer, Entbehrung und Phantasie hat nicht die, von den Gelben so verachtete Technik gekostet! Welche Qualitäten fordert nicht der großkaufmännische Erfolg! Aber das Entwicklungsziel ist eben nicht das abstrakte des "Ruhms" eines bestimmten Volkes, sondern das konkrete von Kultur, d.h. eines *Fluktionsmediums* materieller, ästhetischer und ethisch religiöser *Motive*.

Das "Nationale" ist als psychische Sensation gewiß nicht zu unterschätzen und bleibt jeder Auffassung von "Kultur" supponiert. Das Schachspiel der Kultur kann aber nie mit dem ganzen Brett, sondern nur mit nationalen Bauernopfern gewonnen werden. Nationale Diät kann das kulturelle Gesamtgefühl verbessern. Das Ideal ist und bleibt die Erreichung des höheren Lebensstatus nach Antrieb, Maßgabe und Färbung der eingeborenen Art eines Volkes mit seiner reziproken in Hinsicht der Konnationen seiner Staatseinheit.

Die eingeborene Art ist somatisch gegeben, in ihren Instinkten und Veranlagungen. Wäre man genau, so könnte man einen *Körpernationalismus* und einen Sprachnationalismus unterscheiden. Der erste fällt mit dem *Rassegedanken* zusammen; der letzte bezieht sich bereits auf ein reziprokes Merkmal, die Sprache, das heißt auf ein Merkmal, das sich aus der territorialen Beziehung ergeben hat. Die Sprache einer Nation ist beinahe immer ein erworbener Charakter. Aber selbst wenn die Sprache verschieden bleibt, stellen sich unter territorial zusammengefaßten Völkern Gemeinsamkeiten ein, die sie ebenso fest verschweißen wie die Sprache und die Bildung eines gemeinsamen Kulturcharakters anregen. Dem Staatsmann vielnationaler Staaten liegt es ob, diesen Kulturcharakter über die trennende Sprache hinaus als Ferment der Gesellschaftsgründung zu verwenden.

Kultursprachigkeit

Die Frage nach dem Kennzeichen aller Nationalität führt zur Sprache, das heißt einem sekundären Charakter. Der primäre Charakter, der im Ethnologischen und Rassetheoretischen ruhte, wird übergangen. Der Leichtsinn fehlt doppelt in der Mittellinie, die er der Politik als Nationalismus zieht. Denn entweder taugt der Staat nur je nach seiner Fundierung auf den Urcharakter, dann dürfte man nicht beim sekundären Charakter, der Nationalität-Gleichsprachlichkeit stehenbleiben, sondern müßte auf die Priorität der Rasse überhaupt zurückgehen; oder man läßt diese praktisch unhaltbare Konsequenz fallen, dann wird es gleichgültig, ob der sekundäre oder bereits ein dritter Charakter staatsgedanklich die Achse wird. Die Zentralisation nach der Sprache, die gleichfalls kein originäres, sondern ein erworbenes Kursmotiv darstellt, wird durch die nach einem andern Kursmotiv abgelöst. Ein solches *Kursmotiv*, d.h. ein Motiv, das auch heterogene Völker durchtränkt und kursierend beeinflußt, ist der *Verkehr* im physischen und geistigen Sinne. Er mitsamt seinen geographischen und territorialen Voraussetzungen kann, wie die Schweiz beweist, ein wichtigerer Gruppierungsmotor sein als die Nationalität.

Es gibt keine Nationen, die einander über- beziehungsweise unterlegen wären. Aber es gibt ganzschlächtige, halbschlächtige und Paria-Rassen. Die Nation als solche ist stets halbschlächtig, denn sie ist ein Kompromiß verschiedenartigen Blutes. Wird der Staat nicht nach dem passiven und äußerlichen Symptom der Sprache, sondern einem bereits dynamischen Leistungsmoment, wie Verkehr, Arbeit und Ideen es sind, kristallisiert, so ergibt sich ein überraschender Erfolg. *Die Staatenbildung nach Charakter eins, d.i. Rasse*, die auf geradem Wege undurchführbar schien, erweist sich nach Charakter drei als praktisch effektuiert. *Die staatsgedankliche Geschlossenheit mehrerer Nationen ist eine stärker erleuchtete und bewegte Fläche als die national einförmige*; auf jener Fläche kommt das *Transparent der Rasse* zum Vorschein; das alte Herren- und Gründerblut des Germanen, der einzigen kultur- und staatenbildenden Phantasie außerhalb des türkischen und ostasiatischen Blutes, offenbart sich im Slawen nicht weniger als im Deutschen und Romanen und sogar im modernen Mattyaren. Ein Staat mit gemischter Nationalität kann just der direkte Nachfolger der Reichspolitik eines Karl des Großen sein. Das germanische Imperium ist auf den einen Rasse- und Kulturgedanken gestellt, aber es ist vielnational.

Nehmen wir einen Staat an, der mit Überwindung des Charakters zwei sich theoretisch nach Charakter drei und damit praktisch nach dem konservativen Charakter eins konsolidiert, so wird er auf jeden Fall Charakter zwei als innerpolitische sozialistische Entwicklung erleben müssen. Aber das Goethesche Prinzip der geschlossenen und meisterlichen Individualität, das Prinzip der Beschränkung nach außen und der Unendlichkeit nach innen, wird der Einzelnation den richtigen Halt zuweisen. Ihre eigene Sprache und Art wird und muß sich mit Hilfe und Zustimmung der Konnationen des Staates entwickeln; ebenso gewiß aber ist bei fortschreitender Erziehung der Völker die *Kultursprachigkeit der Intelligenz.* Die Intelligenz aller Nationen spricht außer der eigenen noch jene Sprache, in der die größten lebendigen Kulturgüter aufgespeichert sind. Diese These ist kein innerpolitischer Vorschlag, sondern eine Beobachtung und ein Ergebnis, das sich von selbst erklärt. Die ältere Kultursprache ist auch stets die stärkere und die süßer werbende. Slawische Schriftsteller, die die heutige Stellung der Slawen und Germanen mit der ehemaligen der Germanen zu den Spätrömern zu vergleichen belieben, sind daran zu erinnern, daß die germanische Kultur erst durch jenen ungeheuren Prozeß entstand, der vier fünftel der Eroberrasse national den alten Sprach- und Kulturbeständen einverleibte. Haben nun die Slawen wirklich einmal die Hoffnung, eine eigene Kultur, die ein Plus, eine Originalität gegenüber der bestehenden Europas aufweisen müßte, zu gründen, so hätten sie andererseits auch der Geschichtspraxis ein gut Teil ihres Gesamtkörpers zu opfern. Es gibt, vom mongolischen Rußland abgesehen, nur eine Kultur in Europa, und dies ist die germanische; und selbst in Rußland wird der Aspekt von Kultur nur durch die eingestreuten "westlichen" Kulturinseln erzielt. Von einer slawischen Kultur, einer slawischen Rassenidee, die außerhalb zeitungspolitischer Projekte ethische und ästhetische Originalwerte aufstellen müßte, kann augenblicklich nicht die Rede sein. *Die slawischen Nationen innerhalb einer bestehenden Kultur zu nationalen Nuancierungen zu entwickeln, ist die Aufgabe des Ost-Reiches.*

Die Kultursprachigkeit mehrerer staatsgebundener Nationen verdrängt die Nationalsprache nicht, sondern belebt und befruchtet sie mittels Analogien. Im Zusammenklang mit religiösen oder industriellen, kolonisatorischen oder gesellschaftstechnischen Interessen ergibt sie die *Kulturspurweite* eines *vielnationalen Staats.* Diese offizielle Spurweite neben den lokalnationalen enthält alles Gemeinsame. Das Ergebnis ist, bei äußerer Vereinheitlichung und innerer Gliederung, ein stark kulturtreibendes: Mannigfaltigkeit, Reichtum an Formen,

Differenzierung, kurz jener Status, wie er auch der nach außen harmonischen, innerlich "tiefen" Individualität entspricht.

Nationalitätenstaaten

Die Voraussetzung des Nationalismus, daß Staat und Nation einander zu decken hätten, ist praktisch in *Spanien* und *Portugal* verwirklicht. Die Staatsgedanken zerfallen in solche, die territorial größer oder kleiner genommen sind, als das entsprechende nationale Prinzip. Meistens sind ansehnliche Teile nach beiden Richtungen hin verlagert, weil es der Staatsgedanke so erfordert. *Frankreich* beherbergt ungefähr soviele Italiener wie Österreich, dafür gibt es Franzosen an *Belgien* und die *Schweiz* ab; die beiden letzten sind ausgesprochene Nationalitätenstaaten. *Holland* entbehrt Stücke aus seinem Fleische, die als Flämen mit zu Belgien, als Plattdeutsche zu Deutschland gehören; die deutsche Kultursprachigkeit der sogar eine ausgeprägte eigene Literatur besitzenden Plattdütschen ist ein starkes Beispiel dafür, wieviel Unabhängigkeit sich eine begabte Nation oder nationale Abspaltung trotz staatlicher Loyalität wahren kann. Auch die *norwegische Nation* ist eine der wenigen, die, begünstigt durch territoriale Verhältnisse, als Staat ihren Platz gefunden hat. *Schweden* vermißt das russisch gewordene Finnland. *Dänemark* hat an den deutschen Staatsgedanken glauben müssen und Teile an Deutschland gegeben. *Deutschland* selbst, das wichtige und starke Elemente in Rußland, Österreich und der Schweiz gelassen hat, weil sie der Staatsgedanke nicht bewältigen konnte, hat ihm zuliebe Slawen, Polen, Dänen, Holländer und Franzosen sich eingefügt; sein Schöpfer war ein Künstler, wie ihn auch die große Politik benötigt, von der Einsicht, daß nur das Wesentliche ein Kunstwerk festigt. *Italien* hat durch Belassung der stammverwandten Furlaner in Südtirol und von Savoyen und Korsika an Frankreich gesunde Grenzen für seinen Staatsgedanken gewonnen. Interessanter aber sind vom staatsgedanklichen Standpunkte aus die Umstände *Englands* und *Rußlands*. *Englands* sichere Politik des großen Stils ist auf eine Bevölkerung gebaut, deren eines Drittel von fremden keltischen, gälischen und wälischen Nationen gebildet wird. Die Kultursprachigkeit und das sich daraus ergebende Bindemittel des Patriotismus aber sind so intensiv entwickelt, daß der Brite von dem kontinentalen Beobachter als ununterschiedlicher Typus passiert. Trotz der irischen Opposition des Parlamentes fühlt der einzelne Nationalist sich nach außen hin als verantwortliche Instanz für den Staatsgedanken; Militär und Regierung beherbergen den landes- und königstreuen keltischen Schottländer sogut wie den angelsächsischen Engländer und die Gesellschaft zieht dem Einzelnen keine anderen denn die festgelegten sozialen Grenzen. *Großbritannien erbringt besser als irgend ein Staat den Beweis für die Vitalität des Nationalitätenstaates. Der größte und bedeutendste Nationalitätenstaat aber ist Rußland*; es umfaßt außer den russischen Nationen *Polen, Schweden, Deutsche, Rumänen, Türken* und mehrere *ganz-* und *halbmongolische* Völkerschaften. Es vereinigt somit in sich nicht nur mehrere Nationen, sondern zwei Rassen und *zwei Kulturgedanken*; und darin, nicht in seinem Nationalitätenreichtum, liegt seine Gefahr. Seine staatliche Idee ist unklar. Im Verlaufe von Konflikten und Verwicklungen wird der Zeitpunkt eintreten, wo das russische System sich nach einer der beiden Richtungen wird orientieren müssen. Dennoch, ein russischer Staatsgedanke lebt, und ist groß und fruchtbar und schön und heißt: *Sibirien*. Es ist *das Nordamerika von übermorgen*. Aber alles, was Rußland bisher erobert, zarisiert und kolonialisiert hat, war nur ein Gegenstand der Vorarbeit für diese seine Aufgabe. Rußland braucht Völker zur Kolonialisierung Sibiriens; aber es braucht diese Völker nicht selbst. Kann es der starken Auswanderung der Balkanslawen den Weg nach Osten statt über den Atlantik weisen, indem es stärkere politische Ingerenz auf ihr gesellschaftliches Dasein nimmt, so hat es seiner Aufgabe nur genug getan. In Sibirien schafft es aus zarisierten Westost-Mischlingen den neuen Typus einer *asiatischen Nation*; denn noch gibt es in Asien wohl Rassen mit absoluter Distanz zwischen Edeling und Paria, aber keine Nation eines durch Rasse künstlich gehobenen Menschheitsdurchschnittes. Instinkt und Kult verbinden besser als die Surrogate von Sprache und Intelligenz. Darum ist weiter, als das westliche Genie dem östlichen überlegen ist, die Kluft zwischen dem unpersönlichen Vertreter der hohen Kaste des Asiaten und dem Durchschnittseuropäer; in den Gipfeln ist der Asiate dem Germanen unterlegen; im Durchschnitt übertrifft er ihn an reinmenschlicher und rassischer Qualität. *Die asiatische Nation nun ist Rußlands Antrieb, Völker zu sammeln*; es braucht Armeen, Land zu erobern und zu schützen, und Kolonien, es zu besiedeln. Mit Österreich verglichen ist sein expansiver Drang zum Balkan keine Wirkung eines Staatsgedankens, der nach einem innern Gesetze alle slawischen im nationalen, alle orthodoxen im kultischen und alle pontischen Gebiete im verkehrstechnischen Sinne zu aquirieren hätte; er ist vielmehr der gesunde Hunger nach viel unzufriedenem wanderlustigem Volk und die ferne Ahnung eines Staatsgedankens, der ihm aus seiner zweideutigen uncharakteristischen Stellung inmitten Ostwest heraushelfen könnte. Rußland als der alte russische Staatsgedanke mit alter mongoloider Halbkultur ist im Augenblicke im Zustand der Dekadenz begriffen. Das neue Rußland ist das westwärts geschiedene, auf jungen Kolonenvölkern erbaute *Großsibirien* mit dem Gesichte zur Ecke des indischen und des stillen Ozeans. Nicht seine Nationalitäten, aber seine verschiedenen Rassegedanken werden Rußland sprengen; seine *Neufassung liegt in der östlichen Synthese. Das panslawistische Reich germanisch-westlicher Prägung ist das mit der Donau laufende Ostreich*, wenn im westlichen Britannien die germanische Kulturprägung keltischer Völkerschaften darstellt. Dem Slawen muß, wie dem Kelten, der Warjagertrieb und gotische Imperialismus, der großzügige Gründergeist erst wieder oktroyiert werden.

Teutonisierung

Die nationale Hypochondrie hat nie Fruchtbares geleistet; der dosierte Nationalismus aber sich den Respekt jedes Denkenden errungen. Im ganzen kann man sagen; das *nationale Prinzip hat keine historische, höchstens eine provisorische Realität.* Es kann nur dort als schöpferisch nachgewiesen werden, wo sich durch günstige Lagerungen am territorialen Substrat die nationale Idee praktisch haltbar auskristallisierte. Es enthält die Spuren einer echt katheder-politischen Bemerkung des dritten Napoleon und involviert mehr Ideologie als Idealismus, von einer Art, die nicht konsequent durchgeführt werden kann. So sehr die Existenz der Deutschen in Rußland gesellschaftlich wünschenswert ist, ebensosehr ist sie politisch unproblematisch. Ohne diese Deutschen Rußlands dürfte die asiatische Nation kaum entstehen. Die Detachierungen deutschen Geisteslebens dortselbst wie in Österreich, Ungarn, der Schweiz und Südamerika sind anregend, aber sie enthalten für die deutsche Politik keinerlei Fragen. Der Panslawismus seinerseits ist als Idee nicht geistreich noch produktiv genug, Kräfte zu entfesseln. Sowenig wie ein Pangermanismus, der die Siebenbürgersachsen den Nordamerikanern angliedern würde; das ist nämlich ungefähr das Verhältnis zwischen Tschechen und Russen, oder Montenegrinern und Russen andererseits. Treibend kann erst wieder *der europäische Kultur- und Staatsgedanke sein, zu dem gerade das auf die Rassenidee gestützte und einheitlich inspirierte, national polychrome Österreich als Modell vorgedacht erscheinen muß. Es kann einen mächtigen Kristallisationspunkt für ganz Europa,* von dem es romanische, teutonische und slawische Elemente zum Ganzen gestaltet hat, *abgeben.* Die Skala der nächsthöheren Formationen ist nicht "Nationalstaat, Bund von Brüder- und Vetterstaaten", sondern: "Staat, Staatenkulturbund". Man kann von einem *Paneuropäismus* sprechen und von einem *Panamerikanismus,* soweit Lebensführung und Territorium sich decken. Es ist ferner falsch, ein volksmäßiges Erobern der Deutschen *Germanisierung* zu nennen: man müßte dies *Teutonisierung* nennen und für Österreich ausschließen. *Die Germanisierung hingegen ist ein Prozeß, dem sich seit Römertagen weder Romanen, noch Kelten und Slawen entziehen konnten.* Ihm gebietet erst der fremde *Geist Asiens* Halt.

Um zum europäischen Bunde zu kommen, sind nicht Reibungen zwischen Deutschen und Slawen, d.h. zwischen Deutschland und Rußland in der politischen Chemie zu Zersetzungszwecken zu benützen. Schon Bismarck hat wiederholt betont, daß wirkliche Reibungen zwischen Deutschland und einem Rußland, das nach Osten zu aufstößt, nicht vorhanden sind. Der europäische Bund setzt vielmehr die militärische oder diplomatische Lösung von Fragen voraus, die zwischen England und Deutschland, Rußland und England, Österreich und Italien, Italien und Frankreich schweben.

Die von dem österreichischen Deutschen gegebene Antwort auf eine nicht bestehende Frage, daß Deutschland die deutschen Provinzen Österreichs und der Schweiz zukommen müßten, um es ganz glücklich und stark zu machen, bedarf keines ernsthaften Eingehens. Es ist klar, wieviel der germanische Geist an Quellvermögen durch diese spießbürgerlichen, aufs gemütliche Idyll gerichteten Umstände einbüßen würde. Getrennt marschieren, vereint schlagen, entspricht auch hier der germanischen Auffassung besser. Ist der Deutsche imstande, den *österreichischen Kulturcharakter* zu schaffen, der dem deutschen just nicht aufs Haar zu gleichen braucht, so hat er alles geleistet, was der reichsdeutsche Bruder von ihm verlangen kann.

Der entwickelte Gedankengang führt uns naturgemäß und folgerichtig auf die Erklärung der Suprematie der Staatsidee über die Nationalidee.

Der österreichische Kulturcharakter

Sitten, Gebräuche, Einrichtungen und Fluktuation schaffen bei starker innerer Differenzierung einen reichhaltigen *Kulturcharakter*. Er ist nach innen gekennzeichnet durch die Fülle der Details, nach außen durch die Strenge seines spezifischen Charaktergefühls, dessen innenwohnende Kohäsionskraft alle politischen Adhäsionen überwindet. Als Endglied hocharüger Formationen gehört Österreich der folgenden Skala an: *1. Germanische Kultur, 2. Europäische* (Abspaltung amerikanische) *Zivilisation, 3. Österreichischer Kulturcharakter.*

Ziehen wir die Nutzanwendung alles bisher Gesagten auf Österreich, so ergeben sich folgende Grundlagen für den so häufig und so geistlos geleugneten *österreichischen Staatsgedanken.*

Die Bevölkerung, einschließlich der Deutschen, ist in der Sprache bunt und mannigfach, im Körpertypus aber durchschnittlich einheitlich. Sämtliche Nationen stellen einen Kompromiß zwischen slawischen, keltisch-illyrischen und mongolischen Urformen dar. Zwischen dem Deutschen und seinem andersnationalen Nachbarn bestehen Unterschiede nicht im Instinkt, wohl aber in der Sprache und den ihr nahestehenden Traditionen. Der germanische Typus ist schwach vertreten, er findet sich am stärksten in der Aristokratie und wird meist bei ausgeprägt unternehmerischen Geistern beobachtet werden können. Das Formale und die Lebenshaltung des allgemeinen Typs sind gleichwohl als germanisch zu bezeichnen, weil er die Traditionen des höherwertigen Lebens vom germanisch-christlichen Mittelalter bezieht und nach einer ausgesprochen germanischen Energetik sich ausgibt. Österreich ist mit seinem Menschenschlag das östlichste Land des Germanismus, wie Nordamerika, dessen germanischer Kulturgedanke von einer überwiegenden Majoriät des Kelten getragen wird, das westlichste. Diese Einheitlichkeit des Österreichers trotz Sprache und Nation ist günstig; der auffallende und oft gerügte

Unterschied im Temperament des Reichsdeutschen und des Österreichers ist die vernünftige natürliche Reaktion einer anders angepaßten Spezies des Deutschen; die Arbeitsteilung hat ihm andere Kräfte zugewiesen, mehr werbende und assimilierende, als erobernde und bildende, entsprechend seiner Aufgabe, die nicht in Kulturschöpfung, sondern in *Kulturwehr* besteht. Darum ist der Österreicher jeder Nationalität künstlerisch und zumal musikalisch hochbegabt, organisatorisch und technisch aber schwerfällig. In der Stärke der ästhetischen Interessen der deutschen Gesellschaft Österreichs ist ein eminenter assimilierender Faktor gewährleistet; der Kampf gegen diesen Ästhetizismus mag zumal vom Standpunkt des nördlichen Deutschen aus seine Verdienste haben, zu einem endgültigen Erfolge ist er nicht berechtigt noch wahrscheinlich bestimmt. Wenn es den jungen Deutschen der jetzigen Generation gelingt, den *ästhetischen Interessenkreis der Monarchievölker und ihrer Intelligenz zu schließen*, ist ein wesentlicher Fortschritt zur Konsolidierung des österreichischen Kulturcharakters und seines Typs erreicht. Dieses ästhetische Interesse der studierenden, hoffenden, ringenden Jugend, gezügelt und geregelt, kann in der Hand weitschauender Politiker faszinierend wirken. Der wichtigste Minister nach dem Kriegsminister ist für Österreich der Kultusminister. Er hätte die auf somatische Voraussetzungen gegründete Eigenart des Österreichers ohne Unterschied der Sprache, diese Eigenart, die ihn sogar gegen den Norddeutschen abgrenzt, zu pflegen. Der Typus zwischen Konstantinopel und Wien ist einheitlicher, als der zwischen Wien und Hannover. Ein zweiter Komplex, bestimmt, das notwendige Fluktuationsmedium zu beleben, ist die kaiserlich königliche Armee und ihr österreichischer, ausgesprochen österreichischer, schwarzgelber Soldatengeist. Der Armeeapparat schüttelt die Stämme und Sprachen durcheinander, schafft Beziehungen zwischen Provinzen, bringt einen lustigen internationalen Ton in die Massen junger kräftiger Menschen und produziert eine österreichische Gesellschaft, deren nationale Idiosynkrasien langsam in Schwindeln begriffen sind. Die Einheit der Armee, auf die *Kulturspurweite der wichtigsten und begütertsten Sprache* eingefahren, ist ein wichtiger Erziehungsfaktor. Aber nicht weniger wichtig für den Künstlerpolitiker, der den *Österreicher* aus vielen Nationen zu meißeln hat, wie einst Bismarck aus dreizehn Stämmen den Deutschen bosselte, ist die Tätigkeit des Ministers des Äußeren. Der österreichische Staatsgedanke wird von seinem geeigneten Politiker weniger durch innerpolitische Veränderungen und Maßnahmen, als durch innerpolitisch geduldige Erziehung und straffe außenpolitische Initiative der selbstverständlichen Empfindung eingraviert werden.

Die äußere Politik Österreichs hat wie jede Politik ihren territorialen Voraussetzungen zu folgen, um Kulturergebnisse, nicht nationale Romantik zu zeitigen.

Beim Blick auf die Karte fallen zwei Kristallisationspunkte ins Auge: die *Donau* und die *Adria*. Diese Zweiheit kennzeichnet nicht etwa einen Zwiespalt, eine Unentschiedenheit, vielmehr das gesunde zweidimensionale System jeder Staatenbildung, deren Längenerstreckung eine solche Breite hat, beziehungsweise der Tiefe entspricht. Findet sich zur Tendenz in der einen Linie ein territorialer Kristallisationspunkt in der Normale, so ist die zusammenziehende, ausfüllende Kraft des Randschenkels das geometrische Schicksalszeichen. Das Wachstum aller großen Organismen ist perpendikulär; auch das großer Staaten. Deutschland besitzt seinen Entfaltungswinkel zum Beispiel im Rhein-Elbe-Lauf und der Nordküste. *Die Gesamtgeschichte Österreichs aber sperrt sich in einem Winkelmaule nach Osten und Süden.*

Die Entwicklungstendenz nach Osten ist durch das Entstehen eigener politisch lebensfähiger Bestände auf den Weg der *Bündnispolitik* gedrängt worden. Der Beginn einer vernünftigen kulturellen Durchdringung des selbständigen Südostens ist durch die Militärkonvention mit Rumänien probat geworden. Diese Konvention ist der Keim des Donaubundes, dem bis jetzt noch Bulgarien fehlt. Die Beziehungen zu beiden Staaten sind für ein im Süden saturiertes und zur Mittelmeermacht gewordenes Österreich friktionslos. Der Status quo endgültig erwachsener Balkanstaaten wird durch eine knappe Militärallianz zu einem Schutz und Trutz glücklich gewährleistet.

Dieser Zustand aber kann nicht eintreten, bevor die *serbische Frage* nicht in einem für Österreich unumgänglichen weltgeschichtlichen Akte gelöst ist. Das *finis Serbiae* steht der Ruhe Österreichs genau so drängend gegenüber, wie das *finis Austriae* dem Bestande Serbiens. Wenn es irgend einen Staat mit panslawistischem Talente gibt, so ist dies Österreich. Ein großserbisches Reich, das territorial möglich und plausibel wäre, schnitte sich sein wichtigstes Teil aus dem Leibe Österreichs. Ein kleines Serbien ohne Weg zum Meere und dem engherzigen kleinstädtischen Ehrgeiz einer unruhigen zerrissenen Nation unterworfen, aber ist sowenig lebensfähig oder auch geduldig wie einstens Polen. Die Aufteilung Serbiens an Bulgarien, Rumänien, Griechenland und Österreich und die Annexion des Landstrichs zwischen Morava und der Montenegrinischen Küste ist die einzige territoriale Aufgabe, die Österreich in Europa fertig zu machen hat. Ein Politiker, der sich dieser Pflicht entzieht und das Herz hat, Serbien den Vorteil der österreichischen Zugehörigkeit vorzuenthalten, mag ein guter und friedliebender Mann, ja er mag sogar ein deutschnationaler Politiker sein, der im Sinn seines Volkes die Akquisition und Stärkung slawischer Elemente verpönt; aber ein österreichischer Politiker ist er nicht, kaum ein europäischer. Denn ist erst einmal die Balkanfrage im westlichen Sinne gelöst, dann rücken die Großmächte einander näher denn je, dem Dreibund gliedert sich im Süden der Donaubund und der Adriabund mit Griechenland an und im Norden rings um Deutschland der nordische Flottenbund, der Holland, Dänemark, Norwegen und Schweden maritim zusammenschließt. Dann ist auch die Zeit gekommen, wo Mitteleuropa die bewundernswürdigen sibirischen Pläne Rußlands unterstützen kann. Österreich, das mit Altserbien, Montenegro und Albanien zur Mittelmeermacht wird, erhält Aussicht, im Wiesenland Arabiens oder reichen Abessynien, das sich dem Italiener wehrte, noch ein Pflanzland für den Überschuß seiner Völker zu finden. Heute gehen die slawischen Männer Serbiens und selbst noch Dalmatiens ihrem Volke bei der Auswanderung verloren; ein serbisches Reich wird niemals je eine Kolonie erwerben; ein mächtiger österreichischer Staat aber, dem seine Südslawen eine prächtige Marine entwickeln helfen, um nördlichen Überschuß an Produktion abzuleiten und die Konkurrenz am ostasiatischen Hochmarkte zu bestehen, ist der Erhaltung slawischen Wesens und der Gebietsmehrung slawischer Sprache förderlicher, als irgend die kindliche Romantik balkanesischer Konstellationen.

Die Entscheidung über das Weltbild der nächsten Zukunft drängt; möge sie den *richtigen Mann* und *das verständige Geschlecht* vorfinden. Den österreichischen Deutschen fehlt es an Takt, der notwendig ist, wenn man ein großes Haus führen will. Aber sie wollen dieses große Haus nicht führen? Wenn bei der Liquidation Österreichs, die unmittelbar dem Versäumnis der serbischen folgen wird, die deutschen Provinzen, die heute die Träger einer höheren Lebenshaltung sind, verstümmelt, verkürzt und noch im Innersten durchwühlt zurückbleiben, wird niemand sich ihrer freuen, noch um ihretwillen eine eigene kleine Frage aufwerfen. Das muß gesagt sein, die Gemütlichkeit, die nach Norden will zum vollen Tisch und den Überdruß am eigenen provoziert, ist weitaus weniger schön und geistreich als die tollkühne Hitze, die nach Süden zum Nichts und zur Plage und zum Kindersein und zum wollüstigen Räuberspielen will. Wer die prächtigen fremdsprachigen Menschen einer urgesunden Heimat sieht, die in Reih und Glied unter Österreichs Bannern durch unsere kultivierten kranken Straßen schreiten, und nicht wünscht, diese Völker anzuerkennen und mit seinem Geiste zu tränken, ist weniger als ein schlechter Deutscher, ein schlechter Österreicher, ist ein schlechter und armer Mensch, ohne Kraft, die Realität zu ergreifen wie sie ist und sein menschliches Ideal in ihr, nicht fernab von ihr zu verwirklichen.

Der österreichische Staatsgedanke ruht territorial und kulturell, materiell und ideal auf gesunden Bedingungen und einer gleichmäßigen Geschichte, die erst in den letzten Jahrzehnten deutlich und sicher geworden ist. Die Vertreter dieses Staatsgedankens sind innerhalb einer skeptischen, oft zynischen Intelligenz selten geworden. Der kommenden Generation liegt hier eine ethische Aufgabe bereitet. Die Entdeckung des imperialistischen Menschen steht bevor! *Lasset uns über die einzelne Sprache hinaus, in Kunst, Denken und Handeln den österreichischen Kulturcharakter prägen! Lasset uns ihn sein!* Dann werden sich auch die Politiker finden, die, auf unsere Macht durchs ganze Land vertrauend, dem Sinnen in unseren Seelen praktisch den Weg weisen zu östlichen Kulturen: *ans Mittelmeer!*

Jung-Österreichs Hoffnungen

Erzherzog Franz Ferdinand †

Franz Ferdinand war der ungeschliffene Demant Österreichs. Man sah ihn nie glänzen. Man wußte nur, daß er hart ist, hörte, daß er schwarz sei, und hielt ihn, wenn je einmal Strahlen aus ihm brachen, für ein Stück glimmende Kohle, einen düsteren Block gebundener Leidenschaften, eine nicht ungetrübte Quelle von lebenspendender Wärme und Rauch.

Er war nicht schwarz. Er war schon damals klar. Heute, wo alle Feilen der Journalistik an der Arbeit sind, ihn zu schleifen, zu leugnen, daß sie je schwarz gesehen hätten, und ihm Karat und sonstig bürgerliches Maß abnehmen, wird es heller um ihn. Aber die Andern sind es, die sich klären. Während er lebte, hatte er eine dicke liberale Dunkelheit gegen sich, in der das Gespenst der Anekdote, aus Furcht vor kommenden Zeiten verflüchtigt, geisterte. Er aber hätte sich weder bei Schönwetter "aufgeklärt", noch hätte er sich in schweren Stunden verfinstert. Eine stetige, gleichmäßige Undurchdringlichkeit war um ihn. Dies kam so: Er hatte seine Kraft, sein Glück, sein Eigenrecht zu erleben, und war doch ein Thronfolger, das heißt ein Mann *zwischen* den Bahnen schreitend, den vorgezeichneten strenger Erbordnung und den vorzuzeichnenden erwarteter freier Schöpfung. Seine Kraft war seine Ehe. Seine Tat seine Frau. Er selbst beides. Sein Genie sein Erlebnis.

Er war hart. Mit ihm hat Österreich seine Härte verloren. Und diese brauchte es: die Härte, nichts Anderes. Das Andere, die flotte Begabung, der Schmiß, Musik, ist da. Es fehlt: Härte. Die Härte hatte der dahingeschiedene Erzherzog. Dies kam so: er hatte sich eine Frau zu erringen.

Wenn nichts an seiner Geschichte menschlich bewegen würde, dies eine würde ihm Hoheit vor allen Männern sichern: daß er nicht verzichtete, weder auf seine Thronfolgerschaft, noch auf die edle Frau, die ihm wert erschien. Es war sein großes Erlebnis, es war, möchte man sagen, seine Politik. In dieser höchsten Form einer Zuchtwahl erlas er sich die Freundin, deren Gefahrtschaft ihm mit seinem politischen Werke verschmolz. Wie er geherrscht hätte, läßt sich nur aus diesem einen Zeichen abschätzen. *Er hätte geherrscht, wie er gefreit hat.* Es wäre vielleicht illegitim gewesen und gegen die strenge Herkömmlichkeit, aber man hätte *in Österreich das Unerhörte* erlebt: *Handeln, Wahl, Bestimmtheit.* Was hätte er veranlaßt, welche mit Namen zu nennende Tat hätte seinen Willen verkörpert? Darauf zu antworten, steht heute Allen frei, denn es gibt keine Tatsache zur Berechnung. Ob er den Krieg gegen Serbien geführt hätte, ist heute gleichgültig. Vielleicht hätte er auch den Krieg gegen Italien geführt, der ihm erwiesenermaßen näher lag; er begünstigte in Triest die *slawenfreundliche* Verwaltung seines Freundes Fürsten *Hohenlohe* und widersetzte sich der in Plänen *Konrad von Hötzendorfs* bereits geschichtlich erledigten Eroberung Serbiens. Der Irrtum des Serbenjungen von Sarajewo hat ihn nicht widerlegt. Es ist gleichgültig, ob man zuerst den Krieg gegen Italien und dann jenen gegen Serbien gewinnt. Wichtig ist, daß man die zu führenden *Kriege um Adria und Mittelmeer gewinne.* Der Krieg gegen Italien hat mehr Aussicht auf Erfolg, als der gegen Serbien. Dieses militärische Paradox trifft das Unglaubliche. In der Entscheidung zwischen Erzherzog Franz Ferdinand und Konrad von Hötzendorf handelt es sich also lediglich um die Auffassung, was klüger sei, den Kampf gegen den schärferen Feind zuerst oder zuzweit zu kämpfen. Die Gleichzeitigkeit war vorgesehen, aber nicht vorgenommen. Die Begünstigung der Serben in Bosnien hatte den Zweck, an der Südostgrenze ruhige Freundlichkeit zu züchten. Daß dabei Serbenjungen in der Zeit die Schamhaare wuchsen, ist ein Einwand, den ein Nervenarzt gegen jede Politik machen könnte.

Es ist ungewiß, ob der Erzherzog den Krieg gegen Italien geführt hätte. Daran hat ihn allezeit die oft recht quälend empfundene, aber von ihrem Standpunkt aus begründete Eigensucht der reichsdeutschen Politik gehindert. Aber wenn er einen Krieg geführt hätte, dann jenen gegen Italien, den leichteren Krieg, bei dem man die östliche Adria unter Minen setzt und aus den Dolomiten der Poebene schlechtweg auf den Kopf fällt. Daß er zur Kriegspartei um des Krieges willen gehört hätte, ist eine flache liberale Auffassung. Diesen Herren ist der Krieg an sich unliberal, denn er ist Ernstfall. Einsetzung letzter Werte und Güter – und soviel wird nicht gern eingesetzt. Der Thronfolger, dies sei hier zum ersten Mal festgestellt, gehörte zu keiner Partei. Er war ein Gegner der Verjudung, des bürgerlichen Zweifelns, der geistigen Unordnung und Zigeunerei; er verachtete und verfolgte mit rücksichtslos ausgedrücktem Abscheu gewisse Emporkömmlinge, Geldmenschen, auch Verwaltungstalente einer ihm fremden, zum Beispiel der jüdischen, oft auch mattyarisch-mongolischen Art. Als politischer Typus stand ihm Lueger am Nächsten. Aber er gehörte keiner Partei an, unterstützte in der Ausnützung seiner Machtmittel die eine mehr, die andere weniger und verdammte die dritte in wörtlich ausgesprochenen Urteilen auf offenem Markte. Er kannte nur eine Partei: sich und seine Frau.

Viele betrachteten ihn darum als eigenmächtig und selbstherrlich. Man vergegenwärtige sich jedoch dieses Grunderlebnis, diese Haltung inmitten höfischer Verschwörungen, diesen erzenen Widerstand gegenüber ermüdenden kleinen Sprengversuchen. Es mußte den Mann härten, den es versuchte, und mußte ihn auf sich zurückführen. Wer teilte sein Ich, wer war von seiner Art? Wer war glaubensstark und trotzig, rechtgläubig und doch nie vor höflicher Sitte und Gebärde feig? Der Erzherzog nahm die starkherzige, gräfliche Hofdame zur Frau. Er war von Geburt aus in Herkömmlichkeiten erzogen. Er war stark genug, sie zu brechen. Er war stärker; er war stark genug, das Herkommen, das er zu brechen wußte, auch wieder zu heiligen. Die Rechtmäßigkeit von Glaube, Empfindungen und Tat, als Grundsatz durch die eigene Tat erschüttert, hat doch stets in ihm den *Schirmer* gefunden. Darin ist er unserem *jungen Geschlechte, das die Überlieferung brach, um sie neu zu setzen, ein Sinnbild der Zeit und ihrer Männlichkeit.* Man darf die herbe Ordnung fürstlicher Freiung nicht mißachten; es hat wohl guten Sinn, wenn edles Blut nur gleich edles Blut zur Mischung wählen muß. Aber bricht der Richtige im Augenblicke besserer Wahl und Erkenntnis das Gesetz, dann sind sie beide schön, das Gesetz und sein Brecher. Die Welt lebt in der Spannung von Kräften. Nur das ist's, daß es *Kräfte* sein müssen.

In dieser seiner Ehe lebte der Mann, sein Schicksal, seine Größe, seine Politik, seine Möglichkeiten. Er war die *Härte* und die Tat, die selbständige Wahl und die unerbittliche Entscheidung. Man hat ihm den Einfluß der von ihm geliebten Frau nachgerechnet. Als ob es nicht des besten Mannes Art wäre, sich vom Weibe seiner Wahl anregen zu lassen, den unruhig von namenloser Kraft geschraubten Kopf in der stoffgebundenen, der Sache stets nahen Einbildung der Frau zu kühlen! Diese Anregung zweier hoher Menschen gibt ein Bild von Ehe, vor dem der bürgerliche Polizeiakt heutigen Vollzugs sich wahrlich schämen muß. Der Liberalismus spottet gern der politisch bestimmten Heirat. Näher zugesehen: heute sind nur mehr Prinzen tapfer und ehelichen sittlich. Der Liberalismus aber ist durch seine Ehen gerichtet.

Für den, der über Politik nachgedacht hat, als über die höchste Ordnung menschlicher Kräfte, glänzt diese Härte nicht schrill, wie sie die Leitartikel facettieren. Nicht der Antisemit, nicht das Kriegsgenie – dies sind Folgen einer Menschlichkeit – wären unersetzlich. Unersetzlich ist dieser: *der harte Deutsch-Österreicher.* Wie er sich äußerte, als Offizier, Beamter, Organisator, Hausvater, Landwirt, stets war er hart und gefürchtet. Mit Recht gefürchtet von österreichischer Halbheit und Fahrlässigkeit. Hätte er sie gedemütigt! Hätte er sie zerdrückt und uns einen Sinn auferlegt, unter dem auch unsere natürlichen Kräfte wieder erwacht wären! Um seiner Härte willen wollen wir ihn hier und für immer als Erscheinung kennzeichnen. Als die Bombe des Verschwörers vorbeigelang und er mit dem Arm den Tod um Stunden zurückschob, sah er der nackten Gefahr ins Gesicht. Seine Härte hieß ihn den Weg in Zucht fortsetzen.

Mit ihm ist, man kann es nicht geringer ausdrücken, eine Hoffnung vernichtet. Vielleicht entsprach der hohe Verstorbene nicht ganz der liebenswürdigen Vorstellung, die sich Österreicher gern von besonders schätzenswerten Personen zu bilden lieben. Es fehlte ihm an Lockerheit des Geistes und Charakters. Er war eine kompakte Natur, ein verknoteter Muskel, überanstrengt und ein wenig überhoben von der Last, die er in der tapferen Durchführung seiner Ehe bewältigt hatte. Aufgaben, groß wie Felsenblöcke, harrten seiner. Sein Leben war nicht so gemütlich, wie man sonst in seinen Landen zu sein pflegt. Aber just dieser Ausnahmefall von Härte prädestinierte ihn und wandte ihm die Köpfe all derer im Volk und Staate zu, die sich Gedanken machen und auf Besserung hoffen.

Erzherzog Karl Franz Josef

Die jüngere Hoffnung Österreichs zählt siebenundzwanzig Jahre. Die hohe Person, die sie umfaßt, hat kein Vorleben. Dies ist das Sonderbare. Siebenundzwanzig Jahre sind noch blühende Jugend; aber sie sind doch ein Alter, das sonst Linien in das Gesicht und in die Seele gräbt, zu Äußerungen bemerkenswerter Entschlüsse veranlaßt hat, dem Mann Folie gibt und ihn der Öffentlichkeit in Geschichten, Vermutungen, Leitartikeln, Monographien exponiert. Der vorliegende Fall aber weist einen Prinzen, der plötzlich aus einem Namen, aus einem lieben Gesamtbegriff: Kaiserhaus, aus mehr ahnungsvoller als handfester Popularität in die Mitte von fünfzig Millionen Menschen gestellt wird. Es ist ein Prinz, ganz von jener Art, wie ihr der einleitende Versuch in diesem Buche Ehrfurcht und Sympathie gezollt hat. Ein eleganter junger Mann, flott, sehr jugendlich, frohsinnig, temperamentvoll, glücklich. Eine Jünglingskraft, unverdorben, geschlossen wie eine Knospe, eine politisch und administrativ unberührte Persönlichkeit. Kein Maßstab geht ihr voraus, keine Velleitäten und keine Dankbarkeiten findet sie auf ihrem Wege zu den Millionen. Frisch, wie die Liebe auf den ersten Blick, tritt sie unter die Völker. Erwartung empfängt sie. Gespannte Aufmerksamkeit kreist sie von dieser Minute an ein und dreht den schockartig erweiterten Horizont als erschrecktes Bild von frecher Neuheit um sie. Das Augenmaß verliert seine Tiefe; die Höhen haben keine festen Konturen. Könnte nicht dies die Geschichte jenes Schocks sein, wenn man vom Prinzen zum Thronfolger wird? *Sehen muß gelernt werden!*

Seine Unerfahrenheit kann des jungen Herrn Erzherzogs Genie werden: unverfälscht, zur Gerechtigkeit geschaffen, zum halluzinatorischen Weitblick gezwungen, kann man nur wünschen, daß die politische Reifeprüfung, der sich der erzherzogliche Abiturient vor einem Kolleg alter Minister und Einpauker unterzieht, ihn in seiner Frische nicht schmälert. Kenntnisse, gewiß, bedeuten viel. Die Grundlagen des Staates, den er einst beherrschen soll, wollen gekannt, nicht nur gekonnt sein. Aber dies ist Gymnasialstoff und es ist anzunehmen, daß der Mittelschulunterricht des prinzlichen Knaben hierin keine Lücken gelassen hat. Was werden die wohlverdienten Herrn Minister der kaiserlichen Hoheit beizubringen versuchen? Man kann es schon jetzt ahnen. Spricht nicht die Tatsache, daß Deutsche und Tschechen sich schon jetzt um den Vortritt zur Lektion raufen, Bände? *Sehen muß man lernen.* Man kann es aber nicht *lehren!*

Dies ist die erste Hoffnung, die Österreich an das Geschenk der Geschichte, an einen jungen Zukunftsherrscher knüpft.

Die Hoffnungen der Armee

Erzherzog Karl Franz Josef ist der Sohn des genialen Erzherzogs Otto und der Tochter des Königs Georg von Sachsen, Maria Josefa. Diese

Prinzessin gilt als eine der schönsten Damen des Wiener Hofes. Eine stattliche germanische Erscheinung, freie Würde und Anmut des Verkehrs haben ihr große Volkstümlichkeit gewonnen. Erzherzog Otto, den ein frühzeitiger Tod aus starkem und vollem Leben dahin nahm, galt als schneidiger Reiteroffizier. Er war vollkommen Soldat. Begriffe, Worte und Grenzen seines Lebens waren ihm weniger durch seine prinzliche Herkunft, als durch seinen Beruf – Bekenntnis wäre hier richtiger zu sagen – gegeben. Er lebte in und mit den Offizierskreisen. Generale und Vorgesetzte haben ihm bemerkenswertes Talent zugesprochen. Es scheint, daß der junge Erzherzog sein Blut vor allem geerbt hat. Was immer man bis jetzt von ihm hörte, kam aus militärischen Kreisen und handelte über ihn als Soldaten. Nachdem er die gymnasialen Prüfungen bestanden und teilweise sogar dem öffentlichen Unterrichte der Wiener Schottenlehrer beigewohnt hatte, widmete er sich seiner militärischen Ausbildung. Er zeigte die Anlagen seines Vaters, soldatischen Sinn, die geeignete Begabung und sehr viel Liebe zum Beruf. Als Mittelschüler war er bei großer Aufgewecktheit über die großen Maße des Studiums nicht immer erbaut. Dies ist leicht nachzufühlen. Es ist auch nicht einzusehen, warum ein Prinz mehr gelernt haben solle als irgendein anderer kluger und später infolge rechtzeitiger Schonung erfolgreicher Mann. Seine Offiziersstudien aber erfaßte er mit großer Leidenschaft. Er machte scharfen Kommißdienst, verabsäumte es nicht, zu sehen, und lernte, was man nicht lehren kann. Er steht heute vor der Ernennung zum Obersten und verspricht für die Armee eine in jeder Beziehung glänzende Erscheinung zu werden.

Wenn man überlegt, daß es Napoleonische Heerführer gab, die in noch jüngeren Jahren leitende Stellungen mit Erfolg bekleideten, kann man die Charge des Prinzen im Verhältnis zu seinem Alter kaum als entsprechend empfinden. Allerdings umfaßt die Ausbildung eines modernen Offiziers Gebiete, von denen damals nur die Anfangsgründe gefordert wurden. Die hochentwickelte Technik, die Art, sozusagen der Stil des Massenkrieges, vor allem der komplizierte Verpflegungsdienst und die weitaus raffiniertere Taktik der Truppeneinheiten sind heute vor einem Kriege immer noch ganz geheimnisvolle Probleme, für die es definitive Lösungen vor der Entscheidung des Ernstfalles nicht gibt. Nur das Genie kann hier die Regel, das

Leitmotiv, den praktischen Goldgehalt sichten. Desto gerechtfertigter wäre es gewesen, dem allgemein als begabt und strebsam geschilderten Prinzen beizeiten eine höhere Charge und entsprechende Macht zu verleihen. Es wird viel schädlicher sein, wenn er nun mit einem Ruck die letzten Sprossen der Leiter geradezu hinaufstürzt; es verschafft vor allem ihm selbst sowie seinen künftigen Untergebenen nicht das rechte Vertrauen. Seelische Wirkungen sind in Erwägung zu halten. Man hat hier, wie besonders in politischer Hinsicht, viel vernachlässigt. Zur Entschuldigung muß allerdings darauf hingewiesen werden, daß diese von außen her bestimmte Zwangseile nicht zu berechnen war.

Wenn man also den Konduiten glauben und das Regulativ der Annahme, als hätte Beflissenheit und vorbereitende Schmeichelei die Tatsachen verschönert, außerachtlassen darf, so kann man sich auf einen tüchtigen Feldherrn mehr unter den Habsburgern gefaßt machen. Die Bestätigungen der hohen Kreise der Armee überzeugen um so mehr, als sich unter ihnen Köpfe von der Härte und Unerbittlichkeit eines *Konrad von Hötzendorf* finden, die nicht zu schmeicheln pflegen. Von diesem General kann man nur wünschen, daß seine Arbeitskraft in diesen Augenblicken, da mit dem verstorbenen Thronfolger eine Soldatenfaust von ehernem Gefüge verloren gegangen ist, der Armee erhalten bleibe. In Erzherzog Karl wird der Entschlafene den hohen Nachfolger finden; ja es ist zu erwarten, daß der Jüngere, der den modernen Völkerkampf mit all seiner in das Leben und die Seele des Volkes verwobenen Technik kennengelernt hat, sich neuen Erfahrungen frischer erschließen wird, als es die schwere Natur Franz Ferdinands, die an Hergebrachtem zähe hing, oft vermochte. Der tote Thronfolger verhielt sich den neuen Prinzipien gegenüber, die besonders der im Gebirgskampf spezialisierte Stratege Hötzendorf gebildet hat, oft genug mißtrauisch. Aus Erzherzog Karl Franz Josef wird ein *moderner Heerführer* werden. Dies ist die *Hoffnung* der jungen österreichischen Offiziere, die alten Armeegeist mit moderner Beweglichkeit, Freizügigkeit des Entschlusses, Leichtigkeit der taktischen Führung, kurz jener Elastizität der modernen Kriegskunst verbinden. Über eine Million gesunder Männer des Volkes blicken auf den heranreifenden Kriegsherrn. Alte Erinnerungen an Siege, Sehnsucht nach eigener Leistung, auch gestauter Unwillen, *Scham über ungerächte*

Geduldproben der Armee verbinden sich mit dieser Hoffnung. In diesem Augenblicke, da seine Gefolgschaft ohne Vordermann in die Nähe gerückt ist, ist der Erzherzog Soldat, nur Soldat, nichts als Soldat. Auch ein hervorragender Soldat wird für Österreich nicht der schlechteste Politiker sein.

Die Hoffnungen der Völker

Die völkermäßige Zusammensetzung der Monarchie ist keineswegs so ungünstig, als man gewöhnlich annimmt. Entwickelte und wirkliche Kulturnationen sind die Polen, die Deutschen, die Italiener. Mittels der beiden ersten wurde denn auch berechtigterweise bis jetzt von den Habsburgern Politik gemacht. Die *Italiener* haben sich stets zu offensichtlich und hochnasig als romanische Kulturmenschen getragen und einen ungemäßigt hochverräterischen Standpunkt eingenommen. Zufällig, oder soll man sagen, im Zusammenhang damit, sind sie der Art nach stark von der begabten eigentlichen italienischen Nation unterschieden; alle die Eigenschaften der Anmut, des Taktes und der schönheitsinnigen Hand fehlen ihnen vollkommen. Es ist ein herzlich unbedeutender Schlag, meist slawische und teutonische Mischlinge und Übergänger ohne den ursprünglichen, aber auch ohne die Höhe des angenommenen Charakters. Trotzdem könnte auch mit ihnen Politik gemacht werden. Da sie von einer Einverleibung der istrianisch-dalmatischen Küstenstädte in das italienische Reich nichts zu hoffen haben, weil diese die Bedeutung der Adria auf die eines maritimen Blinddarms für den großen mittelmeerländischen Verdauungsprozeß herabdrücken würde, könnten sie durch Festigung ihrer Stellung unter den Kroaten gewonnen werden. Es sind Geschäftsleute mit und ohne Geschäft, die jetzt von ihrer Irredanta und den gastlichen Beziehungen mit der Halbinsel leben. Ihr Rückgang unter dem slawischen Ansturm war in den Küstenstädten von Triest bis Cattaro ein überraschend schroffer. Stellt man sie wieder in ihre Posten und Ämter ein, baut ihnen Universitäten und Casinos, dämmt den Slawismus ab und hält im übrigen gute Beziehungen mit Italien, so können sie einer Regierung, die nur den Zweck hätte, über Wasser zu bleiben, sogar sehr nützlich werden. Ihre Erwartungen waren bis zum Tode Franz Ferdinands keine allzugroßen. Der Umstand, daß die künftige Kaiserin von Österreich eine halbe Italienerin von Erziehung ist, für Romanisches jedenfalls viel Empfänglichkeit mitbringen dürfte, könnte ihnen Erholungen versprechen.

Über die Hoffnungen der *Deutschen* spricht diese Folge von Abhandlungen als ganze. Sie ist vom Standpunkte des erwartungsvollen Deutsch-Österreichers geschrieben. Die *Polen*, die als Volk dem Urslawen und damit dem Germanen sehr nahestehen, vom österreichischen Deutschen als vornehme und künstlerische Menschen durchaus hochgeschätzt werden, haben durch soziale, nicht einmal so sehr nationale, als, wohlgemerkt, soziale Ungerechtigkeiten gegen die Ruthenen ihre eigene großherrschaftliche Macht erschüttert. Ihre Hoffnungen sind klar, werden aber in diesem egoistischen und für eine Kultur schädlichen Ausmaße unbefriedigt bleiben müssen. Sie stellen dem Staate hohe Militärs, Beamte, Minister: leidenschaftliche Parteigänger des Staatsgedankens und Inspiratoren einer stark russenfeindlichen Bewegung. Ihre Leidenschaft ist allerdings etwas abgekühlt, seit sie diesen Haß gegen einen äußeren Gegner nicht mehr mit dem gegen eine österreichische Nation identifizieren dürfen. Diese Nation sind die *Ruthenen.*

Die Ruthenen gehören gleich anderen slawischen Völkern Österreichs zu einem somatischen Grundstock, um den jede Kulturmacht Österreich beneiden muß. Sie zeichnen sich, die durch übertriebenen Genuß von Spiritus degenerierten *Slowenen* Krains ausgenommen, durch ihre körperliche und geistige Unberührtheit aus. *Ruthenen, Slowaken* und *Kroaten* sind das Urbild unverbrauchter Volkskraft. Diese ebenmäßig gebauten, gesunden Menschen, bei denen nur die tartarischen Züge etwas fremd anmuten, auf ihren Feldern zu sehen, bei Prozessionen, beim Vorbeimarsch von Regimentern, ist eine helle Freude. Sie leben roh, sind arm, vom Juden und Gutsherrn gedrückt und ohne Schulbildung. Aber hier zeigt sich die Tiefe und Melancholie der slawischen Volksseele. Fromme Christen, Katholiken als Slowaken, Kroaten und Ruthenen, Griechen als Teile der letzten, verehren sie im Hause Habsburg den Begriff des Staates und der Kultur. An diesen Völkern ist, das muß hier gesagt sein, zugunsten bevorzugter und lärmender, viel gesündigt worden. Schon um ihretwillen muß Österreich bestehen; denn ein panslawisches Reich hätte niemals die innere Kraft, diese Völker zu ihrer vollsten Entwicklung zu bringen.

Hier ist Arbeit für den Deutschen und sein eingeborenes Organisations- und Erziehungstalent! Hier ist ein Werk für einen jungen Prinzen zu tun, der Lust zu ernstem und fruchtbringendem Wirken in sich spürt. Die Ruthenen sind das Opfer der Polen, die Kroaten und Slowaken das der *Mattyaren* geworden. Charakteristisch für die beiden Tyrannenvölker ist der Mangel einer Bürgerschicht; diese wird hier wie dort durch einen Kaufmannstypus jüdischer Provenienz ersetzt. Der milde vermittelnde Filter fehlt in beiden Gesellschaften; sie sind auf Kasten begründet und darum für den Nachschub entwickelter Individuen unfruchtbar. Daraus entsteht die andere Gefahr: die Halbbildung der slawischen Intelligenz.

Diese Halbbildung der slawischen Intelligenz ist das Vitriol der slawischen Seele! Hat der Einzelne sich aus dem rohen Urzustand seiner Herkunft geläutert, dann gewahrt er mit Entsetzen die Rückständigkeit und Armut seines Volkes. Er ist jetzt gebildet genug, um den Abstand des eigenen Ichs gegen früher zu vermerken; er ist aber nicht gebildet genug, um für die eigene Unvollständigkeit gegenüber dem europäischen Durchschnitt ein Auge zu haben. Entdeckt er je seine Halbheit, so artet er in den eigentümlichen Räuschen der Selbstvernichtung, wie sie der slawischen Seele gegeben sind, aus. Gewöhnlich aber entschlägt er sich des tieferen Kummers und klammert sich an den Kummer um sein Volk. Er sieht es arm, aber schön und kräftig; vernachlässigt, aber vielversprechend: zu einem lichten und glücklichen Leben geschaffen, wie irgend ein anderes Volk, aber gedrückt und in der Ungunst der Verhältnisse teilnahmslos. Da entsteht unter der slawischen Halbintelligenz jene unklare Gärung, die nationale und anarchistische Elemente vermengt und sich in ebenso schönen als sinnlosen Ausbrüchen äußert.

Es ist *das große Rätsel der slawischen Seele*, das diese für sich selbst, in ihrer mongolisch-arischen Mischung problematisch geworden, nie lösen wird: *es zu lösen ist Österreich geschaffen*, es fruchtbar zu machen die Pflicht des Deutschen dieses Staates.

Das Rätsel der slawischen Seele

An diesem Punkte unserer Darstellung müssen auch die *Serben* einbezogen werden, die potentiell ein österreichisches Slawenvolk sind.

Wir haben es mit einem *Komplex der Menschheit* zu tun, der als ganzes sich im *Zustand der Pubertät* befindet. Er zerschellt zwischen Tiefen und Höhen: Zerknirschung und Übermut, Hysterien aller Art machen seine Seele zum Spielball. Dazu kommt ein ungnädiges historisches Schicksal, die Verlotterung unter der Herrschaft von Völkern, die in egoistischer Selbstbehauptung den sozialen Aufbau der Unterschichten vernachlässigten. Türken, Mattyaren und Polen, selbst ein slawischer Stamm und nicht allzu hart und zum Erzieher tauglich, haben die slawischen Bauernstämme inmitten einer Entfaltung großer Noblesse nur ausgenützt. Hätten sie diese Bauern national unterdrückt, so wäre dies ein durchaus verständlicher und unter Umständen billigenswerter Staatsakt und historischer Prozeß gewesen. Aber dies versuchen in letzter Zeit nur die Mattyaren. Hingegen war die soziale Unterdrückung allgemein. Als dann plötzlich aus dem Westen etwas frische Luft kam und unter die dicht vernähte Decke fuhr, unter der die oben genannten Völker einschließlich der Serben ihr Leben fristeten, entstand jene aufrührerische Ahnung unter den Halbgebildeten, die nicht wußte, und noch immer nicht weiß, ob sie sich den anarchistischen oder nationalradikalen Tendenzen zuwenden soll. Wären nicht diese Halbgebildeten, so würde die ganze Frage nicht diesen *terroristischen Anstrich* erhalten haben, wie sie ihn heute tatsächlich unter allen slawischen Nationen erhalten hat. Die jungen Leute, die keine andere Kultur als die in ihrer Ärmlichkeit und Beschränktheit sehr ausdrucksvolle und edle Bauernkultur gekannt haben, kommen hinaus in die großen Städte des Westens, karambolieren mit dem ihrer Seele ganz fremden aber furchtbar imponierenden westlichen Zynismus, holen sich Diplome und Zeugnisse von den Hochschulen, oft bei wahnwitzig ehrgeiziger und mit Kräften verschwenderischer Arbeit, siedeln sich in den Kaffeehäusern von Wien und Paris oder in den Studentenlokalen der Schweiz umher [!] und halten sich nunmehr für ausgewachsene Kulturmenschen. Und doch wären sie als bigotte slawische Bauern kulturvoller gewesen. Ihre Halbbildung ist entsetzlich. Da sie außer der Bewältigung von Stoff nichts eigentliches gelernt haben, bleiben sie stets Barbaren und Ignoranten. In *Serbien* sehen wir diesen Typus blühen. Dort hat er die verantwortlichsten Stellen im Lande, schreibt die Zeitung, regiert, bricht Kriege vom Zaun, kommt sich weiß Gott wie großartig vor und pocht auf seine westliche Ebenbürtigkeit. Wie falsch, wie mißtönend, wie unkultiviert dies alles ist, daran kommt ihm nicht die ferne Idee. Und woher sollte sie ihm kommen? Er ist jung, er ist völkisch unerzogen. Eben erst ist er der Herrschaft entsprungen und dies ist stets ein schlimmer Zustand. Stellt man die Schuldfrage, so ist sie für ihn selbst mit nein zu beantworten. Unzurechnungsfähigkeit ist der Einwurf. Mangel an Selbstzucht, klarem Willen, Organisationskraft war stets das Zeichen der sonst so hohen und begabten Slawenseele. Darum eben ist Österreich geschaffen, darum hat es sich von selbst zu dieser seiner bunten Einheit kristallisiert, um das Rätsel der slawischen Seele, das sie sich selbst ist, zu lösen. Verständnis für slawisches Wesen, liebevolles Eingehen auf dieses seiner Einsicht so würdige und wichtige Problem *ist eine Voraussetzung für den besten und höchsten Deutsch-Österreicher.*

Es wird sich darum handeln, Ruthenen, Slowaken und Kroaten ein menschenwürdiges Dasein innerhalb des Staatsgedankens zu sichern. Dies wird nicht ohne Kämpfe mit den "glücklichen Besitzern" der Macht ausgehen. Aber diese Kämpfe werden gekämpft werden müssen. Es war ein Zeichen des Tiefblicks für den verstorbenen Thronfolger, daß er diese Kämpfe in Aussicht genommen hat. Ein würdiger Nachfolger wird seine Absichten nicht fallen lassen dürfen. Sie liegen in der notwendigen Entwicklung des Staatsganzen. *Straffere Zentralisation zugunsten der zu kurz gekommenen Nationen!* wird einer der Wahlsprüche rechter Zukunftsherrschaft sein müssen.

Ein anderes slawisches Volk, dessen Hoffnungen aber größer sind als seine Rechte, sind die *Tschechen.* Diese besitzen von der slawischen Seele nicht einen Zug. Sie sind im Gegenteil sehr hart, sehr energisch, organisatorisch stark veranlagt, tüchtig, fleißig und zu Spekulationen ungeneigt. An geistiger Schöpferkraft aber stehen sie weit hinter den *problematischen Slawen* zurück. Sie bilden das gerade Gegenteil zu diesen.

Der slawischen Seele, wie sie Dostojewski oder Tolstoi gestaltet haben, stehen der Friese oder Däne gewiß näher als der Tscheche. Im ganzen repräsentiert er einen slawischsprechenden Deutschen, mit dem er in fortwährenden Kreuzungen gemischt ist. Körperlich ist zwischen dem Deutschen und dem Tschechen überhaupt nicht der kleinste Unterschied zu bemerken. Gewöhnlich bietet der Tscheche einen sehr germanischen Anblick. Frauen und Männer sind hell, groß und hübsch, neigen aber, wie übrigens auch der Deutsch-Österreicher, zur Fleischigkeit. Geistige Unterschiede oder solche des Temperaments fehlen gleichfalls. Der deutsche Geist, die Art deutsch zu denken, ja, von nationalen Kleinigkeiten und der Sprache abgesehen, die Art deutsch zu empfinden ist dem Tschechen durchaus geläufig. Die politischen und literarischen Führer des Tschechentums könnten einschließlich ihrer Namen ebensogut deutsch sein. Nichts ist ja charakteristischer für die wesentliche Identität beider Typen, als die Tatsache, daß ein Abgeordneter mit slawischem Namen gewöhnlich ein Deutscher, der Träger eines schönen deutschen Namens aber todsicher ein radikaler Tscheche ist. Man müßte also denken, daß die Parteien – nur solche sind es – ganz gut nebeneinander auskommen könnten; und das trifft auch zu, wo sie sich als liebenswürdige "Landsleute" außerhalb der Grenzen der Monarchie treffen. Am Regierungstisch aber ist dieser Spaß einer grotesken Gegnerschaft oft schon recht übel geworden. Es ereignet sich die Merkwürdigkeit, daß *der vollständig germanisierte und entslawisierte Tscheche Sprachterrorismus übt* und gegen die deutsche Sprache um so mehr Erfolg hat, als im wesentlichen der Übergang von einer dieser Wellen in die andere, die Sprache ausgenommen, nichts zu bedeuten hat. Hier gibt es nur eines: eine möglichst gerechte, wenn auch *brutale Festsetzung der Sprachgrenzen ohne Anerkennung gemischtsprachiger Gebiete und Aufrechterhaltung dieses endgültigen Status mit den schärfsten Mitteln.*

Die Tschechen stellen innerhalb des Staates eine nicht unbedeutende Mitarbeiterschaft dar. Dies abzuerkennen wäre kleinlich. Aber auch sie haben die deutsche Staatssprache auf sich zu nehmen. Dieser Punkt muß für jeden österreichischen Staatsmann indiskutabel sein, er wird es auch wie bisher für einen Thronfolger sein müssen.

Katholizismus

Die Armee hat in dem Element der slawischen Bauernstämme eine unverwüstliche Kraft, die allen Gerüchten von Zersetzung und Aufruhr im entscheidenden Augenblick hohnsprechen wird. Dies hat sich bei der Ermordung des Thronfolgers zur Genüge bewiesen. Widerspenstig sind nur jene Halbgebildeten, von denen oben die Rede war. Die Masse der Völker verleiht dem österreichischen Armeegeiste einen in westlicheren Staaten ungekannten Tiefgang. *Durch das Medium dieser Armee kann Politik gemacht werden.* Es entspräche der *zentralistischen Idee*, die nunmehr von allen Kennern nachdrücklich vertreten wird.

Die Armee und ihr Geist stellen unter den Völkern die nötige Homogenität her. Aber noch eine stärkere und tiefer hinabreichende Kraft ist unter ihnen am Werke, um sie zu einer Gemeinsamkeit zusammen zu ballen: der *Katholizismus*.

Die konfessionelle Diskussion sei hier ausgeschaltet. So wie sich seit dem 17. Jahrhundert die Dinge in dieser Hinsicht geändert haben, erscheinen sie als endgültig. Sowenig es wünschenswert wäre, daß sich der Katholizismus den deutschen Norden erobere, so nachdrücklich muß vor der Auffassung gewarnt werden, als wohne der Los-von-Rom-Bewegung irgendwelche kulturelle Bedeutung inne. Hier kann es sich nur um Anklage handeln. Der Katholizismus entspricht dem gesamtösterreichischen Wesen; er verschweißt die fremdsprachigen Elemente und bildet zwischen dem protestantischen Norden und orthodoxen Südosten einen Block von Seelen, der an sich zur Gesellschaftsbildung prädestiniert sein würde. Der Einzelne mag, vom Zweifel vergiftet, ein unwahres Bekenntnis lassen; so wird doch stets dagegen Einspruch erhoben werden müssen, wenn protzige Freigeisterei im Volke Mißtrauen gegen die alten Symbole sät. Der *Katholizismus*, der in seinem Begriff die Gesamtheit der Verschiedenen umfaßt, ist der *organische Reflex des österreichischen Völkervielen*.

Der Katholizismus war es, in dem gotischer Geist des Mittelalters Bleibendes zeitigte. Seine Kirche hat sich noch immer dem Wechsel gewachsen gezeigt, wo andere Kirchen entweder in starre und lebentötende Doktrin oder in freimaurerischen Flachsinn verfielen. Er ist dem Wesen des Österreichers so durchaus entsprechend, daß eine ernsthafte Abkehr von ihm gar nicht absehbar ist. Dem Staatsgedanken kann dies nur nützen. Zu wünschen wäre, daß die Kirche sich mit den Zielen des Staates gern und willig identifiziert und nicht eigene politische Chancen gegen ihn ausnützt.

Ein habsburgischer Prinz, dessen jugendliche Tage vor allem die Lehren geistlicher Erzieher gehört haben, wird weder ein Zuviel noch ein Zuwenig an Pietät bei seinen späteren Beziehungen zur Kirche walten lassen dürfen. Das Leben darf ihm nicht durch asketische Formeln im Bußgewande erscheinen; der freudige Genuß aller wahren Kräfte nicht durch den oft neidigen Maßstab von Männern beschnitten werden, die in ihrer gewiß harten Entsagung überempfindlich gegen gesunde Reize geworden sind. Prüderie, Formalismus, Betschwesterlichkeit haben keinen Mann geziert. Die Demut des Staufenkaisers war andres denn Feigheit vor weltlichem Gesetz und beichtväterlicher Auslegung. Es war das große Erlebnis des Christen, das Gesicht von der Gnade, die im Mark des Weltalls brennend wärmt, wie der Glutkern unter der Erdrinde. Es war die Religiosität als eine Reife, nicht als ein Lernstoff. Durch Denken, Innerlichkeit, Beichte vorm eigenen Ohr wurde jener Bewußtseinszustand erreicht, der auch die weltliche Geste als heilig und notwendig erkennen mußte.

Katholizismus und Militarismus sind nicht absolut böse, wie der Liberalismus erklärt. Sie sind es unter Umständen. Für Österreich sind sie das absolut Gute. Sie sind Fundamente des *österreichischen Staatsgedankens, der nicht produziert, sondern absetzt.* Der *Katholizismus* trägt und nährt jene Eigenart des Deutsch-Österreichers, die oben das *Werbende* genannt worden ist. Nehmen wir einen Herrn in hoher Stellung, einen mächtigen Politiker, dessen kleinste Bewegung den großen Ausschlag im Volke zeitigt: so kann es nur erhebend und rührend sein, ihn im Glauben seiner Väter auch heute noch handeln und beten zu sehen. Aber dieser Glaube dürfte ihm nicht ein Thema sein, sondern ein Schlußstein seiner Entwicklung. Das Erlebnishafte daran bedingt seinen Wert, als Äußerung habe er die Lebensfülle der Weltanschauung. Das Blut muß katholisch sein, nicht das Kleid. Der Katholizismus als Ergebnis freier Schöpfer- und Denkkraft, als Philosophie, nicht als Zeitungs- oder Parteipolitik, hat unter hohen Geistern stets noch Zukunft. Für Österreich ist er staatlich im Großen und seelisch im Einzelnen eine soziale Bindung von unveräußerbarem Werte.

Der Dreibund

Die Erkenntnis, daß sowohl der *Dreibund* als der *Dreiverband* heute nur Notverbände sind, ist bereits ein politischer Gemeinplatz geworden. Die inneren Spannungen, die des Dreibunds ruhige Oberfläche oft in Wallung versetzen, sind der Lieblingsverkehr aller politischen Amateure. Es ist trotzdem wahr: die alten Machtverbände sind abgenützt. Hinzuzufügen ist: da aber ein vollwertiger Ersatz bis heute nicht geschaffen werden konnte, müssen sowohl Dreibund als Dreiverband als gesundes Provisorium durchgestanden werden.

Staaten sind große geheimnisvolle Tiere. Es ist die höchste politische Weisheit, sie als solche zu begreifen. Jedes dieser Tiere ist eine Spezies für sich, ein plumpes Stück organischen Lebens, dessen unterste Daseinsvorgänge als gar nicht dumm und brutal genug begriffen werden können. Hier wirken vegetative Gesetze mit, wie sie der Geistige vorerst einmal nicht in seinen verwöhnten Sinn wird bringen können; während die gewöhnliche Intelligenz der Schlagworte sie, wenn auch nicht in ihrer stupiden Unergründlichkeit, so doch als Tatsache verstehen wird; denn der Geistige wird vorerst einmal leugnen, daß so etwas garstiges wie Machtfragen, Meerbeherrschung, Kolonisationspläne, Gebietserweiterung, Eroberung mit Gewaltmitteln und dergleichen unbedingt zu einer hochentwickelten Gesellschaft gehörten. Er wird sie als Ausgeburten unedler Triebe, "Militarismus", "Imperialismus" usw. empfinden. Wobei er aber vergißt, daß ein schmutziger aber gewaltiger Verdauungsprozeß die gesündeste Vorarbeit zur Aufzüchtung eines fein entwickelten Gehirns ist. Er wird ferner auf die Schweiz als Beispiel eines expansionslosen Staates hinweisen. Verfällt jedoch abermals nicht auf die Wahrheit, daß erstens und im Allgemeinen jedes Staatentier seine eigenen Gesetze mit ins Leben bekommt, und daß zweitens die Schweiz im besonderen eben das Produkt der Expansion der andern Staaten ist. Nehmen wir an, daß alle Nachbarn der Schweiz *neutrale* Staaten wären: wie schnell würde die Schweiz sich zu einem Raubstaat kolossaler Dimensionen entwickelt haben!

Auch der Feingeist wird sich also damit abfinden müssen, daß Zirkulation und Stoffwechsel in seinem Kulturstaate von dem Fraß abhängig sind, den dieser sich erbeuten kann. Wenn ein Staat eine Beute, ein Interessengebiet, einen notwendigen und physisch ersehnten Stoffzuwachs nicht selbst bewältigen kann, verwächst er mit einem anderen Tier zu einem höheren Machtorganismus. Diese Einheit hält sich solange aufrecht, als die Bestandteile gesättigt bleiben. Für weitere Konsequenzen deute man sich das Bild selbst aus.

Die anderen Tiere, die am Globus saugen und durch ungeheure Röhrensysteme das Mark der Erde in jene hochgelegenen Stationen: Gehirn pumpen, schließen nun, um nicht vor jener kolossalen Sammelmacht verwaist dazustehen, eine Gegenverbindung. Da diese auf keinem gemeinsamen Maß des Hungers beruht, sondern nur einer Schutzabsicht entspricht, wird ihr Gefüge weitaus lockerer sein. Ein solcher natürlich gegebener Organismus ist der Dreibund, ein solch konstruierter Gegenorganismus der Dreiverband.

Ein interessanter Prozeß in der Naturgeschichte unserer Staatentiere ist nun zu beobachten. Daß die Fasern der festen Verbindung Stück um Stück reißen, hört niemand deutlicher als jener Koloß, dessen Verbindungsflächen zu seinen Zwangsnachbarn stets reizbare, mißmutige, trennungslustige Gewebe geworden sind, die den erlösenden Prozeß am Gegner schon auf Weiten vorwittern. Die locker gefügte Verbindung beginnt sich also früher zu lösen als die zähere. *Daß der Dreibund in den Nähten kracht, hört man aus den Rissen, die im Dreiverband klaffen.*

Immer noch ist der Dreibund das verläßlichere Gebilde. Ein so langjähriges und taugliches Werk wird mit Recht von allen Beteiligten ungern im Stich gelassen. Das Trägheitsmoment spielt hier wie anderwärts seine berechenbare Rolle. Dazu kommt aber als wichtigster Faktor, daß die Anlagen zu einer neuen Kristallisation nur vage vorhanden sind. Sie sind da, zweifelsohne. Sie sind da in Geschlechtern und Männern. So ist es kein Zweifel, daß der verstorbene Thronfolger von Österreich statt des Dreibundes einen *Dreikaiserverband* voraussah, der einer *im Norden Europas* herankommenden *konservativen Entwicklungswelle* die äußere Form zu einem inneren Lebensgehalte der Zeit geboten hätte. Aber die Reife Rußlands ist für diesen Bund solange nicht vorhanden, als die panslawische Agitation jede politische Kaltblütigkeit im Keim zerstört.

Gegen das Bündnis mit Italien besteht in Deutschland im Volke mehr Abneigung als in Österreich, dessen bürgerliche Schichten sich durch politische Uninteressiertheit und Unbildung auszeichnen. Bei den Staatsmännern ist es umgekehrt. Es ist als ein Erfolg der deutschen Diplomatie zu bezeichnen, daß dieses Bündnis überhaupt erneuert wurde. Der verstorbene Thronfolger war durchaus ein Gegner Italiens. Da aber die Direktiven für den Dreibund stets aus Berlin kommen und Österreichs Abhängigkeit vom Reiche von dessen Politikern rücksichtslos ausgenutzt wird, konnte abermals eine Dreibundrichtung für Mitteleuropa liniiert werden. Dabei kann man Deutschland das Lob nicht versagen, daß es neben England die einzige Macht ist, die Realpolitik treibt. Es treibt sie aber gegen Österreich, also gewissermaßen auch gegen sich selbst. Die Lage ist diese.

Die Interessen des Deutschtums streben nach dem Mittelmeer. Dieser Grundsatz ist aus Eisen. Um Frankreich oder England in diesem Gebiet aufzuheben, dazu dient dem Dreibund der *apenninische Hemmschuh*. Die drei vereinigten Flotten repräsentieren eine maritime Macht, vor der selbst England nicht geheuer ist. Die Organisation der deutschen und österreichischen Marinen gleicht viele der stilistischen Vorteile der englischen aus.

Soweit ist gut gerechnet worden. Nun zeigt es sich aber, daß das *Interesse des Deutschtums am Mittelmeer noch größer ist als das des Deutschen Reiches*: Österreich selbst als Detachierung deutschen Geistes bohrt sich mit seinem ganzen Schwergewichte in jede Fuge, die sich nach Süden öffnet. Wie Rußland weit mehr nach dem Süden als nach dem Westen Reibung zeigt, so Österreich mehr nach Süden als nach Osten. Die Entwicklung nach dem Osten ist durch die Entstehung Rumäniens und Bulgariens vorläufig abgeschlossen. Eine Ansaugung gewisser ukrainischer oder podolischer Teile liegt zwar unverkennbar in der Tendenz des Staatskörpers, wird aber lange nicht so lebhaft als Sehnsucht empfunden, wie etwa die Bewältigung der serbischen und albanischen Frage.

Das Vordringen Österreichs ans Mittelmeer ist, wie die Dinge heute liegen, nur auf dem Wege der Bestehung eines italienischen Konfliktes zu ermöglichen. Die Gründe für den italienischen Widerstand sind teils psychischer, teils imperialistischer Natur. Eine Lebensnotwendigkeit, die Herren der Adria zu werden, besteht für die Italiener nicht. Aber der Italiener liebt auch in der Politik das Gefällige. Und hübsch ist es ja, sich als Herrn der schlanken Uferschlinge zu wissen, die das adriatische Meer säumt. Sei also die Begründung des italienischen Anspruches wie immer; gewiß ist, daß Österreich die Konflagration vorläufig nicht vermeiden könnte, wenn es nach Süden vorstößt. Ein österreichischer Krieg gegen Italien hätte wohl keine Teilnehmer, da selbst Serbien auf dem Balkan irgendwie paralysiert werden könnte. Seine Engagierung würde aber Deutschland vereinsamen. Diese Rücksicht hat stets noch den Bruch gegen Italien verhindert.

So liegen die Dinge im Augenblick, da der Thronfolger gestorben ist und Kaiser Franz Josef in Österreich regiert. Sie können sich ändern. Sie können sich ändern durch die deutsche Politik, durch einen Prinzen, der jung genug wäre, um sich von einem älteren Freunde nicht beeinflussen zu lassen, und durch eine *künftige Kaiserin*, deren Muttersprache *französisch* und deren Gesinnung jedenfalls romanisch ist.

Prinzessin Zita von Bourbon-Parma ist in Italien erzogen worden. Französischen Zeitungsleuten, die sie eine Dame von echt französischem Geist nennen, erzählt sie, daß sie mit ihrem Manne, dem jungen Erzherzog-Thronfolger von Österreich, daheim französisch spräche. Einer ihrer Brüder, Prinz Elias, war Offizier der k. u. k. Armee. Ein zweiter Bruder ist französischer Nationalist, liebt Paris und hat dortselbst Verbindungen. All dies sind Liebenswürdigkeiten, die auf die einzuschlagende Politik nicht deutlich wirken werden. Aber die Erziehung der Prinzessin wird andererseits auch nicht ganz ohne Einfluß auf Voraussetzungen, politischen Geschmack und politische Wünsche bleiben. Sie kann, als erste Dame des Hofes, Sympathien vermitteln; sie kann segensreiche Anknüpfungspunkte schaffen. Sie kann aber auch, ohne es zu wollen, die gefühlsmäßigen Vorbereitungen getroffen haben, um politische Umschwünge zu beeilen.

Nehmen wir den Fall, es gelänge dem ungeduldigen und herben Temperament des deutschen Kaisers nicht, sich die Schätzung des Prinzen zu erwerben, wie es ihm trotz alles ausgesprochenen und oft sehr merkbaren Gegensatzes bei dem verstorbenen Thronfolger gelang: wird dann der Prinz, von der Bedeutung seiner Stellung und der Selbständigkeit seines eigenen Staates durchdrungen, sich die eigensüchtigen Rezepte der deutschen Politik eingeben lassen? Ausblicke eröffnen sich, die einer vollkommenen Neugestaltung gleichkommen. Man hat vom jungen Thronfolger noch nie gehört, daß er sich als einen Deutschen bezeichnet hätte. Einem gut Teil Besorgnis und Erwartung in dieser Hinsicht entspringt dieses Buch. Gesetzt, die österreichische Politik gelangte an einen Punkt, wo das praktische Interesse des Staates mit jenem höheren seines germanischen Gedankens zusammenstieße! In einem solchen Falle haben sich sowohl Kaiser Franz Josef als Erzherzog Franz Ferdinand noch stets für das Deutschtum entschieden. Der Erzherzog, der eine Dame tschechischer Gesinnung geheiratet hatte, hat gleichwohl nie einen Zweifel darüber gelassen, daß er sich bewußt als Deutscher fühlte. Dieses Gefühles wird wohl auch der junge Thronfolger sich als Habsburger nicht entschlagen können. Welche Politik aber wird der Gemahl einer französischen Prinzessin gegenüber dem *Dreibund* einhalten, in dem *Österreich einerseits von einem eifersüchtigen Italien, andererseits von einem rücksichtslosen Deutschland der Atem genommen wird?*

Nicht Österreich, Italien und Deutschland können den Dreibund diplomatisch ruinieren. Man kann nur wünschen, daß statt des durch seine Altersüberlegenheit schroff wirkenden deutschen Kaisers, dessen Person nirgends höher eingeschätzt wird als in Österreich, der *junge deutsche Kronprinz* es sei, der mit dem *jungen Thronfolger Österreichs das alte Bündnis der beiden germanischen Staaten erneuere.* Über Italien, Mittelmeerpolitik und Mittelmeeraktion wird sich unter den beiden jungen Prinzen jugendlich-zuversichtlich die Rede geben.

Die serbische Frage

Die serbische Frage beginnt für Österreich mit den Babenbergern. Sie ist auch nur im Sinn der Entwicklung, die das Ostreich unter diesen und den Habsburgern genommen hat, zu lösen. Vorübergehende Pausen, Rückschritte, Schwankungen, wie sie sich seit dem 17. Jahrhundert und der Erobererzeit Leopold II. und Prinz Eugens ergeben haben, – als Parallelerscheinung zu dem allgemeinen Rassedebakel des Germanen in Europa, das erst seit 40 Jahren in eine Rasse-Erholung übergegangen ist – können den Verlauf nicht hindern, nur aufhalten.

Eine Verschiebung der Tendenz macht sich perpendikulär bemerkbar, indem für dieses Jahrhundert das *Ostreich*, der vertikalen Adrialinie entsprechend, zu einem *Südreich* wird. Die Kristallisationstendenzen aber bleiben erhalten. Ja, sie bleiben in so ausgesprochenem Maße erhalten, daß auch eine Art Gegenfluidum jetzt darauf hinzielt, die Kristallisation in entgegengesetzter Richtung und mit verschobenem Rassenakzent zu vollziehen.

Denn die Absicht der großserbischen Bewegung ist keineswegs, Österreich zu zerstören. *Österreich ist infolge seiner territorialen Beschaffenheit unzerstörbar.* Was zerstört werden kann, ist der germanische Gedanke. Und dieser ist es, den die großserbische Politik ersetzen will. Was die Babenberger vom Nordosten begannen, wollen die Serben in umgekehrter Richtung vornehmen. Für Österreich als Raumbegriff, als in sich geschlossenes Territorium, ist dies ungefährlich. Es wäre vorerst einmal gleichgültig, ob Serben oder Deutsche den Staatsgedanken tragen. Die Frage ist nur die, ob die Serben imstande wären, ihn so zu tragen, wie ihn die Deutschen tragen. Und dies muß verneint werden.

Denn eben dadurch, daß ihn die Deutschen bis jetzt trugen und die ersten waren, die ihn gehoben hatten, erwiesen sie sich als die Schöpferischen. Während die großserbische Bewegung, die auf die Eroberung der Monarchie ausgeht, nur eine Spiegelbewegung ist, die Unruhe am andern Ende eines sich selbst schaffenden Geschöpfes. Das heutige Serbien zeigt die Nervosität eines potentiellen Stückes Österreich, in seinen Beklemmungen spricht die Natur des Fragments, das zum Werke kommen will.

Die Großserben sind nicht Feinde des österreichischen Staatsgedankens. *Die Großserben sind Großösterreicher.* Sie wollen genau das gleiche, was die Deutschen wollen; aber sie wollen es von ihrem südlichen Standpunkte und akzentuieren den Staatsgedanken von sich aus. Es wäre irrsinnig anzunehmen, die Serben würden, wenn sie bei Liquidation der Monarchie ein Gebiet bis Südsteiermark zugewiesen erhielten, nicht auch gleich bis Wien und Linz vordringen und den Anschluß an die Nordslawen suchen; lächerlich, zu glauben, sie würden die Mattyaren nicht überrennen, um zu den Polen und Slowaken zu gelangen. Nein, die Serben wollen die Monarchie nicht nur nicht auflösen, sie wollen sie in größerem Umfange wiederherstellen. Sie wollen ihr Serbien, Montenegro, Albanien einverleiben. So stark ist dieses Territorium in seiner natürlichen Beschaffenheit, dieses Donau-Adriasystem in seiner Sehnsucht nach Form.

Es ist gleichgültig, wo die Kristallisation begonnen hätte; ob in den Karpaten, bei Semlin, in Triest oder Passau. Das Ostreich wäre mit nur wenig anders geschweiften Grenzen genau in derselben Formation entstanden, wie es heute ist. Wichtig ist nur die *Rasse*, der diese Leistung von der Geschichte auferlegt war. *Die Deutschen* haben gehoben und haben getragen. *Die Existenz des Staates ist nunmehr mit ihnen so verwachsen, daß dieses Verhältnis nicht geändert werden darf.*

Die Serben waren zur selben Zeit und unter denselben kulturellen Voraussetzungen in Österreich wie die Germanen. Daß die Germanen germanisierten, beweist ihr Recht, ja, ihre Pflicht hierzu. Daß die Serben tausend Jahre brauchten, um auf eine annähernde Höhe des organisatorischen und kulturellen Expansivvermögens zu gelangen, ist ein Beweis, daß sie selbst diesen Staatsgedanken, den sie tragen möchten, nicht zu tragen wußten.

In ihrer Geschichte bereits ist die serbische Frage gelöst. Die Serben sind Österreicher und als Bürger – soweit sie nicht bereits solche sind – willkommen. Ihre Art, musikalisch, leichtsinnig, feurig, schließt sich dem allgemeinen österreichischen Charakter an. In der Berührung mit dem germanischen Gedanken werden sich ihre Eigenschaften vergeistigen und fruchtbarer für eine Menschheitskultur werden, als sie es bisher waren.

Rußland

Die Behauptung, daß Deutschland (nächst Japan) der eigentliche Rüstungs- und Kriegsfaktor der Welt sei, trifft zu. Was in einem bösen Sinne gemeint ist, wäre aber einfach als biologische Erkenntnis jenseits von Gut und Böse hinzunehmen. Deutschland ist der starkartigste Organismus des 20. Jahrhunderts, nervös, aktiv, unbefriedigt, bedrohlich. In allem ein Gegensatz zu ihm ist Rußland.

Rußland ist eines jener ungeheuren politischen Tiere, das sich nach dem Gesetz seiner Eigenschaften bewegt. Nicht der Ehrgeiz seiner Politiker, nicht Ideen (der Panslawismus ist eine Niete) schaffen ihm seine Expansion; ein gleichmütiger, beinahe temperamentloser Hunger, ein hemmungsloses Wachstum rückt es unaufhörlich wie die Zeit vom Flecke. Auf seinem Wege nach dem Stillen Ozean, nach dem Persischen Golfe gibt es keine dauernden Hindernisse. Man kann annehmen, daß es einst seine europäischen Provinzen verlieren wird;

daß es nicht eines Tages seine eigenen heiligen Grenzen im heiligen Ganges und bald im Indischen Ozean baden wird, ist unvorstellbar. Mit einer Gesetzmäßigkeit, die etwas Grauenerregendes an sich hat, vollzieht sich dieser historische Prozeß: die Slawisierung West-Asiens und die Bildung einer *asiatischen Nation*. Alle die alten arischen Stämme, alle die alten vorderasiatischen Kulturen werden in die mächtige russische Seele aufgenommen werden. Und am Ende einer voraussichtlichen Geschichtsentwicklung stehen diese beiden weltbeherrschenden Typen: der *germanisierte Slawe* und der *slawisierte Iranier*.

Immer wieder wird Rußland das tiefe Geschöpf dieser Art sein: Melancholie des Kämpfenmüssens und Friedenwollens; der frohe und gutmütige Lebensappetit mit der Hölle im Blute; die gesunde und nicht zu dämmende Expansion an der Front und die Revolution im Rücken. Immer wieder wird Rußland dieses mystische, beklemmende Tier sein, dessen Zähne vom Lebensgenuß und von der Beute lächeln, während seine ersten und nun letzten Teile langsam abfaulen. So wird sich Rußland bewegen, über *Sibirien*, vielleicht über *Kanada*. Ein Reich wird entstehen, das einen neuen Typen zeitigt, den *Sibirjaken*, eine Analogiebildung zum Nordamerikaner, einen *Gründertypus* wie dieser. Aber während es Asien gewinnt, wird es Europa verlieren. Damit hat es seine Mission erfüllt. Das europäische Slawenerbe tritt Österreich an.

Rußland ist durchaus friedlich. Man vergleiche den russischen und den deutschen Imperialismus. Der deutsche gipfelt in einer abstrakten Idee. Es ist eine Art Spannung und Aufgeregtheit, so wie sie der stark trainierte Sportsmann besitzt. Der Imperialismus Rußlands aber ist eine beinahe physische Verbreiterung. Still, ohne Corpus, ohne Einmärsche, beinahe unbekannt, vollzieht sich die russische Durchdringung Asiens. Rußland siegt förmlich mit Niederlagen. Seit dem russisch-japanischen Kriege hat es in der Mongolei in aller Stille ein Territorium bezogen, das einst ein mächtiges Volk nähren kann. Ungeheure Schätze ruhen im östlichen Sibirien. Kleine Konzessionen für bedeutende Gelegenheiten sind alles, was die Weltpolitik vorläufig davon registriert.

Man kann Rußland nur bewundern. Es ist von einem mächtigen Gemüte, von einer allgemeinen menschlichen Sittlichkeit erfüllt, die nur durch den humanen Maßstab des europäischen Liberalismus nicht erfaßt werden kann. Bei all der Grausamkeit und Verwirrung, die der russischen Seele anhaftet, steht der Russe als Mensch und Kulturtypus höher als der moderne schlenkerige Franzose, dessen Wesen seit 100 Jahren eine immer stärker werdende Verflachung und Entrassung aufweist. Nichts wäre entsprechender, als wenn Rußland, dessen Seele der deutschen interessanter erscheint als irgend eine andere, sich auch politisch nach Abschüttelung des unrussischen Panslawismus wieder Deutschland und Österreich zuwenden und die bestehenden Verbände überflüssig machen würde.

Die Vorteile liegen auf der Hand. Militärisch ist dieser Block unbesiegbar. Die gesamte moderne militärische Welt wirkt daneben reduziert. Politisch ist er durch den Gang der Ereignisse nahegelegt. Da Deutschland seine kleinasiatische Interessenssphäre mit Mesopotamien und für später mit Arabien normiert hat, könnte es daselbst im Norden und Osten ebenso gut reibungslose Nachbarschaft zu Rußland halten, wie es diese in Europa hält. Denn hier gibt es so gut wie keine Reibungsflächen. Diese ergeben sich vielmehr erst über Österreich. Für Österreich wäre durch gute Beziehungen zu Rußland manche Ladung Öl über den slawischen Seegang gegossen. Diese Beziehungen würden den Slawen Gewähr geben, daß sie in der Monarchie nicht schlecht behandelt werden, sie würden diesen ferner die Angst nehmen, daß man sie einmal gegen Rußland ins Feld schicken könnte.

Durch die Monopolisierung der Militärmacht der Welt in der Hand des *Dreikaiserbundes* würde eine Verminderung der Landrüstungen zugunsten der Seerüstungen eintreten können. Diese haben alle drei Staaten dringend notwendig, die wichtige kolonisatorische und handelspolitische Stoßkraft wäre damit vermehrt. Zumal das Deutsche Reich, dessen große Aufgabe der *Ausbau eines äquatorialen Staatengürtels ist*, könnte diese Gelegenheit zur Verbesserung seiner einschlägigen Mittel wahrnehmen. Wie es scheint, wird das Zustandekommen des Bundes von der vorläufigen Glättung der österreichisch-russischen Beziehungen abhängen.

Ein neuer Mann tritt in die große österreichische Politik ein. Er höre auf das Rauschen der Zeit. Der *Dreikaiserbund*, der auch den Zeitgedanken der innerpolitischen Entwicklung, *Stärkung der konservativen Werte*, ausdrücken würde, *ist im Anmarsch!*

Mittelmeer und Kleinasien

Sämtliche europäische Großmächte streben nach Geltung im *Mittelmeer*. An seinen Küsten lagen die Kulturen des Altertums, einen eigenen abgeschlossenen Kreis mit eigenen Kulturtypen bildend. Seine Gestade erschließen die ungeheuren Hinterländer dreier Kontinente: Asiens, Afrikas, Europas. Der Weg in die Wunderländer des fernen Ostens führt über seine Gewässer.

Der hoffnungsvollste Mittelmeerstaat ist *Italien*. Es besitzt von Nizza über Sizilien bis Venedig eine mächtige hafenreiche Küste. An seinem Namen, den alten Italern entlehnt, haftet noch der feine Kulturgeruch des römischen Weltreiches; Überlieferungen und Zukunft verschmelzen ihm zu einer Vorstellung. Seine praktischen Interessen allein wären durch nordafrikanische Kolonisationsarbeit und handelspolitischen Einfluß in den anatolischen Provinzen der Türkei gewahrt. Aber auch die Idee, die eine Rekonstruktion des alten *imperium romanum* in Aussicht nimmt, ist als treibendes historisches Motiv nicht zu verachten, zumal sie eben auf den Präzedenzfall und auf die territorialen Chancen verweisen kann. Es ist auch hier wieder interessant, den Wurzeln des Imperialismus bei den verschiedenen Völkern nachzuspüren. Der Romane, Franzose, Spanier, Italiener ist Imperialist, um der seelischen Genußmittel willen. Gloria ist die holde Macht, die ihn erzittern läßt. Der Verbreiterung Rußlands haftet etwas Asiatisches an, etwas aus der Zeit der Mongolenschwärme: der Trieb in die Fläche. Der Deutsche ist Imperialist aus Abstraktheit; Eroberung ist ihm ein geistiger Vorgang, eine kantische Pflicht gleichsam, eine Methode nicht der praktischen, sondern der reinen Vernunft. Der Engländer erobert trocken und sachlich als Herr. Macht, Komfort, wirtschaftliche Unabhängigkeitsgelüste veranlassen ihn zur Unterwerfung von unterschichtigen Völkern. Er teilt sich mit dem Deutschen die Hinterlassenschaft *germanischen Weltenursinns*. Wer hätte je gehört, daß diese Völker um des Genusses der Sensation "Ruhm", gloire, willen gehandelt hätten? Eine andere Grundanlage drängt sich hier im Südländer vor, die keltische. Darum ist es so unwahrscheinlich, daß Italien je auf die Adria, die nur einen rein effektmachenden Gewinn bedeutete, verzichten wird. Es hat Tripolis erobert. Es hat Möglichkeiten an der französischen Küste Nordafrikas, wo die Bauernkraft in den Händen italienischer Ansiedler liegt; es hat Einfluß in

Abessinien, ist seit jüngstem der Popanz Englands in Ägypten, wo die Khedivepartei und die Nationalisten es gegen die Engländer ausspielen, und hat sich eine kommerzielle Zone in Kleinasien gezüchtet. Seine Zähigkeit in der Frage der kleinasiatischen Inseln kann sich nach einem erfolgreichen Kriege gegen *Griechenland*, das von verwandtem Trieb nach *Groß-Byzanz* geführt wird, noch einmal bewähren. *Albanien* ist ihm sicher, wenn es auf diplomatischem Wege auch nur soweit zum Ziele kommt, daß Österreich-Ungarn auf die Besetzung der albanischen Häfen verzichtet. Dies ist bis jetzt geschehen; das heißt, deutlich gesprochen: *Albanien ist in diesem Augenblick italienisch.* Wer die Verhältnisse durchschaut, erkennt in dem gegenwärtigen Zustande Albaniens die Hand kluger Italiener und das Preludium einer aggressiven Adriapolitik. Die Italiener wären ungeschickt, wenn sie das Gegebene nicht ausnützten. Auch hier kann man für den großzügigen Geist des neuerwachten Jung-Italiens – der Futurismus, die Bewegung des "Zukünftigen", kommt charakteristischerweise aus Italien – nur Sympathie empfinden, auch wenn man aus Selbsterhaltungstrieb auf der andern Seite stehen muß.

Gewiß ist, daß sich für Italien Aspekte eröffnen, deren natürlichen Voraussetzungen gegenüber sich die Zukunftspläne aller andern Mächte beinahe gezwungen anlassen. Freilich setzt diese innere und äußere Größe Italiens ein Geschlecht voraus, wie es Italien bereits erst einmal hervorgebracht hat; aber das Blut des germanischen Renaissancemenschen hat sich vielleicht auch hier erholt und sammelt die Kräfte der Nation unter der Formel des "Lateinischen Gedankens", wie ihn zum Beispiel D'Annunzio geprägt hat. Dies ist keineswegs ausgeschlossen. – Es ist im Gegenteil sehr wahrscheinlich.

Noch steht ja Italien am Beginn seiner Laufbahn; noch ist England, nicht der Massivität und Küste, wohl aber der Intensität nach Herr des Mittelmeeres, denn es hält *Schlüssel* und *Riegel: Gibraltar und Suez.* Noch ist *Frankreich* im Besitz Savoyens und Korsikas, Tunis und Algiers; noch ist die Sehnsucht des Neu-Hellenen nach der Stadt am goldenen Horn nicht gedämpft. Auch die Guslaren der Südslawen singen von Konstantinopel. Aber der Anlauf ist doch getan; die Natur begünstigt diesen italienischen Träumer des Ruhmes und die Geschichte ebnet ihm die Wege. Wäre man nicht ein Deutscher mit

Geist und Knochen, es müßte nicht übel sein, einen Italiener des 20. Jahrhunderts darzustellen.

Aber sehen wir nun die andere Seite! Deutschland wäre einzig und allein durch eine Festsetzung Italiens in *Abessynien* in seinen arabischen Interessen bedroht. Österreich hingegen, das Italien ganz Nordafrika und alle drum und dran hängenden Konflikte gönnen würde, wird die Adria unter diesen Umständen umso rücksichtsloser für sich beanspruchen dürfen. Der unabhängige Ausgang ins Mittelmeer, durch enge Freundschaft mit Griechenland, die wünschenswert wäre, gewährleistet, ein tüchtiger Platz im Freihandelshafen von *Saloniki*, der bereits einmal versprochen war, und eine kommerzielle und Unternehmungszone in Kilikien und Kappadokien, angrenzend an die deutschen Gebiete, sind das Mindestmaß seiner bescheidensten Wünsche. *Genug* wird dies nie sein. Der österreichische Kaufmann hat zwar kaum jenen großen Zug, wie ihn andere europäische Typen des Kommerzialismus aufweisen. Er wird mit einem Stückchen Kleinasien kaum viel anzufangen wissen. Aber vielleicht wird ihn dieser Versuch erziehen. Die fortwährenden, durch schlappe Politik hervorgerufenen Mißerfolge der orientalischen Bahnfrage, agrarische Despotie, mißratene Handelsverträge und dergleichen sind nicht dazu angetan, eine so zarte Pflanze, wie sie der österreichische Kaufmann darstellt, zu kräftigen. Hat ihn doch selbst am Balkan der reichsdeutsche und französische Konkurrent ausgehoben, *Mittelmeerluft wird der kranken Lunge des österreichischen Handels gut tun!*

Aber dies genügt nicht. Jährlich wandern ganze Völker aus Galizien, Ungarn, Bosnien in überseeische Länder. Diese Volkskraft im wahrsten Sinne des Wortes geht dem Staatswesen verloren. Und es ist *Bauernkraft*, das tägliche Brot jedweder Gesellschaft, das hier sorglos vorgeworfen wird. Welchen menschlichen und zivilisatorischen Reichtum könnte eine Kolonie produzieren, die den Überschuß dieser österreichischen Slawen aufnimmt! Sasketschuan, Columbia, Texas und Newada, Uruguay und Argentinien schlucken die abgestoßenen Massen auf. *Irgendwie, und sei's im Raubkampf müßte der Staat diesen Kolonen Gegenden erschließen*, in denen sie in ihrer Art dem Ursprungsland erhalten blieben. Dies wäre Politik, des Denkens und der Sorgfalt wert. Zu diesem Zwecke heißt's herumkommen; eine Marine muß jederzeit unter Dampf stehen, die fremden Ländern die Flagge des Staates weist, der also Staat sein will, und seinen Lebenswillen kündet. Darum darf das Mittelmeer ihm nicht gesperrt sein. Besitzungen im Süden und Stützpunkte im Osten müssen um jeden Preis erkämpft werden. *Großösterreich* oder das Nichts: Dies ist die Alternative, vor die das Mittelmeer auch Österreich-Ungarn stellt. Entzieht man diesem das große Wasser, so geht es an Verschrumpfung zugrunde.

Die ostjüdische Frage

Die jüdische Frage in Österreich ist in ein akutes Stadium getreten. Die innere Politik versucht sich in ihrer Lösung. Sie hat darin nichts zu leisten vermocht. Denn weder parteipolitischer, noch persönlicher Antisemitismus hat jene Absolutheit, um Folgen zu zeitigen. Das bürgerliche Leben in sich ist nicht organisiert genug, um einer Macht zu begegnen, die ihm aus ihm selbst entgegenwächst. Der in zivilen Formen vor sich gehende Verkehr schließt die letzte Schärfe aus. Nur die äußere Politik vermag sich mit dieser Frage erfolgreich zu befassen.

Zwischen dem Juden und dem Wirtsvolk bestehen Gegensätze; außerdem bestehen noch Mißverständnisse über diese Gegensätze. Eines der verderblichsten ist dieses: Artbestimmung der beiden Typen führt dazu, ihre Gegensätze als gleichsam kontradiktorische hinzustellen; sie sind jedoch nur konträre. Der Arier und der Jude sind nicht wie Feuer und Wasser. Es ist überhaupt nicht Gegensätzlichkeit, sondern Andersartigkeit, die das Verhältnis richtig kennzeichnet. Die Behauptung, daß der Jude abstrakt sei, schließt für die meisten Denker die stillschweigende Behauptung ein, daß der Arier also konkret sei. Auch der umgekehrte Ideengang findet sich vor. Dies ist natürlich lächerlich. Zwischen dem Arier und dem Juden besteht kein krasserer Gegensatz als zwischen dem Arier und etwa dem Mongolen. Aber Schärfe und Wehleidigkeit haben sich durch die Reibungen des Verkehrs bis zu einem solchen Grade entwickelt, daß man eine förmliche geistige Antipodenstellung der beiden Rassen proklamiert hat. Dies ist schädlich. Es sieht aus, als ob Arier und Juden in die Welt gesetzt wären, um sich gegenseitig bis in alle Ewigkeit das Wasser abzugraben, oder als Engel und Teufel miteinander um den Sieg über die

Welt zu ringen. Der Kampf, berechtigt und natürlich, hat allen inneren Sinn verloren.

Demgegenüber ist festzustellen: der Jude ist nicht der Gegensatz zum Arier; aber er ist *der Fremde*. Der Jude sowohl als der Arier ist konkret und abstrakt; doch ist es jeder in seiner Art. Man kann oft genug bemerken, wie jenes getürmte, mystische Denken, das beim Arier aus dem Innersten quillt, dem Juden unverständlich bleibt; während das berüchtigte smarte Denken des Juden, wie es der Talmud enthält, für den Arier peinlich und uninteressant ist. Die Abstraktheit des Juden ist die der sogenannten "klaren Köpfe", der Juristen, Advokaten, Händler (nicht Kaufleute!). Die Abstraktheit des Ariers die der Metaphysik; man lese bei Schopenhauer, wie er *gegen* die Mathematik urteilt; man betrachte das Unmetaphysische selbst in der Metaphysik Spinozas; der Jude ist immer Physiker, Monist, Freimaurer. Aber dies ist, wohlgemerkt, keine Gegensätzlichkeit; der Jude ist der ordentlichere, aber weniger intuitive Kopf; dies ist eine Andersartigkeit!

Der Jude ist *der Fremde*. Was bekämpft wird, ist also nicht die Person des Juden; sondern die persönliche Verjudung. Den Franzosen werden wir als Freund, sogar als Schwager, als Familienmitglied, als unseresgleichen betrachten; aber das Französlingtum werden wir auszumerzen suchen. Und die Verjudung ist stark genug; der *trainierte Jude* unter den Ariern, der nach einem fremden Vorbild Gemodelte, ist die Gefahr dieser Zeit. Die *Emanzipation des Juden*, das unverdiente, weil nicht mit Blut erkämpfte Geschenk des Ariers an ihn, *muß zurückgenommen werden!*

Der *orthodoxe Jude* hat eine achtenswerte, fremde, aber geschlossene Kultur aufzuweisen, die trotz aller Degenerationserscheinungen dauerhafte Werte birgt. Dieser Jude ist Idealist. Humor, Weisheit, Schönheitssinn, Edelmut zeichnen ihn aus. Der *emanzipierte Jude* aber hat nicht nur die Werte seines Blutes verraten, er muß auch die seiner Umgebung, die er in der Mimikry des gesellschaftlich Schwächeren angenommen hat, immer wieder verraten. Er ist im Verrat geübt; daher das Zeichen des Zynismus auf seiner Stirne. Er ist dem Arier äußerlich ähnlich, aber innerlich fremd. Welche Revolution würde er, der konservativste Typus unter den Völkern, nicht leicht und im Handumdrehen machen, nachdem er erst einmal seine eigene Herkunft revolutioniert hat!

Andersartigkeit ist es, die besteht. Zwei abstrakte Veranlagungen decken sich zuzeiten und schalten sich zuzeiten aus. Schon der Begriff "denken" ist für beide Teile verschieden. Der Arier ist der Techniker des Gedankens; er überbrückt Zwischenglieder, er "fliegt". Der Jude geht seines schnurgeraden, unerbittlichen Denkweges. Er ist: *der Fremde!*

Ist er der Fremde, so mache man ihn zum Fremden! Will er nicht im Staate, der nicht mit seinem Blut und Geist geschweißt wurde, ein *Bürger zweiten Grades* sein, so mache man ihn zum *Ausländer*. Je weiter er fort ist, desto näher wird er uns sein. Ist unser Verhältnis zu ihm als einem Ausländer geregelt, so werden wir die Gesellschaft seiner Geistigen gerne genießen. Dies ist unmöglich, solange das Leben uns immer wieder nachweist, daß wir zum gewöhnlichsten Vertreter unserer Art ein tieferes Verhältnis in allen wesentlichen Dingen besitzen, als zum geistigen Juden, dessen vorübergehende Gesellschaft wir vielleicht der des Mannes unserer Art vorziehen.

Eine höchste Weltpolitik hat über diese Frage unter Mitwirkung sämtlicher Politiker Europas zu entscheiden! Die Weltherrschaft des jüdischen "Geistes", besser gesagt "Abwesenheit des Geistes", ist zeitlich nahe gerückt. Ihr wird von einer richtigen äußeren Politik begegnet werden müssen. Dies geschieht, indem man den Juden zum Ausländer macht!

Zu diesem Zwecke wird das Ghetto in großer Form wieder herzustellen sein. Ein *Territorialghetto,* über dessen geographische Lage sich die Kabinette zu beraten haben, wird errichtet werden müssen. Der Jude krankt an der Erde; er besitzt deren keine. Sein körperlicher und geistiger Habitus werden mit Beibehaltung der Urkräfte der jüdisch-orthodoxen Kultur gesunden, wenn sie im Erdreich einer Heimat Wurzeln schlagen können. *Im Süden Rußlands* könnte Platz gemacht werden; müßte es unter Umständen auch gegen den Willen Rußlands, das übrigens seiner Juden nie Herr werden wird, weil sie dort neben Deutschen und Ausländern den begabteren organisatorischen Typus vertreten.

Unter den *Juden des Ostens* selbst ist eine Bewegung im Gange, die von vernünftigen Politikern wird studiert werden müssen. Österreich, dessen östliche Provinzen unter einem starken jüdischen Intelligenzproletariat leiden, kann als Kulturstaat hier ein Wirkung schaffen, die für die künftige Gestaltung der Menschheit von großer Wichtigkeit sein würde. Es ist nicht wünschenswert, daß der Jude ausstirbt; abgesehen davon, daß damit den europäischen Völkern eine allzugroße assimilatorische Arbeit *zugemutet würde,* die auch schaden könnte. Wenn es den Ostjuden gelingt, eine eigene Gemeinschaft auf eigenem Boden zu gründen, könnte dies für alle Völker nur von Vorteil sein. Die Anfänge der *ostjüdischen* Bewegung sind aller Achtung wert; eine tiefgreifende schöne Sehnsucht sucht auch diesem Volke einen *Staatsgedanken* zu gewinnen.

Der Hinweis auf das russische Territorium ist ein provisorischer Vorschlag. Vielleicht findet sich Besseres. Der Vorschlag ist mit Rücksicht auf eine spätere Liquidierung des russischen Westens getan. Anstelle des heutigen Rußland ergäben sich dann *zwei asiatische Nationen,* der *Sibirjake* und der *Jude.* Dieser jüdische Staat, ein Nachbar Österreichs, könnte in Anbetracht der Tatsache, daß seine Sprache, das *Jiddische,* eine Lehnsprache zum Deutschen ist, als eine Art Übergangs- und Pufferstaat zu asiatischem Wesen, zu dem sein Volk stärkere Verwandtschaft mitbringt, gedacht sein.

Mit Entstehung dieses Staates ist *der Jude* der Weltgeschichte erhalten. Die europäischen Völker sind entlastet; die Assimilation, die das europäische Völkergemisch dann leichter und ohne wesentliche Beeinflussung des Typs wird vornehmen können, wird zwangsweise durchzuführen sein. Der Jude bleibt entweder als fremder Untertan im Lande und kann in seiner Machtstellung als solcher stets von den Gesetzen beschränkt werden, oder er bleibt als *Bürger zweiten Grades,* mit einem reduzierten Maß von Ansprüchen und Pflichten.

Es erübrigt die Vernichtung der *jüdischen Bewußtheiten,* das heißt, des *Jüdischen als Organisation,* die es heute tatsächlich darstellt. Dies versucht bereits der christliche Sozialismus, der, seinem katholischen Bekenntnis gemäß, kein Rassen-, sondern ein Kulturantisemitismus ist. Aber diese parteipolitische Kraftprobe ist vollständig ungenügend. Unsere Zivilisation hat kein Mittel gegen den Juden als Mitbürger. Der Jude ist der Fremde. Und der Fremde soll er auch wirklich sein.

Das jüdische Problem wird nur ein politisches Genie, nur eine rücksichtslose Faust lösen. Es muß dabei tief in das bürgerliche und oft private Leben eingegriffen werden. Es wird viel Wechsel, Gewalt, Unannehmlichkeit für die Personen der Handelnden wecken. Die Juden selbst werden es nie bewältigen. Aber ein genialer Fürst, der das Interesse der Kabinette anregt, ein Herr, der die Lage seiner Völker und die Ungunst der Staatsverhältnisse als ein gut Stück Folge der Einbürgerung des *Fremdkörpers* versteht, kann manches regeln.

Die Zeit und ihr Geschlecht

Österreich hat große Aufgaben zu leisten. Manches hat es erwirkt, mehr wird es erwirken müssen. Es hat den germanischen Grundgedanken seiner Staatsbildung nach Osten und Süden zu tragen; slawischen Nationen zur Sonne zu helfen; den gemeinsamen österreichischen Charakter, als dessen Stimmungsbegriff "Musik" gelten mag, zu prononcieren. Als jene Gesellschaft, die am stärksten unter der Zersetzungsarbeit des emanzipierten Juden leidet, hat es eine Entscheidung dieser drängenden Frage heraufzuführen. Diese Leistung kann nur durch straffe innere Zentralisation und energische Außenpolitik durchgeführt werden.

Die Zeit und das Geschlecht tragen einen konservativen Charakter. Bei der Umwertung aller Werte ist man darauf gekommen, daß eine Umkrempelung der laufenden bürgerlichen Attitüden just nichts Sensationelles, sondern die Entdeckung der alten blutgeborenen Maße und Werte ergab, die während der Jahrhunderte einer falschen Aufklärung verkommen waren. Während noch die Jugend der Jahrhundertwende sich mit sozialdemokratischen Schlagworten aus Paris ergötzte, spielt man heute Fußball. Dies ist geistvoller. Die impressionistische *Auflösung* aller Eindrücke, Gefühle und Denkprozesse, die das Zeichen der Generation *Hermann Bahrs* war, kann als überwunden gelten. Man sucht heute wieder die *Form* als Sittlichkeit, man sucht sie in der Kunst und in der Gesellschaft. Schlapphüte und wilder Mangel an Anständigkeit gelten nicht mehr empfehlenswert; im Gegenteil, heute trägt man überhaupt keinen Hut, höchstens des Grußes halber in der Hand; aber alle sind gut gekleidet, denn *jeder hat seinen Kopf auf!* Die gesunde Form zu einem bereits vorhandenen Lebensgefühl wird gesucht. Ob sie die Kunst übertreibt und der bürgerliche Alltag doch noch größtenteils belächelt, ist nicht so wichtig, wie daß sie schon irgendwo gefunden ist: in der Gesellschaft.

In der Gesellschaft heißt die strengere Form, bei der die höchstentwickelte Persönlichkeit sich mit Genuß dem allgemeinen Ganzen unterordnet, auch wenn sie geistig über ihm steht: *Imperialismus*. Genährt durch irgendwelches Blut von guten Ahnen, kühn geworden in der Prüfung durch die Laster der Analyse, setzt sich der wirkliche Mensch mit Magen, Muskeln und Moral langsam wieder durch. Die ätherischen Anarchisten, die absolut nichts glauben *wollten*, haben es schließlich nicht so weit gebracht. Die hartsehnigen Parteigänger ihrer stark gefühlten Triebe glauben gerne, wovon sie getrieben werden. Deutschtum, Vaterlandsliebe, die eine Zeit lang der Spott von Herzensschwächlingen waren, sind Dinge, die man wieder in den Mund nehmen darf. Glaube aller Art weckt Teilnahme und Achtung. Man sieht fremde Völker und Staaten sich fröhlich entwickeln, sieht die Tage wirkender Einbildungskraft gekommen, sieht wohl auch die eigene Sache in ihrer Not und ihrer Kraft, und schrumpft von einem ohnehin verlogenen Alleswisser zu einem eigensüchtigen Nichtstuer zusammen.

Erst verlegen, dann einsichtsvoll, dann entschlossen sieht man diese verwunderlichen schönen, längst verdorben und verspielt geglaubten Gefühle aus jungen Knabentagen, wo Ahnenblut noch reger in den Wangen klopft, herannahen; man hält sie fest, schreit auf, spürt, daß es wahr ist, und läuft dem großen Zuge nach, der unberührt von der Zersetzung Weniger seinen Weg gegangen ist. Nun weiß man mehr, wie er; man war im Nichts, man kommt ins All. Was verloren war, ist gewonnen; was da war, wird gemehrt. Die Eroberung ist geübt und läßt nicht mehr locker im Blute. Haben wir, was wir je hatten, so wollen wir auch mehr, als wir je haben werden. Ist die Einbildungskraft dem Erfolg um ein Stück voraus, so solls uns nicht reuen. Dies Geschlecht lebt loyale Wünsche und darf darum kühn sein. Nimmt es mehr, als recht ist, wirds ihm der *Rechte* wiedernehmen. Es glaubt an die tiefe

Sittlichkeit der Macht!

Erzherzog Karl Franz Josef ist siebenundzwanzig Jahre alt. Dies ist ein Alter schon jenseits der Grenze, an der ein Geschlecht beginnt, seine Art und seinen Charakter auszuprägen. Ist er der Prinz, der diesem Geschlechte entspricht?

Ein Prinz wird kaum je der ausgesprochene Vertreter der letzten Entwicklung sein. Es dauert lange, bis die neuesten Gedanken und Wünsche zu ihm dringen. Seine Stellung, durch den löblichen Geist der Erhaltsamkeit befestigt, ist von schalldichten Ringen eingekreist, die alle Lebhaftigkeit des großen Wellenganges draußen im Volke abdämpfen. Es ist ungerecht, mit Prinzen ungeduldig zu sein. Ihre Entwicklung hat dümmere Widerstände zu brechen als die eines Sohnes des Volkes. Zeitungen und Bücher kommen in Auswahl zu ihm, das Gealterte und Überreife der Lehrer trübt mit einer Kritik, die vorgestern richtig war, sein Gemüt. Er glaubt verstanden zu sein, und sein Volk ist vor oder hinter ihm. Er glaubt einsam zu sein, und hat doch stille Anhänger im Lande, die laut werden würden, wenn er sie riefe. Er hat Geistliche um sich, und doch können ihm die Geistigen fehlen. Wie wird der Prinz wissen, woran er ist?

Der Prinz wird an die Brandung gehen, wenn die Flut das Herz des Volkes anspült. Er wird sehen. Sehen lehrt man nicht, man lernt es. Alte Minister mögen treue Diener sein: die besten sind sie nicht. Die besten Gedanken gab dem Herrscher unter germanischen Männern der Skalde; im Liede, im Überschwang, in der Einbildungskraft. Er zeichnete ihm die Sittlichkeit des wirklichen Lebens vor Augen. So ist es auch heute. Die herzhaftesten Diener hat der Prinz unter den Geistigen seines Reiches!

* * *

Macht

*Psychopolitische Grundlagen des gegenwärtigen
Atlantischen Krieges*

Leitworte

*Prometheus (schon damals ein Deutscher, denn er erfand, raubte
nach der Ansicht der Gegner, und brachte den Menschen):
Des tätigen Manns Behagen sei Parteilichkeit. Drum freut es mich,
daß andrer Elemente Wert verkennend,
ihr das Feuer über alles preist.*
(Goethe, "Pandora".)

*Daß Deutsches über die Welt käme,
ergieße Welt sich in das Deutsche.*
(Müller, "Macht".)

Der kategorische Imperativ der Macht

Macht ist eine deutsche Angelegenheit. Ei nicht gar, als ob es nie Macht gegeben hätte, als ob nie einer oder viele nach Macht gestrebt und sie auch ausgeübt hätten? Viele haben, seit die Geschichte des Menschen sich abgespielt, mit Macht zu tun gehabt. Macht war immer begehrt. Aber zum ersten Male ist sie dem modernen Deutschen als eine sittliche Frage zu Bewußtsein gekommen, über die sich streiten läßt: und wie er nun einmal ist, auf jeden Fall läßt sich tief und schwer darüber nachdenken, und beschwerlich und verantwortungsreich ist es, eine stehende Formel zu prägen, die dann einmal wie die Schwester "Pflicht" den Schwatzhaften von den Lippen gleitet und Irrtum und Unheil stiftet. Vieles in uns Menschen deutet auf unsere Berechtigung zu Macht: das Meiste der sittlichen und der Erfahrung des Gemütes widerspricht ihr. Und dann könnte man die Frage als unlösbar beiseite legen, und den Entschluß dem Impuls überlassen oder einer christlichen Besinnung, die in ihrer Prärogative von Demut den Begriff "Macht", den sie mit jenem der Hoffart gleichstellt, ungesichtet verdammt. Aber hier tritt eine andere Frage auf den Plan, oder vielmehr, diese bisher bürgerliche und soziale Frage erhält eine dämonische Fassung, eine erschütternde Neuerkenntnis in sich, eine sittliche Vorwärtsbewegung, die den Atem raubt. *Ist Macht nicht Pflicht?* Ist ein Volk, das den Begriff Pflicht von seinem transzendenten Aprioris aus zerlegt und wieder zum Alltagsgebrauch gefügt, das ihn also analysiert und entwickelt und in seiner Abrundung gleichsam nachgeschaffen hat, ist ein solches Volk nicht dazu bestimmt, das Gleiche an dem schon äußerlich so ähnlichen Worte "Macht" und dem beinhalteten Begriffe durchzuführen? Pflicht und Macht sind zwei deutsche Begriffe und als solche kennt sie auch das Ausland. Es ist darüber früher im Klaren als wir selbst. Aber freilich verändert dieses fremde Bewußtsein den Begriff "Macht" ebenso, wie es den der "Pflicht" verändert. Von diesem faßt es nur die bange und gemeine Folgsamkeit des Büttels, zusammengefaßt unter dem Schreckgespenst des "Militarismus". Unter dem Begriff "Macht", den es ahnungsvoll mit dem pflichtgezeugten Militarismus in Zusammenhang bringt, versteht es den gleichen Büttel, aber diesmal in Aktivität. Für das Ausland hätten wir bereits pro "Macht" optiert. Verkennt man uns nicht? Wir haben doch nicht optiert. Für uns Deutsche handelt es sich gar nicht um den Überfall auf fremde Staaten oder die Annexion Belgiens. Diese Dinge liegen ganz an den Ausläufern. Wenn wir erst einmal soweit sind... Macht zu erwerben ist nicht schwer. Schwer ist die Schuld der Macht. Unüberwindlich die Angst des Geistigen davor. Wir sind als Volk, mächtig geworden, ohne es zu wissen. Seit vier Geschlechtern bewegen wir uns fortgesetzt in einer Atmosphäre des Sinnes: Macht, der uns geworden ist. Aber wir haben nicht darüber entschieden. Trotz Nietzsche muß man sagen: Es ist noch keine Philosophie der Macht geschrieben worden, erst eine solche der Pflicht. Nietzsche ist nur ein Symptom jenes Sinnes und jener Atmosphäre, in der wir ringend leben. Aber dennoch ist es heute den starken Denkern und den innigen Erfühlern klar, daß die Pflicht nahe daran ist, von der Macht abgelöst zu werden. Wir sind ein anarchisch-konservatives Volk. Ein panisches, ein allmächtiges, nämlich des Alls mächtigen Volk. Wir bewegen uns in Gegensätzen, die ein fremdes Bewußtsein nicht begreift. Der Begriff der Pflicht wirkt konservativ; jener der Macht anarchistisch. Beide aber *sind* konservativ. Es kann für den scharfen Beobachter kein Zweifel darüber walten, daß wir uns in diesem Augenblicke der höchsten nationalen und sozialen selbstwilligen Zusammenfassung in einem *Zustand der Erregung und Zerlegung* (nicht Zersetzung) befinden. Wir sind in diesem Augenblicke 70 Millionen von Anarchisten inmitten alter, ein wenig erschütterter Gesellschaften der Welt. Diejenigen von uns, die ihre Pflicht am strengsten und exaktesten, weil aus Bewußtsein und philosophierender Bereitschaft tun, mögen es am ausgeprägtesten sein. Man stelle sich unseren Frontmann, der brav ist bis zum äußersten, nicht als einen gläubigen Diener einer in beliebigen Personen verkörperten Gewalt vor: Dieser Frontmann denkt mehr über die Dinge zwischen Himmel und Erde, als Euch Eure Schulweisheit träumen läßt, Horativ. Worüber mag er nachdenken? Er denkt über "Macht" nach, wovon Ihr Euch eben, Horativ, ein deutscher Politiker, ein imperialistischer Schriftsteller, nichts träumen laßt. Der Begriff "Pflicht" lebte in der Seele des deutschen Volkes ein mystisches Wachstum und eine orgiastische Fülle. Aber kommt Euch Ahnung, welche mystische Beklommenheit deutsches Hirn und Herz mit dem Begriff "Macht" verbinden? *Macht*: Tore schlagen auf, es ist eine Dichtung an sich, Zukunft rauscht, eine neue Ethik, eine neue Ordnung, chaotisch regulierend, schreibt ehern: es verrauscht, der Visionär tut Buße, er kehrt zur Pflicht zurück. Nein, die Philosophie der Macht ist noch nicht zu Ende gebracht. Wir erleben sie, schreiben kann sie keiner; im äußersten Fall: als Dichtung. Aber die Erregung übertrifft weitaus die jener Zeit vor hundert Jahren, wo die Philosophie der Pflicht zu System wurde. An der Front leben und handeln sie pflichtgemäß, wie sie's immer tun werden, deutsche Soldaten: aber sie sind nicht nur Soldaten, dieses Wort ist eine Denkerleichterung bei Erwägung des Deutschen. Das wäre so der Wunsch der Feinde, den Deutschen mit dem Begriff Soldat abzufertigen. Doch der Wind geht anders als in dieser stillen Gasse: Pflicht. In der langen offenen Straße raunt's von Bewegung. Gesichter grübeln Macht, Geist fragt Geist um Macht. Unsere Gegner sollen Recht haben. Bestärken wir sie darin. Wir wollen uns an ihnen zu Bewußtsein bringen.

Was geschieht? Der einzelne überantwortet sich dem Staate, daß der Staat für ihn das Problem löse. Er überträgt dem Staate die Verantwortung. Er selbst lehnt Macht noch ab – er unterschiebt sie der Gesellschaft. Aber dies ist nicht die Lösung. Nietzsche hat es durchschaut, deutlich unterstrichen und abgelehnt, indem er Kriegsimperialismus ablehnt. Aber er hat nicht diesen abgelehnt, sondern einzig und allein nur *diesen*. Die naturstaatliche Auffassung hat er bestritten. Es bleibt ein falsches Zitat, ihn als Gegner des Krieges oder territorialer Expansion anzuführen. Er hat im Gegenteil keinen Zweifel darüber gelassen, daß die brutale Eroberernatur, der Cäsar, der Wiking, der Renaissancemensch und Konquistador ihm am Herzen liege. Aber die politischen Ausläufer der Macht haben ihn nie genug beschäftigt, sie fesselten ihn nicht, er sah sie als selbstverständlich. Man verachtet jemanden, der sich auf Essen und Trinken stürzt und seine geistigen Freuden verkürzt; aber man würde auch über seine Askese lachen. Man verlangt von ihm appetitliche Formen: die Größe seines Hungers kommt nicht zu Gespräch. Der *Imperialismus ohne Messer und Gabel, der Stopfkrieg* nach englischem oder russischem Muster ekelte Nietzsche an. Der natürliche geschichtliche Vorgang war ihm gleichgültig, weil er ihn bestätigen konnte. Ihn interessierte, wie uns alle, nur das Schwer- oder Kaumzubestätigende. Darum interessieren wir uns heute für Macht. Auch das Nichtzubestätigende wäre uninteressant. Macht erschien Nietzsche in richtiger Auffassung als ein seelisches Problem, als das es heute über der deutschen Entwicklung schwebt.

Man muß auch hier das Tiefquellende aufsuchen und nicht beim Geregelten und schon Objektivierten verweilen. Betont man nochmals, daß Macht nicht erst etwas Politisches sein muß, sondern lauterste und ursprünglichste Menschlichkeit ist, so versteht man, daß Nietzsche keine Lösung war, nur ein sehr deutliches Symptom; aber auch kein Anfang oder Ende. Das Machtproblem des Deutschen beginnt mit Faust und wird mit dem jetzigen Kriege nicht enden. Faust steht am Anfang des deutschen Imperialismus. Faust, der Deutsche, begegnet auf seinem ewigen Wege zu den Müttern der Weltenmacht. Er verschreibt sich dem Teufel, dem scheinbar Bösen. Darin sollen unsere Gegner über uns Recht behalten. Was Faust anlangt: man könnte sagen, es *geschieht* ihm Macht. Er sucht; und findet am Ende, daß sein Wesen auf *Bewältigung* gestellt ist und dies des Lebens Sinn sei. Es gibt keine Antwort auf unsere grüblerischen Fragen. Nur jene Antwort, die wir uns geben. Die Natur appelliert an unsere Produktivität. Hier setzt den Faust Zarathustra fort. Dieser zerbricht die Tafeln des Gesetzes, um sich neue zu setzen. Er ruft fragend in die Welt und findet sich selber antwortgebend. Eine furchtbare Einsamkeit ist um ihn. Die Welt ist leer vom Ideal. Wird er zum Materialisten? Im Gegenteil – ihm wird die Offenbarung seines Willens. Seine geistige Zeichnung ist sowohl im transzendenten (den er willensaktlich konfisziert) als positiven Verstande höchster Idealismus. Er verbricht und schafft, wie sein Vorgänger Faust. Diesem politisiert sich das Bewußtsein gegen das Ende hin, bis er nach dem bekannten Spruche mit freiem Volk auf freiem Boden steht und den Augenblick verweilen heißt. Eine Bergsonsche Idee übrigens vor Bergson; nur fraglich, ob sie und das Augenblicksverständnis Bergsonsch sind. Ist nicht die vielgelästerte deutsche Philosophie so intuitiv, wachstümlich, entfaltsam, so momentan und lebendig wie irgend Irdisches? Wo ist die stärkere Simultaneität vor allem als im deutschen Kopfe? Der Sinn eines sinnlos erkannten Lebens wurzelt Faust, dem ungenügsamen Geistigen, schließlich in der *Tat*, in einer politischen und sozialen *Machtschöpfung*. In Faust, dem Deutschen, sind alle Mächte, die einst im deutschen Volke drängen werden, schon vorgezeichnet. Materielle Macht. Mechanische Macht. Politische Macht. Erotische Macht. Fluidöse Macht. Es gibt keinen menschlichen Typus, der angestrengter nach Ausnützung aller menschlichen Energien drängte wie Faust. Keine Literatur beherbergt ihn. Hamlet ist ein Skeptiker ohne dessen Verzweiflungskräfte. Die Dämonen Dostojewskys sind zu unordentlich und im Tiefsten feige. Die romanische Literatur vollends zeigt keinerlei interessante Charaktere für unseren Geschmack. Denn selbst ein Musset, der interessanteste aller Romanen, bleibt ein Valott. Stendhal, der nächste, kennt wie Balzac oder Flaubert etwas wie eine deutsche Erde und deutsche Sinnlichkeit. Tieferes bleibt verschüttet. Ich finde bei Taine den Satz: "... Metaphysik aber war noch nie unterhaltsam." Er ist gut französisch. Natürlich ist nur Metaphysik unterhaltsam, weil noch ihre Reste immer Welten sind. Darum bleibt die "luzide" französische Literatur, eine Dirnen- und Geldgeschichtenserie, die nach unserem *Lebegefühl* nicht einmal erotisch oder sexuell Inhaltsreiches bietet, für den Deutschen öd und allein literaturgeschichtlich oder ethnologisch Gegenstand.

Fausts ganzes Wesen ist auf Bewältigung gestellt, obwohl er weder eitel wie der Gallier, noch habsüchtig wie der Engländer ist. Er sieht Aufgaben vor sich, turmhohe Fragen, betrachtet sein Leben von letzter göttlicher Wertung aus. Durch ihn wird die Frage nach Macht angezeigt. *Nach ihm leben vier Geschlechter unter dem steigenden Druck der Frage. Der Alltag der Nation* kommt unter den *kategorischen Imperativ der Macht* zu stehen. Der einzelne erlangt *materielle Macht,* Geld und Einfluß. Das Streben danach wächst, aber es erfüllt immerhin nur einen kleinen Teil des Volkes. Der materielle Selbsterhaltungstrieb des Deutschen ist im allgemeinen sehr schwach entwickelt. Er ist nachgiebig und leichtsinnig in dieser Beziehung. Jedermann wird aus seiner nächsten Familie diese Erscheinung kennen. Nahezu alle von uns verfügen jedoch über *mechanische Macht*. Die technische Entwicklung gerade unserer Nation kommt uns entgegen. Wir sind scharfsichtig für und böse über Mängel in dieser Hinsicht, der vollendete *"Druck auf den Knopf",* der alles mechanische auslösen soll, ist unser Traum. Die *politische* Macht des einzelnen mehrt sich mit Zunahme der Bildung, den Fortschritten des Wahlrechts und der Verwaltung. Sie ist im Durchschnitt heute im deutschen Volk am prinzipiellsten durchgeführt. Ein brennendes Interesse sammelt sich um *erotische Macht*. Sie drückt der Zeit den Stempel auf, sie verrät alles. Wäre ich Sir Edward Grey gewesen, Wedekind hätte mich mißtrauischer auf Deutschland gemacht als Graf Reventlow. Nirgends zeigt sich der blutgegorene Machtwille so stark, wie im Aufschäumen des Geschlechts, im Aufbrechen der erotischen Wunde, die einer ganzen Zeit von drei Jahrzehnten geradezu das Gepräge verleiht. René Schickele läßt seinen Helden Benkal voraussagen, daß er den Krieg "an den Frauen kommen spüre. Sie sind so wonnig aufgeregt, so schreckhaft und wild." – Die deutschen Knaben überfällt das *"Leiden am Körper"*, wie vordem im Mittelalter einen deutschen Knaben das *"Leiden am Geiste"* um die Seele. Die körperlichen Machtmittel wachsen ins Bewußtsein: aber man ist deutsch und muß erst um ihr Daseinsrecht ringen, um Selbstbestätigung, um die Versittlichung des neuen Erlebnisses. *Man erstrebt und fürchtet die vollendete Körperlichkeit.* Es geht wieder um Bewältigung, um den Druck auf den physiologischen Knopf, sozusagen. Man treibt Sport, man trainiert mit Bänden von körperdienender Gelehrsamkeit; jawohl, man *dient* dem Körper, wie man einem Ideal dient. Es handelt sich um einen deutschen Körper, der mehr Schönheit, Zucht und Kraft besitzen soll als der englische. Mit Bewegungen aller Art, Freiluft, barfuß, barhaupt, ungemästetem alkoholfreiem Magen probt man letzte Krafttypen aus. Alles dies geht in schweren Ekstasen, Zweifeln, Kasteiungen, Besinnungen, Umstürzen und endlicher Befreiung vor sich. Ist ein solches Volk nicht gefährlicher als sein Krupp? Welche Gefahr für fremdes Sein: *der deutsche Körper wird Inbrunst!* Mit diesem Körper fliegt man. Über wen? Über Männer, über Frauen. Erotische Macht, nicht die derbe des Lebemanns, sondern die kraftproblematische des innerlichen Menschen, ist lebhaft in den Kreis der Beobachtung und Bewertung gerückt. Man entdeckt in Deutschland das diabolische Verführertagebuch Kierkegaards. Es gelingen die tiefsten erotischen Romane dieser Zeit in deutscher Sprache, die Bücher Heinrich Manns und Otto Flakes. Die feinsten Gewalten des Körpers werden ausspioniert. Keine Literatur kennt in dieser Zeit Bücher wie "Frühlingserwachen" von Wedekind, und jenes andere Frühlingserwachen von Thomas Mann, "Der Tod in Venedig". Wedekinds "Hidalla" verkündet einen vollwertigen Imperialismus, die *Macht der Schönheit.* "Prodomos" von Peter Altenberg ist ein *summus vir* der Verdauung, ein *arbiter elegantiarum* der physiologischen Haltung, der alltäglichen Wichtigkeiten. Er vertritt den Imperialismus des kleinen Tages, der deutschen Gründlichkeit und Systematik. Die Psychologie der neuen Romantechnik bewältigt die Seele der Zeit. Es wird mehr denn je Eroberung, zu schreiben, herrschermäßige Arbeit, Literatur zu schaffen. Alles ist auf Steigerung, alles, auch der Verführerroman ist auf Erziehung zum höheren Typus gestimmt. Man schildert nicht mehr, man peitscht auf und stürmt. Man erläßt Schlachtpläne; wenn man beschreibt, verrät man eigene oder feindliche *Stellungen*. Man exponiert sich, das soziale Ich ist wertlos, seit man zum höheren strebt. Die Vornehmheit sucht sich selbst in der Kleidung; die Bewältigung des kleidenden Details (eine deutsche Neuheit), die praktische und hygienische Beziehung zwischen Körper, Luft, Licht und dem trennenden Stoff wird erforscht. Smartneß, Fitneß, Schick sind keine ausländischen Begriffe mehr. Man übertreibt sie ein wenig, auf der Suche nach dem absolut Mächtigen höhlt sich der Trieb aus. Die Verbesserung des deutschen Kleides ist ein wesentliches Zeichen für die Frische und Aufgewecktheit der Rasse. Viel fremde Ablehnung saß vom schlechten Schnitt im fremden Auge. Geht deutscher Wille und Formensinn aus Hinterwelten erst einmal in die Schneiderstube, wird er auch hier Gegebenes zu seinen letzten Möglichkeiten organisieren.

Eine Zeitlang schwirrt das Wort "Amerikanismus". Es ist ein falscher geographischer Begriff, man ahnt nicht, daß man in Deutschland amerikanischer lebt als in Amerika, dem beiläufigen Lande. Aber was man versteht und verehrt, ist kennzeichnend. Der Bernhard Kellermannsche Roman "Der Tunnel" erlebt waghalsige Auflagen. Man versteht die großen Gründer, Techniker, Schöpfer, Unternehmer und Strategen, die Mächtigen. Der Krieg hat den Typus der Aktion, der Offensive, der Unternehmung, der Schnelligkeit, den Druck-auf-den-Knopf-Typus vollends von Amerika nach Deutschland versetzt, wie es nach solchem soliden Schwärmen für jene Fiktion nur gemäß war. Der Däne Johannes V. Jensen wird unter Deutschen ein kulturgeschichtlicher Ahnherr. Die Romane Otto Soykas zeichnen den allgemein erwünschten Typus ins Romantische. Es sind Menschen einer absoluten mechanischen Macht. Unzufrieden mit dieser Erscheinung des Stofflichen motiviert sie der Verfasser fluidös. Es sind *fluidöse*

Menschen. Deutsche Zukunftsmenschen, Menschen spiritueller, telepathischer, medialer Fähigkeiten. Denkende Pferde und Hunde, Probleme seelischer Funktionen, die bisher unbekannt waren, wie zum Beispiel die Erscheinung Schermann, ein Visiograph, beschäftigen lebhaft den *neudimensionierten deutschen Geist*. Es ist der Weg, den wir alle demnächst gehen werden.

Das Unternehmen Krupp ist ein Imperialismus für sich; mit ihm alles ähnliche. Die ehedem hauptsächlich von Deutschen erfundene und getragene rote Internationale ist ein Imperialismus. Täglich sieht der Einzelne seine Kreise sich weiten. Seine Vitalität erschüttert sich zum Positiven. Es ist ein Schock nach vorwärts. Unsere Rasse lebt in einer Atmosphäre der Erregung und Steigerung, durch diese erst Rasse geworden. Etwas Neues ist ins Bewußtsein gerückt: Macht ... keine politische, eine Weltanschauung, Weltanfühlung: ein Weltbewußtsein. Die Stimmung des einzelnen summiert sich zum Rassebewußtsein. *Denn heute, nach dem politischen Untergang des germanischen Gedankens, sind wir eine Rasse für uns.*

Faust. Münchhausen. Zarathustra

Gestehen wir's ehrlich, wir sind ein, nein wir sind *das* imperialistische Volk. Aber nicht Bismarck und nicht Wilhelm II. sind unsere Trainer gewesen, wie nur Politiker ohne Menschenkenntnis glauben können. Nicht einmal Nietzsche, denn auch dieser war ein Getriebener gleich uns und nur Symptom eines innerlichen Vollzugs. Fausts Sehnen steht senkrecht nach aufwärts deutend, wo wir im waagrechten nun weit die Grenzen deutscher Zunge überschritten haben. Vom irdischen Widerstand gebunden, ist diese waagrechte Linie unseres Siegeszuges die Komponente unseres Triebes zum Senkrechten. Hören wir den Gegner. Die besten Männer und stärksten Geistigen der Völker, mit denen wir im Kriege sind, bekämpfen uns mitleidlos mit den ihnen zu Gebote stehenden Waffen, obwohl wir sie selbst oft auf den Schild der Wissenschaft oder Kunst gehoben haben, hinter dem hervor sie nun nach uns zielen. Dies konnte uns verblüffen, denn wir hatten sie für feiner und klüger gehalten. Unglücklich braucht es uns nicht zu machen. Es liegt etwas Schmeichelhaftes in ihrem Hasse, umsomehr, als sie beinahe Recht haben. Ihre Optik ist auf Distanz eingestellt, jene des Raums wie auch der Schattierung. Sie können vieles übersichtlicher, schärfer, unterscheidender sehen. Wir sind in unser eigenes Epos eingesponnen. In der Tat, wir mögen das imperialistische Volk unserer Gegner sein. Wie wir es sind, können wir selbst nicht bemerken. Uns fällt nur das Uferlose, Maßlose unserer Art ins eigene Gesicht, wir sind, obwohl wir das gemachteste, gezüchtetste, gedrillteste, erzogenste Volk sind, ein naives Volk; weil vielleicht kein Volk so menschlich und untraditionell empfindet wie wir, wir aber all dies, die Tradition, die Zucht, und sogar die herangezüchtete Naivität ziehen, wie man Schößlinge zieht – nein, ich nehme *Münchhausen* neben *Faust* als *deutschen Urmenschen* in Anspruch, diese Riesenphantasie, diesen Kreuz- und Querdenker, der sich selbst und eigenhändig bei einem Haarschopf, bitte einem Haarschopf aus dem Wasser zieht, den er gar nicht besitzt, denn es ist eine Perücke. Aber so günstig ist bei ihm sogar Perücke, die Mache. Genau die gleichen self made men sind wir inmitten dieser Welt. Alles was wir sind, ein Ursprung, ein Urdasein von Mann und Volk, sind wir als Resultat unserer selbst. Verstehe das, Engländer oder Franzose, wer's kann. Münchhausen bleibt unübersetzbar. Die Übertreibung mit Gemüt und Lachen, die Mordskerlhaftigkeit, die sich selbst beim Schlafittchen nimmt, die überströmende groteske Vollsaftigkeit nehme ich für unser Volk in Anspruch. *Übertreibung schlägt Rekord.* Gibt es eine stärkere Übertreibung menschlicher Leistungsfähigkeit als die deutsche Leistung dieses Krieges?

Wir lächeln jeder Qualifikation, weil wir uns schlauerweise auch noch anders wissen. Denn wir beobachten uns und Selbstbeobachtung nivelliert das Ich. Der Gütige, der Mutige sind erstaunt über Leistungen, die sie vollbracht haben sollen; die eigenen schweren Augenblicke sind ihnen stärker in Erinnerung. Der Verbrecher findet die Welt sinnlos und versteht das Gesetz nicht, das nicht den harmonischen Ablauf seines Verbrechens anerkennt. Sein Verbrechen ragt nicht aus seiner sonstigen Seele hervor. Auch wir, Verbrecher vorm fremden Auge, verstehen das fremde Gesetz nicht. Die Selbstbeobachtung raubt der Individualität Bezeichnung und Formel, sie "militarisiert" das Innere. Innerliche Menschen geben gute Militärs. Wir selbst sehen also nur die häufigeren Augenblicke unserer *Demut*, die leichte

Hand unserer Tatkraft und Macht wird uns erst spät, müde also bewußt. Des Gegners Fehler besteht nun darin, daß er das traditionell Figürliche ansieht statt des Beweglichen. Darin irrt selbst Romain Rolland in seiner Auffassung des Deutschen, es irrt Bernard Shaw, wenn er das Deutschland Goethes gegen das Deutschland Bismarcks oder Hindenburgs ausspielt. *Unsere Welt ist soweit!* Mozart und der preußische Feldwebel sind ringende Kräfte in uns, gewiß. Aber sie sind es in uns, es ist unsere exklusive Angelegenheit.

Shaw meinte, das Volk der Dichter und Denker sei ein freundlicher, die belgischen Eroberer ein garstiger Anblick. Dieses Konversationsurteil ist kindisch und unverschämt. Der fremde Zeichner gibt unsere Männer klotzig, übermuskulös und wilde Kraft ausströmend. Hm, dies ist die richtige Witterung. Er gibt eine etwas lächerlich gemachte Monumentalität, eine historisch-physiologische Tatsache der Zukunft, etwa wie Egger-Lienz oder Metzner, aber mit bösem Grinsen. Die Meinung, daß wir Wesen voll pedantischer Kleinweltsorgen und ätherischer Verhutzelung seien, stimmt jedenfalls heute nicht. Wir sind naiv, was das fremde Bewußtsein anlangt, darum haben wir einerseits eine Neigung zur Idylle, wie alle Heroiker, andererseits ein Vermögen, uns Fremdes anzueignen. Und wir sind auch Theoretiker. Aber wir sind es so intensiv, daß sich die Realität, gleichsam beurlaubt und gut erholt, in grüner Pracht sofort einfindet, sobald sie erst einmal *aktuell* geworden ist. Die "Gesetztheit des deutschen Charakters" ist eine doppelzüngige. Der Deutsche ist gesetzt genug, um den Alfanzereien der Realität auszuweichen, wie einem schlechten Frauenzimmer. Aber er selbst hat sich so gesetzt; das schlechte Frauenzimmer, Kundry, kennt er gut, er ist Psychologe, es ist die Natur. So oft es in Betracht kommt, ist er Sieger auf den ersten Blick. Er ist heute der Herr der mechanischen Macht. Hier ist alles introspektiv-transzendent verwachsen. Natürlichkeit ist Folge, nicht Ursprung. Am unnatürlichsten sind Naturvölker. Alles, er selbst, ist zum zweiten Male da: durch den Deutschen selbst, kritisch geregelt, vernunftdurchdrungen, handhablich geschweift. Darum leben wir im Feindesauge als *intellektuelle Untiere*.

Hat man uns? Hat uns Wells erraten, in seinen merkwürdigen zerebralen, technisch fähigen Käfern früherer Romane, in diesen Fabelorganismen von grauenerregender Zerstörungskunst? Sind wir intellektuelle Monstren, überzivilisierte Kulturlose, eine Plage der menschlichen Gehirnentwicklung? Ach, Logik ist unsere schwache Seite – vielmehr, da wir metalogisch denken, unser Mangel an ihr unsere starke: und dann sind wir ganz harmlos. Man muß lachen über die englische Anstrengung, diesen Zeichnerschweiß alter verkappter Romantiker. Macht ist nichts Dämonisches, sie ist so harmlos wie eine Mahlzeit. Dämonisch sind wir auf dem innern Wege zu ihr: wenn wir mit der sittlichen Aufgabe ringen, die sie uns aufgibt. Ein Volk, wie wir sind, dessen Bestandteile sich in fortgesetzter fressender, wachsender, hypertrophierender, absterbender und in anderem auferstehender Bewegung befinden, kann man von uns schlechthin Alles aussagen: wir können nur mit dem Kopfe nicken. Darin liegt unsere Harmlosigkeit, aber auch unsere Gefährlichkeit. Sind es wirklich unsere Mörser, unser Train, unsere Eisenbahnen, unsere wirtschaftlichen Vorräte, die auf den Gegner so schweißtreibend wirken? Ich glaube kaum. Denn England ist wohl immer noch reicher als wir, es ist kühn, stark, tatkräftig regiert und zäh. Aber wessen kann man vom Deutschen noch gewärtig sein? Diese Frage ist der Alp, der auf der fremden Belletristen- und Romanciersphantasie liegt.

Nicht allein auf dieser; auch auf der Phantasie, besser auf dem Mangel daran des Philosophen. *Bergson spricht.* Es muß vor allem gesagt werden, daß die in Deutschland jetzt übliche Degradierung dieses sehr gescheiten Mannes nicht geziemend ist. Bergson ist ein sehr guter konstruktiver Kopf, er ist beinahe ein deutscher Kopf, man merkt ihm jedenfalls die jüdische Herkunft an, die ihm eine Überlegenheit über den sonstigen gallischen Philosophentypus sichert. Es ist nun einmal so, daß deutscher und jüdischer Geist sich zwar keineswegs decken, aber in ihrer beiderseitigen Weltläufigkeit und in der Tatsache ihrer Fähigkeit zur Abstraktion (die im Übrigen grundverschieden ist) einander näherkommen als irgend zwei andere Geiste. Den Gründen, dem Problem und den Chancen nachzuspüren, die sich daraus ergeben, ist hier nicht der Ort. Sie werden Gegenstand einer anderen Untersuchung sein. Bei Bergson sei das jüdische Element festgestellt, das einzig ihn zu einem beachtenswerten Denker macht. Es ist erstaunlich, ihn unter unseren nicht einmal sachlichen, sondern philosophischen Gegnern zu finden. Nicht weil er bei einem deutschen Buchhändler in besserer Übersetzung erschienen und wohl von jedem regeren Deutschen gelesen worden ist. Das kann doch einen Künstler oder Schaffenden nie verpflichten, der, um gut zu geben, auf dem Standpunkt stehen muß, ich gebe. Sondern weil in der Tat die Bergsonsche Philosophie wie ein geistreicher Abzug von dem deutschen Leben vor dem Kriege erscheint. Ihr "feuilletonistisch" benannter Mangel beruht offenbar auf der zum Philosophieren ganz ungeeigneten Sprache, in der sie geschrieben ist. Nur ein Fremdrassiger konnte in diese Sprache, die sie nicht hergibt, eine Philosophie hineinschreiben. Die blumig und schwelgerisch geschriebenen Bücher sind allerdings peinlich; aber wie peinlich wirkt es erst, das philosophische Antideutschtum zu konstatieren! Bergson ist hiermit unter jene englische Zeitungsrubrik "Stimmen aus dem Publikum" geraten. Er riecht intellektuelle Hunnenhaftigkeit! Unsere Philosophie und unser unerkanntes Wesen erscheinen ihm seltsamerweise als Gegenpole seiner eigenen Lebensarbeit. Es muß ihn dünken, als hätte er seit je uns, die *Intellekttiere* gemeint. Höchst schwach gedacht und beobachtet! Er übersieht, daß wir selbst ihn praktizieren, daß unsere ganze *Entwicklung* nichts anderes ist als *"schöpferische"*, als unendliche, unräumlich vorgestellte Deteleskopierung eines Seins. Ein Durchgangsleben, eine ewige rastlose Improvisation. Denn wir sind natürlich gar nicht intellektuell. Unser Intellektualismus ist nur Station innerhalb der Bewegung, Form innerhalb der dauernden Improvisation. Wir sind eher mystisch und lassen uns vom Urbeginn zum Urende gleiten. Es gibt in unserer geistigen Entwicklung eine Strömung, die man *"wissenschaftlichen Skeptizismus"* nennen könnte. Seit Jahrzehnten gehen Zeitschriften junger Denker diesen eigenmächtigen Weg, der dem "Geist" im höchsten Sinne die Ruhestatt seiner schmiegsamen Beweglichkeit sichern soll. Der Mangel auch der Bergsonschen Theorien, unser Interesse unterbindend, ist, daß nirgends ein Ansatz zu einer höheren Sittlichkeit sichtbar wird. Denn Sittlichkeit ist beides, die Formel, das Gesetz erfüllen und es – brechen. Aber auch: Die Formel, das Gesetz wieder schaffen, es setzen. Der dritte Grad wird bei fremden Denkern nie erreicht. Man schafft Traditionen, Maßregeln, soziale Kontrakte, man macht Revolution und köpft Köpfe, die wirklich noch Köpfe waren: aber man gelangt nie zu dieser Spannung, dieser sich ergießenden Vitalität, die Bergson erschaut haben will. Eine Sittlichkeit im Kampfe gegen sich, sich selbst gebärend – bergsonsch – ist entdeckt: sie ist deutsch, faustisch, nietzschesch. Lösend – setzend: anarchisch – konservativ: dies, nie eins allein ist unser deutsches Sein. Wir sind *das Volk* der *"élan vital"*; heut anders denn gestern, panisch, uferlos. Besser als sein Philosoph sieht der Gegner im übrigen unsere geistigen Regungen und fürchtet die politische Praxis. Hat er Recht? Er hat Recht. Ob er das Recht hat, uns zu stören, wird sich zeigen. Wir besitzen nicht die Dringlichkeit des Franzosen, nicht die Gediegenheit des Engländers. Denn wir besitzen beides und Alles, aber erst über unseren Kopf, unser seelisches Erlebnis, unsere *"mentale"* Produktivität. Das Ding ist ein Produkt des Subjekts. Was ist und klar ist, setzen wir. Im Grunde huldigen wir, wenn wir drauflosdenken, alle dem Solipsismus. Wir denken wider unseren menschlichen Geschmack so; denn es ist kalt dort oben bei solus ipse. Und welches tausendste Kanälchen ist doch die Bergsonsche Theorie vom großen Strome: Fichte! Wir lösen, wir heben auf, aber wir setzen wieder. Wir zerstören Belgien, eine Garnitur hübscher alter Kirchen: Aber wie würden wir es wieder zu einer Neuheit aufbauen, wenn wir drin blieben! Zarathustra lehrte: Die Tafeln des Gesetzes sind zu brechen. Meißelt neue aus! Stiftet Satzungen an! Setzet! Immer in *"Positur"*: diese Spannung ist es, die andere an uns sehen, eine Manieriertheit des Einfachen, außerordentlich Vernünftigen, Soldatischen. Schau Dir, Deutscher, den ekelhaften preußischen Offizier oder Lehrer in den großen Dostojewski-Romanen an. Man sieht uns als etwas sehr unechtes, gezwungenes, unnatürliches – als Intellektiker wie Bergson, als Gehirne ohne Scham, als eine höchst raffinierte und infame Abart von Bestien, von Tieren spätmenschlicher Entwicklung, von Wieder-Tieren. Wir haben, das weiß jeder, uns mit Faust dem Teufel verschrieben. Das stimmt. Aber es versteht's niemand. Frommes Europa! Der Teufel erfindet für uns Maschinen, Mörser, U-Boote, Gase, Zeppeline, Eisenbahnen. Gut, wir sind so, wir wollen uns aber darum nicht entschuldigen. Die jetzigen Völkerantipathien werden sich bis auf weiteres steigern, bis sie sich verbraucht haben. Nach dem Kriege wird die Macht des Deutschtums vielleicht allein imstande sein, den internationalen Verkehr zu ordnen, an dessen dauernde Unterbindung heute kein vornehmer Deutscher mehr glaubt, weil er seine eigene Kühle und den eigenen Willen zur Wiederherstellung der internationalen Verhältnisse kennt. Im Gegenteile: Nach dem Kriege werden die

Deutschen wie die Gereizten reisen, man wird ein halbes Volk auf Wanderschaft sehen und es anfänglich mißtrauisch, aber mit zunehmender Befriedigung und schließlich getröstet aufnehmen. Auch dies ein Ausfluß deutschen Imperialismus: dieser vielleicht erst der rechte.

Geben wir ruhig, ohne Desperadostolz aber auch ohne Kränkung zu, daß wir Scheusale sind. Betrachten wir unsere Lage unter den Völkern mit Kühle. Und machen wir, nach außen geschlossen, es untereinander aus, wie wir diese Macht, die uns heute im Blute liegt, verstehen und verwenden wollen.

Macht auf Erden

Die Machtfrage ist ungelöst. Auch Nietzsche hat sie nicht gelöst, nur aufgeworfen. Er beobachtete sie rings um sich her in ihrer Entstehung; sie war eine "zeitgemäße Betrachtung". Nach diesen Bemerkungen und Ausflüchten könnte ein Scharfsichtiger gegen das vorliegende Buch einwenden, daß es nur verlegen weiterbeobachtet und sich die Endgültigkeit durch Weitergabe erspart. In der Tat, das empfinde ich auch. Ich muß nun ein Geständnis machen, obwohl ich gehofft habe, daß jener Scharfsichtige mich auch ohne dieses verstehen würde. Nun, die Machtfrage kann von mir nur für meine Person gelöst werden. Für die Allgemeinheit nicht; denn jedermann muß sie selbst lösen. Das heißt, die Frage wird jetzt gelöst, und zwar gerade in jener reizbaren Geistigkeit, die uns der brutale Machtkampf auf den Schlachtfeldern hinterlassen wird. Daß und wie der Deutsche zur Macht kommt, ist kein Problem. Problem ist erst die sittliche Begründung. Der Gedankenverlauf ist der folgende: Darf ich mächtig sein? Das "Dürfen" natürlich nicht von autoritärbehördlicher, das ist es sittlicher, sondern von ichsittlicher Erlaubnis aus verstanden. Dann, insofern der deutsche Geist beharrlich und zäh in der kritischen Perlustrierung der Voraussetzungen ist: Darf ich dürfen? Mit dieser Frage tritt ein interessanter Fall ein: eine Instanz wird aufgehoben. Jeder fühlt und kann es schrittweise ausdenken, daß er, sagt er erst einmal: "darf ich dürfen", die oberste Autorität unserer deutschen Selbstsittlichkeit aus den Angeln hebt. Die Frage ist aber nicht gleich einem: "Muß ich dürfen?". Diese Fragestellung würde sofort das

Ichsittliche aufheben, und das Problem würde ein rein essittliches, also nach unserem Gefühl überhaupt kein wesentlich sittliches mehr. Wenn aber einer nur einigermaßen zweifelt, ob er dürfen darf, zweifelt er nicht nur, ob er von sich aus muß, sondern er weiß, daß er nicht darf. Etwas Furchtbares ist geschehen: Das deutsche Denken hat die Pflicht hinweggedacht, hinweggefragt. Es ist unsittlich, zu dürfen; unsittlicher, zu müssen. Der sittliche Wert des Pflichtbegriffes beruht in der Freiheit, mit der ich ihn setze. Wenn ich aber als Deutscher gleichsam zur Pflicht verurteilt bin, worin beruht dann ihre Freiheit und ihre Sittlichkeit? Ich setze die "Pflicht". Sie ist mein freier Akt. Von ihr aus darf ich dürfen oder nicht dürfen, je nachdem ich von ihr aus nicht muß oder muß. Sofern ich jedoch aus Trieb, sittlich zu sein, auch die Pflicht ungenügend und sehr schablonenhaft, nicht "schöpferisch", aber erleichternd erfinde, und sie anständigerweise in Frage stelle, ist sie keine jungfräuliche Autorität mehr. Es ist nicht mehr anständig, mit ihr zu verkehren. Ich frage, wenn ich gründlich bin, weiter: was ist anständig? woher kommt mir die "Pflicht" zur Anständigkeit?... bis ins Unendliche. Das Dilemma verklettert sich. Ich gelange zur positiven Schöpfung, zur *Satzung*. Ich kann die "Pflicht" nun trotzdem setzen, aus Eigensinn und Anhänglichkeit für eine Sache, die nun einmal real und von allen am praktischsten ist. Alle unsere Philosophen, Nietzsche ausgenommen, bestätigten ein sehr einfaches Erlebnis, die *Not zur Pflicht*, unter dem Gesichtswinkel der sich selbst beweisenden Formel, daß Freiheit das Selbstwollen eines fremden Wollens sei. Dies ist eine sehr mutig und vornehm getragene Verantwortung. Ich kann mich aber auch auf weniger einlassen, was dann mehr ist, wenn es das Gefühl bis zu einem *kleineren* Reste befriedigt. Ich gelange auf die dialektische Spitze, lieber die Andere, die Verworfene, Lilith, die Ursprüngliche zu setzen: die Macht, die Freiheit, die Willkür. Ich für mich, jeder für sich, wir alle für uns ... da zwänge es uns schon, *Einschränkungen* zu machen, aber nun wird es erst *sittlich*.

Was ist geschehen? Das deutsche Denken ist sich treu geblieben in der Untreue – Hagen, nicht Siegfried ist der deutsche Typus – und hat die Pflicht denkerisch verbraucht. Es wäre kein Wunder. Um Himmelswillen, pflichteifriger als unsere Frontleute sind, kann man wohl kaum sein. Aber wer von denen, die heute nur kleine, gemütliche, ungefährliche Pflichten hinter der Front versehen, hätte nicht von der "Pflicht" als der Seele des Deutschtums groß geredet? Schnack. Broschüren, Bücher, Werke bevölkern diesen Zirkus. Die Pflicht ist vorerst einmal ebensowenig ein Monopol des Deutschen, als der Deutsche nur auf sie eingeschustert ist. Ich glaube, der Deutsche ist wesentlich gescheiter und vornehmer. Seine Mehrleistung ist diese: Er setzt die Pflicht ab, dann setzt er sie ein; aber nicht *wieder* ein; sie ist vorher nie dagewesen. Schuf nicht der deutsche Mystiker seinen Gott, und war dieser Gott nicht ebenso dauerhaft, praktisch und gediegen, wie nur Gott sein kann? Wie setzt der Deutsche die Pflicht ein? Als Pflicht, pflichtlos zu sein. Er kreiert die Macht. Ist etwas geschehen? Nichts ist geschehen. Der Deutsche hat eine höhere Art Pflicht gefunden, eine heilige Pflicht, innerhalb der erst wieder die profane Pflicht sittlich reif und süß wird. Es scheint, hier lauert ein Widerspruch, der Gegenstand der Verteidigung und der Beweise hat seine Rolle getauscht? Was ist der Erfolg einer derartigen dialektischen Untersuchung? Der Erfolg ist Bewegung, *schöpferischer Widerspruch*, um zum Spruch zu kommen, ist Durchbildung eines Begriffes, Herrschaft über ein sprödes Begriffsmaterial. Der Vorgang ist deutsch, man nennt ihn denken. Macht ist also nur ein Superlativ zur Pflicht. Des Deutschen notorischer Demut ist Pflicht verantwortungsvoll und schwierig. Es wird Pflicht, mächtig zu – *werden*. Der kategorische Imperativ der Macht ist geschaffen.

Ich finde in sehr guten Büchern der letzten Zeit die neue Erkenntnis, daß der Gegenstand des geschichtlichen Ablaufs nicht das persönliche, sondern das Staatenindividuum sei. Nicht ich bin, auch für den Menschen, interessant, sondern etwa Bolivia. Dementsprechend hat nicht der Staat Pflichten gegen den Bürger, aber der Bürger gegenüber dem Staate. Das hat sicher keiner im Schützengraben entdeckt. Dagegen möchte ich mich verwahren. Ich bin ein Anhänger meines eigenen Buches. Es wird angenommen, daß der Staat ein Naturprodukt sei wie ein Zwetschkenbaum oder ein Termitenhügel. Das trifft zu, aber eben nur in jenem Grade, in dem es auf einen Korkzieher, einen Zylinderhut oder ein lyrisches Gedicht zutrifft. Selbst in jenen Augenblicken, wo sich der Mensch scheinbar am weitesten von der Natur entfernt, handelt er nach ihren Intentionen. Auch der Eunuche, der Glasbläser, der Selbstmörder und sogar der Kriegsberichterstatter sind Naturprodukte. Meine bewußteste, phantastischste, egoistischste Willkür ist mehr Stimme der Natur, als die Notdurft eines Staatswesens, die mich in der Figur eines Steuereinziehers, Polizeibeamten oder Zensors bürgerlich modifiziert. Nein, nicht mehr, aber *ebenso*. Denn sieh, wir vier zusammen sind erst der Staat. Der Staat hat keinerlei überpersönliches Dasein. Nur eine halbe, klobige Phantasie, die sich an solche Bilder halten muß, konnte zu dieser Meinung kommen. Immer gilt: der Staat bin ich. Jeder ist ein solcher Sonnenkönig. Erst bis der Ärmste (aber wirklich der Ärmste), der Dümmste, das Jüngste und der Älteste dies sagen können, ist der Idealstaat erreicht. Bis dahin ist er andererseits aber auch nicht ausgestorben, wie eine andere Theorie meint. Denn Staat ist eben das Dasein vieler Ichs, Staat ist auch die Aussprache zweier Metaphysiker über ihre Probleme; oder das Markplauscherl zweier Hausfrauen. Die Verwaltung, dies mag einmal verschwinden. Aber die Verwaltung ist eben nur eine schlechte und provisorische Verwaltung. Der Staat ist etwas Immanentes, nichts Vorgesetztes. Es ist einer unserer Erziehungsfehler, daß die große Menge und oft auch sehr selbständige Männer dieses Subordinationsbewußtsein statt des Immanenzbewußtseins besitzen.

Man muß sehr vorsichtig sein, wenn man aus dem Kriegs-, dem extremen Tod und Lebensfalle Folgerungen auf die Staatsidee zieht. Immer roßkurt auch der schlimmste Bader nicht. Es ist nicht schwer, den Gedanken fortzuführen. Ich kann sagen, oho, nicht der Staat, sondern die Relation der auf der Erdoberfläche verteilten Staaten ist der Endzweck, denn Staaten gehen zugrunde, der Begriff der Relation bleibt. Und nicht der Begriff der Relation, – wo ist er ohne den Menschen – der Planet, auf dem er gedacht wird, ist letztes Objekt. Schließlich die Milchstraße, das Gewölbe, Gott. Schließlich wieder ich. Es ist an der Zeit, daß wir Deutsche den Begriff Pflicht durch Macht ersetzen, da die Engländer uns jene samt dem Militarismus schon nachmachen. Ich betone nur dies: Im Schützengraben, wo man verdammt seine Pflicht tut, – daß man seine Pflicht tut, obwohl man sie, nicht von sittlicher Instanz her, tun muß, ist eine ethische Diskussion für sich – ist jene Lehre nicht entstanden. Im Schützengraben entsteht das Machtproblem und hält aufrecht.

Gegenstand und Ziel der Entwicklung ist der Mensch. Staat ist nur dessen irre Extremität. Ebensogut könnte ich sagen, die Lokomotive, die, wenn ich sie nicht erfinde, ich doch bezahle, ist ein höheres Wesen als ich. Das meint ja leider der Lokomotivführer, der Schaffner und der Herr Stationsvorstand auch. In Kriegszeiten, wo eine Lokomotive wertvoller ist als ein Bataillon, das sie zieht, weil sie über das Schicksal von Armeekorps entscheidet, ist das gültig. Aber in Friedenszeiten werden wir Anstände haben, der Schaffner und ich. Diese Meinung führt zur Staatsschaffnerei, vor der wir Deutschen uns sehr hüten müssen. Man kann nicht sehr erbaut sein von solcher Anschauung, auch wenn ein so verehrungswürdiger Intellekt sie hegt, wie der Houston St. Chamberlains. Das ist Robespierre mit verkehrtem Vorzeichen.

Das Machtgefühl des einzelnen überträgt dieser auf seinen Staat. Seit jeder Deutsche weiß, woran er ist, weiß es auch sein Staat. Denn ist jene oben beobachtete und abgebildete Atmosphäre nicht eben der Staat, "Deutschland"? Die psychoanalytische Wissenschaft des Wiener Professors Freud kennt Symbole, Analogien, man möchte sagen, Tropen zu gewissen betonten Erlebnissen und Vorstellungen eines Gehirns, die sich in Ticks, in unscheinbaren Gewohnheiten, in der Schrift, in der Satzbildung, in Kuriositäten des Gebarens äußern. Ein ebensolches Symbol für den Deutschen ist das Deutsche Reich, dessen politischer Imperialismus ein Symbol für das wachsende Machtgefühl des einzelnen. Dies ist ein Naturgesetz. Ich glaube, Goethe war es, dem es auffiel, daß die Natur die Form durchhält. Der Apfel hat die Form des Apfelbaumes, die Birne des Birnbaumes. Die Frage für uns wäre nur, ob nicht der Apfelhain die Umrisse eines Apfels als grundlegende Tendenz habe. Ich hatte nie Gelegenheit, es zu beobachten; aber ich glaube, ich kann es dreist bejahen. Denn auch Deutschland hat die Form des Deutschen. Der deutsche Imperialismus ist kein solcher des Imperiums; im Gegenteil, er ist einer des Individuums. Aber er wird allmählich zur *verstaatlichten Privatangelegenheit*. Von diesem Gesichtswinkel aus muß man den großen Krieg betrachten. Die reichsdeutsche Politik war ohne Zweifel sehr friedliebend, sie war wirtschaftlich ehrgeizig, aber annexionistisch, im Gegensatz zu Rußland, überhaupt nicht im entfernten eingenommen. Aber sie wird entwicklungsmäßig *das Symbol des deutschen Traumas*. Das Reich und der Reichskrieg sind nur das Sphärische des Einzelbewußtseins. Darin ruht auch der sittliche Wert des Krieges als physischer *Spannungskatastrophe*. Es ist ein posthumer Rück- und Fehlschluß, den Staat anstatt der Persönlichkeit zu akzentuieren. In diesem Kriege konflagrieren nicht territoriale oder wirtschaftliche Komplexe, sondern Menschen, innere Weiten, nicht geographische, sondern seelische Erstreckungen. Dem Siege entstürzt der Weltgedanke. Zweifellos ist der Deutsche daran, eine neue Staatsauffassung zu begründen. Politik ist nicht mehr Sache des Berufspolitikers, sondern des Deutschen. Diesem Gedanken, scharf und umfassend ausgebildet, begegnete ich in dem Chamberlainschen Buche "Politische Ideale". Auf Seite 22 steht: "... wird dem Deutschen vielfach seine mangelnde politische Anlage zum Vorwurf gemacht und nicht mit Unrecht. Findet jedoch ein radikaler Umschwung statt in der Auffassung dessen, was Politik sein muß, schafft sich das deutsche Volk neue politische Ideale, nicht in Anlehnung an antike Überlieferungen und an fremde Vorbilder, vielmehr aus wissenschaftlicher Besonnenheit und eigenem Bedürfnis, so wird der Deutsche sich wahrscheinlich als der erste Politiker der Welt offenbaren, weil er systematischer in Angriff nehmen, fügsamer eingreifen, emsiger wirken und folgerichtiger beharren wird. Der gegenwärtige Krieg hat einen grundtiefen Gegensatz aufgedeckt zwischen der deutschen Auffassung von Menschenwürde und hiermit zusammen auch von Staatswürde und der Auffassung dieser Begriffe in den meisten anderen Ländern Europas, einschließlich der amerikanischen Stecklinge." Daran anknüpfend wird man sagen können, Imperialismus, wie er hier verstanden wird, ist die Politik der politisch "Unbegabten" *oder politisch Einfältigen*, der politischen – *Reinen Toren*. Just um das Recht dieser Reinheit geht dieser Kampf, selbst dann, wenn Gebietsveränderungen, Handelsverträge und Öffnung der *Ozeanalsperre* in seinem Gefolge stehen werden.

Das imperialistische Deutschland also ist das Konkretum eines abstrakten persönlichen Imperialismus. Andererseits wäre es verfehlt, dem Staate, diesem Akkumulator persönlicher Spannungen, diese Kräfte nach dem Kriege zu belassen, ja, ihn als das Eigentliche des Weltenfortschritts anzunehmen. Bei Chamberlain ist der Fehler nicht groß; der Absolutismus des Staatsgedankens ist Predigt, die Messe handelt wieder vom Recht und der Macht, nicht nur der Pflicht des Bürgers. aber der Fehler würde in der politischen Praxis ohne Zweifel verheerend anschwellen. Staat und Bürger müssen sich gegenseitig *ventilieren.* Auch die Macht des einzelnen, von der bis jetzt stets die Rede war, ist nicht Egoismus; die staatssittlichen Hemmungen und Bindungen bleiben. Macht des einzelnen ist ja eben die Möglichkeit, diese Bindungen zu bestimmen und den niederzuhalten, der sich gegen sie vergeht. Ich fühle hier den schwachen Punkt meiner Gedankenführung. Liegt nicht eine Gefahr vor aus der Ermächtigung des Bürgers? Das ist unbestreitbar. Aber ebensogut kann die Frage lauten: Liegt nicht eine Gefahr in der inneren Ermächtigung des Staates? Meinem Gefühl, meiner Erfahrung, meinem Geschmacke nach die größere. Wo kann der gesunde Schnittpunkt angebracht werden? Doch wieder nur im einzelnen. Nur im Vertrauen auf diesen können wir Staatsformen weiterbauen. Ich trete den historischen Beweis an. Nur ein Volk, das Stirners "Einzigen und sein Eigentum" als Problem aufwerfen konnte; nur ein Volk, das heute den einzigen wirklichen Sozialismus aufweist, konnte so geschlossen, so selbstentäußert, so sinnreich gegliedert, förmlich wie eine imperialistische Maschine, in den Krieg gehen. Wer in der Front war, weiß, daß das *Vertrauen* eine zwingende Kraft ist, eine "Macht", mehr als ein Befehl. Wir wollen die soziale Entwicklungsgeschichte in dieser Richtung fortführen.

Recht, Macht, Pflicht sind deutsche Worte und Begriffe von gleicher lautlicher und sittlicher *Rasse.* Zur Macht hat es uns gefehlt. Denke jeder still und klärend darüber nach. Aber vorher vergewissere sich jeder, daß er nicht Stimmzettelmacht oder Polizeiwirtschaft meine. Der Imperialismus, wie er sein sollte, ist kein Ideal einer veralteten Verwaltung, oder vielleicht neronischer Instinkte, ehrgeiziger Staatsbeamten oder pensionierter Generale. Weit mehr – eine nicht mehr allzutiefe Kluft weit – hat er mit der nach dem Kriege einsetzenden Arbeiterbewegung zu tun. Das Ziel des Imperialismus ist vorerst einmal nicht die Annexion, sondern ein hellerer und widerstandsfähigerer Mensch, der nicht immer ängstlich fragt: darf ich? Er muß seine ganze Verantwortung kennen. Der staatliche Imperialismus ist gerechtfertigt, wenn er dem Bürger Selbstachtung verleiht und die Mittel eines möglichst wenig infragegestellten Schutzes verschafft. Dazu kann auch die Annexion in Betracht kommen. Nach dieser wird jedoch in den neuesten Teilen Deutschlands nicht ein jubilierendes Leben von Politikern und Bureaukraten zu beginnen haben, sondern eine mikroskopische Arbeit der Organisation, Reform und Verwaltung.

Zusammengefaßt: 1. Wir erkennen die gegenwärtige, im Kriege *erlöste* Bewegung als imperialistische, soweit sie den Deutschen betrifft. 2. Der deutsche Imperialismus ist nicht politischer, sondern physischer Natur. 3. Wollend, *partei*nehmend, zukunftsstrebig entscheiden wir uns für diesen letzten anstelle jedes politischen oder gar keines.

Wir *Deutsche* übernehmen von Stund an die Verantwortung für den Menschen. Daß aber Deutsches über die Welt käme, ergieße Welt sich in das Deutsche.

Mephistopheles oder "mechanische Macht"

Man hat den Drang, uns zu verameisen. Das grelle Mißverhältnis zwischen unserem eigenen Selbstgefühl und der fremden Einschätzung ist denn auch auffallend. Man gesteht uns keinerlei Genialität, kaum eine Begabung zu, es sei denn jene eine niedrig gewertete der technischen Phantasie und der Unterordnung unter deren Geschöpfe, die Maschine, den "Betrieb". Wir sind eine Art "Betriebsbarbaren", außerordentlich vervollkommnete, aber leb- und geistlose Apparate zur Erzielung rein materiell wägbarer Ergebnisse. Dem gegenüber muß festgestellt werden, daß bei den Gegnern eine psychologisch leicht verständliche Polarisierung stattgefunden hat, die vor dem Anblick eines mechanischen Intellektsystems wieder den natürlichen und interessanten "Menschen" beschwört. Gerade das Gegenteil ergibt sich bei eingehender Betrachtung der Völkerseelen. Unsere "ratio" ist gut ausgebildet, aber sie wird sowohl von der des jüdischen (der stärksten ratio) als auch der des romanischen und angelsächsischen Menschen übertroffen. Der Deutsche, nicht nur der Sachsenstamm, ist im allgemeinen ein "heller Kopf". Aber er hat einen bedeutenden Einschlag "dunklen" Kopfes. Das ursprünglich Germanische zerfällt in zwei sehr verschiedene Typen, die man den "gotischen" und den "sächsischen" nennen könnte. Der sächsische ist körperlich stämmiger und geistig rationaler; der gotische körperlich und geistig "gestreckter", wie man sagen könnte. Beide Elemente sind in allen Nationen Europas, auch den heute nicht germanisch genannten, und Nordamerikas vertreten. Der Gote ist imperialistisch-individualistisch-metaphysisch.

Der Sachse ist sozial-bürgerlich-rational. "Deutsch" ist ein Gemenge aus beiden Anlagen, mit einer Vorherrschaft des Gotischen. Aus ihm entsteht der technische Geist, der eine erfinderische Phantastik plus praktischer Vernunft ist. Man dekoriert uns mit dieser aus Gründen, die sich durch jene ergeben. Wir müssen staunen über die Zufälligkeit, innere Inkonsequenz, ja Weiblichkeit des fremden Urteils. Man bezichtigt uns des Rationalismus, weil wir in diesem Krieg die bessere Maschine erfanden. Man nennt uns geistlos, weil wir uns bequemer als sonst ein Mensch einem Betriebe einordnen. Dies ist nur darum, weil man uns als Metaphysiker nicht kennt; nicht liest, weil man sich langweilt; nicht sieht, daß wir auch als Techniker und Materialisten Metaphysiker sind wie Faust in seiner chemischen Küche; und daß wir uns zur Herrschaft über die geistige Erde dem Mephistopheles, dem Herrn der "mechanischen Macht", so heute unser Ressort geworden ist, nur verschrieben, um ihn nachher zu betrügen.

Man muß wissen, wie gehässig und blasiert französische Denker von unserer Metaphysik sprechen. Taine, wohl nicht der geistreichste, aber geistigste und noch immer Deutscheste unter einer Rasse von Voltaires und Rousseaus, erfaßt nicht einmal den Begriff Metaphysik oder auch nur Philosophie. Philosophisch nennt er bereits jedes Raisonnement über Wetter, Gesellschaft, Liebe, Ehe und Geld. Metaphysik ist ihm jeder Gedanke, der das Gebiet des dichterischen Bildes verläßt. Es ist ihm vollständig unmöglich, im Kantschen Kritizismus, Hegelschen Universalismus oder im Nietzscheschen polaren Gleichgewicht zu denken. Die deutsche Leistung ist für ihn und seine Landsleute trocken und verstiegen bis zu einem Grade, daß er sie vergessen kann. Und so kommt es vor, daß sein Nachfahre von heute nur mehr den technischen Deutschen sieht. Der Franzose ist ein Mensch von außerordentlicher geselliger Reizbarkeit, von Lebenserfahrung, Menschenkenntnis und Genußfähigkeit, er ist gewandt in jeder Form – aber dies wäre schon zu modifizieren. Dem Deutschen wird gemeinhin die Form abgesprochen. Auch dieses Urteil ist zufällig und weiblich. Der Deutsche besitzt eine ganz außerordentliche Formphantasie, aber er besitzt nahezu keine Schein-Phantasie. "Form" haben seine Dinge alle; aber den "Schein" im prägnanten Sinn, das ins Licht Gerückte, den Glanz besitzen sie nicht. Auch diese wäre eine große Gabe und wir bewundern sie am Romanen, ja selbst am formellen und geschmackvollen Engländer. Aber der Deutsche besitzt eine Gegeneigenschaft, er ist Desillusionist und Analytiker (nicht Skeptiker), mit einem Worte, Denker. Es ist klar, daß sich niemand mit dem *schönen* Schein beschäftigt, der es doch als Aufgabe empfindet, die Realität, die zuletzt im Denkenden verankert sein muß, zu *formen*. Werke wie die Fichtes oder Schopenhauers sind ungeheure Formgebilde. Keinem Franzosen könnte es beifallen, der Gesellschaft einen solchen Faustschlag ins Gesicht zu versetzen wie etwa das "intelligible Ich". Er hält die Welt für mit Anstand erklärt, wenn er sie auf den Koitus oder das Geld zurückführt. Der Deutsche kreist um Begriffe wie Recht, Pflicht, Macht; Ich und Welt; Sein und Werden. Da der Franzose eine in sich geschlossene Form ist, wird er naturereignismäßig zur Instanz des Deutschen, der keine geschlossene Form ist. Das denkt ihm der Deutsche nach. Dem Franzosen ist die Welt französisch zentriert; der Ameise ameisisch. Das Deutsche ist also entweder französisch überhaupt nicht da – sowie die Welten einer Mücke für unser Sensorium nicht da sind – oder es kommt unter die französische Skala. Man kann nicht mehr verlangen vom Franzosen. Für den Deutschen aber ist die Welt nebst der Abart Franzose gleichfalls nicht da; sie löst sich für ihn in fortwährende Bewegung, in Kritik und Produktion auf. Er *zersetzt* und *setzt*. Die Welt als Totalität, inklusive das Ich, ist die monströseste Form eines letzten und äußersten Formwillens. Dieses Urbewußtsein kann auch beim metaphysisch ganz ungebildeten Deutschen bemerkt werden, in seiner Schwermut, seiner inneren Musik, zu der die äußere nur eine reflexartige Wiederholung, in Spiegeln gespiegelt, darstellt. Es ist selbstverständlich, daß ein solches Bewußtsein sich ins Unendliche fortsymbolisiert, daß die *Reflexe* in kleiner werdenden Ringen innerhalb des größten, Welt, weiterzucken. In Fausts chemischer Küche zersetzt und setzt der Deutsche den Stoff, wie sein Geist ihn im Wesen zersetzt und setzt. Er ist Physiker aus Metaphysik; Techniker aus Spekulation; er verkürzt das Verfahren, indem er sich statt der langsamen Küche den endlichen Geist dieser Küche, Mephisto den Zauberer, produziert, mit dessen Hilfe und absoluter mechanischer Macht er sich das All gefügig macht: Der Deutsche ist Eroberer aus Geist.

Dieser Mephisto hat seine bösen Seiten. Das wissen unsere Gegner, wenn sie uns als mechanische Menschen brandmarken. In der Tat,

Mephistos Gesellschaft ist gefährlich. Die Deutschen selbst wissen es. Seit Jahr und Tag sind unsere Geistigen auf Vorposten gegen diese Hölle gestanden, haben den Untergang des Deutschtums am Mechanismus prophezeit und haben getrachtet, die Schienen zu lockern, auf denen das Ungetüm sich heranwälzte. Die Mühe war gut, die Mühe war rechtlich; sie hat vielleicht viel verhütet. Aber an diesem Kriege erleben wir den *Sinn des Mechanismus*, und siehe, wir können sagen, daß wir uns in unserem dunklen Drange des rechten Wegs bewußt waren. Es wird nicht nötig sein, gegen den "Betrieb" zu wettern.

Am besten fand ich jene Angst wieder einmal in einem Buche Hermann Bahrs kundgegeben, das heute veraltet und von Bahr durch jüngere zeitgemäße Äußerungen desavouiert ist. Es ist aber ein so kluges und scharfes Buch, daß man der ganzen Anschauung eines vergangenen Jahrzehntes entgegentritt, wenn man es ernstlich faßt und bestreitet. Ich will im Widerspruche eine Ehrenrettung des "Betriebes" versuchen.

Von Hermann Bahr gibt es also ein Buch "Inventur der Zeit". Darin veröffentlicht er gelegentlich die Konfession, daß er "eigentlich stets nur immer dasselbe Buch geschrieben habe, bloß in verschiedenen Sprachen und manchmal auch von rechts nach links, statt von links nach rechts". Das stimmt; alles, was er je geschrieben hat, war eigentlich nur diese eine Inventur der Zeit, er hat sie gründlich besorgt und auch von mehreren Seiten überrechnet und überprüft, von links nach rechts und von rechts nach links, mit vertauschten Faktoren und nach allen möglichen Methoden; er hat eine Art amerikanische Doppelbuchhaltung zur Verrechnung der Zeit eingeführt.

Diese sensationelle Ubiquität, diese Harun-al-Raschid-Passion der Kontrolle hat ihm bei den Geruhigen des Zeitbasars viel Mißtrauen und Verlust an Souveränität zugebracht. Wo immer es eine Beschwörung gibt, da taucht dieser redselige Klopfgeist aus seinen linken und rechten und ganz merkwürdig equilibrierten Welten auf. Die blaue Flamme um ihn ist sein amüsanter Ernst. Daß nämlich sein Ernst amüsant ist, macht ihn manchen und nicht den Dümmsten, wieder gespenstisch. Und doch ist er ein Mensch wie je einer und man kann den Finger in seine Male legen. Er zeigt sie frech, marktschreierisch, priesterhaft und dies tut kein Gentleman; andere wirken anstößiger durch die Noblesse ihrer schwarzen Pflaster. Es ist Geschmackssache, ob man den Verbluteten für edler oder den Abgehärteten für volkshygienischer hält. Jedenfalls ist Bahr so ehrlich, gleich offen zu zeigen, daß es nicht tief ging und der Brand nicht zu befürchten ist. Im Humor liegt mehr Tiefe als im krachenden Ernste – nein, was ist denn Humor anderes als amüsanter Ernst?

Darum ist Hermann Bahr über viele der Männer seiner Zeit hinweg, die konsequenter ausgebildet und sicherer in ihrem Problem geborgen sind als er, ein Repräsentant.

Er ist seinem ganzen Naturell nach ein offiziöser Mensch, der geborene Manager, Impresario von Ideen im großen Stile, kein Musiker, aber ein Ton-Angebender. O, dies ist kein Christus, aber ein Paulus, ein plötzlich Bekehrter, der wieder bekehrt, nicht direkt, denn dies hält er für einen schlecht zuträglichen Schock jeder seelischen Einheit, aber im allgemeinen durch Anregung, Gründung, Aussprache und Beichte. In dieser Bekehrsamkeit liegt sein menschlicher Wert, seine Goldenheit, seine Edelmetallik: weich, schmiegsam, bildbar. Der letzte Wert nämlich wäre wertlos, im Menschlichen wie im Terrestrischen: wertlos ist der ganze Menschheitsblock, die Masse, die Vielen, die Schweren. Wertvoll ist allein der Glimmermensch, die Goldschuppe, der Nutzmensch. Der Trutzmensch, die Kalkspatseele, der Dolomitwille ist wertlos, er ist da und es ist ganz egal, ob man ihm mit Werten kommt, er ist eigenschaftslos und ruht oder kollert nach dem furchtbaren Gesetz seiner Schwere, genau so wie das Menschheitsurgestein. Nun, Hermann Bahr ist ganz elastisch, ganz wippend, ganz zierlicher Gang und gerade darum ist er für unsere Zeit so ungeheuer wertvoll. Man versteht Hermann Bahr nicht, wenn man den Theatermann in ihm übersieht, den Moll-Gespannten. Er hat dem Besten seiner Zeit genug getan und der Publikumsdank der Zukunft ist ihm darum sicher.

Für die Männer seiner Generation hatte Bahr das Ohr und Auge des Aufgewecktesten unter ihnen allen; und diese Aufgewecktheit, die ihn flüchtig und großzügig und journalistisch machte, ist auch der Grund, warum er, bei aller Begabung und Eigenheit kein einziges starkes Werk vollbracht hat. Um ganz vollwertig, ganz irden das Schicksal seines Geschlechts in einem Kunstwerk zu packen, dazu fehlt seinem raschen spöttischen Geist die Kleinlichkeit des Schöpfers, dies monströse biologische Interesse an den kleinen Falten eigener Spannungen. Er ist, weiß Gott, kein Klumpfuß von Künstler, sondern ein Stelzbein, kein Massiv, sondern eine Dünne, oft ein Spalt im Haar. Er träufelt sich und zwar ober der Wurzel geborsten, in zwei ganz verschiedene Locken.

Er kreist seine gesamte Zeit und Generation ein und nichts geschieht, wozu er nicht Beziehung hätte, die Zeit und er, dies sind zwei Füllhörner, die mit ihren guten Dingen wie warme Milch fortwährend um und um geschüttet werden – und dies geschieht so lange, bis die guten Dinge nicht mehr gut und die warme Milch sozusagen kalt ist – und nun fröstelt die Zeit, und Bahr wird es wirklich ein wenig kalt: da geht er hin, spaltet sich in eine dritte Locke, eine pessimistische Locke, eine ein wenig verzweifelte Locke und inventarisiert die ausgekühlte Milch seiner Zeit.

Was hat ihm seine Zeit, bevor sie sich verkäst, gebracht? Den Betrieb, Unrettbarkeit des Ichs, Religion, Frauenrecht, Frieden, Gelöbnis, Selbstinventur, antworten die Essayüberschriften seines Buches "Inventur". Dieses ist aber das Reinerträgnis des alten Geschäfts, das eben abgeschlossen hat. Die jetzige Generation hat darin nur übertragene Erfahrung, denn das ist eben der Witz, daß sie noch einmal zwanzig und ihre Milch noch siedend heiß ist. Aber dies ist sicher, daß Bahr in seinem Buche die Temperatur seiner Nachfolger, die ihre Milch auch nicht gerne lau trinken, nicht erraten kann. Denn nun wird eine neue Meierei eröffnet, mit einer funkelnagelneuen Aufmachung, mit Obers und Betrieb.

Betrieb, da wären wir ja zuhaufe. Betrieb, der Betrieb gibt sozusagen das Ich unrettbar verloren. Das Ich wird real und sozial, durch Fichte und durch den Maschinismus, aus der Welt geschafft. Fichte stellt es wieder her, und zwar eben durch den Betrieb, die Maschine, kategorischen Imperativ Fe_2; das ist es. Der Betrieb, so wie er heute ist, nämlich kein Betrieb oder doch nur ein schlechter, macht den Menschen zum Diener nutzloser Frone. Ein solches Schuften ist lächerlich. Aber, wie Egon Friedell einmal sagte, aber: nämlich: nur die Maschine hat eine Seele. Die Seele einer Sägemühle ist das Brett: die eines Automatenbüfetts das Sandwich; die eines Automobils die Schnelligkeit. Die Seele des Weibes ist das Kind und die Seele des Menschen überhaupt der nächsthöhere Mensch; denn der Mensch ist eine sehr ökonomische Maschine zur Erzeugung seines nächsthöheren

Typs. Kurz, der Mensch ist eine wandelnde Fabrik für Ideale; und nur die Fabriksware hat im Idealismus Qualität; die handgefertigten Ideale, die einer für sich und seinen Bedarf herstellt, sind bald hausbacken und um so früher, je geistreicher sie gewesen sind. Ein Stück aber, das in keinem Hause fehlt, ist damit erst rehabilitiert worden – hätte es sich unbrauchbar erwiesen, so wäre es eben nur materielles Bonmot geblieben.

Derlei triviale Definitionen sind mit Absicht hergesetzt. Sie tun wohl, es ist ein wahres Vergnügen, den zimperlichen und gewählten Ton unserer Literaten zu durchbrechen, die es für elegant halten, eine Sache dadurch zu empfehlen, daß sie ihr irgend eine Fiebererscheinung vergleichen. Aber just das, was uns an Vergleichen unter die Hände kommt, ist meist ein fleischiger Knochen, der seinen Mann nährt; was beim Bilderschinden sich herausstellt, prangt zwar wie der Scharlach selbst, aber es ist böse verbrannte Haut, die in Fransen ging dabei. Ein Ehrenmann ist gerade gut genug, damit die Fabrik für ihn zum Vergleich herhalte. Nur der Umstand, daß die wenigsten Menschen eine Ahnung haben von dem Zauber, der in dem Betrieb einer Fabrik steckt und die behext, die ihn gerade am ordinärsten zu spüren bekommen, haben ihn zu einer odiosen Sache gestempelt. Die dichterischen Gemüter stehen auf und zeugen wider ihn; sie beweisen aber gerade dadurch, daß sie nichts weniger sind als dichterisch; denn der Dichter ist von Natur aus der naturalistische homerische Lobsprecher aller lebendigen Dinge; er findet Apollo einen hübschen Jungen, die Robinsonade der vielen praktischen Dinge in der Hütte des Sauhirten aber rührt in geradezu. Es ist immer ein guter Beweis für eine poetische Begabung, wenn sie sich der herabgesetzten Dinge annimmt.

Also, die Künstler habens ausgeknobelt, daß der Betrieb die Qualität unseres gesamten Lebens sozusagen verschlechtert. Das ist richtig; die Menschen sind an den Betrieb noch nicht gewöhnt. Das Ideal ist, sie daran zu gewöhnen. Denn nicht der Betrieb, sondern die Menschen versagen; die Menschen verhalten sich noch immer ziemlich ungelehrig und zerstreut und stören den Betrieb durch Poesie; die Folge ist, daß der Betrieb den Anblick starker Unvollkommenheit und Mangel an Anmut zeigt und unpoetisch wird. Der Betrieb steckt noch in den Kinderpedalen; sind die Menschen erst für ihn reif, so ist auch er erwachsen und von männlicher Schönheit. Und dazu wird von seiten der Menschen viel Pflege, Geduld, gute Laune und Gesundheit gehören.

Vielen bricht das Herz, weil der Betrieb die Pietät gegenüber dem Gegenstande zerstört; die Fabriksware hat weniger Charme als das alte Erbstück und dies soll wieder ein Beweis gegen den Betrieb sein; es ist aber nur ein Beweis gegen unsere eigene Schwerfälligkeit, der wir nicht enthoben sein wollen. Das, was früher die Pietät für ein Besitzstück war, wäre heute eben, wenn es mit rechten Dingen zuginge, die Pietät gegen den ganzen Betrieb. Das einzelne Exemplar ist weniger dauerhaft, ist "billiger" in jeder Beziehung, es geht schneller zugrunde, aber es ist auch leichter ersetzt. Wenn ich ein sinnreich konstruiertes Feuerzeug besitze, so bewundere ich keineswegs dies Exemplar, das gerade an mich gekommen ist, denn eine Million anderer besitzt genau dasselbe; aber ich bewundere die Idee und die Tatsache, daß ich ein Stück Erz unter das Rad einer haushohen Maschine lege und auf der anderen Seite kommen ein Dutzend meiner Feuerzeuge zum Vorschein. Wenn die Geschichte nach einem Monat nicht mehr funktioniert, kostet es mich keine Mühe, ein neues zu erstehen. Dies kann ich 60 Jahre fortsetzen, und es ist so gut, als ob ich meines Urgroßvaters Feuerzeug an meine Enkel weitervererbe; es kommt auch keineswegs teurer zu stehen. Denn ein solches Stück, das nur der Idee nach am Leben bleibt, ist kein totes Kapital, das sich verzinst. Innerhalb der paar Monate schon, in denen ich von Stück zu Stück übergehe, ist die Zündung verbessert worden, das ganze Format ist handlicher und leichter. Würde mich die allmähliche Unbrauchbarkeit des ersten Modells nicht zwingen, so würde ich vielleicht zugleich mit Tausenden nicht nach einem zweiten greifen und eine ganze Industrie zum Stillstand bringen. Dies aber ist ein wirtschaftliches Verbrechen; denn inzwischen haben sich einige ingeniöse Köpfe mit Verbesserungen und Modernisierungen abgemüht, und wenn nun ihre Arbeit für mich unnütz ist, so bleibe ich damit moralisch nicht am selben Flecke, sondern ich komme zurück, ich komme herunter. Ich verkomme, wenn ich mich nicht Schritt für Schritt mit den Erfindungen entwickle. Verändere ich mich nicht und habe ich kein Bedürfnis nach einem moderneren Feuerzeug, so stehe ich ungefähr auf der Stufe eines Wegelagerers, der jene Erfinder aus dem Hinterhalte umbringt.

Weh dir, daß du ein Erbe bist, gilt nirgend besser als in unserer Zeit. Was wir ererbt haben von unseren Vätern, müssen wir im radikalsten Sinne erwerben, um es zu besitzen. Ein Dreadnought, der heute das Nonplusultra der Technik ist, ist in sieben Jahren ein alter Kasten, gut genug, um Ratten zu ersäufen oder den Venezuelanern als Arrangement für einen "Ball an Bord" zu dienen. Das ist eine weise Einrichtung der Natur; denn nun siegt wirklich der Schnellste, der Tüchtigste und der Ausdauerndste. Und es hat den Vorteil, daß wir die Materie meistern, dem Geiste aber dienen können. Der Betrieb ist nicht die Sklaverei, sondern die Freiheit des Menschen; dieser wird auf der einen Seite immer freier und schöner, je gehorsamer, opferwilliger und emsiger er wird. Er kann die kleineren Sorgen vernachlässigen, weil sie mechanisiert sind, und sein Augenmerk auf wichtigere richten. Er braucht die Dinge um sich und an sich nicht zu schonen, denn er kann sie nicht verderben; der Betrieb macht sie gleichsam unzerreißbar, ja ewig dauernd. Ich bekomme, sofern ich Wert darauf lege, denselben Gehrock in Wien, in Paris und in Dardschilling; die betriebliche Uniformierung der ganzen Welt setzt mich in den Stand, durch einen einfachen und gleichförmigen Prozeß mich zu equipieren; das äußerliche Abenteuer ist ausgeschlossen. Dies ist poetisch. Denn nun bin ich freizügig und ein vollkommener Abenteurer, und kann meine Reise mit gutem Gewissen und bloß einem Rucksack antreten. Irgendwo stets um die Ecke liegt für mich ein Gehrock parat; da ich ihn stets haben kann, brauche ich ihn nie wirklich zu besitzen, ich gehe sparsam mit ihm um, ohne mich selbst zu inkommodieren. Denn gewöhnlich ist es so, daß der Gentleman Kleider sorgfältig schont, aber seinen Körper dafür strapaziert. Sorgfältig angezogene Menschen haben in der Regel verwahrloste Leiber. Ich aber reiße mir die Kleider vom Leibe und mein Körper fährt wohl dabei – und dabei liegt doch dank des Betriebes stets für mich ein Gehrock bereit und wartet unzufrieden nicht auf mich, sondern auf den letzten modernen Schnitt. Sollte mein Freund vom Gaurisankar abstürzen, so kann ich in Kalkutta, ohne bei den Göttern anzustoßen, bei seinem Leichenbegängnisse erscheinen. Denn dies ist der Augenblick, wo ich gleich Sokrates, der schnell noch den vorschriftsmäßigen Hahn libatiiert, meinen Freigeist beweisen und den Giftbecher leeren – den Gehrock ausfüllen werde. Der Betrieb, der Gehröcke rings um den Äquator stationiert für Reisende, die nie gehen, und solche, die, von einem verwilderten Fidschi-Pfeil getroffen, sich in ihm für ewig niederlegen lassen, dieser Betrieb bringt erst die wahre Möglichkeit der Poesie in die Welt; er zwingt zu einem tieferen Erfassen der Poesie. Erst bis kein Mensch mehr ein Buch wirklich besitzt, wird er alle Bücher haben. Nichts zeigt besser die ästhetische Beschränktheit der heutigen Menschen als der Buchluxus. Ein einzelnes Buch als Besitzstück wäre im besten Fall erst dann etwas wert, wenn es aussieht wie eine alte Lederhose oder eine in der Schlacht gewesene Fahne. Es müßte ein zweites Buch drinstehen, und zwar eines, das der Leser hineingeschrieben hat, mit Unterstreichungen und Glossen; so etwa wie man sich in einen fremden Schuh hineingeht. Das ist die einzige Entschuldigung für eine Privatbibliothek. Das Aufreihen von sonst sauber gehaltenen, aber staubfängerischen Exemplaren Rücken an Rücken ist ein Beweis für die Ungründlichkeit des Besitzers, der ein Buch nicht gleich das erstemal so aufmerksam und fleißig durchgelesen hat, daß es ihn langweilen müßte, es ein zweites Mal vorzunehmen. Er soll ein neues lesen! Es ist die Erbsünde eines Publikums, daß es an den alten Goldschnitt-Scharteken und ihren Autoren mit Liebe haftet, weil es sie nie gelesen hat, und darum nie zu den neueren Schriftstellern und ihren Gedanken durchdringt; und es ist die dankbar zu erwähnende Kultur unseres heutigen Bibliotheken-Betriebs, die es veranlaßt, daß heute kein Schrei mehr ganz ungehört verhallt und irgendwann einmal an die Reihe kommt.

Es ist gewiß richtig, daß die Verbetrieblichung den Untergang mancher hübscher altfränkischer Kleinigkeiten zur Folge hat; aber dies liegt nicht im idealen Betriebe, sondern darin, daß die Menschen noch nicht reif sind zu ihm. Geht man vom Betrieb der Lektüre zu dem der Produktion über, so findet man auch hier Vorteile. Man hört Tadel, weil das Publikum immer weniger zu den großen Geistern selbst komme und die Vermittler und Verbilliger vorziehe. Da hat es aber recht; das Publikum kommt nicht zu Kierkegaard und es wäre auch grundübel, wenn jemand, der spazieren gehen soll, sich statt dessen in die weitwendige inverse Lebensarbeit Kierkegaards vertiefte. Ja, es wäre gräßlich, wenn alle Menschen so gescheit und raffiniert und edel verworfen wären wie Kierkegaard; denn die Pikanterie Kierkegaards liegt darin, daß er gescheiter und vielseitiger ist als irgendein anderer.

Kierkegaard selbst hatte auch seinen Ehrgeiz keineswegs auf die Massen gerichtet; ihm genügten die drei, vier, die ihn kapierten und Talent genug hatten, hundert andere mit seinen Ideen zu überfluten; die Ideen waren bei ihnen schon flüssiger geworden. Diese hundert aber nahmen ihnen die letzte Konsistenz, machten sie zu Gasen und parfümierten damit den Raum, in dem die Tausende wohnen; und diese atmen es ein und leben davon und hören Namen und beten an; Kierkegaard aber sitzt irgendwo ganz hinten auf einer Sonnenwimper und wird schnell sein eigener Gegner und freut sich tückisch, wie immer. Dieses ganze ist wunderbar weise, ein Naturspiel, ein Verdauungsvorgang. Gut gekaut und zerkleinert und von Gästen schon reduziert kommt es durch einen Schmock 12. Klasse unter die Entfernteststehenden. Der Betrieb aber egalisiert mitnichten. Vorerst muß da einmal ein menschlich denkender und sensationierender Kopf an der Spitze sein, denn die Maschine ist kein *perpetuum mobile*, ihr Leiter aber muß ein perpetuierlicher Held sein. Und dann ist es gerade das Wesen des Betriebes, das er schichtet, und zwar, als idealer Betrieb, je nach der Tüchtigkeit. Der Betrieb ist das menschlich wiederholte Selektionsprinzip und bietet am wenigsten Gefahr für die Kräftigen. Nichts ist plausibler, als daß Kierkegaard ein Großstadt-, ja ein Gesellschaftsmensch war; am besten paßte er wohl in den gegenwärtigen deutschen Expreßbetrieb, mitten in Berlinismus hinein – wo er denn auch wirklich jetzt entdeckt worden ist. Man hat Gerhart Hauptmann vorgeworfen, daß er gerne im Hotel Adlon champagnisiere – aber nichts paßt besser zu dem Manne, der den "griechischen Frühling" gedichtet hat, als dieser Pomp. Dies ist der Gehrock, den er nur anzieht, wenn er sich, wie der spanische Kaiser, sein *pompe funèbre* vorführen läßt – und ein solcher Kaiser der Wildnis kann ihn sich erlauben. Man hat ihm auch vorgeworfen, daß er mit dem Journalismus packle; aber jemand, von dem der Literaturbetrieb so lebt wie von Hauptmann, kann auch mal von ihm leben.

Der Betrieb und was alles mit ihm zusammenhängt, die Massenproduktion, die Fabrik, die Maschine und so fort sind nur für den schwächlichen Zuckerwasserpoeten grämlich; für den guten Magen geben sie eine zuträgliche Eisenlösung. Der Geruch von warmem Eisen, wie man ihn auf den Überlanddampfern und in der Stadt in der Nähe von Fabriken schnuppert, hat etwas Berauschendes; es wird kaum notwendig sein, auf die Schönheit aufmerksam zu machen, die Meunier aus dem Industrieleben geholt hat; ähnliches hatte vorher das Stadion des Atheners gezeugt und der christlich gotische Kirchenbau, die Zusammenfassung einer ganzen geistigen Kultur in einem bestimmten athletischen Typus, dem Eseben und dem Ritter. Die Maschine, als die sinnfälligste Form des Betriebs, hat mit dem Materialismus gar nichts zu tun; dieser war schon da, als noch Voltaire seine elenden kritischen Knochen in einer Sänfte herumschleppen ließ; die Maschine ist vielmehr ein seelenvolles Geschöpf und ein Kind des Idealismus. Sie stellt die größten Anforderungen an Mut, Phantasie, Synthese dar; es ist ganz undenkbar, daß die sogenannten Aufklärer des 17. Jahrhunderts eine Maschine hätten erfinden können; alles was sie konnten, war, daß sie eine verdarben, nämlich die großartige Maschinerie des Sonnenkönigs; die sogenannte Freiheit und die sogenannte Vernunft der Revolution bewirkten nur, daß die menschlichen Leistungen auf den simpelsten seelischen Hebel zurückgeführt wurden. Der Betrieb fing erst wieder an, heroische Dimensionen anzunehmen, als sich der korsikanische Großmaschineur an die Spitze stellte; und dieser wurde erst wieder abgelöst, als die preußische Maschine bei Waterloo für das Jahrhundert zu funktionieren anfing. – Die sogenannten Aufklärer, die den Geist in aller Verneinung gewahren, waren noch vor kurzem am Werke; die Maschinen aber sind just das, was neben den gotischen Türmen und dem strengen Ordensgeiste, den sie bargen, herauskommen mußte. Wenn nun die Maschine den Menschen mißbraucht, so ist das ein Beweis, daß er moralisch schwächer ist als seine Phantasie; es ist aber kein Beweis gegen seine Phantasie und gegen die Maschine. Wenn der Lebensstatus des proletarischen Arbeiters heute physisch und wirtschaftlich auf einer ungesünderen Basis ruht als zur Zeit des Kleingewerbes, so ist dies kein Beweis, daß die Fabrik ein Teufelswerk sei, sondern einer, daß die reichen Leute Gauner sind. Würden die Kritiker der Maschine die einzelnen Fälle der Unzulänglichkeit brandmarken statt die Idee an sich, so könnte vielem abgeholfen werden. Alle Kritiker sind Schwätzer; und jeder Hastelmacher an ihnen gemessen eine produktive Kraft. Was kann es nützen, den Menschen die Laune zu verderben an einem Siege, der so unaufhaltsam vor sich geht, wie jener der Maschine? Die in der Maschine gebundene Arbeit ist ein Äquivalent der

Freiheit. In der Enge bin ich ohne Maschine frei; in der Weite bin ich ohne die Maschine ein Gefangener. Wenn einst der große Kampf um das Dorado der Zukunft, um Sibirien, wird ausgefochten werden, wird nur die Maschine dies Gebiet kultivieren können, so wie sie heute die Prärien Nordamerikas kultiviert. Heute noch vergeudet der Ansiedler ein Leben, um die erste Glätte und Sicherheit seines Terrains zu erarbeiten. Später einmal wird er auf einer Maschine, wie auf einem altpersischen Sichelwagen sitzend, gegen den kanadischen Forst oder den brasilianischen Dschungel losrennen, die Maschine schluckt die Bäume wie Strohhalme und stellt hinter sich ganze Garnituren von Möbeln und Hausbestandteilen auf.

Die Mechanisierung ist kein Erzeugnis irgendwelcher Dekadenz, kein Geschöpf irgend eines Rationalismus, Materialismus, Amerikanismus oder Monismus. Die Mechanisierung ist selbst ohne jede mechanische Maßregel und jeden Ismus schlechthin entstanden; sie ist im Gegenteile das organische Ergebnis der menschlichen Entwicklung, als deren begabtester Fronttypus der Deutsche mit einer geometrisch progressiven Erfindekraft zum gegebenen mechanistischen Erfolge gelangt ist. Ich habe oben die um der Güte ihrer Beobachtung willen gern und pathetisch gesteigerte Bemerkung Egon Friedells gebraucht: Nur die Maschine hat eine Seele. Ich fahre in meinen Gedanken fort: Diese Seele, so die Maschine hat, ist die des Menschen. Der Mensch wird nicht eine Präzisionsmaschine werden; aber nur darum, weil die Maschine ein Präzisionsmensch ist. Die Maschine ist nach dem Ebenbilde des Menschen gebaut, der das Urmodell einer von allem Anfange an mechanisch komponierten Schöpfung darstellt. Im Verhältnis zum Makrokosmus des Menschen ist die Maschine ein mikrokosmisches Plagiat; ein Annex und eine Ableitung in geistiger Union mit dem Menschenhirn; eine dritte Hand und ein sechster Sinn, eine ins Materielle lokalisierte geistige Errungenschaft eines Gehirns. Um die Maschine in den Ausläufern ihrer Wirkungen zu verstehen, muß man Idealist und, was das Leben und seine Schönheiten anbetrifft, Kenner sein. Es ist richtig, daß die Maschine heute Geräte herstellt, die im Vergleich zum individuären Stück der handarbeitenden Jahrhunderte an Rasse minderwertig erscheinen muß. Dies ist aber nicht der Fehler der Maschine, die in ihrer organischen Bedingtheit rassiger ist als irgendein anderes Stoffliches dieser Erscheinungswelt.

Es ist die menschliche Umwelt und Leitung der Maschine, der es an Rasse und Adel fehlt. Die Maschine ist willig; das Ornament liegt ihr fern, ihr Sein und Schaffen ist durchaus motivisch und monumental; wenn sie schwindelhafte, kraft- und geistlose Erzeugnisse liefert, so liegt solches in der Unreife der Zeit begründet.

Der ergriffene Geist fühlt, daß der Zeit und ihren Geschöpfen und Produkten die Art fehle. Er sucht nach Gründen und entdeckt, daß sich zwischen heut und gestern, ehrliches Selbstsein und oberflächliches Allessein die Maschine geschoben hat. Da rennt er wider den handgreiflichsten Feind, schafft Unheil und fördert das Sach der Laxen und Lasterhaften, die jene Maschine von unten durch Schlendrian und Säumnis aus dem Gleis bringen, die er von oben verneint. Die Maschine aber, mit ihrem Bedürfnis der harten Tugenden von Mäßigung, Sparsamkeit und Selbstgenügen ist die einzige Brücke, die zur Hochzucht des germanischen Mittelalters führt. Es ist der Irrtum der Historiker, daß sie die herausgerechnete Entrassung des 19. Jahrhunderts als eine Folge der Mechanisierung ansetzen. Diese, durch eine Verminderung des herrschfähigen germanischen Blutes hervorgerufen, ist gegenüber der mechanistischen Entwicklung ein Akzidens. Machen wir uns klar, daß dieses Zeitalter einen zweifachen geschichtsgültigen Vorgang erlebt: eine Blutsverschlechterung des Durchschnitts, die durch das Abebben des germanischen Elementes infolge starker kriegerischer Inanspruchnahme heraufgeführt wurde; zweitens die Rettung des germanischen Zuchtideals, seines Heldentypus und seiner Tugenden in die Maschine.

Die Blutsverschlechterung wird nun allerdings durch gewisse gesellschaftliche Wirkungen der Mechanisierung gefördert. Starke quantitative Bevölkerungszunahme, wie sie gerade die heute ausschlaggebenden und schöpferisch gebliebenen Staaten Europas aufweisen, wird mit unterbotener Intensität der Lebenskraft erkauft. Denn überall, wo die Bevölkerungsziffer steigt, beruht ihr Wachstum nicht auf einer unerhört fruchtbaren Erhöder Geburten, sondern auf einer durch Hygiene und Präventivmedizin herabgeminderten Sterblichkeitsquote; die Mechanisierung und Technifizierung der ärztlichen und humanitären Hilfspraxis unterstützt diesen rein zahlenmäßigen und außerhalb jeder Kulturbeachtung liegenden Fortschritt. Die der Gesellschaft erhaltenen halbwertigen Organismen befruchten ihrerseits wiederum das Wachstum der Geburtenziffern; aber sie verschlechtern auch das Durchschnittsmaterial durch Aufhebung der natürlichen Auslese, eines Vorgangs, der in früheren Zeiten als gesundes Regulativ das Niveau der arbeitenden Klassen homogen erhielt. Die Behebung dieses ungesunden Umstandes liegt zweifellos im staatlichen und völkischen, somit im Interesse jedes gesünder denkenden Individuums. Es wird keineswegs einen auf die Mechanisierung bezüglichen Prozeß darin sehen, sondern eine staatliche Aufgabe, und wird sich der Mechanisierung bedienen, um die Auslese in irgend einer Weise, vielleicht durch Abgrenzung von Reservationen für organisch Minderwertige, wiederherzustellen. Es ist also zweifellos richtig, daß die Mechanisierung der Blut- und damit Kulturverschlechterung die Hand leiht; von der Unterstützung dieser Dinge aber bis zu ihrer Forderung ist ein Weg, den die Maschine nie selbständig machen kann. Denn im Wesen der Maschine liegt gerade die entgegengesetzte Forderung vergegenständlicht; sie ist weder sozialdemokratisch noch jüdisch-human; sondern grausam, schlichtsinnig und auswählerisch. Das Eindringen ihres Prinzips ist das einzig inmitten allgemeiner Dekadenz bestehende Symptom einer Besserung und Arterhaltung; Welcher andere Typ stände dem mittelalterlichen Edlen und Freien, dem christlichen Ritter jener Zeiten näher als der harte helle meisterliche Ingenieurgeist heutigen Tages? Die richtig diagnostizierte Entartung ist bei den Künstlern, Rousseauisten, Menschen- und Frauenrechtlern und Liberalen, bei denen jedoch am wenigsten, die die Maschine richtig verstehen. Die Maschine ist nicht die Folge der Entartung; und die Entartung nicht die Folge der Maschine. Die Maschine selbst aber, die Mechanisierung ist entartet: einzelne ihrer Erscheinungen wie Presse, Luxus, Bureaukratismus.

Es ist unleidlich, eine Idee in dem Verfall, der sich nicht aus ihr selbst, sondern aus der Unzulänglichkeit ihrer Vertreter ergibt, für den Tiefstand eines Geschichtsabschnittes haftbar zu machen. Es ist unleidlich, die Begriffe "Betrieb" und "Markt", die, wo sie von gesunden Menschen gedacht und getragen werden, gesunden Dienst tun, an den Anfang zeitgenössischer Minderwertigkeit zu setzen. Das Gegenteil ist richtig: die bestehenden Laster, Maßlosigkeit, Nihilismus und Skeptizismus, Entadelung und Opferungswilligkeit werden durch nichts anderes, denn die Gesetze der Maschine behoben werden können. Die große Organisation beansprucht die größere Verantwortung des einzelnen und bildet, wofern sich die Gesellschaft zu strengster und ehrlichster Durchführung ihrer Gesetze entschließt, den einzig möglichen Boden für ein durch Auslese auf höchste Befähigungen hin gesiebtes Herrentum. Wenn dieser Ernst und diese Ehrlichkeit heute fehlen, wo sie früher kulturbildend vorhanden waren, ist's dann die Schuld der Mechanisierung, oder ist's nicht vielmehr Schuld der Menschen, deren Kraft sich ihren Anforderungen nicht gewachsen zeigt? Ist es menschlich gerechtfertigt, aus Schwächezuständen ein ethisches Ideal zu entwerfen, das dem Zigeuner bedenklich nahekommt? Betrachten wir die größten Ethiken, die je gefaßt wurden: die platonische, die christliche, die Kantsche Ethik, so finden wir in ihnen den Willen zur Mechanisierung auf die Spitze getrieben. Das System, das nach außen hin mit höchster Ökonomie die höchste Arbeit des Entwickelns leistet, stellt an den Mann die schwersten moralischen Forderungen. Auch Rom ist erst in jenem Augenblicke in den Verfall eingetreten, als sein Wille zur Mechanisierung, der etruskische Militarismus, sich zur mondänen Laune und Lustgängerei zu zersetzen begann. In gleicher Weise haben wir in der von uns so vielbewunderten chinesischen Kultur einen der größten, auf den Prinzipien der *Mäßigkeit* und der *Pietät* aufgebauten Maschinismus vor uns: aber diese Maschine läuft sich selbst wie ein *perpetuum mobile* ohne den Spiritusrektor, die die europäische Maschinerie in Betrieb hält: den Glauben an die Entwicklungsfähigkeit der Art. Die Maschine Europa erzeugt sich selbst in jedem Augenblick neu: und eben diese Kontinuität ihres regierenden Bewußtseins ist ihre Seele. Das Leben des einzelnen verarmt scheinbar innerhalb der Mechanisierung; es wird sich später zeigen, daß seiner Phantasie und inneren Anschauung noch elementare Kraftreserven gerade innerhalb der vollendeten Mechanisierung vorbehalten sind; gewiß ist, daß das Ganze, also auch das einzelne, durch Mechanisierung gewinnt.

Weil nun der einzelne und zumal der Untaugliche und Widerstrebende scheinbar an Lebenspracht einbüßen und sich allzubald vom Rausche dieser stählernen Erscheinungen ernüchtern, sind die Künstler und Denker, die in ihrer Natürlichkeit selbst nichts anderes denn eben die naivsten Maschinisten sind, gegen die Maschine vorstellig geworden, da sie nicht anstellig genug dazu gefunden waren. Die naturalistische Geräumigkeit eines schönheitsdurstigen und seelischen

Menschen macht vor keinem Erzeugnis des Lebens halt. Darin scheint mir bei Hermann Bahr durchaus ein Mangel an Hunger zu liegen, wenn er im Angesicht des ansetzenden großen Mechanisierungsprozesses von einem rückwärts liebäugelnden Bedauern überfallen wurde.

Der "Betrieb" ist ihm unwillkommen. Er ist von diesem Gesichte indessen fasziniert; er haßt seinen Materialismus, aber er glaubt ihn. Darum nimmt er "die Unrettbarkeit des Ichs" des Physikers Mach entgegen, dem das Ich allein eine denkökonomische Einheit darzustellen schien. Dies ist eine starke, mechanistische Auffassung, die ein Sein hinter den Gesetzen des physikalischen Ablaufs leugnet. Aber eben hier, wo das Denken, das sonst zur Entwicklung der Außenwelt die Mechanisierung stets rechtfertigt und autorisiert, gegen sie zu protestieren beginnt, ist die Wehrlosigkeit verwunderlich geworden. Das Ich als Erlebnis der inneren und unmittelbaren Anschauung kann weder biologisch noch physikalisch, noch überhaupt wissenschaftlich bestimmt werden. Es ist das für jeden Verstand unüberwindbarste Praktikum. Dieses Ich, das ich "qualitätsloses ungereiztes Bewußtsein" nennen möchte, kann nicht auf dem Umwege über seine Reize noch als deren Komposition gezeichnet werden. Denn das Ich ist für das Ich ein Innerliches und Einziges, während alles andere ein Äußerliches und Mannigfaltiges ist. Man kann Reize, die sich zu Gegenständen schneiden, und ihre Verhältnisse und Verbindungen nach den logischen Schemen messen. Für das Ich aber gibt es keine Formel, nur das Gleichnis. Wenn es nach dem Reizvorbilde wissenschaftlich konstruiert wird, bleibt es äußerlich nur eine Puppe, die logisch befriedigen mag, die aber die innerste Gewißheit, das Leben, so von der tributären Wissenschaft nie kritisch beobachtet werden kann, ganz unberührt läßt, weil ihm das wesentlichste, die innere unmittelbare Anschauung, ermangelt. Das Ich, seine Innerlichkeit und Einheit, können in tiefer Selbstversenkung nur vom Ich wieder erfaßt werden. Die Theorie Machs trifft zu auf jenen undenkbar kleinen, aber wissenschaftlich-mathematisch möglichen Augenblick, in dem das Bewußtsein eines Sterbenden eben noch im Körper ist und schon nicht mehr ist. In diesem Augenblicke lebt der Körper gleichsam noch und ist doch nichts anderes mehr denn ein Komposit von chemischen lebhaft bewegten Substanzen, deren Tätigkeiten das Bewußtseinsspiel des Ichs im gegebenen Zeitpunkte erzeugen: aber schon so an der Schneide seiner Auswanderung, daß das Wesentliche, die Innerlichkeit, bereits über der Grenze ist. Das Ich ist kein im weitesten Sinne mechanisches Produkt; die Mechanisierung der Beziehungen seiner Reizwelten aber gegeben und wünschbar. Wir stehen hier vor dem goldenen Tore, das zum religiösen Glauben oder zu einem metaphysischen Idealismus führt. Die wissenschaftlichen Erklärungen dieser letzten intuitiven Erlebnisse sind die größten Unarten, die eine mißverstandene Mechanisierung heute gezeitigt hat. Weder diese noch andere sind ihr organisch; es ist die seit Kant und Schopenhauer fortgesetzte Denkverschlechterung mittelmäßiger Gehirne, die sich darin ausspricht.

Wo dieses Ich sich bereits mit Reizen versponnen hat, treten uns dann als Gegengewicht der Mechanisierung für das menschliche Gemüt die großen irrationalen Bestände gegenüber: Das Spiel und die Liebe.

Das Spiel und die Liebe sind jene Gebiete des freien Ichs, auf denen die Mechanisierung wegfällt. Vielleicht decken sich beide in einem einheitlichen Urtriebe. Die Liebe, die praktisch sogar als Liebesspiel auftritt, unterscheidet sich vom Spiele durch die naturgewollte Zweckhaftigkeit, die hinter ihrem Irrationalismus sichtbar wird. Das Spiel enthält diese Rückendeckung nicht, darum wollen wir es als zweiten irrationalen Bestand gesondert betrachten; mit einem guten und gar nicht peinlichen Glauben aber können wir uns darauf verlassen, daß die Natur mit ihm gleich große Zwecke vorhat wie mit der Liebe. Die Kategorie des Spiels zerfällt in die Unterabteilungen der Jagd, des Spiels im engeren Sinne vom Schach bis zum athletischen Wettkampf, der Künste und des Krieges. Es ist wahrscheinlich, daß die Jagd die Urform des spielerischen Dranges darstellt. Dahinter wird dann der praktische Zweck seiner Übungen sichtbar. Dieser selbst nun ist heute gerade das, was sich zur Mechanisierung entwickelt hat: die Gewinnung des Brotes. Die Übungen aber haben sich zu Sport, Kunst und Krieg verflüchtigt. Die Beziehung der Sportfreude zur Jagd ist handgreiflich. Daß die Kunst aus ihr entstanden ist, beweist die beiden gemeinsame Voraussetzung der Beobachtung. Der Beobachter ist Jäger. Die ältesten Kunstwerke der Menschheit sind Tierreliefs. Alle Kunst aber hat ihren Sinn und ihre Freude im Beobachten, in dieser alten jägerischen Meisterschaft. Vom Krieg muß man das abstreichen, was unter den Naturzweck der Brotgewinnung fällt. Was aber bleibt, das ist die uralte spielerische Kriegslust, dieser ganz irrationale aber schöne und starke Trieb des männlichen Menschen. Am Anfange aller dieser inneren Willensausbrüche steht nun wahrscheinlicherweise die Jagd. Die frühe Jagd aber galt nicht nur dem Wilde, sondern auch dem Weibe. Es liegen sexuelle Beziehungen in der Jagd und gastrische Beziehungen in der Liebe vor. Die Wollust des Lauerns und die des Liebens ist im gleichen Flecke in der Magengegend lokalisiert. Der Jäger jagte, wie der moderne Hysteriker, der ja in vielem auf den atavistischen Typus zurückgreift, sein Weib wie sein Wild; aus einem Hunger und Selbsterhaltungstrieb des Ichs mit Hinsicht auf die Zukunft der Rasse. Vielleicht also ist nicht die Liebe ein Spiel, sondern das Spiel mit allen seinen Weiterbildungen eine sexuelle Angelegenheit. Die Betrachtung von Kunst und Sport bestätigt dies. Heute sind Spiel und Liebe durch eigene Entwicklungen jedenfalls getrennt.

Die Mechanisierung wird sie nicht ausschalten. Denn die Mechanisierung ist eine Verkürzung und Sparnis der Brotgewinnung, um dem Spiel Raum und Zeit zu gewinnen. Heute schon liegt der Sechsstundentag in ihren Absichten und wird sich mit Hilfe großer Maschinerien noch weiter verkürzen. Denn jetzt erst wird der steigernde und befreiende Grundgedanke, der in der Maschine praktisch geworden ist, sichtbar: Die Mechanisierung, als vollendete und bewußte Zwecknutzung ist eine Rasse von ausgeprägter idealer und geistiger Anlage vorbehalten geblieben. Um die edlen, zwecklosen Bestände des Lebens, seine Schönheitskategorien und seinen Vollendungswillen im Bewußtsein des verfeinerten Menschen überhaupt lebendig werden zu lassen, ist alles Materielle, Berechenbare und all jenes, wo Sparsamkeit eine Tugend und der kürzere Weg der bessere Weg ist, der Mechanisierung ausgeliefert worden. Wer daran rührt, ist unethisch. Die Tatsache zeigt, daß wer den Idealismus des Betriebs und der Maschine nicht faßt, auch die Erhaltung der edlen irrationalen Bestände vernachlässigt. Er sündigt wider Spiel und Liebe durch Aufstellung eines fehlerhaften Typus.

Der Edle haßt den Betrieb nicht, aber er haßt die Verfallsbegriffe, die eine unzulängliche Gegenwart und ihr Geschlecht davon abgeleitet haben, diese Begriffe, die kaum positiv aus dem Sprachschatz belegt werden können, weil sie nur hämische und meineidige Gegenaufstellungen sind zu den alten Ehren und Werten und Beständen. Der vollkommene Mensch ist imperialistisch; er steht nicht außerhalb der Gesellschaft; sondern hat seine Gesellschaft nach sich gebildet und seinen Platz in ihr gefunden. Einsamkeit ist eine Sache des Geistigen, nicht des Irrenhäuslers noch des Schwachnervigen; der Geistige aber ist überall einsam. Er braucht den Lärm des mechanistischen Betriebes nicht zu meiden, es sei denn, er will spielen: jagen, dichten und klettern. Aber er muß ihn nicht meiden. Deckt nicht der Vollkommene und Edle sich mit seiner Gesellschaft und ist er sich nicht verantwortlich für sie? Er ist es, und wäre sie ein Dorf. Er ist bekümmert um Gott oder das Ding an sich, aber er könnte Bürgermeister sein. Denn er ist so gesund, daß er nichts Tätiges und Menschliches darangeben braucht, daß er nicht Politik verachten muß, um Metaphysiker sein zu können; ha, er ist so gesund, daß er die Frage nach der Urwahrheit als das Wettkampfspiel seines Dorfes mit dem nächstanliegenden ansieht. Die Schlachten werden um Gott geschlagen; die bessere Rasse hat's: Gott, Welt, Urwahrheit, Leben und Vollendung. Spiel und Liebe haben als Einsatz Blut. Nimm ihn fort, beschlagnahme ihn als Hasard, raub dem Leben seine Gefahren und werde 100 Jahre bei geringer Sterblichkeitschance, so ist dir auch die aufs Glück dahin. Aber das ist nicht die Mechanisierung, die das lehrt; sie sagt nicht Spiel noch Liebe ab; sie schreckt nicht Jagd, noch Kunst, noch Krieg; aber sie führt sie auf ein entwickelteres Gebiet. Es ist sehr wahrscheinlich, daß dort, wo die Jagd noch am ergiebigsten ist, im äquatorialen Afrika, sich einst zwischen Kamerun, Mosambique und Deutschost ein ungeheures deutsches Kolonialreich erstreckt hat, das so dicht besiedelt ist wie eine rheinische Industriegegend und kaum mehr Platz hat für ein wildes Tier. Dann wird man den Geier vom Aeroplan aus mittels Lassos fangen und auf eigenartigen Wegen mit genialen Jagdmaschinen in den unerforschten, noch unerhörte Wunder bergenden Tiefen des Ozeans Seeschlangen und noch Unbekanntes erjagen. Die Mechanisierung macht die Ideale und Tugenden der alten Jäger, Krieger und Helden, und der auf sich verschlagenen unter ihnen, der Künstler, nicht gegenstandslos. Was sie ändert, sind Wild und Waffe.

Solange Mephisto uns mit seinen Gaben und Genüssen durch die Welt begleitet, wird er trachten, unsere Seele zu fangen. Vielleicht ist auch der künftige Friedensschluß eine Falle. Wir sind gerüstet, ihn zu prellen; ihn und unsere Gegner um ihre Weisheit über uns.

Weltdeutsche Welt

Wir: und wieder haben wir den Anschluß verloren.
Wer ist "wir"?

Im November des Jahres 1912 erschien im dritten Hefte des Flugblattes "Der Ruf" – es war diesmal auf die Vokabel: Krieg gestimmt – aus der Feder des jungen Dichters E. A. Rheinhardt ein Gedicht: Wir. Es waren nun mehr die jungen und jüngsten Dichter, die dieses Heft des Flugblattes, das mit der Veröffentlichung der radikaleren Originale der älteren Generation begonnen hatte, zuwege brachten. Jenes Gedicht Rheinhardts, das unter einem so anmaßenden Titel auf eine ganz neue Generation aufmerksam machte, war gleichwohl bescheiden: es enthielt Worte der Buße, fertigte eine erledigte individualistische Weltanschauung ab und feierte, vielleicht für den Uneingeweihten unklar, für den Teilnehmer umso ergreifender, je unausgesprochener es das Eigentliche ließ, ein Erlebnis: ein Ergebnis gesuchter Versittlichung und ungesuchter dichterischer Schöpfung.

Wir waren entdeckt. Wir hatten uns gefunden, und darüber vergaßen wir gerne, froh, gesundet, gerettet, wie wir waren, ob uns die übrigen suchten oder gesucht hatten. Und diese glaubten wir um so mehr vernachlässigen zu können, als wir nicht wir selbst waren, sondern der Begriff der Wir-heit überhaupt war. Wir: das hieß eigentlich: Ihr; hieß: die Leser, die Nichtleser, für die wir wieder zu den Lesern sprechen wollten. Ein panischer Schrecken sozialer Erkenntnis überfiel uns damals. Wir waren nicht gerade Sozialdemokraten, beileibe nein. Weder der Bildung, noch der Stimmung, noch dem Endziel nach harmonierten wir mit einer Internationalen, deren wirtschaftlichen Forderungen innerhalb gegebener Staatsgedanken wir allein begeistert und ehrlich zustimmten. Eher waren wir katholisch; von jenem mystischen Großstadtkatholizismus, der, im Gegensatz zum Provinz-

oder Kirchsprengelkatholizismus, nicht eine allmenschliche Seelen-, sondern Nervengemeinschaft darstellt. Denn unter uns waren ein Drittel Juden, in den restlichen Dritteln häuften sich Protestanten und Areligiöse. Und just die eigentlichen Katholiken konnten den Katecheren nicht vergessen und standen innerhalb der anerkannten Wirheit einer Vermittelalterlichung des Begriffes, die aus dem rassemäßigen Analogon "Gotisch" entstanden war, ablehnend gegenüber. Katholisch schwärmten die Nichtkatholiken. Der Ruf "Wir" war somit ein Gefühl, tief wie nur je, peingeboren, in schweren Denkernöten errungen. Die Vokabeln, die wir damit in Verbindung brachten, konnten von unserer Wildheit und unserem Ernste zeugen; den Geruhigen und Zuendegekommenen wehtun und falsche Assoziationen wecken. Wir waren darum doch am rechten Wege, wenn wir ihn auch erst heute, wo so viele Wege ihn kreuzten, in seinem vollen Charakter erkennen. Denn jenes geschah 1912. Es sind viele Jahre seither. Die Jahre des Kriegs muß man, wie beim militärischen, auch beim geistigen Avancement doppelt rechnen.

Aus der ehrlichen und endgültig stabilisierten Empfindung: wir folgerten ein verstärktes, sozialwirtschaftliches, sozialpolitisches, ja bürgerliches Interesse. Der "Bürger mit dem Chapeau claque", wie er in dem Liede des Bohemiens Erich Mühsam, mit dem wir die Karriere unseres Flugblattes eröffneten, rechtskräftig verulkt war, war nicht mehr die einzige Vorstellung, die wir vom Bürger hatten. Dessen Tugenden für den Intellektuellen einzuwerten, war die Aufgabe der führenden Artikel, die wir in sechs Rufheften veröffentlicht haben. Der nächste Schritt nach dieser Erkenntnis des Bürgerlichen als im höchsten ethischen Sinne Wertigen war die willentlich übernommene Dogmatik aller staatserhaltenden Motive, vom Polizisten, der verkehrsregelnd wirkt, bis zum Kriege. Wie sicher das Erlebnis in seinem Rausche ging, zwei Jahre, bevor es der weltgeschichtliche Lauf nüchtern bestätigte, beweisen die Verse Rheinhardts, die hier folgen sollen:

>Unfruchtbare Nacht und Tage,
>deren keiner Blut und Zukunft gilt,
>haben uns nur irgendwie und vage
>ohne Glut geformt nach ihrem Bild.
>Immer Ich und Ich. Und trübe Flammen.

> Keiner hat des Sohnes noch gedacht.
> Aber jetzt drängt Blut und Blut zusammen.
> Heilge Flamme: Wir ist aufgewacht.
> Schrei und Erz brennt aus Balladentagen
> groß in diese arme Menschenzeit:
> daß wir Zukunftsvölker in uns tragen –
> und wir sind geweiht.
> Jungfräuliche Zukunft: sieh, wir bringen,
> unser junges Fleisch als Samen: Wir.
> Sä' uns trunkene zu großen Dingen.
> Nimm uns hin. Wir glühn nach dir.

Ob der Verfasser sich heute noch mit diesem, für die damalige Zeit prophetischen Bekenntnisse identifiziert, kann ich nicht aufklären. Er steht im Felde. Viele von uns sind als Kriegsfreiwillige eingerückt, um, ohne als der geistigen Arbeit Gewohnte an den Übungen des Waffenhandwerks oder seinen Genugtuungen tiefinnerst teilzuhaben, in rigorosester Ausdeutung ihr Gedachtes zu praktizieren. Des Chronisten Aufrichtigkeit erfordert festzustellen, daß bereits damals ein Teil von uns, wesentlich ästhetisch, also nicht radikalst orientiert, im Protest gegen diese bürgerlichen Konsequenzen verblieb, die als unintellektuell empfunden wurden. Mancher ist einer solchen Weiterdeutung im Bogen ausgewichen; er klassifizierte sich damit als Randtypus der letzten Zeit, jener anarchisch bohemehaften Periode der Jahrhundertwende.

Und nun ist die Zeit da, da vieles von unserem Samen aufgegangen, viel davon auch schon wieder verblüht ist. Die Sämannsgeste ist leidenschaftlich geblieben, härter geworden, ihr Ausgeworfenes will, nochmals gesiebt, nochmals zur Erde. Irrtümer, Mißverständnisse, vielleicht Sünden kommen uns zu Gewissen. Wir tun Buße, wo wir selbst gefehlt haben, wir verlangen Rechenschaft, wo man uns töricht mißverstanden hat. Das "Wir", das unsere Sehnsucht war, ist heute wieder in nur beschränktem Sinne wahr. Wir sehen uns von der Allgemeinheit mißverstanden. Und da wir das Rechenschaftsfordern erst verdienen zu müssen glauben, schlagen wir zuerst an unsere Brust und korrigieren, wo wir selbst kraftlos, schleuderhaft oder unentwickelt waren.

Es ist der Ruf nach *Macht*, der, jedweder geistigen Artikulation entbunden, heute unmusikalisch durch die Straßen dröhnt und uns das Gefühl von Verratenen hinterläßt: Der Beschränkteste erobert heute Provinzen, sein Geschmack zwingt die Tageszeitung zur Lieferung und fälscht so historische und politische Möglichkeiten und Ziele. Unbehaglich, gestehen wir's offen, innerhalb der eigenen Leistung zu Kriegszeit, revanchiert er sich in hysterischen und exorbitanten Forderungen. Ich habe in dem Schlußkapitel meines Buches über den österreichischen Staatsgedanken die tiefe *Sittlichkeit der Macht* gerechtfertigt, die "Zeit und ihr Geschlecht" verzeichnet und die daraus gezogenen Ergebnisse auf eine menschlich schöne und verantwortungsfreudige Politik projiziert. Das imperialistische Votum eines großen Teils der Bügerschaft indes, das nicht einmal im Felde steht, während die große wirklich zur Entscheidung berechtigte, weil erlebende Wahlmasse des Volkes infolge treuen Dienstes zur Stimmenenthaltsamkeit gezwungen ist, dieses Votum eines erlebnismäßig minorennen Teiles des Volkes ist geradezu als unsittlich zu bezeichnen. Es fehlt ihm vollständig an verantwortlicher Phantasie für seine Ausschweifungen. Als wir in dem obengenannten Heft "Krieg" des Flugblattes "Der Ruf" einen Artikel "Apologie des Krieges" brachten, in dem wir zu großzügiger Teilnahme an den außenpolitischen Möglichkeiten des Staates aufforderten (es war die Zeit wahrhaft kriesenhafter Politik bezüglich Serbiens), wurden wir von den liberalen Zeitungen, besser gesagt, in deren Redaktionen als Kriegshetzer angesehen und befehdet. Heute sind sie, wenn wir schon Kriegspäpste waren, päpstlicher als der Papst. Das Schlagwort *"Imperialismus"*, das wir damals aus unserer Stimmung filtriert hatten, rauscht heute in Bächen durch jedes Dutzendgehirn. Gegen diesen Imperialismus, der am Blute der kämpfenden Treuen sich rasenden Durst säuft und für die Opfer des Schlachtfeldes in seiner ganzen entsetzlichen Prosa eine Handbewegung von Eroberern hat, stellen wir jenen geistigen, den wir teils unklar gewußt, teils unklar geformelt haben. Das kulturpolitische Ziel des Krieges ist erreicht: Macht! Aber was ist Macht? Macht ist nicht Besitz, sondern Haltung. Haltung: wie wenn man besitzen würde. Macht ist: ich könnte, aber ich will nicht haben. Nicht Attila und nicht Dschingiskhan, nicht Pizarro und nicht einmal Napoleon ist der Eroberer, wie wir ihn ausmalen. Wesen, Influenz, beispielgebende, verführerische Typhaftigkeit ist, was wir dem Deutschtum unter "Macht" gewünscht haben. Auch der Waffengang sollte nur über des Deutschen größere Tugend, also seelische und nur insoweit physische Gewalt entscheiden, als diese das Ergebnis jener ist. Keine Annexion und keine Straßentafelgermanisierung verstanden wir unter Imperialismus. Aber wir bejahten und ersehnten jede politische Aktion, die, auch um den Preis von Blut, uns Konstellationen schuf, unter denen wir uns vor aller Welt beweisen konnten: als die "Mächtigen" im höchsten Sinne. Mächtig ihrer selbst durch Selbstzucht. Dieser geschichtliche Punkt ist erreicht. Der Krieg erscheint, mit Hinblick auf ihn, ein mechanisches Ausspulen allzu energisch und gründlich eingesetzter materieller Kräfte. Selbst eine Verminderung des augenblicklichen strategischen Höchsterfolges änderte nichts daran. Unser Ziel steht schon hinter uns: unser Glück wird schon wieder fragwürdig durch Mißverständnisse der Umwelt. Unser Glück: Deutsche Haltung, neu geschöpft: der *Deutsche als Typus*, wie der englische Gentleman, und zwar der Deutsche, ungefähr, als positives Spiegelbild des Komplexes von Eigenschaften, die der Franzose unter "boche" versteht, nämlich der Härte, der Selbstbeschränkung, (der Franzose fühlt nur den zweiten Teil dieses Wortes), des organisatorischen Stoffwillens, belebt von überstofflicher Zeit-Raum-Sehnsucht: Der Weltdeutsche. Ein Herr, wohl, aber kein Beherrscher. Daß brutale Kilometerfresser vom Schreibtisch uns den lauteren Quell trüben müssen!

Unser Ziel steht hinter uns: wenn wir heute einen Ruf lancierten, den eine "Apologie des Friedens" führte, wir hätten uns nicht widersprochen. Es wäre nur konsequent, wenn die Intellektuellen, die diesen Krieg gymnastisch an der Volksseele austrainierten, ihre Worte umsetzten und verblüfften Hörern die Nuance merkbar machten. "Der wehrhafte Mann und der wehrhafte Staat bewähren sich im Frieden, der wiederum das Ideal des Krieges ist und darum *erkämpft* werden muß." Diese Worte, heute hervorzuheben, beschlossen jene Apologie des Krieges.

Was also ist unter "Macht" zu verstehen? *Die deutsche Persönlichkeit*. Auch der Staat ist nicht Endzweck. Aber er muß so stark und schön als möglich gewünscht werden, damit er den der Menschheit wesentlichsten Typus hervorbringe. In diesem Sinne haben die beiden mitteleuropäischen Kaiserreiche, heute ein einziges Kulturgebiet, vom Kriege bereits ihren Menschen geboren. Zum Kriege und seiner ergebnisfördernden Tüchtigkeit half uns der *Preuße*. Ein Typus heute, aller Welt geläufig, ein Vorbild ihr, wenn auch ein Gegenstand von böser Empfindung: er zwingt zu Selbstzucht und Arbeit. Aber hiermit erscheint der deutsche Mensch, der Weltdeutsche, nicht erschöpft.

Die Schriftstellerin Lucia Dora Frost hat ein fesselndes und geistreiches Buch geschrieben von *"preußischer Prägung"*. Man kann mit ihren Thesen übereinstimmen, zumal sie darauf besteht, daß der "Preuße" eine Konzeption ist, ein Ideal, ein Hinkunftsart, eine Progressionssumme deutscher Steigerung. Wir aber möchten diesem Einen, als wesentlicher für jede Epoche aus und nach diesem Kriege eine *"österreichische Prägung"* entgegensetzen. Das durchaus musische Temperament, die völkische Leichtigkeit, die große Schwingungsweite, mit einem Worte, die *deutsche Musik* einer kommenden *weltdeutschen Welt* werden eher einer geschmeidigen als letzten Endes doch steifen Macht entfließen. Den Machtbegriff allein auf die Landkarte zu versteifen, ist gefährlich und unergiebig. Diese ist im Augenblicke staatsanwaltlich indiskutabel. Aber wir verweisen auf die Friedensformel der deutschen Sozialdemokratie und den Reichskanzler-Brief der deutschen sogenannten Intellektuellen. Welche bedrückende Stärke liegt darin, ein fremdes Volk des Ostens der eigenen mitteleuropäischen Kultur zu nähern, ohne diese Nähe indes aufzuheben? Hier ist es auch, wo ich auf einen eigenen Fehler aufmerksam sein will. Eroberung ist heute nicht mehr ein Begriff wie ehemals. Ehemals war mit ihm der Begriff der Versklavung Eroberter verbunden; zuletzt doch der Begriff der Einstaatlichung. Aber auch Begriffe wachsen. *Man wird sehr lebhaft schattieren müssen, um objektgemäße Eroberungen durchzuführen*. Ein weniger entwickeltes oder in seiner Entwicklung unnützes Volk kann man mit älteren und derberen Formen dem Staatsgedanken unterwerfen. Ein begabtes Volk mit eigener entwickelter Lebensart kann man niemals, auch bei erheblicher zahlenmäßiger Überlegenheit und wilden Methoden entnationalisieren, sein Land nicht erobern. Dann darf auch nicht vergessen werden, daß der Staatsgedanke von einem gar nicht eigenen und gänzlich objektiven Gesichtspunkt der Geschichte aus wächst. Das Deutsche Reich ist sicher nicht das Endfazit aller geschichtlichen Entwicklung. Es gibt todsicher eine höhere politische Form darüber hinaus. Diesen Weg, als Gesellschaftstypus zu gehen, muß man sich offen lassen. Ein sehr günstiger Handelsvertrag, ein Zollbund, eine Militärunion mit gemeinsamem Kriegsministerium und Austauschgeneralstab, die zwei Gesellschaften zu einer höheren und räumlich reiferen vereinigt, ist auch eine Form der Eroberung. Auf diesem Wege streben wir zu dem internationalen europäischen *Rassestaat*, zu dem unser so talentiertes Österreich eine Ahnung ist: viele Sprachen, viele Völker, eine Rasse, eine Kultur!

Man soll die Macht nicht rufen. Denn, die ich rief, die Geister, werd' ich nun nicht los. Aber freilich sollte jeder Deutsche streben, jenen Kräfte und Wirksamkeitszustand zu erreichen, der nur in Ausbildung aller besten, im Lebenskampf durchdringenden Eigenheiten erzielt wird. Macht!

* * *

Die Beschränkung der materiellen Ausdeutung dieses Begriffes darf aber andererseits nicht einer Festlegung auf seine intellektuellen Triebkräfte gleichkommen. Dies ist vom großen deutschen Publikum, nämlich jenem Teil des Volkes, der heute bei diesem Kriege eben Publikum ist, kaum zu fürchten. Aber die Regierungen der Zentralmächte wären vielleicht einer solchen Intellektualisierung des Begriffes nicht unzugänglich, weil er die Schwierigkeiten des internationalen Vermittlungsaktes wesentlich mildert. Um den Begriff *maralischen* und *intellektuellen* Machtanspruches deutschen Volkstums aufrecht zu erhalten, wird es nicht gerade nötig sein, kleinere fremdnationale Gebiete oder ausländische Halbkulturen nervös zu berücksichtigen, sobald nur die Gesundheit des eigenen Staatsgedankens Abrundung oder Einbeziehung fordert: Der Sieg des Deutschen darf nicht nur eine Theorie bleiben, er muß seine Praxis haben. Du magst trächtig gehen schöner erlösungs- und menschheitsfördernder Gedanke; wenn du arm bist und der sozialen Stellung entbehrst, wird es deine sittliche Aufgabe, im ordinärsten Lebenskampfe *gegen* dein eigentliches Naturell den Erfolg zu suchen, der dir zur menschlich wünschenswerten Machtentfaltung verhilft. Sonst bist du faul und schwach: Bekämpfe deine unberechtigte Verachtung des Erfolges!

Jener *deutsche Akt* des Mittelalters, der Mönch, der du, ich kenne dich, Deutscher, noch immer bist, jener Akt der Entsagung, der Enthabung und Vergeistigung, lebt dir heute mit Bestem in deinem Soldatentum. Aber ist er dir nicht zur Freiheit geworden, du Übertrainierter? Fordert er nicht allmenschliche Opfer, die du nicht mehr verantworten kannst? Wozu war Nietzsche? Gewiß nicht für das Landkartenhaus des deutschen Publikums, so sicher hinter der fernen Schlachtfront! Was ist aber das letzte Ergebnis des Buddha heiliger Enthaltsamkeit? Das Elend Indiens. Die egozentrische Beschaulichkeit und geistige Genügsamkeit dieses zweifellos hochwertigen Typs ist nicht die *letzte* Stufe. Jenseits aller Vergeistigung gibt es eine Rückkehr des Geistes zum Brutalen: als Spannungs- und Leidenszustand steht dieser über dem Nirwana. Was liegt an meinem Glücke? spricht Nietzsche. Es gibt nichts und niemanden, der weniger eudämonistisch dächte als der Deutsche. Auch das deutsche Publikum noch will eine Sorge, nicht einen Gewinn mehr, wenn es imperialistisch fühlt. Hausfraulicher Betriebsinstinkt kürt ihm Walstätten neuer Arbeit. Was liegt an seinem Glücke? *Dieser Zustand ist im deutschen Volke erreicht: ein Spannungs- und Leistungszustand zwischen den Brutalen und Geistigen*. Die einen werden die anderen nicht allzu sehr hindern dürfen, nach je ihrem Glücke zu trachten. Und dennoch darf keiner zu diesem Glücke kommen. So sinnlos der Wortschwall blinden Eroberns und Germanisierens ist; so nebensächlich ist die Tatsache, daß ein gesunder Friedensschluß wahrscheinlich das eine oder das andere Volk in seinem Umfangsempfinden kränken wird. Das Deutschland mehr *Ostsee*, Österreich kaum etwas Anderes, aber sicher mehr *Adria* und *Schwarzes Meer* braucht, beeinträchtigt den schließlich geistigen Ursprung und Gehalt des Sieges nicht: es wird ihm inmitten der vergrößerten Gesellschaft und der damit verbundenen gesteigerten inwendigen Spannung zu neuen blühenden Formen geraten. Dieser Krieg, den ich den *atlantischen* nenne, weil er um die Freiheit des Atlantischen Ozeans an dessen Osträndern geführt wird, an Ostsee, Nordsee, Mittelmeer, Adria, Schwarzes Meer und Afrikas Küsten, entscheidet über Kulturkomplexe. Er bestätigt als europäische Kultur für künftig die zentralmächtliche, legt den lateinischen Gedanken für die Geschichte beiseite und scheidet England und Rußland zu späterem Wettbewerbe aus. Über deren Reiche, Kultursysteme und

Menschentypen wird der bald zu erwartende *pazifische Krieg* entscheiden, an dem noch Nordamerika, die südamerikanischen Staaten, Australien, Japan und China Anteil haben werden.

Wie schon bei dem gegenwärtigen, wird bei kommenden Kriegen der Intellektualismus eine vermehrte zettelnde Bedeutsamkeit haben: und dies, obwohl zum augenblicklichen Zeitpunkte die Intellektuellen den Begriff: Macht ihrem ewig wechselnden und darin seinen Wert suchenden Wesen gemäß zu zerlegen und zu verdächtigen begonnen haben. Gut. Aber ich will, noch einen Schritt über jeden neuen hinausgehend, meine Parteigänger (dem Worte Verzeihung), in deren Namen ich hier gegen das annexionistische deutsche Publikum protestiere, fragen, ob Macht etwas so Schlimmes sei, ob die Möglichkeit zu vermehrter eigener Leistung, Einschränkung oder gar Hinderung fremden Eingriffs und unwillkommener Störung, ob Sicherheit, geringere materielle Sorge, Komfort, Verfügung über den Stoff, ob dies nicht alles Dinge seien, die zu den eigenwilligen und verwöhnten Voraussetzungen gerade unserer Intellektuellen gehören? Warum sollte ein intellektuelles Volk, das in seiner merkwürdigen Universalität eben stets das Produkt seiner jeweiligen Intellektuellen zu werden im Begriffe ist – es kommt infolge der verkürzten Entwicklung dieser nie dazu – nicht eine Macht werden, wie sie dem Geistigen in Beruf und Haushalt doch durchwegs erwünscht ist und von Natur aus zukommt?

Gewarnt sein muß das deutsche Volk von Kiel bis Triest (das heute in Intellektuelle, Publikum und Armee zerfällt), gewarnt sein muß es zusamt seinen parlamentarischen Kreaturen vor Programmen. Die hohe Politik ist kein Programm und keine Konstruktion an Hand der Landkarte. Sie ist intuitiv wie ein Schöpfungsakt, sie exploitiert seelische Schätze, wie man ein Bergwerk exploitiert. Am Rennen nach immer größeren Grenzen geht Rußland diesmal aufs Schiefe: weil dort das Publikum, der Salon, der Nichtkombattant in jedem Sinne Politik macht, statt der zuletzt angerufenen russischen Erde. Aber wenn die *Stimme der deutschen Erde* plötzlich irgendwo an den Rändern der Kulturbereiche jenseits einer bisher heiligen Grenze ruft: Warum in *unsern* Salons und Kaffeehäusern die Ohren verschließen?

Wir haben den Anschluß verloren. Wir, das ist die große Gesamtheit der Intellektuellen, die kurz vor dem Kriege eine militärische und politische Machtentfaltung verstanden hatten: heute aber wie vor zehn oder fünfzehn Jahren stehen: an einem Punkte, wo sie kein Verständnis dafür finden. *Wir* aber, die wir nach allen Richtungen hin den Anschluß nicht finden, wir intellektuelle Anti-Intellektuelle, die wir das Elend des Krieges im Schützengraben gesehen haben und nun das Meinungselend des Publikums sehen müssen, wir sehen auch das Elend einer schnell befriedigten Intellektualität. Wir sind einsamer denn je. Wir haben Furcht vor einem annexionistischen Publikum, das Einfluß auf Regierungen gewönne; aber wir haben auch Furcht vor zaghaften und der Ausrede frohen Regierungen, die jenem Elend des Schützengrabens seinen Preis fahrlässigten. *Wir verstehen den Begriff der Macht als deutschen Begriff intellektuell, aber wir würdigen jede noch so materielle Fundierung des Vermögens, über den Weltverlauf künftig nach eigener deutscher Einsicht zu disponieren.*

Atlantis, ein deutscher Kontinent

Atlantis ist eine sagenhafte Länderbrücke im Ozean, der nach ihr seinen Namen trägt. Kein Staatsanwalt weiß, wo sie liegt, sie ist utopisches Land, und er wird es deshalb nicht als unerlaubte private Einmengung in künftige Friedensverhandlungen betrachten, wenn ich sage, daß Atlantis ein deutscher Kontinent werden soll.

Kontinent bedeutet etwas Zusammenhängendes. Wir wollen, was deutsch ist, durch eine große Brücke zusammenfügen, und diese große Brücke nenne ich Atlantis mit einem ungeographischen aber sehr weisen Begriffe. Denn dieser sagt, daß etwas da ist, was nicht da ist; oder daß etwas in einer höheren als banal wirklichen Form ist; und mit dieser Definition ist die Deutschheit des Begriffes "Atlantis", das deutsche Vorrecht auf diesen märchenhaften überrealen Begriff bereits sattsam erwiesen, wie ich glaube.

Ha, wir Deutschen wollen also demnach, daß etwas deutsch werde? Wir wollen brutal erobern, wollen gleich einen ganzen Kontinent germanisieren, wollen, man höre, ganze Länder mit unserer Herrschaft überbrücken! Wo bleibt der Imperialismus des Geistes, für den wir votiert haben? Das ist es eben. Wir wollen eine große deutsche Brücke bilden, wir wollen nicht einen Kontinent erobern, nein, wir sind viel frecher und deutscher, wir wollen sogar einen Kontinent herstellen und taufen: Atlantis.

Mit dem Schlachtruf "Imperialismus des Geistes" hat es nun so eine Bewandtnis. Er führt zu falschen Gedanken, Wertungen und Plänen. Ein Philolog würde freilich gleich wissen, woran er ist. Er würde bestimmen, daß dieser Genitivus "des Geistes" nicht ein Genitivus subjektivus, sondern ein Genitivus objektivus ist. Nicht der Geist herrscht. Denn das wäre der Irrsinn. Und ich hoffe, daß die vielen klugen Männer, Dichter und Denker, die heute in der Vornehmheit ihrer innersten Überzeugung das Stichwort von "Imperialismus des Geistes" ausgeben, nicht so unkritisch sind, dem sprachlichen Hinterhalt zum Opfer zu fallen, eine form- und inhaltslose Herrschaft zu vertreten, die das Heft dem flott aufs Irdische bedachten Gegner daheim und draußen in die Hand spielen würde. Der Geist dient nicht, der Geist kann aber auch nicht herrschen. Von den beiden Zuständen, die Goethe beschreibt:

> Bis einst den Bau der Welt
> Philosophie zusammenhält,
> Erhält sie das Getriebe
> Durch Hunger und durch Liebe

ist der zweite der philosophische. Der erste wäre nur fidel. Und was ist schließlich "der Geist"? Ich glaube auf diesen Bogen bewiesen zu haben, daß es keinen Geist gibt; wohl aber einen französischen, einen englischen, einen deutschen Geist. Die obige Formel wird aber sofort vernünftig und zeigt den Hochstand eines politischen Bekenntnisses, wenn man sie so faßt: Imperialismus des Geistes bedeutet für den Deutschen, daß er erstens einmal *aus* Geist, nicht aus Revanche, Exporteursgründen oder Langeweile zum Eroberer wird; zweitens, daß er sich darauf beschränkt, *den* Geist fremder, wohl unentwickelter Völker so zu lenken, daß er sich zu höheren geistigen Funktionen, die denen des deutschen Geistes ähneln, entwickelt. Die deutsche Herrschaft liegt nicht schwer wie ein Gebäude, sondern luftig, verbindend und frei schwebend über den Völkern und Ländern wie eine Brücke.

Laßt uns einmal träumen. Im Ozean, um dessen Ränder jetzt der Krieg sich schlägt, liegt dieser lose Kontinent, ein geistiger Zusammenhang von räumlich Getrenntem, ein Kontinent über den Kontinenten. Er reicht von Kiel bis Katanga, von den Vogesen bis zum Kaukasus. Er überbrückt das Mittelländische Meer, das Schwarze Meer, den Kaspisee, das Rote Meer. Katanga, das reiche Kupferland im südlichen Kongostaat, nach dessen Grenzen die Deutschen seinerzeit eine schnelle Bahn bauten, liegt zwischen Deutsch-Ost und Südwest-Afrika. Ein dritter angedeutschter Zipfel eines künftig deutschen zentralafrikanischen Riesenreiches liegt im südwestlich gesperrten Winkel der afrikanischen Figur in Äquatorshöhe. Füllt sich der Raum zwischen den Zipfeln, so dehnt das Reich sich bis zum Tschad- und Viktoria-See. Ein breiter Streif tunesisch-tripolitanischen Landes, unter koloniale Interessenherrschaft Österreichs laut Friedensbedingung geraten, schließt nach Norden an, springt über das Mittelmeer und nimmt Kontakt in der Adria. Die Linie Kiel-Katanga ist geschlossen. Östlich davon erstreckt sich ein freies Ägypter- und Türkenland, in dem ein wörtlicher Imperialismus deutschen Geistes verwirklicht werden kann, eine technisch-professorale Einflußsphäre, die bis Peschawar reicht. Übers Schwarze Meer wölbt die deutsche Brücknerhand völkerbeglückend dem ukrainischen Freund den Kiewschen Staat, uraltem Quell entsprungen im Bassin moderner sozialer Gewissenhaftigkeit und Verwaltungskunst aufgefangen und gefaßt. Polens Nation schließt das Weltreich ostwärts ab. Werden sich die kleinen Skandinavierreiche nicht zur Form gezogen fühlen, so wie Splitter um Splitter zum Kristall schließt? Ein Kulturboden, *eine* geistige Auffassung werden in freier Verfassung das Entgegengesetzte, wie sichs gehört, zusammenschweißen. Die großen Brücken werden heißen: Berlin-Bagdad, Warschau-Kamerun, Kiel-Katanga, Hamburg-Tiflis. *Ein Kontinent deutschen Geistes*, deutscher Arbeit, deutscher Lebensordnung, eine neue Festigkeit, eine moderne Zusammenhänglichkeit steigt aus ozeanischem Kräftekrieg empor: Die *Länderbrücke*, das wiedergekommene *Atlantis*.

Der Geist ist schlecht, der das Leben lähmt. Der Geist wäre bös, der uns die Expansionsfreuden nähme. Der *Expansions-Deutsche*, ein Ergebnis seiner innersten geistigen Spannung und Regung, ist nicht unbedingt Mephistos Opfer; als Geistereroberer erobert er zwar nicht Geiste, aber wohl Geister. Aus alten Kulturen, aus Kiew, Babylon und Ninive, aus Syrien und den Nil-Ländern weckt er verstorbene und vergrabene Menschlichkeit. Der Krieg, die Entwicklung aller Mittel und die Schärfung der Geister brachten neue Methoden der Herrschaft auf, weniger rauh, elastischerem Sinn geläufig, dem jüngeren und bedürftigeren Volke erträglich und lieb. Noch lockerer als die gewiß sehr tüchtige Herrschaft des Engländers über Indien, wird die Herrschaft des Deutschen über den Orient sein. Kaum eine *Herrschaft* mehr, *nur* eine *demokratische Strenge.* Ja, Macht in diesem Sinne wird ihm hier zur geschichtlichen Pflicht. Ukrainer und Ägypter erwarten noch den Sturmschritt deutscher Bataillone. Die sittliche Arbeit, die der Deutsche an sich vollzogen hat, muß ein aufklärendes und erlösendes Ergebnis in der sichtbaren Welt der Völker zeitigen.

Türkische, arabische, sudanesische und Bantu-Gehirne warten auf seinen exploitierenden und findigen Fleiß in gleicher Weise wie Kupferminen in Katanga, Erze in der reichen Ukraine, Kohlen in Asien, Früchte und Erdprodukte auf unermeßlichen heute toten Flächen. Die Politik des westöstlichen Diwans, der *Geisterbetreuung* wie Landbetreuung wird gefunden werden. Denker, Künstler und Professoren gehen als Kolonisatoren in den Orient. Tiefe Erfahrungen, mächtige Kompromisse, geistige Befruchtungen und Erschütterungen sagt der heutige Zustand voraus. Ist es ein Zufall, daß alle die großen Kulturen und Völker der Erde des Deutschen Feind sind, auch die Nordamerikaner und die flachen Japaner: nur diese zwei nicht, die Nachdenklichen und Religiösen, der Türke und der Chinese?

Dieser Krieg hat uns über einen tief gewurzelten Irrtum belehrt. Nirgends ist Gnade für das deutsche Volk, nirgends ist Verständnis. Die germanischen Völker des Nordens, auf die uns die träumerischen Berechnungen unseres Gemütes wiesen, haben für unsere Liebe zum germanischen Bundesideal nur das kalte Lächeln einer umworbenen Frau; die grüne Saat eines allgermanischen Völkerfrühlings, die unsere besten Männer auf den Boden Europas streuten, schlug nicht Wurzel. Darüber können die Stimmen etlicher deutsch-freundlicher Zeitungen nicht hinwegtäuschen, nicht die ehrlichen und treuen Geständnisse einzelner Geister, wie Sven Hedin, Frithiof Nansen, Knut Hamsun, Peter Nansen und Aage Madelung. Nein, es ist kein Verständnis für uns in der Welt, nicht für uns und unsere Not, unseren Sinn und unser Recht. Vereinsamt, wie das in sich beschlossene Schicksal des Weisen, ragt unser Treu- und Pflichtkampf aus dem Chaos der kleinen Neidschaften, ein Mythos von Licht- und Dunkelmächten, ein Nibelungenkampf der Helligkeit gegen den giftigen Dunst aus Niselheim. Fürs Gold haben sie Eisen, um Kram schufen sie Gram, um Prozente der jährlichen Handelsbilanz brüllt die Erde vom Ural bis zu Erins grüner Insel. Kein freundlicher gerechter Sinn forscht unserem guten Trachten nach. Einsamkeit inmitten Europas verwirrt uns den Menschheitsglauben, aber streift uns auch den Nakken. Romanisches Explosivblut, angelsächsisches Prositblut prallt von dem deutschen Geist ab.

Näher stünde uns der russische Slawe, er kennt uns, er versteht uns, aber er haßt uns, wie der Gleiche den Gleichen haßt, der mehr Erfolg hat. Des Deutschen gehaltene Schnelligkeit, Ringerumsicht, ist des Slawen oft irrende Beweglichkeit. Entschiedenheit und System der Deutschen sind der Fatalismus des Slawen. Aber er ist genialischer ohne Zweifel, als wir genial sind. Wenn wir genial sind, ist es ein ruhiges, freudiges Quellen der Kräfte oder ein faustisch zähes Verfolgen des reinen Triebes. Das Genie des Slawen ist vulkanisch, aber es ist erfolgloser, vielleicht tragischer; darum haßt er uns; die anderen können uns nicht verstehen, er will uns nicht verstehen.

So steht das deutsche Volk einsam inmitten Europas. Steht es allein in der Welt? Aus Amerika, dessen zielbewußte Methoden moderner Organisation angeblich Deutschland bis vor kurzem befruchtet haben, aus Amerika, dessen gesamte wissenschaftliche Bildung und Leistung nur Früchte aus deutschem Wuchs gezeigt hat, erschallt nichts als die Litanei trostloser Zahlenreihen und der Tornado zollgroßer Sensationsköpfe über gefälschten Depeschen. Wo bleibt aller sagenhafte *Amerikanismus* im Vergleich zu der großen Kultur- und Organisationsarbeit des *deutschen Militarismus*, der heut in Lille ein Theater einrichtet, morgen in Lodz eine Zeitung gründet, einen Durchgangszug einstellt, der in 48 Stunden die Landschaften des mächtigen Kriegsreiches vom Kanal bis Polen durchrast, der eine staatliche Arbeitslosenpflege einführt, den Nahrungsverbrauch organisiert und mit einem Schlag unter härtesten Bedingungen den Typus des *Zukunftsstaates* aufmauert? Dies alles zerbröckelt in der Atmosphäre des Wortes "Barbaren", in diesem Luftgas selbstbetörter wirklicher Barbaren jenseits der Atlantis. Ein grimmiges Lachen muß uns gegen so viel Verkennung, so viel bewußte oder unbewußte Bosheit stärken. Gott verzeihe ihnen, denn sie wissen nicht, was sie tun!

Die Kulturrassen *Asiens*, die unsere Gegner und die unserer geistigen wie materiellen Macht sind und sein werden, sind heute die einzigen über der ganzen runden Erde, die deutschen Geist mit Achtung grüßen. Es ist kein Zufall, daß gerade *Türken* und *Chinesen* mit dem Kampf des Deutschtums sympathisieren. In diesen Kulturen, im Gebäude ihrer Gesellschaft, in ihrem Lebenswandel und Lebenswillen trägt Religion und Sittlichkeit; ihr Alltag ist nicht in dem umschlossen, was zwischen Daumen und Zeigefinger gefaßt wird. Der Türke sowohl wie der Chinese ist Sinner und Dichter, Ethiker und Philosoph. Beide sind recht eigentlich die Deutschen unter den Nationen Asiens; der Türke, der einst *der Gentleman des Ostens* hieß, kann ohne Rassenscham als Bundesbruder in diesen Kampf der Geister miteinbezogen werden. Ist es nicht, als hätte Geist und Idealismus wider den Materialismus der ganzen Welt mobilisiert? Der deutsche Christ, der Mohammedaner, der Buddhist, der Konfutseaner, der *Bund der großen Weltmoralen* hat sich und seine Pflichten zum Kampf wider alles, was Hölle und irdisches Nichts ist, entdeckt. Der Mohammedaner ist, wie der Deutsche, Soldat bis in die Fingerspitzen. Eine ungeheure Militärmonarchie wird als Endergebnis der Kämpfe im Kaukasus und beiderseits Arabiens hervorgehen, ein Weltreich von Peschawar bis in die Sahara, vom Indischen Ozean bis zur sibirischen Steppe. Vorerst ist der Vormarsch gegen das Nilland eine Tat deutscher Technik, ein phänomenaler Eisenbahnbau quer durch Sinai, den englischen Ingenieure für undurchführbar gehalten haben. Aber bald wird der Türke sein eigenes Wort sprechen, und es wird sich zeigen, welche Kräfte in der Moral Mohammeds auch heute noch schlummern. Heute ist sie der gottgewollte Bundesgenosse im Kampf des Menschheitsideals wider den Geschäftsparia, ein Mitstreiter um das Ideal der Macht und Würde des besten Menschen. Und wie heute die Lenker der Türkei, so mögen auch die geistigen Führer des Chinesentums empfinden. Der feine, hochgebildete Chinese, zwischen Amerikanismus und der Lottrigkeit des eigenes Pöbels eingezwängt, ahnt gar wohl, von welchem Sinn wieder Sinn in die stehengebliebene Maschine des 400-Millionen-Reiches kommen kann. Nur deutsche Organisationskraft kann hier opferwillig, liebevoll Altes erneuern. Deutscher, Türke und Chinese schützen den Geist wider den Ungeist. Daheim verraten, findet das Deutschtum Verständnis und warmes Vertrauen allein bei *den alten Kulturrassen des Orients,* an den Strömen Konfutses und Buddhas und im deutungsfrohen Geisterland Harun al Raschids.

Es ist kein Zufall, wenn Geist zu Geist sich findet. Eine Epoche der Weltgeschichte beginnt. Erst jetzt treten wir in eine wahrhaft moderne Periode ein; was vorher war, ist trüb und prähistorisch kunterbunt. Ziel, Typus, Befähigung und Macht werden erst jetzt klar. Es ist in diesem Augenblick sich vollziehender Kräfteoperationen in Heerführung und Politik noch unerlaubt, ein einzelscharfes und beweisbares Bild allernächster Geschichte zu zeichnen; daß aber nie so hohe Kräfte um so hohe Ziele eingesetzt waren und darum große packende *Wahrdichtungen,* wie Atlantis eine ist, entworfen werden dürfen, kann auch der bescheidenste Deutsche oder der striktest gebundene Zensor nicht hindern.

Aus Nervenseide schon schwingt die deutsche Brücke nach Konstantinopel. Ein schwerer Grundstein zum festen Bau, wälzt unser Heer sich langsam durch den Balkan türkenwärts. Ein geistiger Schritt, ein duftiges Leben des Hin und Hers, ein seelischer und gemütsmäßiger Austausch stehen noch gehemmt hüben in Mitteleuropa, drüben im Oriente, um über den im Raumozean schwimmenden Brückenleib hinwegzutanzen, sobald das Zeichen gegeben ist. Wir sind die deutschen Ingenieure, wir kommen mit der Macht, die Mephisto gab, um engelreine Brücken über die Länder zu schlagen! Denn inbrünstige Gauner, wie wir nun einmal sind, eine sittliche Art von Verbrechern, siehe Zarathustra, werden wir den Teufel zuletzt ums Ohr gehauen haben. Rührt eure Hände zu der großen deutschen Brücke:

Atlantis!

Österreich und der Mensch

Eine Mythik des Donau-Alpenmenschen

Leitworte

Es scheint mir gewiß, daß, wenn dieser Krieg erst seine Kunst findet, dies eine Kunst der großen Ruhe, der Zurückhaltung, der Gemessenheit sein wird, wieder eine mehr andeutende als ausführende, eine vielsagend verschweigende, eine verhüllte Kunst der tiefen Scham.
(Hermann Bahr, "Kriegssegen")

Nur mehr die russische Orthodoxie, der Fakirismus des Inders, die Transzendentalphilosophie des Norddeutschen ermöglichen einen derartigen Grad der Welt- und Lebensbeherrschung, wie ihn der Österreicher in seiner Dialektik erreicht. Sie resultiert in dem Geheimnis der "schweigenden Organisation" in Kunst und Gesellschaft.
(Müller, "Österreich und der Mensch")

Österreichische Reichszucht

Jede europäische oder asiatische Person, welcher Abstammung immer sie sein mag, unterliegt, sobald sie die Grenzen Österreichs überschritten hat, einem Zuchtprinzip. Sie gerät gleichsam in eine atmosphärische Ausstrahlung, unter der sie psychisch zergeht, von einem festeren in ein flüssigeres Aggregat schwindet, von einem schwereren in ein leichteres Medium, dessen Urteilchen schneller, aber mit anderem Ausschlag schwingen. Ein kurzer Aufenthalt genügt, um selbst an einem sehr eigensinnigen und strengartigen Charakter bezeichnende Änderungen hervorzurufen. Ein Japaner, der in London oder Berlin auf einer geschlossenen japanischen Miniaturinsel im Strome dahintreibt, tritt in einer österreichischen Stadt aus sich heraus und in einen allgemeinen menschlichen Kreis hinein, der ihm behagt, ihm den Argwohn und die ideologische Haltung nimmt und in ihn eine Stimmung nivelliert, demokratisiert. Kasten verschwimmen, Hoch grenzt an Niedrig, ständische, soziale und außerhalb des politischen Getriebes auch nationale Begriffe leuchten im Röntgen eines durchdringenden Kompromisses. Auch ein Engländer wird sich nicht weniger dem sogenannten Zauber dieser Gesellschaft hingeben. Unter dem milden Druck einer "öffentlichen Meinung von sich" selbst, unter einem allgemeinen beklemmend-befreienden Prinzip wird er sehr bald zu einem Österreicher umgezüchtet.

Mag sein, daß der stärkere Wechsel der Bilder, die lebhaftere Gliederung der Landschaft, die stets blätternde Windrose der Winde aus Tälern und Bergen, und Günste des Klimas jeder Seele, Person und Figur schmeicheln. Sie haben es nunmehr seit so vielen Jahren getan, daß nicht mehr sie selbst die Arbeit leisten, sondern sich dazu gleichsam einen Menschen erzogen haben, der ihrem Fingerzeig folgend, die Hand in einer betörenden Weise auf alle Dinge legt und den Kommenden in die allgemeine Hypnose führt. Was anderwärts, wie in Preußen, die Verwaltung geschaffen hat und der planende Wille, ist hier in Laß und Lust geworden und hat sich selbst eine, den musischen Tugenden entsprechend wahnwaltende Verwaltung geschaffen, die typisch versagt. Aber Schöpferisches und Geschöpf haben hier Eigenart und Eigenwert.

Es sind in der letzten Zeit tüchtige und intelligente Bücher über Preußentum und "preußische Prägung" geschrieben worden. Ich nenne die Lucia Dora Frost. Preußische "Prägung", das Wort und der dichterische Gleichklang malen am Begriffe. Das Preußische, das während des großen Krieges allenthalben, auch an den nichtpreußischen deutschen Stämmen hervortrat, hat den Sieg organisiert und sich damit selbst an die vorteilhafteste Stelle im deutschen Bewußtsein gesetzt. Es entsteht jedoch für die Zeit nach dem Kriege die Frage, ob das Preußische auch im künftigen Frieden mit dem Deutschen kongruieren und seinen Rang in der reichen Skala der deutschen Möglichkeiten wird beibehalten können. Auch das Preußische ist Ergebnis, und ist nur insoweit Anlage, als es extremisierte Faktoren enthält, die im Deutschen ständig mitspielen. Ja, das Preußische ist mehr Ergebnis als das Österreichische. Es ist "geprägt", gestanzt, gepaukt, geübt. Es ist ein Training, eine Prononcierung. Es ist von Männern, Willenskräften, Ideen geschaffen. Das Österreichische stammt aus Verhältnissen und rechnet mit Verhältnissen. Es ist Milieu- und Geschichtsprodukt, es ist eine Menschen*zucht*. Wobei "Zucht" keine ethische Kategorie, sondern einen Sammelnamen bedeutet. Denn gerade jene Art Zucht wird man am Österreicher vergebens suchen; aber dafür eine andere unwillkürliche vorfinden, eine starke sinnliche Zucht, keine metaphysisch grübelnde Sittlichkeit, aber eine durchgeführte und elegante geistige Sitte, eine harmonisch maßgebende Anschauung. Der Preuße ist kaum ein Volk, er ist eine Deutschheit, eine deutsche Chance, möchte man sagen. Der Österreicher aber ist nicht nur eine Zucht, er ist beinahe eine Rasse.

Die Periode der alten Rassen ist längst vorbei. Heute entstehen nicht nur neue Staaten, es entstehen viel eher neue Rassen; denn wir gehen in das Zeitalter der Staats- und Reichsrassen, der Zuchten, wie wir es oben genannt haben. Wenn wir uns jetzt diesem Gebiete, das um den Begriff "Rasse" herumgelagert ist, nähern, werden wir uns ebensowohl mit Vorsicht als mit Kühnheit wappnen müssen, um den Fußangeln des Gefühls, der Pietät und der Gewohnheit zu entgehen. Mit Kühnheit, weil jede Auffassung des Begriffes Rasse letztlich von uns abhängig ist und einem Akte gleichkommt. Bei Anwendung des Begriffes "Reichsrasse" muß es jedermann gegenwärtig sein, daß wir hier den völkerkundlichen Begriff mit neuen Zumutungen überfallen. Es wird die Frage entstehen, ob solches Treiben erlaubt ist. Erinnern wir uns, nachdenkend, daß es drei Werte von Rasse gibt. Rasse ist einmal jener grundlegende Menschheitsteil, wie ihn die Völkerwissenschaft abspaltet. Weitaus verschieden davon ist Rasse etwa bei Rassephilosophen wie Gobineau oder H. St. Chamberlain. Hier ist es eine Konzeption, eine Geschmacksrichtung, der gigantisch vervielfältigte Subjektivismus eines genialen Ringens und einer gestaltenden Sehnsucht, die sich verewigen. Der "Germane" Chamberlains ist ein Trieb, aber nicht ein Trieb her, sondern hin. Er ist eine Gestalt, eine Darstellung, ein Symbol, ein Wunschinhalt, ein Idol. Darum wirkt es peinlich, dem Kampf der Mißverständnisse in den Polemiken von Wissenschaftlern gegen Rassephilosophen zuzusehen, in dem das Souveräne und funktionell Richtige der Rassentheorie von jenen stets übersehen wird. Beide sind sich ursprünglich und endlich so unähnlich wie Chemiker und Transzendentalphilosophen. Jene suchen nur einen Körper zu rekonstruieren; diese den Körper zu einer Sittlichkeit. Der Germane Chamberlains wird immer existieren, auch wenn der Germane der Proportionalisten nie existiert hätte. Der Unterschied ist nur, daß der Rassechemiker von der Chemie beherrscht wird, der Rassephilosoph aber die Chemie *beherrscht*. Man wird also das janusköpfige "Rasse" stets auf beide Gesichter prüfen müssen. Aber es hat noch ein drittes. Rasse bedeutet auch ein Körperliches jenseits der wissenschaftlichen Etikette, in einer ästhetisch-impressionistischen Bewertung. In diesem Sinne konnte ein guter englischer Schriftsteller während des Krieges mehrmals von einer "montenegrischen Rasse" reden, was wissenschaftlich ein Unsinn ist. Er verstand darunter kein neues Siebentel der Menschheit, sondern einen körperlichen Komplex bestimmter und eindeutiger Eigenschaften. Eine Tänzerin hat "Rasse". Welche Rasse? Die ihre. Freilich versteht man darunter die ganz hervorragende Schärfe allgemeiner vielverteilter Wesenheiten ihres Volkes; aber die Schärfe hat hier so zugenommen, daß sie variationsbildend wirkt. Mit dieser einen auf die Spitze getriebenen Person erscheint nämlich eine neue Rasse auf der Bildfläche; da die Individuenzahl der Rasse gleichgültig ist für ihre Intensität, kann sie auch gleich eins sein. Dieses Eins und die gesamte Rasse ist jene Tänzerin.

In diesem Sinne kann man von einer österreichischen Rasse reden und den inwendigen Unterschied von preußischer Prägung schattieren. Man kann es um so mehr, als dieses nationale Konglomerat, von den Sprachen abgesehen, den straffen inneren Bau und Zusammenhang einer Einheit hat, nicht weniger aber auch darum, weil bereits die großen historischen Rassen Kompromisse waren. Es ist heute zum Beispiel durchaus fragwürdig, ob der Finne ein uralaltaisch sprechender Germane ist, oder gar der Germane nur ein germanisch sprechender Asiate war. Es gab vermutlich zuallererst überhaupt keine Rasse, sondern nur Geschöpfe. Als nächstes Stadium dann Millionen von Rassen, denn jede Familie war eine solche. Durch den lawinenartig anschwellenden Imperialismus lediglich einer Familienrasse entstanden endlich die paar großen Rassen, mit denen wir heute rechnen. Diese sind durchaus Ergebnis und Kompromiß. Wenn wir "Germane" sagen, so meinen wir nicht etwas körperlich Letztes und Stationäres; eher das göttlich Letzte, eine im Trieb überlieferte Hinkunftsart, eine Vorwärtserinnerung. Über den Germanen wissen wir nichts, als was wir darüber wissen wollen; und dies ist das Wichtigere. Es ist, wie gesagt, erst noch die Frage, ob der Germane als Körper und als Mitglied einer germanisch sprechenden Gruppe von allem Anfang an identisch waren. Nahezu überall, wohin der Germane kam, nahm er gern und bewußt die Sprache der Eroberten an. Vielleicht ist das Volk, von dem unsere Sprache kommt, spurlos verloren gegangen. Vielleicht hat es der blonde, ursprünglich ganz anders sprechende Mensch aufgesogen. Aber was bedeutete eine solche Tatsache gegenüber dem Erlebnis der Tiefe germanischer Sprache, die wie keine andere das Transzendente zu enthalten scheint! Wahrscheinlich sind wir viel germanischer als unsere Vorfahren, so wie wir ja auch stärker und dauerhafter sind als die einstmals beneideten Helden der Vorzeit. Die Greuel des gegenwärtigen Krieges haben auffallend wenig Wehleidigkeit hervorgerufen. Die alten Sagen aber verzeichnen jeden Hunger und Durst, jede Ohrfeigengeschichte, jeden Steinwurf, jeden Hochsprung, Bagatellen, die ganz mittelmäßige Sportsleute heute nach einiger Schulung überholen können. Unsere Phantasie ist seit Generationen verwöhnt, ja blasiert, und fragt noch vor der größten Leistung und dem größten Leide, dem der Körper kaum widersteht: Ist das alles? Arbeiterbataillone, Rekrutierungen aus Industriegegenden, haben sich trotz der weniger schönen Körperlichkeit als ausdauernder erwiesen als Bauernbataillone. Der gebildete Mensch ist widerstandsfähiger als der Wilde. Wir dürfen also eher das erfüllte Ideal damaliger Germanen sein, als jene im körperlichen Verstande das unsere sein können. Sind wir darum weniger stolz, Abkömmlinge der zweifelhaften Germanen zu sein? Keineswegs, aber wir werden gerade das Wortverbot jener Rassenforschung, die sich exakt nennt, übertreten dürfen und eine österreichische Rassenthese aufstellen. Die Geschichte selbst gibt für verschiedene Zeiten eine geschichtliche Rassenbildung zu. Die Römer, die tatsächlich aus ein paar waghalsigen Familien entstanden, die den Sabinern die Weiber nahmen und einen etruskischen Tribus etablierten, wuchsen zu einer gewaltigen einheitlichen Rasse an. Die Juden, die sämtliche Nasen, Schädel und Komplexionen der Welt, zugleich aber den möglichsten geschlossenen Charakter besitzen, sind ursprünglich eine Synoikese monotheistischer Abenteurer, eine internationale Expedition von Eingottsuchern, die sich heute mit Wechsel in den Zielen in Permanenz erklärt hat. Die Nordamerikaner, die bereits einmal vor hundert Jahren eine eigene Rasse darstellten, sind heute unter dem Einfluß überlegener Einwanderung daran, neuerdings eine Rasse zu werden, die neopazifistische, zu der auch die Australier zählen. Die Rassenteile kompromittieren auf das Ferment hin, und das Ferment bindet die disparaten Rassen zu einer neuen Rasse. Dies ist der weltbedeutende Vorgang, den wir sich seit tausend Jahren in Österreich vollziehen sehen.

Der Österreicher ist nicht nur die Polarität zum Preußen innerhalb des Deutschtums. Er ist ein Kompromißprodukt, ein unwillkürlicher Eroberungsakt, eine Ausbuchtung in Fremdes. Es unterscheidet ihn etwas von jener Stellung des Preußen zum Gesamtdeutschtum. Beide sind deutsch. Auch der Preuße ist dem Blute nach nicht Germane, sondern ein Finnslawe. Der Österreicher ist ungermanisch, deutsch, als solcher aber kann er wieder Deutsch, Slawisch, Ungarisch, Rumänisch, also alle Abstufungen vom Arischen bis zum Reinmongolischen aufweisen. Wir können uns hier nicht auf das chaotische Gebiet der Rassen*forschung* begeben und nehmen von ihr die glaubhafte Versicherung entgegen, daß der österreichische Typus in somatischer Hinsicht nicht einmal so sehr slawisch, als alpin-finnisch-altaisch ist, gegenüber einem stärkeren Einschlag Keltentums in Deutschland bei nur unerheblicher Überlegenheit an germanischem Blute. Es ergeben sich daraus die folgenden Einsichten:

Der Typus Zentraleuropas ist im Großen gemischt aber einheitlich. Man kann ihn als deutsch bezeichnen, auch wenn er eine fremdstämmige Sprache spricht. Der Türke des Festlandes und der Norddeutsche sind nicht wesentlich verschieden. Sie gehören einer großen menschlichen Gruppe an, die, nur scheinbar im Gegensatz zu jeder Rassentheorie, nach Westen hin scharf, nach Osten hin, also nach Rußland, Iran, Turan und die Berberei weniger scharf abgegrenzt ist. Innerhalb Zentraleuropas schattieren sich vier "Rassen" ab: der Deutsche, der Österreicher, der Balkanier, der Türke. Der Deutsche und der Österreicher einerseits, der Balkanier und der Türke andererseits differenzieren in zwei Kreisen, von denen uns hier der erste interessiert. Das Verhältnis dieses Falles ist im Bilde eines deutschen Spektrums gegeben, dessen Ultraviolett der Preuße, dessen Ultrarot der Österreicher trägt. Aber dieses Verhältnis Preußisch zu Österreich ist nicht nur ein dynamisch-polares, sondern auch ein gehaltliches. Das Österreichische hat unentwegt Objekt, nämlich jene fremdstämmigen Kulturen und Sprachen entlang der Donau. Auch das Preußische hat Objekt, aber nicht ein fremdes, sondern das eigene gesamtdeutsche Spektrum einschließlich des österreichischen Ultras, das, während es selbst durchstrahlt und bestrahlt, ununterbrochen gekreuzt wird von den Strahlen des andern deutschen Endes und Ultras, des Preußentums. Dieser Krieg und eine nur billige Verwaltungslehrzeit im künftigen Frieden werden den preußischen Einfluß der Spannungstabelle für ganz Zentraleuropa-Westasien zur Erscheinung bringen, während Österreich in einem kulturell assimilierenden Sinn wirken wird.

Wird dies und soll dies nicht vielleicht eine gegenseitige innere Aufhebung heraufführen, so daß wieder ein einheitliches deutsches Licht erstrahlt? Nichts wäre weniger wünschenswert als dies. Denn sowohl der planende Wille als die gottergebene Intuition sind viel zu seltene Dinge, als daß deutsche Vollständigkeit sie entbehren möchte. Das polare Spannungsverhältnis wird und muß aufrecht erhalten bleiben. Dies geschieht, da die expansive aufdrängende Tendenz von vornherein in der Natur des Preußentums liegt, am besten dadurch, daß der Österreicher sich in den zarteren Nacken wirft. Natürlich nicht, indem er etwa dem deutschen Spektrum und seinem nördlichen

Ultra absagte, sondern indem er sich von diesem letzten emsig durchdringen läßt und im übrigen bleibt, was er ist. Die musischen Tugenden des Österreichers, ein wenig gehärtet im preußischen Stahlbad, werden in der kommenden Friedenszeit dem gesamtdeutschen Charakter jene Provinz darstellen, in der sich die nächsten, vielleicht die höchsten deutschen Kulturakte seit je überhaupt vollziehen. Sagte der Österreicher dem deutschen Spektrum ab, oder flösse dieses durch innere Bestrahlung wieder in das harmonische Urlicht zurück, kurz, bräche diese analytische Tabelle des Deutschtums, dieses Spannungssystem, das den Deutschen erst so recht reich und moralisch weltläufig macht, zusammen, so würde das gesamte Deutschtum, das auf diesen panisch-spezialisierenden Kräften beruht, zusammenklappen. Denn der Deutsche, der körperlich am wenigsten Rasse hat – er ist häßlich und hat vorderhand noch die ungutuste Figur und das unguteste Gesicht – aber die meisten Rassen in sich vereinigt und sich zur höchsten geistigen Rasse gestockt hat, besitzt sehr wenige brutale Rückhalte wie doch andere Völker, Engländer, Lateiner, Russen, Skandinavier. In gewisser Beziehung ähnelt der moderne Deutsche kompositorisch dem modernen Amerikaner, der gleichfalls nur durch eine Spannung, aber nicht wesentlich da ist; noch mehr aber dem Juden, der seit jeher lediglich Spannung, nahezu ohne Körper – Volkskörper, aber auch oft persönlichen Körper – ist. Verlöre der Deutsche seine spezifische Deutschheit, die deutsche Spannung, die Polarität Preußen-Österreich und ihr Analoges, so verdunstete er in körperlosen Urgeist zurück und würde von jeder beliebigen festen Form erobert werden. Die österreichischen Objekte gingen verloren, der Osten würde neue Gebilde aufstellen. Denn, mag man als Deutscher, wie es sich geziemt, auch noch so bescheiden sein, dies eine wird man als historische Erkenntnis ohne Eifer buchen können: Welche Kultur immer ostwärts zwischen dem Deutschtum und der russischen oder den alten orientalischen Kulturen liegt, sie ist nur eine anders gesprochene deutsche Kultur, eine wörtliche Übersetzung, kurz, ein "Germanismus" im größten Stil. Diese Germanismen, aus der Stromtendenz deutscher Spannung geraten, werden stärker sein als der tote deutsche Leib. Nur Unablässigkeit des Gegensatzes innerhalb des Deutschen sichert diesem Wesen und Verstand.

Dem Preußen selbst wieder erzeugt die hohe Spannung der Pflichtbegriff; dieser allerdings nicht als Verwaltungsschmiere und Gesellschaftsöl: sondern als persönlicher Begriff, als dessen verwirklichter Rekord erst wieder eine gute Verwaltung in Erscheinung tritt. Der Pflichtbegriff kann von Österreich durch die Spannung eines persönlichen Machtbegriffs der gleichen Vornehmheit überhöht werden. Eine solche Macht stünde nicht vor, sondern nach der Pflicht. Die Macht ist der Pflicht entgegengesetzt. Nein, sie ist ihr wieder entgegengesetzt. Auch hier handelt es sich um ein stetig erneuertes Produzieren des Entschlusses dazu. Eine solche Bemächtigung erfolgt nicht mechanisch, also autokratisch, so wenig jene ewige Verpflichtung als servil erfolgen darf. Aber sie legte einem österreichischen System einen aus Anlage, Arbeitsfeld und dialektischer Überhöhung notwendigen Begriff, die persönliche Macht im Gegensatz zur persönlichen Pflicht unter.

Nicht der Preuße ist Eroberer. Das Zeichen der Eroberernatur ist Liebenswürdigkeit, Verschwendung, Gleichmut. Der Preuße ist Erunterer, eroberisch sind die andern deutschen Stämme; Eroberer ist eher der Österreicher, Verführer zu sich. Sache des Eroberers ist es, im Eroberten zu verschwinden. Der Eroberer ist schlampig gegen sich, weil Macht gleichgültig gegen Äußeres macht. Dies ist gut "germanische" Tendenz. Aus der Kontroverse von persönlicher Macht zu ebensolcher Pflicht – wobei nicht genug Betonung auf das Persönliche gelegt werden kann – entsteht eine fruchtbare Neugruppierung aller gesamtdeutschen Tugenden. Pflicht ist die eine Seite des Deutschen, Macht ist andere; sie umschließt neben der hochstehenden Demut, Prostration, Selbstaufgabe und Entsagung des Pflichtbegriffs jenen der absolut freien geistigen Person. Ich kann das Gleiche aus Pflicht oder aus Macht tun. Aber es ist wichtig, daß es beide Male, so und so, getan wird. Den rein militarisierenden Bestrebungen des Preußentums wird in Deutschland nichts, wenn nicht das spezifische Österreichertum entgegentreten und die elastische Form der Gesellschaft wiederfinden. Der preußische Militarismus ist nicht schlimm, wie die gegenwärtigen militärischen Gegner des Deutschtums glauben machen möchten: er ist auch weitaus mehr eine seelische, denn eine politische Form, aber er benötigt den Ballast des österreichischen Individualismus, der Machtphilosophie, der egozentrischen statt der soziozentrischen Erklärungen. Aus dem einstmals politischen Gegensatz Preußen-Österreich im Deutschen Bunde, der heute im größeren Umfange wiederhergestellt erscheint, ist ein geistiges Gleichgewicht des Gesamtdeutschtums geworden, als dessen ausgleichende Hebelarme Preußen und Österreich funktionieren.

Lehre ich also den alten Preußenhaß aus den sechziger Jahren des vorigen Jahrhunderts? Ein Preuße könnte dies glauben. Ein Österreicher, weiß ich, versteht mich – aber auch nur der, den ich meine. Aber den Preußen meine ich eben gar nicht. Was hier gekehrt werden soll, ist nicht etwa ein innerpolitischer Kampf. Diese Zeiten sind wohl gründlich vorüber. Gesichtet wird: Ein geistiger Kampf, ein unentschiedenes Primat, ein Konflikt deutscher Tatstrenge und Reizmilde. Gelehrt wird das Aberdeutsche und das Überdeutsche. Gelehrt wird die Synthese aus dem Gegensatz; aber die Synthese besteht, wenn sie nie erfolgt; sie soll sich stetig komplizieren.

Dem Preußen wird gesagt, daß er da sei. Dem Österreicher, daß er da sein soll. Der Österreicher, aus deutschen, fremdstämmigen und fremdsprachigen Rassenresten abstrahiert, menschlich gebleicht, dann deutsch gefärbt, ist wissenschaftlich zwar keine Rasse: aber er hat Rasse. Ja, er hat sie in stärkerem Grade als der Preuße, der eine Konturierung, eine ausgezogene deutsche Linie, eine mit beinahe slawischer Hingabe bewältigte Waltung ist. Der Preuße ist ein höchstes Menschenergebnis; das menschlichere Ergebnis dürfte der Österreicher sein.

Der Österreicher ist von Verhältnissen erzogen, nicht von der Idee, nicht vom Manne, vom Plan. Darin liegen die Tugenden und Schwächen. Ein Reich, dessen territoriale und geographische Art nicht ein zweites Mal zu solcher züchtenden Arbeit wird gefunden werden können, hat aus Überbleibseln, Abhub, Versprengtem, Individuen und Genien eine Zucht geschweißt, einen Menschenschlag verkittet. Die Janitscharen, die orthodoxen Krieger des Moslemismus und Orients, waren Erziehungsprodukt aus Christenknaben. Im umgekehrten Wege: der Österreicher ist der Janitschar des Deutschtums.

Österreich und die Frau

Ein Reich züchtete einen Menschen. Nicht der Mensch baute sich ein Reich, als Kunstwerk und Symbol seiner Seele. Sondern das Reich, einmal von harten planenden und werkenden Eroberern aus Wunsch und Ostidee verkörpert, gliederte sich, im späteren Verlauf seiner eigenen diplomatisch-territorialen Ergänzungsmechanik überlassen, einen Menschen.

Die Babenberger, kaum weniger ein Schöpfer- und Herrengeschlecht als die Grenzer des preußischen Nordens, haben die Ostmark begründet. Eine solche ist das Reich geblieben, auch als es sich zu einem selbständigen staatlichen Organismus eigener Lebensfähigkeit ausbaute, sich selbst eroberte. Denn schon unter den Habsburgern bestand von altvorders her jene Atmosphäre, die dem Einzelnen jede auffallende Aktivität erübrigte und ihn für eine geschmeidige Behandlung und Auffassung des Lebens bereit machte. Österreich – von diesem Reich als territorialem menschenzeugenden Begriff soll hier die Rede sein: Österreich-Ungarn ist der *Staat* zu diesem Reich und natürlich das Produkt seiner Menschen – Österreich entstand nicht durch Eroberungen schlagfertiger Art, sondern aus "Verhältnissen", aus Ehen, Verschwägerungen, Erbschaften. Die Habsburger bereits sind Produkte des Reichsgemüts, in ihrem Ersten, Rudolf von der Habichtsburg, aber ein geschichtsselektionistisch erwählter Typus. Die Habsburger waren ganz militärisch, aber nie sonderlich kriegerisch oder eroberisch gelaunt. Sie waren abstrakt, geistig, verträumt und überkonservativ. Sind sie nicht der vornehmste und ursprünglichste Mensch einer allgemeinen Art, die heute verbürgerlicht, lebensfremd, eigenbrötlerisch, egozentrisch sich ins Kaffeehaus zurückzieht?

Die Habsburger sind überwiegend Chemiker, Astrologen, Literaten, Sammler und Mäzene, Theologen, Bürokraten und Militaristen nur als Ausdruck des Aristokratischen, in einer Spielart von Dandyismus gewesen. Es waren außerordentlich interessante Menschen von einem reinen menschlichen, weniger von einem historischen Gesichtspunkt aus. Philipp II. von Spanien, Rudolf II., Josef II., Maximilian von Mexiko sind Objekte der psychologischen und künstlerischen Forschung geworden. Der gegenwärtige Kaiser, den eine starke Neigung zur militärischen *Erscheinung*, einem ästhetischen Motive, zieht, ist persönlich und politisch friedfertig und nichts weniger als gewalteroberisch gelaunt. Schon der erste österreichische Habsburger, Rudolf I., selektionistisch zu deutscher Krone und zur Herrschaft in Österreich gelangt, ist der Träger eines starren formalen Rechts- und Gemütsstaates. Er hat die äußeren und inneren Züge des Ideotheologen. Gleicht er nicht verblüffend dem gegenwärtigen Präsidenten der Union, Woodrow Wilson? Alle jene Habsburger sind apart, sie fesseln nicht als höchste schöpferische Verwaltungsbeamte, als Strategen, als Eroberer, sondern als problematische Naturen, als verzwickte Charaktere, als Seelen, als mystische, oft hieratisch versteifte Denker. Im Bewußtsein des Volkes leben sie nicht nur als geschichtliche Daten, sondern als die Individualitäten, die sie sind. Diese ganz individual-geistige Eigentümlichkeit zieht sich durch bis zu den beiden jüngsten Erscheinungen, dem hochbegabten, originellen Kronprinzen Rudolf und dem ebenso, wenn auch anders begabten Franz Ferdinand, einer sehr merkwürdigen, verinnerlichten Natur. Diesem österreichischen Urwesen entspricht eine eigene Skala der geselligen Einschätzung. Der interessante Mensch gilt mehr als der aktive oder schöpferische Mensch. Der große Mann, der Genius, der gigantische Lebensarbeiter wird "verkannt". Man hat demokratische Umgangsformen für ihn bereit, die ihn erübrigen, einen Ostrakismos der Behandlung, der ihn in andere Arbeitsgebiete treibt. Die großen Österreicher werden erst im Ausland oder durch das Ausland. In einer Gesellschaft, in der die Grenzen zwischen Aristokratie und Bürgertum, Bürgertum und dem breiten Volke nur lose schwingen, in der das orientalische "Café", zuchtwählerisch vom Osten überkommen, volkstümlich abwertet, alle Schichten zur Fluktuation bringt, wo der Wissenschaftler und Weltweise, der Dichter, der Künstler die Distanzen zur kleinbürgerlichen Weltauffassung bei bestem Kaffee der Welt und forensischen Gesprächen verschwinden, wo die Brutwärme der Gemütlichkeit männiglich vermenschlicht, eine solche Gesellschaft hat für den Nimbus der großen Leistung kein Organ. Sie ist leutselig nach oben hin. Aber die Verschrobenheiten, die Verschiefungen, das "Leben", der Geschmack und die Leidenschaft eines Einzelnen genügen, ihn auch ohne die Leistung wirksam zu machen. Es ist gerade in Österreich weder Gotteslästerung noch Majestätsbeleidigung, zu sagen, daß der Geist des Café Griensteidl jener selber aus der Astrologenwarte und der Alchimistenküche der älteren Habsburger ist. Und Griensteidl ist heute noch nicht ausgestorben. Doch ist es in der Gegenwart schwer, zu entscheiden, welches der Cafés, ob "Zentral" oder "Museum" oder ein anderes, Adolf Loossches Café diesen Geist, der keineswegs so verdienstlos ist, wie ihn seine eigenen Vertreter brandmarken und auch nicht weniger nutzlos wie jener Alchimistengeist, heute am reichsten und fruchtbringendsten entfalten. Nicht die aktive, nicht die schöpferische Person ist für Österreich die große Person; sondern die interessante Person. Der Krieg hat für eine Weile die andere Ausstattung zur Geltung gebracht. Nach dem Kriege wird Anatol, der Schnitzlersche Typ eines Österreichertums, dem sich wahlverwandtes Jüdisches bewußtseinsfördernd, dadurch zugleich lähmend und vertiefend angefärbt hat, wieder ins Café zurückkehren. Und es wird auch dann das Schlimmste nicht sein. Das Abgedämpfte inmitten der Vibration des Entwicklungsdampfes, inmitten Unmuße und Rastlosigkeit ist vielleicht ein geistiger Ruhepunkt, eine Treue gegenüber Menschlichem. Denn letztlich ist auch Anatol, der Mann der Verhältnisse in jeder Beziehung, ein Eroberer. Um Österreich zu gründen, zu erhalten, zu dehnen, hat es der Galanterie und einer Grazie bedurft, die nur wieder hierlands daheim geworden ist.

Welches ist nun die Person, die weder aktiv noch schöpferisch ist, und dennoch stets interessant bleibt? Ist es nicht die Frau? Ist nicht die Frau geradezu ein Inhalt, ja Gehalt des Österreichischen? Auch auf einem anderen Wege werden wir zu diesen Aussichten und Schlüssen gedrängt. Während im Norden zölibate Männer, Rittermönche, einen Staat gründen, eine Lebensform, ein Tugendverhältnis und ein Entwicklungsprinzip festlegen, erfolgt im Osten durch babenbergische Kavaliere die Gründung eines Reiches. Aber ist schon diese Gründung nicht eher eine Reichsentdeckung, eine Empfängnis der Idee, die aus der Gliederung eines Territoriums, aus Bewegungslinien der Flüsse und Gebirgswellen, aus Verbindungschancen, aus *Verhältnissen* sich von selber aufdrängt? Nach der ersten ist keine folgende Kraftanstrengung mehr nötig. Einer im voraus gegebenen Anmut eines imaginären Donau-Alpenreiches gelingt das Wachstum in die Wirklichkeit mühelos. Sie zieht an, sie reizt förmlich das noch Fehlende zu sich heran. Sie fesselt es mit Weichheit, mit dem leidenden

Zug ihrer Entbehrung. Das Reichsgebilde, das endlich zustandekommt, hat ein Wesen vom Weiblichen, und gleich ihm hat es auch sein Geschöpf, der *Reichsmensch*. Die Wärme seiner Form, die Drucklosigkeit an den Reibungsstellen der Gesellschaft, kommen allmählich als durchgebildete Eigenschaften eines unwillkürlichen Systems zu Reife und Ausdruck. Es zeigen sie Politik und Wachstum des Reiches, es zeigen sie die der Gründerzeit folgenden Herrscher und die immer glatter und gegenstandsloser werdenden Seelen der Bürger. Der Kontur schwingt ergeben-ergiebig wie ein österreichisches Landschaftsbild im Reichischen. So gelangen wir denn wieder zu dem preußisch-österreichischen Gegensatze, von dem wir deduktiv ausgegangen sind, induktiv zurück. Seine Polarität mündet in die Uranalogie des Männlich-Weiblichen.

Man hat seit den nicht mehr anzuzweifelnden Beobachtungen Schopenhauers und Weiningers von männlichen und weiblichen Völkern gesprochen. Das deutsche Volk macht in seiner Gesamtheit den Eindruck von Männlichkeit; weil nun seine Männlichkeiten in einem Typus, dem Preußen, ganz besonders entwickelt sind. Ohne Zweifel ist andererseits durch die Wirkung des Ostreichs manches im mischgermanisch Deutschen auf selektionistischem Wege wenn nicht verweiblicht, so doch erweiblicht worden. Die slawische Urrasse, die mit altaischen Elementen das Objekt der österreichischen Durchdringung gebildet hat, war an und für sich nur ein schwesterliches Abbild des Germanen, dessen gesamte körperliche und geistige Züge sie in zarterer Form trug. Das rote Haar war blond, die *acies oculorum*, die den Römern einst so aufgefallen war, haftete dem lieberen blauen Auge des Slawen nicht an. Die hohe Statur und Schlankheit war nicht so sehr mit Knochigkeit und Sehnenkraft durchdrungen, der Slawe war ein lieblicheres Abbild seines germanischen Bruders. Ein Teil der Polen, der Litauer und Letten hat solchen Ursprung auch heute noch in seinem angenehmen Äußeren beibehalten. Ihre schönste Kraft aber hat die slawische Schwester dem Reichsmenschen vererbt, in dessen kapriziöser Frauenart, operettenhaft im "süßen Mädel" vulgarisiert, sie noch oft gerade zur Freude der Ernsten auftaucht. So hat die Reichsrasse nicht nur vom strom- und am gebändigten Leben Form erhalten, sie hat aus edlem Slawen- und verzücktem Kalmückenblut, dem andern herrschenden Einschlag, auch eine Fakultas zu solcher

Lebensform mitgebracht und eine rassisch milieumäßige Anpassung erfahren.

Sprechen wir vom Reichsmenschen als im ganzen weiblicher Erscheinung, so sagen wir nur einen Allgemeinbefund aus, der nahezu schon Schlagwort und Vorurteil geworden ist. Was vom Österreicher Gutes gehalten wird, konzentriert sich für den fremden, auch den deutschländischen Geschmack, auf die Frau. Man kommt nach Wien und in die reizvoll erregten kleineren Provinzstädte, Salzburg, Innsbruck, Prag, Graz und Budapest – jede ein reichisch dressiertes, abwechslungsreiches Stück Asien, Orient, oder doch fremde Welt, Frauenwelt! für sich – man kommt dorthin, um ein kleines erotisches Abenteuer zu pflegen. Der deutsche Verleger verlangt voraussetzungsvoll allerhand reiche, elegante, bestrickende Dinge als österreichische Literatur vorgelegt. Man lauscht, was die österreichische Frau sagen wird, wie sie es oder ihn gerne mag. Was der Mann zu sagen hat, wird auswärts nur soweit interessant und ernst befunden, als er es von der Frau oder über das erotische Grundthema sagt. Kurz, man betrachtet als Vertretung Österreichs die Frau. Und man hat den guten Instinkt dabei. Die deutsche Frau, die in Anbetracht der Männlichkeit der gesamtdeutschen Nation etwas männlich geraten ist, die sehr herbe, väterliche Züge besitzt und das Mysterium der Goetheschen Mütter mit beinahe frauenbürokratischer Strenge verwaltet, nun, die deutsche Frau hat in der Österreicherin zweifelsohne den einem Volke so notwendigen extremen Pol erst erreicht. Zur Entfaltung lebhaften erotischen Lebens gehören die Mischung, Fremdheit, gehören der nordische Mann und das jüdische Weib. Dies ist einer der Gründe, der dem jüdischen Mädchen gerade in nördlichen Ländern die Liebe und den Heiratsmarkt unterwirft. Es ist auch der Grund, der alles Erotische zu einer gleichsam österreichischen Spezialität macht. Die Eroberung, auch die politische, trägt Spuren der erotischen Beziehung. Die *Haßliebe* von persönlichen Gegnern, die man im Verlaufe von Wiener Literatenkriegen, aber auch in dem merkwürdigen System des Verkehrs zwischen politischen Feinden, in der Reibung von österreichischen Nationen beobachten kann, ist tiefste österreichische Seele. Die Mischung der Rassen und die eigentümlich gesellende Wirkung des Erdreiches, die dem Manne statt Strenge Bizarrerie, Barockheit (gebrochene Strenge) und verinnerlichte Wildheit gaben, haben den Frauentypus zu einer mitteleuropäischen Klassik geschmeichelt.

Steigen wir in die geschichtlichen Tiefen zu den *österreichischen Müttern*. Die Eroberung Preußens, dann des Deutschen Reichs geht hart, sachlich, feindselig, erbittert vor sich. Österreich wird durch ein in jedem, auch dem männlichen Falle erotisches Moment. "Mögen die andern Kriege führen, du, glückliche Austria, gewinnst durch den Brautschleier", sagt ein alter Spruch. Selbst wenn man annimmt, daß ein Teil der Heiraten vorsatzgemäß politischer und materiell kalkulierender Natur war, bleibt doch dies Erotische als Mittel, die Neigung, im Geschlechtskampf die Entwicklung zu ersetzen, die sonst durch den Waffengang entschieden wird. Der Brautschleier einer Markgräfin spielt schon in alter Babenbergerzeit eine geschichtliche Rolle. Burggründung, Land- und Burgvergebung sind mit seinem Symbol verknüpft. Frauenwünsche, Frauenliebe, Frauenfluch und -segen bestimmen umstürzende Vorgänge. Kriemhild, die liebe, furiose, sinnliche Kriemhild könnte heute eine Schauspielerin vom Schlag der Niese sein. Ihre ungebundene, erotisch-ekstatische, temperamentvolle Seele tollt auch heute noch durch die donauentsprossene Kultur der reichischen Städte. Kriemhild war damals schon, was man heute den "feschen Kerl" nennt. Gunther, ein anständiger Mensch, zeigt schon das zögernde, denkende, im endlichen Entschluß katastrophierende Halbtempo des Österreichers. Erinnert er nicht wieder an Anatol? Das mittelhochdeutsche Nibelungenlied ist von der Edda genau soweit entfernt wie wir. Es ist ein österreichischer Gesellschaftsroman, den heute Schnitzler geschrieben haben würde. Der "Liebe Lust und Leid" macht Politik, bringt Gesänge aus Volker, dem Dichter, hervor; Staaten fallen und entstehen aus Psychologie; Hagen, dieser Erzpsychologe, finsterer Literat, Sittlichkeitsfurie, zugleich aber höchster Politiker, wird einmal Metternich als Nachfolger haben. Aber auch Kürnberger und Grillparzer kündigen sich an, und in einer der reichischen Städte wird man überpsychologisch sein, Rassenmischung wird die introspektive Anlage des Germanen verschärfen und ihr inneres Objekt bieten. Burgen wachsen an der Donau, Reben dabei. Man zieht in eine hunnegarische Großstadt zur Hetz; Orientalisches dringt auf fröhliche Sinne und gern erneuerten Geschmack ein. Weltkrieg wird aus Familiengeschichte, Fürstenmord stürzt Völker im Donaubereiche ineinander, heute wie gestern. Es ist ein stetes Schicksal und eine ewige Form, und man könnte Kabbalist werden und Orthodoxer des Symbols, wenn man sieht, wie untrennbares Wesen aus einem Erdreich quillt und sich in geschichtlichen Geschichten wiederholt. Die Gestalten des Liedes und die meisten Namen entstammen der Edda, einer uralten germanischen, oft überarbeiteten Romanbibliothek. Aber die Gestalten sind nur soweit im Liede germanisch, als eben Germanisches grundlegend im Volksblute pulst. Sie sind deutsch, enger, österreichisch. Auch der Cäsar Shakespeares ist kein Lateiner, sondern ein englischer Lord und Generalissimus. Der österreichische Liebes- und Geschichtsroman des Nibelungenliedes bleibt typisch. Obwohl im Liede als Ausländer, als Zugereiste, aufgefaßt, sind die Burgunden doch österreichische Kavaliere vom Scheitel bis zur Sohle.

Walter, der Vogelweider, sang Minne und Politik. Gehen wir schnell wieder nach vorn. Im üppigen Liebreiz der Maria Theresia, Mutter und erotischer Person, wird sich diese Verbindung wiederholen. Ungarische Magnaten, hingerissen von einem Fürsten, der sie als Frau und Schönheit "erobert", werden ihr Land für ewig dem Frauenreiz Österreichs verschreiben und das Gelübde sanktionieren.

Slawisches, Asiatisches blitzt aus den verhängten Augen deutschsprechender Mädchen und Frauen. Das Leben ist erfüllt von Erotik. "Verhältnisse", eine Wortprägung österreichischer Herkunft, Verhältnisse von Menschen untereinander, eine erotische Spannung auf jeden Fall, erklären, fördern, hindern vieles. Österreich und die Frau, dies wäre ein Stoff für einen Lexikographen, so unerschöpflich quillt Erinnerung und Anschauung beim Anschlag dieses Tones, allzu ergiebig für die Fassungskraft dieser kurzen anregenden Schrift. Das Kleid der deutschen Frau, die oft genug gut bekleidet, aber selten gut angezogen ist, empfängt von der südlicheren Abart deutscher Weiblichkeit Schnitt, Idee und Putz. Aber es ist nicht allein die Augenweide, die Österreich von der Frau und für die Frau spendet. Es ist auch immateriell und duftig im Materiellsten. Es kennt und betreibt eine Kochkunst, die in dieser Form für Deutsche unter die ersten notwendigen Bestände eines Kulturlebens fällt. Nur Österreich konnte einen Peter Altenberg, den Philosophen des Physiologischen, hervorbringen. Was sonst über Schöngeistigkeit und sinnliche Form zu sagen ist, übergrenzt bereits in das nächste Kapitel, in die Zusammenstellung und Frage: Österreich und der Mann.

Österreich und der Mann

Was hat Österreich dem Manne zu geben, seinem Manne, dem deutschen Manne, zuletzt dem Manne im allgemeinen? Wir nehmen diesmal die Antwort vorweg und finden sie nachher aus. Österreich gibt dem Manne keine Arbeitsmethoden wie das übrige Deutschtum, aber es gibt ihm zu einem guten Teil seine Genüsse. Dieses Geschenk sieht auf den ersten Blick recht unmännlich aus. Aber dem ist nicht so. Die alten Herrenvölker, an deren Mannbarkeit man allerdings zweifeln könnte, liebten die Arbeit keineswegs. Sie waren Erfinder, Unternehmer, Initiatoren; sie regten an, aber sie überließen die Ausarbeitung den Knechten, fremdrassigen Unterworfenen. Diese herrische Ader, ein Erbstück der tüchtigen alten bajuwarischen Raubritter, speist auch heute noch die Herztätigkeit des Österreichers. Er hat eine Neigung zum Kavalier. Er hat viele und gute Gedanken, er produziert verschwenderisch umfassende Ideen und Pläne, beobachtet scharf und schließt mit glücklicher Intuition. Das Ausfüllen des Planes, die kluge Praktik, die Treue zur Kleinigkeit, die den andern Deutschen auszeichnet, besitzt er nicht und achtet er kaum. Er ist in diesem Falle eine Frau, deren Geschicklichkeit und Grazie, so blendend im eigenen Bereiche, so sofort grotesk und übereckig verlassen, wenn sie Männliches tun soll; während es männlich ist, auch ein fremdes Geschäft mit angängiger Geschicklichkeit zu erledigen. Es ensteht darum die Frage, ob jene Beschränkung aufs Intellektuelle nicht eher herrisch als männlich ist; wir wollen die endgültige Entscheidung darüber, so pikant sie ausfallen mag, den Geschlechtsphilosophen überlassen. Ein Herr braucht kein Mann zu sein; gar oft bedient ein Mann in seinem Herrn ein Frauenzimmer. Herrenrassen waren auch weiblich veranlagte Rassen. Aber ein außerordentlicher kombinierender, gestaltlich phantasierender Geist muß als ausgeprägt männlich angesehen werden. Die Germanen lagen auf der Bärenhaut, "genossen das Leben", tranken, spielten und redeten groß. Sie waren stark literarisch, charakterisierten ihre Vorstellungen in einer vollendet ausgebauten Sprache und stritten verstiegen im Wortgefecht um höchsten Wert und Sinn des Menschenlebens. Und gerade diese männliche Dialektik ist es, die noch heute den tüchtigen Geist des Österreichers umfassend spiegelt. "Geistig herrisch", so könnte man den Österreicher nennen. Literarische Gaben, Leichtigkeit und Zusammenklang des abstrakten und sinnlichen Worteinfalls sind vielleicht der letzte, wenn auch stärkste Rest seines Germanen. Denn schon seine Musik ist nicht mehr germanisch-arisch.

Das Herrisch-Herrliche des österreichischen Geistes, das an einem Grillparzer oder einem Kürnberger so unproportioniert aber anziehend, gleichsam wie eine geistige Adlernase, germanisches Reststück, hervortritt, meidet während Krämpfen, Zweifeln, Anläufen, Rucken und Zusammenbrüchen, die es am Wege zur Ausführung erlebt, die Mühe des Gusses. Es bleibt ihm beim Erguß. Unvornehmer Schweiß, Hitzen, Brandwunden und Stoffdruck, Quetschungen am Objekt fürchtet es wie das Nichts. Darum hat dieses Reich, das sich einen runden Menschen züchten konnte, aus ihm keinen einigermaßen gleichwertigen Staat aufsprießen lassen können. Was immer sich Staat nennt, ist in Österreich schleppend, ungenau, ja leer, gleichwie ein halbmöbliertes, schön gelegenes Zimmer. So groß Anlage und Erfindung des Staates in diesem Reiche auch immer sind, so unbrauchbar ist nahezu jede der einzelnen Maßregeln. Der Krieg, diese preußische Gehschule für Österreich, hat vieles geändert; aber bei weitem nicht alles. An vielen Unglückspunkten des Systems ist er geradezu eine Ausrede für Untüchtigkeit und Faulheit geworden. Da jeder Herr sein will, will keiner arbeiten. Das alte Dienstbotenverhältnis aus der Erobererzeit ist aufrechterhalten. Auch heute sagt der Unterschichtige zum nur einigermaßen Oberschichtigen: "gnädiger Herr", und begrüßt ihn mit der devoten Formel: "Ich küsse dir die Hand." Dies trotz der demokratischen Beweglichkeit der Gesellschaft, die alle Schichten an den Grenzen verwischt. Der österreichische Demokratismus ist aber keine Gleichordnung, er ist eine Unordnung. Die Gesellschaft ist wenig sozial (dies ist keine Tautologie), sie ist wenig "Gesellschaft", sie ist beinahe chaotisch. Das Grundverhältnis ist auch nicht Lohn zu Arbeit, sondern Geist zu Arbeit. Aber dieses Chaotische, Isolierende, Asoziale, das seit jeher jedwedes Individualisieren, doch auch jede Protektion, Gelegenheitsregierung, eine Abart psychologisches Panama, wo Einzelseele mit Einzelseele übereinkommt, fördert, hat auch eine sympathische und gute Seite. Wo Staat versucht wird, ist er steif, unfleißig, müde. Aber an seiner schöpferischen Stelle wirkt hier eine gewisse Unstaatlichkeit, die Ideal werden könnte und in der Tat von jedermann, Einheimischen und Fremden, wohltuend vor anderen Staaten empfunden wird. Es scheint, daß gerade hier einer der vielen seltsamen Reize des widersprüchlichen Österreichs für manchen Fremden liegt. Und dies ist eine große Sache; denn die Zukunft des Staates ist nicht der Absolutstaat, die Verstaatlichung, wie plötzlich unsere kriegsmobilisierten Denker uns wähnen machen möchten, sondern die Entstaatlichung. Die Talentlosigkeit österreichischer Verwaltung ist ein Pech für jeden Betroffenen; aber ein ständiger Glücksfall für jeden, der ihr nicht in den Weg treten muß. Hier liegt ein tiefes soziales Problem gebettet; wenn man es vermögen könnte, aufzustehen! Mit dem Vorwurf der Schlamperei ist Österreich nicht erledigt. Es ist eine ferne Ahnung von Menschlichem im Österreicher, die ihn derart zeichnet. "Schlamperei aus Geist" könnte man vorderhand verteidigend sagen. Aus Geist, letztem Aristokratismus der Seele, wird ein Herren- und Dienstbotenverhältnis aus Tagen wirklicher genialer Rassenvorherrschaft prolongiert, das aus Geist wieder undurchgeführt bleibt. Mancher Germane dienert vielleicht heute vor seinem Tibetaner. Aber *Demoanakratie* schützt ihn wieder vorm Letzten; er ist selbst irgendwo "gnädiger Herr". Aus Gesellschaftsformen ist eine Förmlichkeit geworden, die durch gesellschaftliche Formlosigkeit derart erübrigt ist, daß sie nicht einmal abgesetzt werden braucht. Die Formeln sind alt; und bleiben natürlich gut genug, solange ja nichts da ist, das, neue heischend, sie absetzte. Wozu neue Formeln, wenn überhaupt keine Form da ist? Hierin klingt Zukunftsmusik.

Der Österreicher ist anarchisch-konservativ. Denn man ist leicht konservativ, wo keine Archie da ist oder doch keine empfunden wird. Darin spezialisiert der Österreicher wieder den allgemeinen Deutschen. Er besitzt, wie man sieht, in seinen jetzigen Lastern Zukunftstugenden. Das Stärkste hielt ich zurück: nirgendsher kommt heftigere Klage über den modernen Mechanisierungsprozeß denn aus Österreich. Dies ist gewiß unrecht. Denn die wahre Mechanisierung wirkt nicht geisttötend, sondern geistfördernd. Aber inmitten der drohenden

Geschäftigkeit der Nachkriegsjahre ist das "Tut Muße!" des Österreichers eine Mahnung, die jeder Geistige wird verbreiten helfen müssen.

Diesen *freistaatlichen* Genuß bietet Österreich dem Manne. Wir haben ein Reich vor uns, das mehr erobert hat als das deutsche, in der europäischen Verkleinerung ebensoviel wie das britische und russische Reich. Und dennoch hatte es keinen sibirischen Jermak und keinen indischen Warren Hastings. Es hatte auch keinen vollendeten Staat, niemals eine glänzende und überzeugende Gesellschaftsordnung, die gereizt hätten: und hat dennoch methodisch erobert und bewahrt. Denn es spendete dem Manne Genüsse, Genüsse nicht von rohem Leben, sondern an jener geistigen Grenze, wo Lust Schöpfung wird, pures, anscheinend träges Dasein ein Hinaufsein, wo ästhetische Werte sittliche werden und der Spezialist Mensch ist. Es spendet seine Genüsse in seinem Allausnahmssozialismus, seiner Demoanakratie, seiner Erotik, seiner Dialektik, seiner Literatur, Kunst und Musik.

Von diesen Gaben sind die beiden letzten Umgestaltungen. Die ersten sind die Schöpfungen eines hohen, überragend sich stellenden und schaffenden Geistes, den wir den "Germanen" nennen. Der Germane hatte und hat hauptsächlich diese eine Begabung, die der Organisation. Alles andere war vor ihm dagewesen, er selbst besaß es in diesem Ausmaße nicht. Solcher Begabung entspricht die soziale und literarische Ausbeute des germanischen Genies. Musik und Kunst sind kein ursprüngliches Gewächs germanischer Herkunft. Sie werden erst dadurch so außerordentlich entfaltet, daß die Sinnlichkeit von Aug und Ohr fremdrassiger Völker in die Organisationswirkung des Germanen geriet.

Was aus der so oft gescholtenen Rassenmischung Österreichs schließlich als ein Erfolg, der nicht bestritten und nicht getadelt werden kann, hervorgeht, ist seine Musik. Der reine Germane hatte zwar Musik, wie denn überhaupt kein noch so unbegabter Stamm zu finden wäre, der nicht alle menschlichen Fähigkeiten im Keime besäße; doch ist die Anlage durchaus verschieden gediehen. Der Deutsche ist liederfroh, aber er ist nicht sonderlich sinnlich musikalisch. Man höre ein deutsches Regiment singend dahinziehen. Es fällt auf, wie gering hier Gehör im Verhältnis zur Sangeslust ist. Je weiter man in das reine Germanentum hineingeht, desto geringer wird, bei immerhin gleichbleibender Freude daran, die musikalische Gabe. Engländer und Skandinavier sind Musikliebhaber und Mäzene. Aber sie sind weder vermittelnd noch schöpferisch musikalisch. Der Deutsche und sein schöngeistiger Spezialist, der Österreicher, haben dagegen hervorragende musikalische Werte geschaffen. Dies ereignete sich, als das sinnliche Gehör fremder Rassen sich mit der mächtigen organisatorischen Phantasie des Germanen vereinigte. Es entstand die deutsche, die österreichische Musik. Welche Rassen dies waren, ist heute noch unaufgeklärt. Doch unterscheidet man deutlich zwei Musikwellen, von denen die eine aus Asien, die andere in vorhistorischer Zeit aus Afrika nach Europa hereingeflutet waren. Ein negroider Menschenschlag, der Südwest- und Westeuropa bewohnte, hat den romanischen Rassen ihre Musik hinterlassen. Eine asiatische Musikwelle, die vielleicht am stärksten in den südrussischen Völkern, den heutigen Ukrainern, nachklingt, hatte den später germanisch-slawischen Kordon Osteuropas überschwemmt. Danach hat sich auch die Struktur der Musiken kristallisiert. Die sogenannte deutsche Musik, eine Abkommin der asiatischen Urmusik, scheint heute im Rückgang begriffen. Die negroide Musik Frankreichs und Italiens, die für Deutschland mit dem auch äußerlich negroiden Beethoven beginnt, und von einem sehr musikalischen negroiden Judentum genährt wird, gewinnt heute an Boden. Hierher gehören Debussy, Schönberg, Richard Strauß. Es muß an dieser Stelle festgestellt werden, daß in dieser Schrift nicht Rassenwertung, eine recht verzweifelte Angelegenheit, sondern Rassentypik getrieben wird. Die Bezeichnung "Neger" und "negroid" klingen unserm europäischen Vorurteil wie Beleidigungen. Aber dies mit Unrecht; der Neger, wenigstens gewisse Rassen des Negers – die Schwärze macht nicht den Neger; unter den Schwarzen befinden sich Rassen, die ebenso verschieden sind wie ein Sioux und ein Friese – haben eine uns noch unvorstellbare Zukunft. Hier kommt wieder einmal der alte geniale Gobineau zu Ehren. Gobineau hat nämlich bereits jedes Künstlerblut als negroiden Einschlag, als psychophysischen Rest einer europäischen Rassenhefe begutachtet. Heute nehmen wir hinter dem rein organisatorisch veranlagten reinen Arier eine südliche und eine östliche geheime Künstlerrasse an, deren Talent sich zu den modernen europäischen Schöpfungen auswuchs, als die gotisch-germanische Phantasie sich seiner bemächtigte. Eine rein germanische Kunst ist die Architektur; die am wenigsten emotionelle und am meisten intellektuelle "Kunst", die schon nicht mehr Kunst, sondern Organisation zu nennen ist, aber gerade darum für unser Erleben zur nahezu bedeutendsten Kunst wird. Die "gotische Idee" gärt die Talentkeime fremder Rassen durch und schafft neue europäische Begabungen aus ihnen. Es ist kein Rückgang, sondern ein Fortschritt, wenn das zurückgestaute negroide Element unter den günstigen Blähungen der Gotik sich schließlich zu den ungeheuren, nur als dieser Kombination verständlichen Leistungen moderner Künste ausweitet. Gleich der Musik hat auch die bildende Kunst, wohl nach Abebben der apokryphen asiatischen Kunstwelle, eine negroide Richtung eingenommen. Von der auffallend negroiden Holzmalplastik des alten Spaniers ausgehend, über den gotischen Greco und die modernen französischen Farbenkomponisten bis van Gogh und bis Oskar Kokoschka ist eine fortschreitende Durchdringung zweier Anlagen, einer sinnlich-negroiden Stoffanlage und einer heroisch-gotischen Organisationsanlage bemerkbar.

Van Gogh malt aus Trieb, aus innerem "Gesicht" nahezu lauter Negerschädel, afrikanische Landschaften und Farben. Was über Gauguin zu sagen ist, der vielleicht im Pazifik die ideale Negerrasse kennengelernt hatte, ergibt sich von selbst. Kokoschka malt Figuren wie von indianischen Totems. Seine "träumenden Knaben" könnten eine südamerikanische Bilderschrift darstellen. Da die Rasse der Atlantis, die vielleicht hochbegabte zugrunde liegende negroide Künstlerrasse mit ihrem Kontinent zugrunde gegangen ist, haben wir keine Verbindungslinien mehr zwischen den seltsamen Übereinstimmungen verschiedener Menschlichkeit. Man darf daher wie Gobineau, der als gotischer Baumeister vor den Ziegelträgern der Wissenschaft so wenig Gnade findet, vom Beobachten zum Denken übergehen. Denn Denken heißt: ich vermag ein Problem durch seinen sinnlichen Eindruck nicht zu lösen; nun, so löse ich es durch den geistigen Ausdruck. Womit wir uns auf gespenstische und überraschende Weise vor der negroid-gotischen Art *unserer* heutigen Künstler befinden.

Die germanische Organisation ist jener dialektischen Steigerung – auch Dialektik ist wieder Organisation – fähig, in der sie die, ich möchte sagen, "*schweigende Organisation*" schafft. Diesem Typ der "schweigenden Organisation" begegnen wir in dem "Ohnstaat" des Donaureiches, in seiner ungesellschafteten Gesellschaft. Wir begegnen ihr in seiner Musik, in Schönberg und Richard Strauß, einer Musik, die bei höchster "Verstaatlichung" der Töne eine höchste Freiheit derselben walten läßt. Wir treffen sie auch und gerade bei österreichischen Literaten. Ich nenne Georg Trakl, Theodor Däubler und die Prosa Paris Gütersiohs. Über diese Erscheinung, die zeigt, wie gerade aus Österreich für ein geistiges und künstlerisches Deutschtum "Eroberungen" kommen, ein gotischer Verbrauch fremdrassiger Begabung und Dienstbarkeit, wäre hier etwas zu sagen.

Georg Trakl ist ein Salzburger, Theodor Däubler ein Triester, Gütersloh ist ein Niederösterreicher. Keiner ist Wiener. Die Gesänge Trakls, der auch in seinem Äußern als Mann von auffallend negroider Bildung erschien, erinnern in ihrer "wortfängerischen" Art – der Wortwitz ist bekanntlich bei den höheren Negerrassen kunstvoll ausgebildet, wie es ihrer sprach-sinnlichen Empfindsamkeit entspricht, und ein wesentlicher Teil ihres Humors – an afrikanische Poeme. Die Sprache ist hier auf ihre reine Sinnlichkeit zurückgebracht, auf ihren Stellenwert, ja ihre Hör- und Sichtbarkeit als "Literatur", als Geschriebenes. Zugleich ist sie in einem neuen und höchsten Ausmaße organisiert. Naivität und Gliederung bezeichnen diese Kunst, wie sie die unserer Maler und Musiker bezeichnen. Ein Gedicht von Trakl bringt den Tonfall des "Niggersong" in Erinnerung, die Melancholie amerikanischer Negerweisen:

> Am Abend hört man den Schrei der Fledermäuse.
> Zwei Rappen springen auf der Wiese.
> Der rote Ahorn rauscht
> Dem Wanderer erscheint die kleine Schenke am Weg.
> Herrlich schmecken junger Wein und Nüsse.
> Herrlich: betrunken zu taumeln in dämmerndem Wald.
> Durch schwarzes Geäst tönen schmerzliche Glocken.
> Auf das Gesicht tropft Tau.

Aus einem Gedicht von Däubler tritt die deutsche Sprache als Naturerscheinung. Sprechdenken wir ihm nach:

> Das Sprechen, Versprechen, ein Sterbensverbrechen,
> verkleidet, verkleistert verderbliche Schwächen.

Die kläglichen Reden verkleben, verpechen
die kräftigen Griffe mit brennenden Bächen.

Man könnte dies für einen billigen ernsteren Wortwitz halten. Die Wirkung ist ein Irrtum des Aufnehmenden, der Vorgang ist eminent künstlerisch. Worte sind hier konzentrische Räume, die sich nach und nach lüften; eine Kinoleinwand, an der ein Film nicht seitlich vorbei, sondern aus einem Hintergrund, der nicht tiefer ist als die Leinwand, auf uns zu verläuft; Worte stecken wie Noten nicht nebeneinander, sondern ineinander, Töne quellen aus Ton schlechthin, sich ablösend, aufnehmend, übergehend; es ist eine unendliche Deteleskopierung. Wahl ist hier nicht, wie der Laie glaubt, Zufall, sondern Qual. Zufall ist das Sinnliche. Die Organisation ist sogar übertrieben. Es ist, was ältere Philosophen, auf Weltganze münzend, Entelechie nannten. Für eine sinnliche naive, organisatorisch übertrieben strenge Prosa soll hier auf die merkwürdigen Arbeiten von Gütersloh verwiesen sein.

Es ist, möchte ich sagen, ein Lebewesenstil. Ein Samentierchen bleibt gleichsam während seiner ganzen Dauer ehern lebendig, immer das gleiche, nie dasselbe. Existenzen, Generationen paffen auf, brennen ab. Jede krepierende Existenz schrumpft auf ihr Laut-Samentierchen zurück, das mit Plötzlichkeit zur Existenz schwillt, wieder krepiert und wieder eine Variation entfaltet. Es ist sehr schwer, dem Laien den künstlerischen Vorgang begreiflich zu machen; er muß sinnlich, ja in der mechanischen Analogie, als Raum oder Tastvorgang empfunden werden. Einfache Völker, die tatsächlich dümmer sind als wir, verstehen ihn von vornherein; auch das Kind, auch der Träumende.

Unsere Schwerfälligkeit ist durch unsere germanisch-unkünstlerische Vorherrschaft verursacht. Im Verhältnis zur neuen ist unsere frühere Kunst kaum vorhanden. Durch das Bodenrassige wird Künstlerblut. Da die Organisationsgabe in der Mischung sich spannend steigert, ist es nicht schlimm. Mit dem reinen Germanen würden wir nicht weit kommen. Wollten wir ihn aus der heutigen Mischung herauskochen, würden wir nur einen sehr gefährlichen, listigen, faulen und viel und gescheit redenden Straßenräuber erhalten, den der nächste Schutzmann ins Loch stecken müßte.

Dieser Gegenstand wurde hier genau behandelt, um zu zeigen, daß die Mischung dem Reichsmenschen Eigenschaften verliehen hat, die ebensooft fragwürdig als, bei hervortretender Mischung, schöpferisch sind. Und die Mischung tritt hervor. Der Krieg hat nicht, wie mancher Deutschtümler meinte, diese Strebungen der Kunst wieder unterdrückt und "Gesundheit" zu ihrem Um und Auf gemacht. Hamerling war, wen's zu hören freut, genial, und Peter Rosegger ist ein Dichter. Aber der Krieg, der aus jenen andern Seelen entstand, hat sie auch beglaubigt. Nur ihre Spannung ist jene des heutigen Imperialismus. Es ist eine durchaus imperialistische Kunst im höchsten Verstande. Und man könnte gerade ihr nicht schlechtweg vorwerfen, daß sie ungermanisch sei. Dies ist nur die Meinung sich selbst verratender Halbmulatten und Möchtegern-Germanen. Edda und Skaldenpoesie sind in jenem wortsinnlichen Stile geschrieben. Wir stellen neben die Verse Däublers die folgenden des Skalden Egil:

> Spröde wähn ich die Schöne.
> Schlecht ward sie gerecht mir.
> Buschige Braun zu Fraun einst,
> Björn, weißt's, hob ich dreister.
>   Berge jetzt Antlitz's Erker
> Ach, im Pelz voll Schwachheit:
>   Gern selbst hätte der Götter
>   Gerfürst wohl die Hehre!

> Äste Feind, der Ostwind,
> Ewig pfeift vorm Steven.
> Aufwühlt Ägirs Wellen,
> Eisige, Sturmes Meißel.
> Stets um Meerschwans Steuer
> Frostige Stürme tosen.
> Brandend flog ums Bugspriet
>   Brüllende See ein Fülle.

In der Komposition, nicht durch die auffallende lautliche Wiederholung ähnelt diese alte und jene neue Literatur sich überraschend. Diese wie jene ist maximal organisiert, "gequält", wie wohl jemand sagen würde; aber sie ist das Gegenteil, gefunden, wenn auch erlesen. Die alte gotische Baukunst hat erst heute in Musik und bildender Kunst entsprechende Begleitung gefunden. Die Literatur in Österreich schickt sich an, die gleiche Besessenheit walten zu lassen und falscher deutschtümelnder Einsprüche zu spotten. Skaldenpoesie mag die Gegner beruhigen. Ob freilich jene Skalden inmitten eines unmusikalischen Germanentums nicht freigelassene Negersklaven hoher künstlerischer Begabung waren – wir wissen, daß die Normannenheere von ausgesuchten Afrikanern wimmelten – wäre noch die Frage. Die meisten Skalden werden als "von dunklem Ansehen", und "schwarzhaarig und häßlich", auch als klein und muskelschwach beschrieben. Schon damals könnte negroider Einschlag zu germanischem Organisationswillen jene zugleich kühne und formharte Literatur der Skalden geschaffen haben.

Mischung der Seelen erzeugt Melancholie, zeugt Musik. Wie die Mischung mißlang, wo sie Schlimmes gebar, in Wien, in der Wiener leichten Musik, zeigt eine nächste Abhandlung. Zur Oper Österreichs gibt es auch eine bös mißlungene Operette Wien.

Österreichischer Geist, sehr deutscher, ja germanischer Geist an einem deutschen, ganz ungermanischen Körper schafften Großes. Der Österreicher ist der Spezialist für ein gewisses geistiges und künstlerisches Deutschtum. Daraus besteht seine Anziehungskraft, seine Schöpferkraft, aber seine Unvollkommenheit in jedem Stofflichen, das nicht dem Genusse, das ist der geistigen Erregung, dient. Österreich ist eine Menschlichkeit, eine deutsche Menschlichkeit. Preußen ist eine Fasson, wenn auch eine echt deutsche und einseitig verdichtete Fasson, Fassung, Prägung. Österreich hat weiblichen Teint, ohne Zweifel. Aber es zeugt wie ein Mann, gerade weil es unbekümmert um Pflege, Bad und Ernährung des Gezeugten ist.

Wien. Genesis und Überwindung

Österreich ist gute Musik, hohe "schweigende Organisation", wie wir sie in seiner Gesellschaft sehen; es ist der Spender des geistigen Genusses. Wien ist liederliche Musik; hier schweigt die Organisation ganz und an ihre Stelle tritt Geheimbündelei; der Genuß ist vergröbert und verpöbelt; die Mischung ist hier schlecht geraten. Aller Rassen Auswurf ist hier vereinigt. Nichts hat der Gote hinterlassen, im engen Raum wimmelt enge Trieb an Trieb. Alles Erfrischende, das eine österreichische Reise bietet, erstirbt im Verwesungsgeruche des Rassensarkophags, den die Residenz darstellt. Und dennoch ist sie das Zentrum aller Verwaltung und aller Produktion. Damit Österreich zu seiner Höhe und Anerkennung komme, hat es Wien zu überwinden.

Wien ist eine schöne Stadt. Salzburg ist schöner. Reichenberg ist tüchtiger. Prag ist tiefer. Graz ist reiner. Innsbruck ist deutscher. Und Budapest ist lustiger, viel lustiger, denn Wien ist zuletzt bei allem Humor fade.

Und wenn Berlin gegenwärtig die wichtigste, so ist Wien immer die merkwürdigste Stadt Europas. In ihr kämpfen zwei Lebenssysteme seit ihrer Gründung um die Vorherrschaft, zwei Rassen prallen in ihrem Lebensbetriebe aneinander. Die Gebärden zweier grundverschiedener Temperamente stoßen sich hart im beschränkten Raum; das nördliche und das südliche? Nein, ein nördliches und ein östliches. Denn Wien hat nichts Südliches, so oft auch der immer wiederholte Irrtum ihm ein solches zugesprochen haben mag. Wien liegt an Asiens, wenn auch äußersten Grenzen und sein Charakter ist der eines Höhepunktes östlichen Lebens.

Der Eingeborene dieser Stadt, die im wahrsten Sinne des Wortes *Eingeborene* besitzt, wie irgendein asiatischer Stamm und ihre *Einwohner* davon scheidet, wurde bislang tatsächlich mit dem Südländer verwechselt, mit dem er gewisse weibliche Züge gemeinsam hat. Er ist jedoch ein Ostländer. Mit dem seinen Typus des Italieners oder Spaniers, der trotz mancher abstoßender Züge ein Menschheitsideal gerade der nordischen Sehnsucht erfüllt, kann sich der mongolische Wiener nicht vergleichen. Um den Unterschied als das zu erfassen, was er ist, eine Kluft zwischen zwei Welten, mag man nur den Menschen betrachten, wie er durch die Straßen dieser Welten geht. Der Italiener und der Spanier entsprechen dem Schönheitsbegriffe eines europäischen Grundgeschmackes. Der Wiener aber ist ein Kalmücke. Sehen Sie diesen Menschen einer kleinen, gedrungenen Rasse, sein Schädel ist rund und uncharakteristisch, sein Schlüsselbein ist stark nach vorwärts gebogen, engt die flache Brust ein und macht Platz für einen ungeheuren, breiten Rücken. Der Italiener ist lang und seine Brustmuskeln liegen hoch; beim Wiener sind sie dem aufwärts geschobenen Nabel entgegengerutscht. Der Körper des Wieners wird von kurzen, knieengen oder übertrieben knieweiten Beinen gelotst, die an einem breiten, weiblichen Becken mit seitlicher Auswärtsstellung angebracht sind. Die gerade Fußstellung beim Marsche, bei der die gewölbte Sohle, am Ballen gestützt, mittels ihrer Knochenhebel die fortschreitende Bewegung in die oberen Teile des Baues vermittelt, ist das Zeichen edler und harmonischer Rassen. Auch der Südländer hat das breite Becken und die Auswärtshaltung der leise gegrätschten Beine; es kennzeichnet im Gegensatze zum gotischen Körperbau seine weibliche Rasse. Der Wiener Typ aber ist weder ausgesprochen männlich noch weiblich, sondern, wie man es bei vielen mongolischen Rassen und selbst bei den Japanern findet, unentschieden. Seine Gestalt leidet unter Knieenge und er erscheint als Weib; sie leidet unter Knieweite: nun ist es aber nicht die Geschmeidigkeit der im gebogenen Knochen ruhenden Federkraft, nicht athletische Männlichkeit, die ihn auszeichnet, es ist vielmehr eine atavistische rohe Rückbildung aus der Zeit hunnischer Reitervölker. Nirgends in der Welt findet man dieses Ideal des starken und schönen Mannes wieder denn unter Tungusen und Kalmücken. Es ist die Plastik des Bonzen, zwischen den unentwickelten Waden liegt der wohlgenährte, angeschwemmte Bauch, ein göttliches Abbild wünschenswerter irdischer Gottheit und Befriedigung. Er ist das Zeichen des Mächtigen und Erfolgreichen, wer ihn mit sich trägt, scheint des Gottes voll. Dicke Leute gibt es auf der ganzen Welt. Der Liebreiz der Fettsucht aber wird in Asien bis zur Grenze Wiens gepflegt und gezärtelt. Die Schönheit des Weibes wird in Kilogrammen ausgedrückt, sie nähert die Weiblichkeit einem Punkte, wo alles nur Masse ist. Denn das massesparende Prinzip aller kulturzeugenden Völker ist in Wien unbekannt. Das Kalmückentum, das einst in Millionenhorden ins Wiener Becken geschwärmt war, hat sein Blut dort abgelagert, die Welle ist teilweise in die Steppen des Ostens zurückgetreten, aber eine mongolische Schädelpyramide von Rundköpfen mit flachen Stirnen ist zurückgeblieben und überragt noch heute den Stefansdom gotischer Bauherren, deren Menschentum in die Höhe, nicht ins Massige und in die Breite gegangen war.

Diese Gedanken, die mir schon lange einmal als Gefühle der Fremdheit und des Staunens gekommen waren, fanden zum erstenmal ihre Form und ihr Gleichnis, während ich in einer Vorlesung des Publizisten Karl Kraus aus Strindbergschen Werken dem Vortrage der historischen Miniaturnovelle "Attilas Tod" lauschte. Der Vortragende las mit einer eigentümlichen Ergriffenheit die knappe Geschichte dieses ungestalten Volkes und seines Häuptlings, soweit es in der Geschichte eine Rolle spielte. Er las das Feuer zu eigenen Brandmalen in den fachlichen Text hinein; und war diese lyrische Behandlung einer epischen Schöpfung vom Standpunkte des Vortrages falsch, so sprach sie doch von Persönlichkeit. Sie sprach aber von mehr, von dem Hasse des Kulturmenschen auf dieses idiotische, häßliche und abgeschmackte Gewimmel einer Masse, unter deren Millionen ein einziger Intellekt war. Man sah die kurzen, unvollendeten Stümpfe zappeln und leben, es waren Mittelkinge zwischen Tier, Weib und Mann, sie waren unschöpferisch, diese Fledermäuse, aber sie hatten in ihrer geschlossenen Zahl einen rätselhaften, der Intelligenz unverständlichen und hassenswerten Erfolg aufzuweisen. Ihr Wesen, scheinbar kriegerisch, war leichtsinnig und unmoralisch. Ihre Vergnügungen waren derb physisch, ihre Scherze hündisch geistlos. Warum las nun der Vortragende, ein Meister der Anspielung, dessen Stil die Anspielung ist, bald mit vor Ekel verschlagener Stimme, bald mit einer in Raserei ausbrechenden Lautgestaltung diese leidenschaftslose und gereihte Aufzählung von Ereignissen? Er stach mit aus dem Satz gehobenen Worten ins Publikum, er machte sich deutlich, er wurde zweideutig, er wurde eindeutig, und am Schlusse gab man ihm recht. Man lynchte ihn wohl, man war gemein, aber verständig genug, bei der eigenen Gemeinheit zu bleiben? Jawohl, man lynchte ihn, aber mit Beifall, man schürte ihn mit bestrickender Ergebenheit, man verpickte und verpappte ihn mit Honig aus allen Traufen der Begeisterung, es war niemand da, der sich geschämt hätte, und man beschäftigte ihn so vollends mit Fliegenpapier, das man ihm aus Zustimmung zuwarf, daß er inmitten dieses Mißverständnisses hilfloser wurde denn je. Und was hatte der Vortragende denn gelesen? Die Geschichte eines kleinen Theaterpröbchens, wie es unter Menschen mit runden Köpfen und großen Wänsten öfter vorkommt. Da waren ihrer eine Horde an den langen Tischen gesessen, sie fraßen, schwatzten und soffen, plötzlich füllte Ruß den Saal und wüstes Wölfegeschrei brach aus. Das Feuer ist da, das Feuer hat den Saal an allen vier Ecken erfaßt und Verrat ist im Schwange! Tod und Gewalt und Jüngstes Gericht drohen! Da schneidet im hitzigen Augenblicke ein plumper Schwertschlag den ganzen Mummenschanz entzwei und lautes Gelächter dämpft die falschen Flammen aus. Lautes Gelächter? Brüllendes Gelächter, es belohnt des gelungenen Scherz und die Abwendung einer erlogenen Gefahr. Die Wiener begeben sich zum Nachtmahl nach Hause. Die Hunnen tafeln fort.

Der Vorlesende liest weiter: Da liegt der Herrscher aller Hunnen, das Überscheusal, das göttliche Tier, auf einer Bühne allen vor der Nase. Es lebt, fastet, verdaut und schläft vor aller Augen. Man übersieht den ganzen Organismus dieses Ichs. Es ist ein Schamloser, der seine Majestät damit macht. Auch dieser, unter Larven der einzig denkende Kopf, muß ein Hunne sein; oder er war einmal ein Mensch, nun haben sie ihn zum Hunnen gemacht. In seinem Zynismus liegt Gelehrsamkeit, vielleicht ein Quentchen Güte und Opfer. Aber die Hunnen lernen nicht. Sie lachen und hunnen weiter. Sie sind nicht zu entbluffen, nicht zu belehren. Sie beten die Verachtung an, die ihnen zuteil wird. Es ist das Hunnische, was geschehen ist. Es ist das Stärkste, was je gegen Hunnisches geschrieben wurde.

Die Geschichte läuft weiter. Es reiten zwei Herren, ein Latiner und ein Gote, in der Gegend östlich vom Wiener Einbruchsbecken über die Steppe gegen die Reichshaupt- und Residenzstadt zu, gegen den großen "Ring" des Hunnenkönigs Attila. Als sie innerhalb des Häusergebietes angekommen sind, wundert sie die seltsame und unheimliche Neugier dieses weltbeherrschenden Volkes, das ganz Europa gesehen und seine Hoheit zerstört hat und nun mit tausend offenen Mäulern und aus schiefen Äuglein sein Erstaunen über zwei arglos gutgekleidete Kavaliere dartut; sie werden ihrer Paffheit gar nicht satt; halb scheinen sie befangen, halb sind sie geärgert; lachen sie nicht gar über den stolzen, schnellen Gang der Fremden, der ihnen übertrieben und nicht menschlich-demokratisch gerechtfertigt erscheint? Was ist los, sind das römische Histrionen? sagen die Schnauzen dieser Schakale, während sie leere Begrüßungen bellen. Das Seelenleben dieser Wesen ist unentwickelt und trübe. Betreten und frech zugleich, verwickeln sie den Fremden in eine hundeschnauzkalte Höflichkeit; es ist ein asiatischer, mephistischer Lehmgeruch in dieser Gastfreundschaft, mit einer unterirdischen Bosheit trumpfen sie das Einheimische, während sie es scheinbar demütig gegenüber allem Andersartigen herabsetzen, dem Geschmacke des Fremden zum Trotze heraus. Mir fällt an dieser Stelle der Satz aus einer Operette ein, ja, wo habe ich das Ding denn nur gehört? Da singen die Menschen: "'s ist mal bei uns so Sitte, tralla, tralla", und genau das, stelle ich mir vor, haben die Hunnen damals auch gesungen; nur daß das Melodiöse ihrer Empfänge damals nicht so entwickelt war. Mit der größten Eleganz und Biegsamkeit der Phrasen und der höchsten Sauberkeit des Benehmens führen sie in die kleinsten Verhältnisse ein, in die unausstehlichsten Zustände. Diese kleinen Verhältnisse stehen ihnen beim Kragenschoner heraus, sie gehen aus dem Tempo ihrer Betriebsamkeit hervor, sie rollen sich einem in den Vorzimmern vor die Füße und sehen aus der Tischdecke und dem Krimskrams am Gesimse im Empfangssalon. Sie werden gemacht durch die größtmögliche Verleugnung alles Patriotismus und die herzhafteste Verwunderung für die Fremdartigkeit des Besuches, die in einem Zimmer besungen und die Tür daneben kräftig belacht wird. Denn die Hunnen sind zwar ein Volk mit einer sang- und klangvollen Vergangenheit, sie haben einen Kontinent bezwungen und nahezu entvölkert und Kulturen gestürzt, und sie bedeuten ein Ding für sich in der Welt, aber über die Tatsache hinwegzugleiten, daß es andersartige Geschöpfe auf der Erde gibt als Hunnen, dazu sind sie nicht geboren worden; ihre Bestimmung liegt im Vergessen und Wiederentdecken und den Mund offen behalten und wieder vergessen, und glücklich ist unter ihnen, wer vergißt, was nicht mehr zu ändern ist: Und dieses Unabänderliche sind wohl die Hunnen.

Hier erinnere ich mich an ein Volk der Neuzeit, das zum deutschen Sprachstamme gerechnet wird. Es ist von einer gefährlichen, barbarischen und unsittlichen Gutmütigkeit. Darum, und weil es deutsch spricht, verehrt es jeden Mann, der drei Stunden Wegfahrt zugereist ist und daher deutsch ohne mongolische Verunstaltungen spricht. Es verehrt ihn wie einen Gott aus der Dampfmaschine, denn es hat eigene abergläubische Demut vor Dingen, die es nicht benützt. Aber sein Deutsch wird es belächeln, weil es nicht mongolisch klingt und keine Bauchsprache ist. Ich erinnere mich und erzähle weiter. Als Attila, dieser geniale Hunne – dessen Größe nicht der Humor, sondern Gleichgültigkeit und Willkür des Einfalles waren, Humor aber ist schöpferisch und nicht entblößend – vor das ersehnte Rom kam, da stieß er in einem rechten Winkel wieder davon zurück, knickte aus Fledermausbahn heraus ab. Es war diesen Wesen nun einmal keine

Stetigkeit und Strafflinigkeit gegeben, ihr Organismus war nicht darauf berechnet, längere Flugbahnen in einer bestimmten Absicht zu durchmessen. Sie waren Zwittergeschöpfe, halb Vögel, halb Dachse, aber sie kreisten nicht wie jene in Spiralen oder Möwenstößen, mit dem Ziel, der Beute vor Augen. Ihre Bewegung war wie die der Fledermäuse ein verjährtes Schlendern. Und nun erinnere ich mich abermals an die Wiener, diese Hunnen der Neuzeit, sie wähnen mehr zu gleiten und zu fliegen als irgendein anderes Volk in der Welt, aber ihr Fortkommen ist nur ein gebrochenes Fallen aus allen Himmeln. Ich denke nach, wie sie leben, im Zickzack, wie sie über die Straße gehen, im Zickzack, wie sie denken, im Zickzack, wie sie diese Straßen in ihrer Stadt bauen, im Zickzack! Freilich, sie leben auch so und man kann auch so leben; sie haben ihre Erfolge und ihre Eroberungen. Hier tut sich die tiefe Kluft der Triebe und der Voraussetzungen auf zwischen den Erfolgreichen und den Schöpferischen. Erfolgreich ist auch die Wanze, zäh in der Erhaltung der Art auch der niedrigste Organismus. Der asiatische Grundzug, der dem Charakter des Wieners auch heute noch anhaftet, hat eine lange Geschichte seiner atavistischen Kraft, seiner Rückbildungsfähigkeit und seines Unkrauttrotzes hinter sich.

Er war da von allem Anfange, er ging zurück, wenn der Weizen blühte, er kam unabwendbar wieder, wenn die fruchtbaren Ährenköpfe gefallen waren und die Stengel welkten. Der Urinsasse des Wiener Beckens war lappischen Blutes, ein Gletschermensch, vielleicht ein Eskimo, er war der Idylliker der eigenen Gerüche, Intimus in der Süßigkeit des Hausens, wie er es heute noch ist; neben ihm aber gibt es keine verschlüpftere Rasse als den Wiener; Kulturmenschen wohnen, der Wiener haust. Es liegt etwas Unterirdisches in seiner Methode, mit seinem Aufenthaltsorte schön zu tun. Je älter sein Heim ist und je abgenützter es wurde, desto mehr scheint es ihm seine Seele und die seiner Familie aufgesogen zu haben. Der Eskimo ist ferner Süßkoch und Läusefresser, also als letzter eine Art Feinschmecker gegen die vielen Ungebildeten, die nicht wissen, was gut ist. Für alle diese Züge hat der Wiener einen Typus. Der Eskimo ist berufener Stimmungsmensch und verkauft sein Gewand für eine eingebildete Himmelsfahrt, die mit Spirituosen hergestellt wird. Als Stimmungsmensch ist er jüngst wieder unter Jahrhundertfiguren rot und schön und giftig wie der wilde Mohn ausgebrochen. Seine Neigung für Fett und Bacherlwärme hat sich in den Charakter des Wieners eingewurzelt. Ihm hat er auch seine eigenartige Sinnlichkeit vererbt. Scharen der nettesten Eskimopärchen ziehen täglich durch die Sakristeien und Trauämter. Ein elendes Dorf versteckter Ur-Donauer wuchs mit viel Gefrett und ungelehrig für vorübergehende Lehrzeiten in Kultur, die ihm die Heerzüge wandernder Keltenkrieger gaben, hartnäckig in den Boden vorm kahlen Gebirge hinein.

Damals steckte der lange Kopf der Alpen seine Widdernase noch kahl und trostlos in die schärenzerfressenen Sand- und Schuttauen der Donau. Die Gegend stand frisch, einige Jahrtausende bloß nach der Katastrophe des großen Einsturzes da und sah wenig verlockend aus. Es war eine unfreundliche, unergiebige Landschaft, der Herrgott hatte sie eben erst gemacht und unfertig liegen gelassen, die Vegetation war dünn und bot sich mit nichts an. Weiter drinnen freilich im Gebirge sah es anders aus, da schwangen sich hohe, schwarze Föhrenforste über die Kalkriffe empor, über die weiten, grünen Almen zogen mehr oder minder gezähmte Büffel- und Rinderherden knietiefe Furchen, und ein andres Geschlecht lebte von ihrem Ertrage. Viele von den Kühen waren noch zottig und roh von Farbe, andre aber, die im Bretterstall auf die Welt kamen, verloren gar bald ihr Kalbsvließ und wurden hübsch scheckig, mit großen, schneeweißen Flecken auf ihrem braunen oder teerschwarzen Fell, weil ihre Mütter unverwandten Auges immer auf die wunderbaren, weißen Inseln von Margariten gesehen hatten, die leuchtend und keusch aus all dem derben Höhenrot und Blau und Grün hervorstachen. Und die Menschen waren hier groß und knochig und hatten famos bewegliche Kletterbeine, eine kalkweiße Haut und braune, schnelle Augen, ihr Haar war brünett und ein Schnurrbart saß martialisch auf der Oberlippe; am ausrasierten Kinn und den Wangen aber hatten sie blasse, blaue Schatten, denn die Rasierschneiden, deren sie sich bedienten, waren noch nicht vollkommen, aber doch, sie waren da, und die Künstler unter diesen Menschen brachen Klingen aus dem Feuergestein und feilten sie in ausdauernder ahnungsvoller Arbeit. Es waren Schöpfer unter ihnen. Das war ein ander Leben dort, hei, juchuhuhuhuhu! Des Morgens und des Abends, wenn die Sonne aus ihrem Lager in der Kalkhöhle kam oder dahin zurücksank, sangen sie sich in tiefen Kehllauten und Juchzern einander von den Almengipfeln zu. Es war eine merkwürdige Musik, die sie wiedergaben, nachdem sie es den Auerhähnen und Hochgebirgsvögeln abgelauscht hatten und den Brunftschreien der wilden Tiere an der Tränke. In Kriegszeiten zogen sie dann in das Donaubecken hinab, weil dort Platz war für größere Heerhaufen, und hier sind wir denn bei dem kleinen Fischerdorf, wo ein Rest von Ureinwohnern in Kajaks die Donau befuhr und mit hölzernen Harpunen und roh geflochtenen Reusen auf Fischfang ging. Wenn die Kelten aber hier durchzogen, um dem feindlichen Stamme zu begegnen, da sahen sie mit verächtlichem Blicke über die kleinen rundlichen Frauen hinweg, sie mieden die Löcher und Hütten dieser Tiere und schliefen lieber allein draußen im Freien, statt mit einer dieser Töchter der Erdenhöhle zusammen auf verwahrlostem Pfühle. Nur Marodeure und Feiglinge, die Schlechtgenährten und Ungeübten, die Ausreißer des Heerhaufens kamen ins Dorf, bezwangen ihren Abscheu und machten sich seßhaft, denn unter den ihrigen durften sie sich nicht mehr sehen lassen. Schwächliche und Unkriegerische aber, wie sie waren, war ihnen als Entgelt die Gabe der Musik in hohem Maße verliehen, sie konnten von all den Tugenden singen, die sie selbst entbehren, und ihre Entsagung auf alle höheren Mannesideale bewirkte in ihrer von Anfang an leichtsinnigen Natur einen Hang zur Fröhlichkeit. So kam denn zu der beschränkten Innerlichkeit der Ureinwohner durch sie das fesche schnalzige Tempo in den Gemütsausdruck der Bevölkerung, die durch das zugeführte Blut langsam wuchs. Nun aber geschah es den Überläufern und Begabteren oft, daß sie sich mit einemmal des Abstandes ihrer Rasse und ihrer Umgebung bewußt wurden, denn besser waren sie noch immer als diese, das Blut drang ihnen in die Schläfen und sie bissen auf gegen sich und alle. Da sie aber fidele Desperados waren, suchten sie einen leichten, alles wahre Leid verhüllenden Ton. Seit jener Zeit sind ihre Nachkommen ein Mischlingsvolk, das mit Vorliebe schlecht und boshaft auf sich zu sprechen ist.

Wenn die Kelten dann wieder in ihre Berge zurückkehrten, nahmen sie hin und wieder einige von den Eskimofamilien mit, denn in den großen Keltenschlachten hatten sie viele Hände eingebüßt und sie brauchten Dienstboten für die schweren und schmutzigen Arbeiten. Dann mußten diese kleinen dicken Leute mit ihrem schlechten Gehwerk die steilen Gemsensteige hinaufkraxeln, sie mußten den massigen runden Kopf immer in die Höhe halten, denn sie waren klein, und davon bekamen sie Blähhälse und Kröpfe, die Schilddrüse erfuhr eine ungewohnte Behandlung durch die Halsmuskel und degenerierte. Sie dachten zuviel an diesen elenden schweren Kopf, und die Folge davon war, daß das Wachstum sich besonders auf ihn konzentrierte und ihn hypertrophisch werden ließ. Noch heute begegnet man diesem Geschlechte von Kobolden, Birnenköpfen und Kretins in den Alpen, mitten in einer sonst gesunden Generation springt es plötzlich in einem atavistischen Typus auf.

Dieser Austausch, der infolge der Rasseninstinkte nur langsam vor sich ging, dauerte indes gut einige hundert Jahre und zeigte den Erfolg, daß sich der physiologische Grundbau der Urbevölkerung am Fuß der kahlen Berge zwar erhielt, daß ihr Temperament dagegen die geschilderte Ergänzung erfuhr. Das Wesentliche im Charakter dieser Leute war damit gegeben und hat seither Jahrhunderte überdauert. Eine leise Abschwächung und Okulierung erfuhr es später durch den Einbruch der Germanen. Der Hunnen- und Slaweneinfall jedoch führte gerade seinem mongolischen Grundstocke neue blutgemäße Nahrung zu.

Die Goten, die damals ganz Europa in größeren Trupps wie ein System durchzogen, die jeden Fluß und jeden Paß benützend in den Wegadern sich fortpflanzten, um mit ungehörtem Orientierungssinn das Kulturherz der Welt zu singen, blieben im Donaubecken nicht lange haften. Wo ein Fischerdorf war, da kamen diese großen, langknochigen Männer und zwangen die Fischer und Fährleute, sie in ihren Kanus über die Donau zu setzen. Aber sie traten in dieser nördlichen Gegend niemals in ungeheuren Massen auf, die das Verlangen nach Seßhaftigkeit haben, sie kamen in Stößen, schossen plötzlich irgendwo aus einem Tale hervor in schneller Gangart und glichen mehr einer großen Anzahl von Waffenbrüderschaften als einem homogenen Volke. Ihre leibliche Fruchtbarkeit war groß, und kaum hatte eines ihrer fahrbaren Dörfer, in dem schon der Instinkt zu der später daraus hervorgehenden Notwendigkeit, der Maschine, lag, eine Anzahl gleich starker und wegen ihrer Mannhaftigkeit geachteter Männer hervorgebracht, so splitterte auch schon ein Teil der jungen Mannschaft ab, es gab laute Proteste und Gegenreden und einen bösen Zweikampf im Thing am Abend, und in der Nacht noch brachen die Jungen auf und setzten ihren Weg auf eigene Faust fort, nachdem sie sich ihre Geliebten mitgenommen hatten, die ihnen jubelnd in die Arme gesprungen waren. Kaum aber hatte der eine Teil sich vom andern getrennt, da begann er seine eigene Sprache zu sprechen und die eigenen Formeln zu gebrauchen, und die nächste Sippe schon verstand ihn nicht mehr. So platzte diese Sonne eines Volkes in tausend kleinen Sprengsternen über Europa nieder. Es war ein ureigentlich literarisches und erfinderisches Volk, es führte die Gründung Europas, die vordem von anderen Rassen begonnen worden war, bis ans Ende; es trug Europa bis zu den Säulen des Herkules, von denen es der Afrikaner heute wieder abgehoben hat. Trotz seiner Zersplitterung und Individualisierung war es ein Volk mit organisatorischem Talent; denn Organisatoren brauchen Platz, viel Platz, und eine Materie, die man in der Hand kneten kann. Nicht einmal, zwanzigmal im Jahre mußten die aufgeschreckten Bewohner unseres Fischerdorfes mit ihren Booten heraus, ein Heerhaufe näherte sich stromab der Überfuhrstelle, und obwohl es ein neuer Trupp war, schienen es doch immer dieselben Menschen zu sein, düster und tief und spekuliersam, Menschen, in deren dämmernden Seelen Nebelschlachten des Bewußtseins geschlagen wurden, die einen Siegfried sich als ideellen Führer erkoren hatten und doch eher vom Blute Hagens waren. Sie trugen Bärte mit phantastischen Zacken, ihr Haupthaar war lang und geflochten und Schädel von Auerochsen gaben ihrer an und für sich langen Gestalt die Länge von wandelnden Bäumen. Als sie so daherkamen, sahen sie aus wie Götter, sie lachten, wenn sie in den kleinen Kanus der Eingeborenen verschifft werden sollten und ihre Glieder nicht zurechtbiegen konnten, sie koppelten mehrere der Schifflein zu einem Ponton zusammen und hießen den rundköpfigen Fährmann und seine Gesellen mit gutmütigen Vorweisen der Zahlung sich mühen, während ihre stechenden Augen handelslustig funkelten. Da waren mannshohe Methörner, einmal gewunden, hojho, und bronzener Abfall von ihren Schwertfegern und Schmieden. Das war ein ander Ding als die feuersteinernen Waffen der Kelten oben in den Bergen! Was aber tat der Fährmann damit? Ohne Begeisterung sah er den Preis und bewegte mechanisch das Ruder, eine kleine Süßigkeit, ein paar Läuse aus dem prächtigen Rothaar, ah, das wäre vielleicht etwas gewesen! Wenn aber alle Arbeit getan war, füllten sie ihm und seinen Maaten das erdungene Methorn mit einem sonnigen süßen Mete, da wurden die Augen der Flußleute selig und schwimmrig, sie begannen Lieder zu singen, die die Langen gerne hörten, und soffen sich voll, bis sie umfielen wie Säcke. Das Methorn aber mit der eingelegten Bronze schmissen sie im Übermute in den Strom. Friedlich, wie sie nüchtern waren, wurden sie plötzlich krakeelerisch und waren erst zufrieden, als sie sich einen Buckel kräftiger Schläge geholt hatten. Die Goten schüttelten die Köpfe über das stupide Volk und zogen weiter, ohne daß bloß einer der Ihren zurückgeblieben wäre.

Es kamen andere und wieder andere. Wenn man dem Fährmann bedeutete, was er für seine Mühe haben wollte, da wußte er es nicht und schüttelte nur scheinbar uninteressiert den Kopf und überließ es den Gnaden der Fahrgäste. Die Leute wurden nicht klüger, sie hausten nach wie vor in schlechten Hütten, fingen Fische im Winter beim Eisstoß und im Sommer dasselbe, wenn die Moskitos ihren Gerüchen in Schwaden nachzogen, und niemandem von den Goten fiel es ein, ein Weilchen bei ihnen zu bleiben. Eines Tages aber sonderte sich doch einer von einem solchen wandernden Dorfe ab und blieb diesseits am Ufer des Stromes. Er hatte einen Karren mit sich und zwei zottige Pferde, mit diesen verschwand er für einige Tage ins Gebirge, dort, wo die kahlen Ausläufer sich bereits begannen mit Wald zu überziehen. Als er zurückkehrte, lagen auf seinem Karren, dessen Achsen weit auseinandergeschoben waren, eine Anzahl ungeheurer Baumstämme, und darüber hatte er die Rippe festgebunden. Langsam rückte er über Stock und Stein mit seiner Fuhre ins Dorf ein und trommelte die Einwohner zusammen. Nun ging es an ein Zimmern und Bohren und Bauen, bald stand ein Bootskasten da, der 50 Mann oder einen ganzen Wagen samt Gespann beherbergen konnte, und mit viel Fluchen und Grobheit entstand in geraumer Zeit eine kleine Flottille von Fähren. Als an dem gegenüberliegenden Ufer oder dem Lande bis an den Berg wieder ein Gotenzug erschien, konnte das Unternehmen eingeweiht werden. So war der erste Unternehmer in das Dorf gekommen, der erste Repräsentant von Ideen, und der Antrieb zu einem kleinen Aufschwung war gegeben.

Der Mann nahm sich eine gotische Gefährtin aus dem Schwarm der südwärts Ziehenden. Er lebte besser als die andern, er war schöner und stärker und wurde der anerkannte Herr. Nun hatte das Dorf seinen Organisator erhalten. Die Folgen waren aber vorerst noch nicht die einer hohen Entwicklung, denn zur Feldarbeit, wo jede Sekunde einen

Griff erwartete, waren diese Menschen nicht abzurichten. Sie waren gewohnt, stundenlang vor der Angel oder der Harpune zu sitzen, und wenn sich auch dann kein Erfolg zeigte, so fiel es ihnen doch nicht ein, mit ihrem Schicksal anders zu hadern, als daß sie schwermütige Lieder machten oder von ihren Barden machen ließen. Die Hast und Nervosität der Arbeit war ihnen unsympathisch, und daß einer immer etwas zu tun haben müßte, konnten sie in ihrem Phlegma nicht erfassen. Aber auf eine andere Weise machte sich die Anwesenheit des gotischen Grandseigneurs denn doch bemerkbar. Die Stimmungsmenschen, die Musikalischen und Innerlichen bekamen ungeheure Vollbärte und lange Haare. Die Noblesse der gotischen Eigenbrötlerei schien ihnen in diesen Utensilien ausgedrückt, und sie nahmen sie ebenso harmonisch an, wie sie das Metgebräu ihrer Lebenshaltung einverleibt hatten, das jene langen beweglichen Körper, deren Stoff- und Wärmewechsel eine große Zufuhr von Flüssigkeit verlangten, ohne Nachteil konsumieren konnten. Da sie aber weitaus träger und weniger nervös waren als jene, verursachte es böse Störungen in ihrem Organismus und ihrem anatomischen Gefüge. Seither gilt die Trunksucht hierorts als ein Zeichen der Mannbarkeit, und die geistigen Ideale dieses Volkes scheinen untrennbar mit langen Bärten und Haaren verknüpft.

Zugleich aber mit den vereinzelten unternehmerischen Goten kamen die Römer ins Land, sie trieben das düstere schrullenhafte Volk mittels langsam vorgeschobener Straßen aus den Tälern hinauf in die Berge und bauten indes in den Talkreuzungen massive Bollwerke und Magazine, die das staunenfrohe junge Volk mit seinem geriebenen Handelsinstinkt und seiner technischen Phantasie wieder zurücklockten. Inzwischen war in den Bergen eine Veränderung vorgegangen, die fruchtbarere hellhaarige Rasse hatte die keltischen Schönen bald ausgeheiratet und die schnarrende marjägische Sprache verschmolz mit der kehllautigen zu einem neuen Dialekte. In der Enge zwischen der Donau und dem Kahlengebirge aber blieb alles beim alten, auch die Römer zogen hochnäsig daran vorbei, obwohl es keinen vorteilhafteren strategischen Punkt im Lande gab als diesen. Sie zogen noch ein gut Stück hinab die Donau und gründeten am Auslauf eines kleinen Gebirgszuges das famose Kastell Carnuntum. Einen Posten hatten sie wohl zurückgelassen, eine notwendige Garnison unter einem einzigen Offizier, der sich in der grenzenlosen Öde dieses Lebens gewaltsame Zerstreuungen suchte, in Gesellschaft seiner Subalternen. Die Weiber der Eingeborenen berührten diese römischen Legionäre nicht. Nein, sie ließen sich zirkassische Tänzerinnen aus den römischen Tingeltangeln und Lustkneipen kommen oder verliebten sich in die langen sommersprossigen Blondinen, die noch immer auf ihren Familienkarren vorbeitrollten und ihren Männern von der Wagenburg aus ins Gesicht spien, wenn sie den römischen Hasten und Pilen den Rücken zeigten. Es waren große Frauen mit unschönen, harten Gesichtern, aber sie hatten prächtige Haare und wilde Instinkte, die den Römern die sammetweiche asiatische Schönheit aufwogen, und so kehrten sie sich denn nicht an den Fleischknollen an ihren Nasen und stürzten sich in verwegene Liebesabenteuer. Wenn die Garnison abgelöst wurde, nahmen sie die blonden Frauenzimmer samt ihren Sprößlingen mit, um in Rom bei Hofe mit dieser Fülle echter Haare zu renommieren. So kam denn Vindobona nicht viel von dieser günstigen Mischung zugute, und nirgends mag weniger Römerblut zu finden sein als in dem Blute ihrer Bewohner. Mit den keltisch-lappischen Weibern aber hatten der Kommandant und seine Unteroffiziere ihren Spaß, sie ließen sie auf den glatten marmorenen Fliesen ihrer Steinhäuser tanzen und lachten bis zur Gehirnerschütterung, wenn diese fetten ungraziösen Pärchen sich schleifend über den Platz hindrehten und dabei mit den Sohlen nicht vom Boden wegkamen, denn ihre Füße waren steif und schwer. Die Römer waren die weiten spielenden Tanzfiguren und die mageren eckigen Gesten orientalischer Bajaderen gewohnt, und diese träge Rhythmik der Leiber war ihnen ein lächerlicher Anblick. Sie nannten den Vorgang *volvere* und den Tanz *volutio*, woraus die moderne Bezeichnung "Walzen" entstanden ist. Der Rhythmus ist geblieben, und seine Ausübung gilt heute noch als Ausdruck höchster Eleganz, denn bald verschwanden die römischen Spötter, das gute Blut der zehnten Legion zog keine Schößlinge, und ein wüstes Gesindel aus aller Herren Länder, das die Legionen des späten Kaiserreiches hereinschleppten, verschweinte die Rasse und nahm charakterlos ihre Schönheitsbegriffe an. Diese asiatischen Söldner bezogen das Handgeld, erhielten ihre Rekrutenausbildung und wurden in ihre Grenzgarnisonen abgeschoben, wo sie sich dem schweren römischen Legionsdienst durch Desertion entzogen und in die umliegenden Wälder flüchteten. Hier aber war es damals unwirtlich und die Sehnsucht nach ihrem gloriosen Faulenzdasein trieb sie wieder in das zum Städtchen gewordene Dorf am Fuße der kahlen Berge zurück. Teilweise war Gras über ihre Sache gewachsen, teilweise hatten sie sich durch Narben und Ausrasierungen entstellt, so daß niemand sie wiedererkannte. Und so blieben sie denn in den Schlupfwinkeln an Ausläufern des Städtchens, betrieben nach ihrer asiatischen Gewohnheit Geheimbündelei und bildeten kleine Barbarengesellschaften mit eigenen asiatisch-törichten Riten. Ob die Römer sie nach diesen Plattformen oder nach ihren schingalesischen breiten Tellerhüten "plata" nannten, ist heute nicht mehr zu entscheiden. Im Volke bürgerte sich das lateinische Wort dafür ein und so entstanden die Platten, die zeitweise unterdrückt und ausgerottet, immer wieder in der Geschichte dieser Stadt als Gebilde aus asiatischem Blute hartnäckig emportauchen.

Diese Einfuhr asiatischer Elemente erhielt einen Zuschuß, als die Hunnen längs Donau und Weichsel nach Europa hereinfluteten. Es waren kleine, niedrig organisierte Leutchen, wanzenartige Gebilde in ihrer mongolischen Brunst und Süßigkeit und einer Vorliebe für extrem scharfe Speisen und dergleichen Kitzel. War es ein unglücklicher Versuch der Natur, Menschen zu bilden? Sie kamen auf Pferden und gingen wenig, manchmal saßen ihrer zwei auf einer Mähre, bis das Tier zusammenstürzte, sie dachten keinen Schritt ihrer Tat voraus und hatten eine eigene Scheu, ihre Knüpfbeine zu gebrauchen. Als sie nach Vindobona kamen, begegnete ihnen ein verwandtes Element, hier fanden sie den Zufall als Regenten und den Haß gegen die Ordnung, die Gemütlichkeit als das Talent, mit Resten und Ablegern, Zurückgebliebenem und Verworfenem zufrieden zu sein, und den Harem fetter Weiber, ganz wie daheim im seligen Tibet, wie es ihnen ihre Volksgesänge erzählten. Sie waren von einer gemeinsamen leidenschaftslosen Anspruchslosigkeit und mit ein bißchen Fidelität glücklich zu machen. Sie kamen, bauten ihren Kral; ihren "Ring", wie man das nannte, sie legten ihre Kuckuckseier in das fremde Nest, ließen ihre Kriegsuntauglichen zusamt ihren Lehmhütten zurück, um sich für neue Beutezüge zu reorganisieren, und ergänzten das Blut der Kinder Vindobonas durch eine Reihe von Launen, die allen anderen Einflüssen bis auf den heutigen Tag standgehalten haben. Als bestes Erbe hinterließen sie ihren "Pferdeverstand", im nackten Sinne des Wortes. Der hölzerne primitive Bocksattel, auf dem sie aus Asiens Steppen während eines Jahrhunderts herbeigeritten sein mochten, blieb mit seinem vierbeinigen Träger zugleich als Modell eines gehobenen Verkehrs zurück. Ihnen ist es zu danken, daß die Eingeborenen Vindobonas das Pferd kennenlernten und es lieb gewannen bis auf den heutigen Tag! Ein findiger Gote verhalf ihrer steigenden bürgerlichen Bequemlichkeit zu einem kleinen Fortschritte. Er schob den Sattel auf Räder und konstruierte eine Karosse, die dem Ideal aller Vindobonenser entsprach und in den Träumen aller Vindobonenser wiederkehrt. Das "fiacare", das Peitschenknallen, war ein famoser Fortschritt, und die beleibten Herren mit den Hunnenköpfen und den Eskimomerkmalen fühlten sich in ihrer Sympathie für das Pferd mit dem ritterlichen Geiste der kommenden Jahrhunderte verwandt. Auch die Überlastung des Tieres ist geblieben. Der Gaul, hinter dessen Reiter ein anderer aufsaß und dazwischen vielleicht noch ein Weiblein, ist als Original zu der Institution Omnibus zu betrachten.

Nach den Hunnen possierte ein anderer Schub, Awaren, Bachtyaren, Mattyaren und Bulgaren stürzten wie ein Wolkenbruch auf das Land an der Donau und seinen Mittelpunkt nieder und befestigten die Physiologie der Stadt, die damals den Namen Wien erhielt. Vom Westen aber kamen gotische Herren, einzelne tüchtige Menschen mit Gefolgschaft, sie eroberten das Land etappenweise und führten mit fabelhaftem technischen Genie ihre trotzköpfigen Burgen auf den Bergspitzen auf. Vom Norden strömte eine neue Völkerwoge heran, schwerherzige feurige und talentierte Menschen mit blonden Haaren und langen Körpern, die den Goten glichen an Aussehen und Tiefe, aber langsam dem aufdrängenden mongolischen Rassentypus unterlagen, den sie aus baktrischen und uralischen Ländern als Grundströmung mitschleppten. Von den unmusikalischen Kopfgoten waren sie durch stärkere Gefühlsbereitschaft und eine wunderbare Begabung für Töne ausgezeichnet. Im ganzen schienen sie in ihrer reinen unmongolisierten Art ein Schwestervolk der Goten zu sein. Ihr musikalischer Instinkt wurde durch die Untergrabungen ihrer körperlichen und geistigen Harmonien infolge schwerer Mischungen gesteigert, und als sie nach Wien kamen, zog sie die Melancholie einer schlechtgemischten Rasse, die halb edle Sehnsucht, halb bestialische Unzulänglichkeit war, magnetisch an. Sie ergänzten die Einwohner, ihre Reste verschwanden unter der Alpenbevölkerung, der sie als namen- und klangsinniges Volk viele hübsche Bezeichnungen für ihre liebsten Flecke erdichteten. Es war das geborene Volk der Dichter und Barden. Inzwischen aber arbeiteten die Goten, die unter römischen Meistern gar bald aus Kriegern zu Soldaten geworden waren, sich gegen das asiatisch-slawische Bollwerk heran. Sie germanisierten das keltische Gebirgsland, in dem sie auf gotische Sprachinseln stießen, und mit ihnen kam die Wirtschaft und die Technik nach Austerien und in die Ostmark. Ihre Wirkung auf das Volk war groß, ihr Herrentum war die Idee und ihre organisatorische Kraft gestaltete Völker zu Arbeitern. Aber sie, deren marjägischer Geist die finnischen und slawisch-tartarischen Völker Rußlands zu einer Kultur verkittet hatte, versagten vor dem Material, das ihnen Wien darbot. Sie brauchten mehr deutsches Blut und holten es aus Nord und West. Sie stapelten es in Wien auf und machten für ein paar Jahrhunderte eine der deutschesten Städte aus ihm, nirgends in ganz Austerien hatte man so viel reines und gutes Gotenblut beisammen gesehen, als es sich da um den unerhörten Stephansturm sammelte, an dem Generationen bauten. Aber diese Leute blieben nicht an der Scholle, sie waren Unternehmer von Geblüt, und wer nach Wien als Knapp oder Herrenbauer gekommen war, dess' Sohn siedelte sich in den Felsennestern der Karpaten, in Siebenbürgen und in der Hunnegarei als selbständiger Ritter an und trieb sein Kämpfer- und Gutsherrengeschäft dem Lande zur Blüte. Als die Zahl dieser Unternehmungslustigen erschöpft war, zogen die Pioniere, die zuerst an Ort und Stelle waren, Schwaben und Friesen heran, um den Stamm stark zu erhalten. Und noch sitzen diese Gesellen vereinzelt und individuell, wie Goten sind, im Osten, Wien aber ist übergegangen, und die mongolische Waffe hat dort ihre Herrschergeschlechter verschlungen. Türkenkriege und Welschlandfahrten, Kreuzzüge, asiatische Syphilis und Pest fraßen die Besten und Exponiertesten weg, und der Grundstock wuchs in die höchsten Gesellschaftsgrade hinein. Nach dem Dreißigjährigen Krieg war es bis auf die Sprache mit dem Gotentum aus, und auch diese hatte sich mongolisiert. Das schöne kräftige Deutsch des Nibelungenliedes noch vor kurzer Zeit war zwischen den Kiefern der Asiaten zu einem faulen, breiigen, ordinären Dialekt geworden. Der Asiate dominierte und war der Träger des Kulturhaushaltes. Die folgenden Jahrhunderte brachten vorerst sein neues Element hinzu und kneteten den Völkerteig zu einer ziemlich homogenen Menschenmasse zusammen, und zur Zeit der Maria Theresia bereits treffen wir den Wiener als ausgebildeten summarischen Typus mit all seinen heutigen Formen an. Was sich sonst in den Bannkreis dieser Stadt wagte, wurde von dem Kontagium dieses Temperaments ergriffen.

Inzwischen aber war diesem Organismus ein neuer Heilkeim entstanden, eine Judenstadt, ein orientalischer Keimzuchtanhang war seit dem Mittelalter herangewachsen, ohne Wirkung auf den Rassenstoffwechsel dieser Stadt auszuüben. Mit ihm befand sich ein zweites asiatisches Volk innerhalb der Tore der Stadt, das einen ähnlichen Mischprozeß durchgemacht hatte wie der Urwiener, und aus diesem Volke konnte unter günstigen Umständen ein Serum gegen den Asiatismus abgezogen werden. Einst hatte es ein Europa gegeben, das war bis an den Euphrat und Tigris gegangen und war das Ureuropa der Kinder Jehovas, des Gedankens, gewesen. Aber unreine Kulte und asiatischer Materialismus waren eingedrungen, und die Weiber gaben sich romantischen Gaunergesichtern und fremdblütigen interessanten Abenteuern hin, und die Männer hatten viel Bedarf für ihre Not, wenn sie in der Wüste gefeiert hatten, und schlossen unbesehen ein Weib in die Arme von unedler Herkunft. So war das große Reformwerk, die Tat des Scheiks Moses und seiner Araber, kluger, tapferer Männer, die nach all dem Kummer und der glücklosen Unsittlichkeit, so sie unter Menschen gesehen hatten, eine neue Menschheit begründen wollten, so war denn das Reformwerk der Menschheit wieder einmal vereitelt worden. Kurden, Perser, Bucharesen und Tartaren, Tscherkessen und malaiische Matrosen, die auf Prauen bis in den Euphrat kamen, Abstoß aus dem internationalen Verkehr der Weltreiche Babylon und Assyrien, Negersklaven und Gesindel aus Sizilien und Malta, die der Flotte der phönizischen Großkaufleute entflohen waren, kamen zu den semitischen Juden hinzu, auf der andern Seite auch hellenische, skythische und keltische Söldner und Vagabunden und grundschlechte Armenierhändler. Als die Römer ins Land kamen, die nach gesunden Gesetzen sich zu einem Volke verdichtet hatten, da waren die Juden das gemischteste Volk der Erde und ihre Zerfahrenheit und für die schlechte Mischung typische Uneinigkeit mit dem Träger des nationalen Genies, mit den Propheten und Jesus Christus, machten sie zum Spotte Europas, das ihrer Ahasvermiene bis heute nachgelaufen ist. Als dann die Juden Asiaten wurden und in der Diaspora dem Lande den Rücken kehrten, da war es mit dem ersten Versuch der Geschichte zur Gründung eines europäischen Adels zu Ende. Die Römer hielten so wenig wie die Griechen gegen das unheilvoll anrückende Asien stand, und nachdem sich ein Alexander den lässigen Reizen dieses Lebens überlassen hatte, folgten ihm die Cäsaren, Europa verschwand von der geistigen Landkarte und die Vorläufer Dschingiskhans drangen bis in die fruchtbaren Teile Galliens und schmarotzten am Kulturschatze. Juda, das Volk des Gedankengottes, bleibt heimatlos in der Welt hängen. Als aber die Goten Europa wiedergewannen und die große zipfelige Halbinsel im Westen so benannten, als sie ein ungeheures, aufregendes System bauten wie jener arabische Scheik im Lande Ur, da entstand in allen Teilen der Welt, wohin Juda verschlagen war, eine tiefe, sehnsüchtige Erregung, und in langsamen, beharrlichen Zügen strömten die Glieder dieses Volkes den neuen Reichen und ihrer Kulturseele zu. Der Gote aber sah schief auf dieses verhärmte Volk, denn er witterte in ihm Asiens Verderbnis und Verzerrtheit, und sah doch auch mit verliebter Bewunderung auf die Ausbrüche europäischen Geistes, die sich aus dieser Kreuzung von Zeit zu Zeit emporarbeiteten. Er haßte den Mann mit den Negerlippen und dem Kirgisenblicke, mit der Hamitennase und den tartarischen Backenknochen, und vertrug es nicht, wenn dess' Verstand deutlich europäisch sprach; aber er liebte vielleicht mit einer merkwürdigen, gar nicht zufälligen Sehnsucht aus demselben Grund dieses Weib mit denselben Kennzeichen des Asiatischen im Gesichte. Das Effektreiche und der Glanz der Anlagen war ihm ein Mysterium am Körper des Weibes, aber er haßte ihn im Charakter des Mannes, dess' Geschlechtsindifferentismus ihn erst herausforderte und dann betrog. Er fluchte, wenn er in Eigenschaften verliebt war und er sah sie plötzlich einem Mannesbilde gehören. Er haßte im Juden den negativen und zersetzenden Asiaten, das Vitriolnaturell, aber er liebte es mit Leidenschaft an der Frau als Ausstrahlung eines weiblichen Elementes. Der Antisemitismus der Goten ist ein Antiasiatismus.

Wien aber, dem der Jude vom Schicksal als homöopathische Kur verhängt war, gründete einen Antisemitismus, der im Juden die Tugenden eines europäischen Stammes verfolgte, Arbeitslust, Feuer, Intelligenz und Richtung. Der Jude hat es meist überall weit gebracht, aber nicht als Jude, sondern als entasiatisierter Typus. Unter gotischen Nationen hat es einen Gambetta, Beaconsfield und einen Lassalle gegeben. In Wien aber hat sich der Jude durch seinen Appendixcharakter emporgebracht. In Wien hat der Jude seinen Geschmack in Kunst, Politik und Literatur auf den Markt geworfen und die nationalen Werte verdrängt. Ein Asien an künstlerischen Vorstellungen und Betrieben tut sich hier auf, beklemmender Sprachmystizismus und tiefstehende Materialanbetung aus abergläubischen fetischistischen Epochen haben sich eingeschlichen. Die geradlinige strebende Gotenkunst ist einer verkniffenen Miniatur gewichen, wo einst der hallende metaphysische Raum war, ist heute ein dummer, lüsterner Erdengeist am Werke. Wien hat es zustande gebracht, aus dem Juden, diesem ersten Sohne Europas, den vollkommenen Asiaten, den Mann der Blutzusätze und Ingredienzen herauszuholen.

Und doch wäre es, das an Asiens Peripherie gelegen hat seit je, dazu berufen gewesen, den großen Zukunftskampf um die Güter weißer Menschen, den ein kluger kaiserlicher Politiker gepredigt hat, mit einem Siege einzuleiten. Über seinen Straßen schlägt heute Asien zusammen! Nehmt euch in acht! Afrika geht bis zu den Pyrenäen und naht sich in Eilschritten den Boulevards von Paris. Ein wenig nördlich aber steht dort der Gote, denn dort stehen Maeterlinck und Verhaeren und dort stand van Gogh. Wer aber steht bei Wien und ist ein Turm im mongolischen Flachland der Seelen?

Wien entstand durch eine fatale Selektion aller solchen Elemente, die sich vor Unternehmen drückten, aus schwachen Idyllikern und leeren Lebemännern. Und auch dies wäre noch nicht das Schlimmste gewesen. Das durchwegs tüchtige und wohlorganisierte Australien ist das Ergebnis einer Verbrecherrasse. Derlei Herkunft tut seiner Leistung Abbruch. Im Gegenteil, es ist anzunehmen, daß auch die Normannen kein selbständiges germanisches Volk sind, sondern ein germanisch betontes, internationales Verbrechergemisch waren, was durch Zucht, Inzucht und Organisation zu einer soliden, wenn auch wie Dynamit wirkenden Gesellschaft erwuchs. Von den Goten, deren germanisches Idiom nicht ursprünglicher Charakter sein muß, ist es wahrscheinlich, daß sie nur eine Mischung untergegangener Urgermanen, die ihre Sprache hinterließen, mit einer bösen, aber gescheiten Auslese von Finnen darstellen. Der Wiener Völkernaschmarkt schließt nicht an sich die Leistung aus; aber er bedarf einer konzentrierenden, rücksichtslosen Kraft, die ihm heute unter seinen Typen fehlt. Einmal war sie da, in Lueger. Ein anderes Mal ging sie, nicht für Wien allein, für ganz Österreich mit Erzherzog Franz Ferdinand unter. Sie müßte alle Tage und bei allen Gelegenheiten in irgendeiner Person da sein. Durch solche Auslese, den umgekehrten Selektionismus, wäre Wien zu überwinden. Es werden Leute aus dem anderen Österreich, vielleicht Ungarn, oder Männer aus Deutschland kommen müssen. Die Juden, auf die man, ihrer organisierenden Begabung gemäß, eine Hoffnung hätte setzen können, unterliegen leicht der entnervenden Wirkung der Stadt und verschlimmern das Chaos.

Die Überwindung Wiens erfolgt keineswegs dadurch, daß man es aus einer deutschen zu einer deutschtümelnden Stadt macht. Was hier das Germanentum vertritt, würde nicht einmal in China unter die edleren Volkssorten gezählt werden. Indem man die Kunst des Heute erdrückt und etwas Hinternglattes an ihrer Statt fördert, kommt man nicht auf die Gotik des Stephansturmes zurück; man bleibt gegenüber in der Konditorei sitzen: mit Operetten, Drämchen und Makartbuletten eines gefälschten Lebens. Vom schwülen Dunst dieser Fälschungen umwittert, von Gefälligkeit umgarnt, vom Straßenwitz verraten, flieht der Kräftige auch heute noch aus dieser Stadt, veröden die Starken das Gewimmel, meiden Menschen das Wienertum. Was sie hält oder zurückzieht, ist das Land, das Reich, dessen getrübter Spiegel allein auch in seinen Launen noch die Stadt ist.

Österreich und die Welt

Man könnte den Gegensatz zwischen Österreich und dem übrigen Deutschland auch einmal gerade in die These fassen, daß in Deutschland die Regel, in Österreich die Ausnahme gelte. Der Reichsdeutsche befolge Vorschriften bewußt und peinlich; der Österreicher übertritt sie noch bewußter und peinlicher. Er sieht zu sehr das Menschliche eines Einzelfalles, um einer Allgemeinheit gerecht zu werden. Er ist gesättigt mit steter Psychologie, er erfaßt sofort die Situation des andern, die "Verhältnisse". Dieser psychologische Tick, der an Grillparzer so außerordentlich entscheidend war und eigentlich auch die Seele Lenaus ausmachte, führt bei gleichwohl starker Vitalität und Tatfreude zu einem gewissen Indifferentismus des Handelns. Wenn schon gehandelt wird, dann paradox, in Ausnahmen; es wird nahezu dialektisch gehandelt. Man vertritt zwei Standpunkte, die Regel *und* die Ausnahme; die Regel aber in der Ausnahme.

"Freilich", so empfindet der Österreicher, "ich handle unerlaubt, ich unterschlage oder betrüge die Vorschrift; aber eben darin erkenne ich sie an, ja, ich halte sie, indem ich sie breche." Ein Quäker mag dies oberflächlich, geschwätzig und launenhaft finden; es liegt dennoch ein tiefer seelischer Gehalt, eine gewisse Kultur, eine Grundehrlichkeit darin. Diese österreichische Psychologie des Gebotes, der Sozietät, des Paragraphen, des Systems fand ihren genialsten Ausdruck in Nestroy. Nestroy ist ganz österreichisch in seiner Rolle des Ethikers als Dialektikers. Das Reinmenschliche und Tiefe wird stets zweiseitig sein. Nestroys Dialektik ist Wesen, Blutkreislauf, Appetit, Sauerstoffverbrauch; rein kultiviertes Österreichtum. In dem Publizisten Karl Kraus, einem hervorragenden jüdischen Charakterkopfe, der eine rassemäßige Analogie darstellt, ist diese österreichische Art zu einer nicht mehr zu überbietenden Übervollendung gereift, die sich schon ins wertlos Pathologische hinüberornamentisiert. Es gibt auf dem ganzen Planeten keine Menschenkategorie, die das Sprechdenken, die sprachsinnliche Meisterschaft, das quälend Dialektische des Sinnierens derart beherrschte wie der Österreicher. Diese Spezialität allein macht das Österreichtum innerhalb einer Weltkultur unüberwindbar; nur mehr die russische Orthodoxie, der Fakirismus des Inders, die Transzendentalphilosophie des Norddeutschen ermöglichen einen derartigen Grad der Welt- und Lebensbeherrschung, wie ihn der Österreicher in seiner Dialektik erreicht. Sie bestimmt geradezu seine politische Aufgabe und deren naturgemäß schwankende Methoden. Sie resultiert in dem Geheimnis der "schweigenden Organisation" in Kunst und Gesellschaft, die auf der Ausnahme als der Regel aufgebaut sind.

Was ist Österreichs politische Aufgabe? Man konnte vor dem Kriege noch der Meinung sein, das Verhältnis Österreichs zu Deutschland sei bestimmt in einer Art Arbeitsteilung von Kulturzeugung und Kulturwehr. Dies stimmt auch heute noch, insofern beide als Verwaltungseinheiten gedacht bleiben. Aber man muß zu diesem Zeitpunkt der Weltgeschichte bereits eine innere und äußere Arbeitsgemeinschaft konstatieren, die der Krieg erfunden und geprobt hat. Sowohl Kulturwehr als Kulturerzeugung, aus denen sich die innere und äußere Gemeinschaft zusammensetzt, wird von beiden Einheiten getragen. Ein Blick auf die politische Landkarte ergibt die Not der Aufrechterhaltung gemeinsamer Kulturwehr. Unter Kulturerzeugungen waren vor dem Kriege Leistungen verstanden, die unter das Gebiet der geistigen Beherrschung und der Organisation des Stoffes fielen, weiters solche, die letzte sittliche und wohl auch künstlerische Normen aufstellten. Hier hatte Deutschland zu zeugen, Österreich, das vulkanisch und weniger verpflichtend zeugt, zu vermitteln und an die nichtdeutschen Stämme des Reiches zu geben. Nach dem Kriege, der für die gehaltene deutsche Zeugung Höhepunkt und Rekord war, wird die Kultur abschwingend wieder auf der flockigeren österreichischen Art beruhen. Man kann dieses Bedürfnis schon jetzt voraussspüren. Wie Kulturwehr als Äußeres, wird auch Kulturerzeugung als Inneres gemeinsam getragen sein. Der Österreicher wird unter die preußische Organisation, das etwas stockige Preußentum unter die Rutenarmut Österreichs kommen dürfen. Die magdliche Frau des alten Liedes, die heute als deutsches Abbild in der Österreicherin lebt, und der persönlich verbliebene geistige Österreicher werden die deutsche Seele zu befruchten haben, die der Gefahr des Werkels bedenklich nahegerückt erscheinen. Ich sehe einen bitteren Kampf mit dem Preußentum als Begriff voraus und gemahne den Deutschen des Österreichertums. Möge er es ohne saures Vorurteil, ohne allzu schnelle Hinrichtung prüfen und begnadigen. Wie viele der deutschesten Werte mehr sind in dieser fremd durchkreuzten Deutschheit reiner und fruchtbarer ausgedrückt! Der Preuße, als Idee, mag seine Organisation geben; der Österreicher, als Idee, gibt seine Einbildungskraft, sein sinnliches Raffinement und das Lauterste seiner musischen Tugenden.

Im inneren Leben der Reiche, besser des deutschen Landes und des deutschen Ostreiches, sind Kulturwehr und Kulturzeugung identisch. Zeugung bewehrt. Die Arbeitsgemeinschaft strebt zur Arbeitsteilung auseinander. Beide Reiche werden an Territorium und an Völkern wachsen, beide Reiche werden nunmehr Nationalitätenstaaten sein, aber ein jegliches von ihnen in seiner Art. Die Identität von Staats- und Nationalgedanke wird auf für Deutschland nicht mehr hart durchführbar sein; aber der Nationalstaat mit Eindeutschungszielen gegenüber halben und uneigenen Kulturen wird nach wie vor den Kern der inneren Politik bilden. Das deutsche Kaiserwort von den Parteien, die es nicht länger kennt, wird national verstanden sein. Man wird einerseits die rasseschichtigen Parteien, die sie letztlich waren, fallen lassen und neue auf staatsgedanklich-wirtschaftlicher Grundlage bilden; die germanischen Feudalkonservativen, die Fremdnationalen, die Deutschnationalen, die jüdisch-liberale und die grundrassig sozialdemokratische Partei ebensosehr wie die katholische Partei, die in ihrer Sittlichkeit, in ihrer kultischen und imperialistischen (ob es sich nun um einen deutschen Römerstaat oder um einen Kirchenstaat handelt) Gesinnung eine verballhornte Gotik aufweist, sind gegenstandslos geworden. Man wird in Deutschland andererseits unter Beibehaltung eines germanischen Ideals, das keinesfalls einem heute nicht mehr wünschenswerten Atavismus gleichkommen darf, ein Deutschtum als *europäisch-rassigen Kompromiß* fördern, in den die slawischen, jüdischen, gallischen und tartarischen Staatsbürger formspendend-weitend eindringen müssen. Man wird vielleicht weniger auf Deutsch*tum*, denn auf Deutsch*heit* sehen. Einen anderen Gang hat Österreich zu gehen. Der ästhetische Interessenkreis der Monarchie wäre zu schließen. Österreich wird keinerlei Sprachen verdrängen und keine, auch noch so kleine Völker ausrupfen; durch Wirtschaft im großen Stil (Dalmatien, Galizien, Bukowina!), vor allem durch seine hohe ausgebildete Intuition, seine schon aus Mischung entstandene Kunst und seine formende Sinnlichkeit aber müßte es, wenn die rechten weitblickenden Männer einer absoluten Kultur anträten, ein fremdsprachiges, ethnologisch schattiertes Deutschtum, einen überlegenen imperialen Reichsmenschen erschließen können. An dieser Stelle geht die getrennte Gemeinschaftsaufgabe wieder in Gemeinschaft über. Der mitteleuropäische Block von Kiel bis Cattaro, der östlich eine Kulturangliederung bis Peschawar und südlich bis Katanga oder Rhodesia erfahren hat, zum Teil erfahren wird, trägt im Orient, in der Levante und in Afrika die Verantwortung für eine Abart Deutschtum, ein *orientalisches Deutschtum*. Heute schon stellt Österreich ein Vorbild dar, ein blendendes Stück Zukunftswelt in seiner Zukunftsmusik, der leichten Hand seines geselligen Bestandes, seinem Geiste, seiner Sinnlichkeit und Schönheit. Preußen, dem andern Deutschtum die Tüchtigkeit; Österreich die Schönheit; zusammen der Welt den Deutschen, einen Menschen.

Es hat eine Form des Geistes gegeben, die sich Romantik nannte, obwohl sie von dem rationalen, formal sehr vollendeten und anspruchsvollen Romanen eher gegensätzliches ausspielte. Diese Haltung kann heute als überwunden gelten. An ihre Stelle ist für uns getreten, was wir *Germantik* nennen wollen, eine Kategorie von Wesenszügen, die mit der Romantik das Emotionelle und die Schraubung eines Erlebnisses gemeinsam haben, aber nördlicher bleiben. Vom *Germanismus*, den dieser Weltkrieg zwischen England und Deutschland, der Indifferenz der Skandinavier, ebenso desavouiert hat, wie er es am Panslawismus tat, sind wir zu einer weniger rassemäßigen Auffassung gekommen, der Germantik. Nicht als Germanisatoren, als *Germantiker* treten heute Deutschland und das Ostreich unter lernende, Anregung und Schule heischende Ostvölker.

Europäische Wege

Im Kampf um den Typus

Europäische Wege

Europa als Rasse kam, soviel wir wissen, aber auch genau so, wie wir es zu wissen wünschen, vom Norden. Die Wissenschaft ist ein Ausdruck wie jeder andre, ist es wie jedes andre. Europa als geistiges Gestirn ging von Norden auf, schwebte als Pilot über jenem bestimmten Knochen-Schädelsystem, das wir Germane nennen. Als es in die Atmosphären des Orientes und der Mittelmeerkulturen eintrat, entbrannte es unter hysterischen Spannungen zu einer Sonne, die alles Menschliche weit und breit dahinschmolz, Extasen, Paniken, Revolutionen, Seelenbeben in Köpfen und Herzen entfesselte und den geistigen Bewohner einer erfalteten Hemisphäre tropisch repatriierte. Der Typus Mensch wandelte sich in verschiedener Hinsicht wie noch nie seit dem Tiere. Instrumente entwuchsen an allen produktiven Stellen seinem Körper, Systeme, Regeln, Dichtungen, Gesetze überspannen die Natur, die sich durch den Menschen gewollt und hervorgebracht hatte. Einen Humus geistiger Ordnungen von großer Mannigfaltigkeit deckte der Prozeß locker über die irrationelle Wirklichkeit, auf dem das späteste Geschöpf, das nach dem Wort des Sehers das erste sein wird, gedeihen konnte.

Aus dieser Humusschicht der Ordnungen, der gott- und naturgewollten Abhängigkeiten, die er sich selbst zusammentrug, wuchs der Mensch zweiseitig, als ein Geschöpf, das in den Schoß des Chaos, aus dem das Leben wird, zurückwird. Dieses letzte Wachstum ist das größere Ereignis im Verlauf der Jahre mit gestürzten Ordnungen und ihrem Erlaß. Die Ordnung selbst wird gestürzt, im Bewußtsein Denkender, im Lebensgefühl Empfänglicher ist ihr seit heftigen Tagen inneren Wechsels das Urteil gesprochen, schon gehört sie zart der Erinnerung an, und nur Pietät beschäftigte sich mit ihr, als ob sie noch lebte.

Blößen, von Analyse nacktgefressene Stellen, weist jene geologische Schicht, jene Fauna der historischen Epoche des Erdballs auf, das Gehirn; die ganze Summe aller Weisheit seit geschichtlichen Gedenkens geht bei der Probe nicht mehr auf, das Vernünftige reicht nicht mehr zu, um die Totalität zu erfassen. Da haben gewaltige Geister eine neue Lehre geschaffen; Werte wurden umgewertet; Ohnwertigkeit gegenständlicher menschlicher Belange als Endziel der Besinnung ausgerufen und im "Nihilismus" vereinsfähig gemacht. Nichts sollte Geltung haben, alles war gleich unwahrscheinlich, in den Zwischenschwebungen zu leben, mußte die menschliche Seele eigentümliche Riemen ansetzen, denn Luft war Gift und Lüge und Atmen spießbürgerlich. Doch Spießbürgerlichkeit ist ein Mißwert, und wo der Rauch des Mißwerts, da ist auch das Feuer eines Wertes. "Epater le bourgeois" wurde eine nihilistische Empfindsamkeit. Der Nihilist aber sollte stark sein, es gab keine Abenteuer des Wertens und Denkens, denen er nicht gewachsen war, er begab sich auf Fahrt. Romantik war gangbar, unwegsam war die Straße des Bürgers. Alle diesseitigen Welten und Werte wurden bejaht, Staat, Kapital, Vaterland, soziale Menschheit, Heim, der Patriarch, der Soldat, der Bürger, der Wähler, der Beamte, der Hofrat. In der Erkenntnis der Unzulänglichkeit dieser Erscheinungen und Einrichtungen vorgeschritten, war es für den Nihilisten eine Probe vor sich selbst, die Dinge zu glauben, weil sie absurd sind: die verächtlichste und reifste Bewegung seines Glaubenshasses war der Glaube. Der Antichrist als Christ. Man hat die letzte geistige Identität der beiden Formen festgestellt, Nietzsche, Kierkegaard, Dostojewski. Wenn es stimmte, mußte es wiederholt stimmen, daß nicht nur der Christ im Antichrist, der Weltgläubige im Verneiner, sondern auch der Antichrist im Christ, der Verneiner im Schöpferischen steckt. Dieses merkwürdige *Ja!*, das nach der Jahrhundertwende gehört wurde, diese mysterien- und kulthafte Erektion nach Zeiten bewußten Rückwillens, war von durchaus nihilistischen Geistern und Temperamenten ausgesprochen. Sie feierten am lautesten, sie beteten am öffentlichsten, sie Nurichwillige gaben sich am tiefsten und inbrünstigsten hin. Viel zartere Intellekte ekelte dieser Stärken und sie blieben bei der nihilistischen Schönheit aus der guten alten Zeit, fanden sich nicht zurecht, glaubten den Nihilismus verraten von Rückfälligen: als ob Nihilistscheres gelebt werden konnte als dieser Verrat! Nichts hatte gegolten. Alles galt. Geschmäckler, wie sie die Nihilistenkultur schon herausgebildet hatte, Dekadents im engeren Sinne, wurden vom Entwicklungswillen brutal überlebt. "Deracinés" sagten für den Staat aus, wie es Hermann Bahr von Maurice Barrès nachgewiesen hat; Skeptiker traten zum Katholizismus über, nicht klerisch, politisch, kultisch, ästhetisch – aber konsequent auch dies, vorerst einmal in "Anschauung" versunken, in Anschauung des Ichs, das, um ganz rund begriffen zu sein, diese symbolischen Akte streng forderte. Die Kühnsten gingen mit. Es war die Zeit, da in Deutschland religiöse Gemeinden Intellektueller sich zusammenfanden, Zeitschriften zur Schulung religiösen Sinnes sich von den besten Denkern und Schreibern Beiträge erbaten und druckten. Da in Frankreich, Nordamerika, Irland und Österreich der Katholizismus sich zu gesellschaftlicher Gefälligkeit und politischem Einfluß restaurierte. Da die Radikalen und Fuchsroten plötzlich den Hochstaat erfanden ... und der Weltkrieg in den Ganglien Aviso gab. Ein Streichholz, Weltkrieg, das im Schein eines seelischen Vulkanes aufflammte!

Mit diesem Jahrfünfzehnt, in seinen Ausläufern entstanden, beschäftigt sich das vorliegende Buch. Es ist ein Ausdruck der Emotionen, die formend auf das Denken, Handeln und Schreiben wirken. Komplexe, die früher Privatgut des Ichs waren, wurden, nicht nur in der Wirtschaft, vergesamtbürgerlicht, Ärar und Fiskus waren die ungeheuren Reservoirs, die alle feinen und derben Werte sammelten, nicht immer zum Vorteil der feinen. Alle Lebensäußerungen wurden im Fokus des Staates konzentriert, die Statistik geistiger Regungen, die Aufstellung schöngeistiger Produktion, das Panorama vielfältigen Wollens wurde in immer ausgreifenderen Organisationen kollektiv, bis sich die letzte Stufe mit dem Staate identifizierte. Dies waren vor allem Wirkungen sichtbarer mechanischer und mechanisierender Mächte. Aber diese Mächte selbst hätten über den Willen des Menschen nicht Übung gehabt, wenn er sich ihnen nicht ausgeliefert gehabt hätte, ja, wenn er ihr Walten nicht wirklich in einer Art religiösen Bekenntnisses erwünscht gehabt hätte. Wir sind nicht Opfer der Mechanisierung, wir sind Opfer unserer Opferwilligkeit gewesen, Materialisten aus spirituellem Vorwillen. Dieser Hochstaat konnte nicht entstehen, ohne daß die allgemeine Disposition ihn gewollt hätte. Wäre die Mechanisierung so zwingend, wie sie viele auffassen, so müßten sich ihr auch die Völker des fernen Ostens längst schon unterworfen haben. Aber deren Mentalität ging an der Maschine, die sie nicht ausdrückte, einfach vorüber. Wenn sie in diesem Jahrhundert sich nun doch zu ihr bekennen, so ist das ein Beweis, daß die Originalität ihres Geistes gebrochen ist und europäischer Weltsinn den ursprünglichen am Platze verdrängt hat. Jede Kultur hätte sich lange vor der unsern mechanisieren können, wenn sie die geistigen Impulse gehabt hätte: worunter nicht Erfindungsgeist zu verstehen ist, sondern die Einschätzung solchens. Die Mechanisierung erfolgte nicht wider den Geist. Sie kam aus dem Geist, war eine Evolution des Wertbewußtseins. Der moderne Hochstaat und seine Träger sind Konsequenzen des Nihilismus der europäischen Seele und kamen im Widerstreit zu diesem empor. Die anarchischen Temperamente, die Söhne des gebärenden, formenwälzenden Chaos verlautbarten die Konteranarchie.

Aus der Erkenntnis, daß die Mechanisierung keine selbständige Gewalt ist, die mit dem Geiste kämpft, vielmehr eine Etappe auf den Wegen seiner Eigenprüfungen und seiner Vervollkommnung, aus dieser Erkenntnis allein kann man die Hoffnung schöpfen, daß sie in jenem Augenblicke aufhört, die entscheidende Form des Daseins zu sein, in dem der Geist sie geistig überwindet. Der menschliche Geist der Lokomotive ist greifbarer und konkreter, als es der abstrakte war, der Geist ihrer selbst, den man gesehen zu haben glaubte.

Daß Verbürgerlichung und Sozialisierung eintraten, war irgendwie an der Zeit, ein Hilfsmittel des geistigen Fortschrittes. Das Bekenntnis zur Organisation und den Tugenden, die sie technisch ermöglichen, Gehorsam, Verzicht auf Individualität und geistige Freiheit des Urteiles, die vom Dogma abgelöst wurde, dieses Bekenntnis kam nicht unter dem Drucke der technischen Umstände und materieller Beschwerden zustande. Es kam aus ethischen Untergründen. Die Organisation war nur das Mittel, an dem sich ein Neues auswirken, an dem es die starre und biologisch ersichtliche Form erhalten sollte, war etwa das "gute Werk" eines heiligen Sinnes. Dies Neue war die Sehnsucht nach Entwicklung der schwächsten menschlichen Seite, nach Förderung ihrer zurückgebliebenen Pfunde. Der technische, wissenschaftliche, künstlerische und philosophische Mensch hatte sich weit von seinem Urzustande entfernt, sich bis zur Unkenntlichkeit entwickelt und seine Kräfte veredelt. Der Mensch als soziales Wesen hat sich beinahe unverändert erhalten... Darüber kann die Tatsache nicht hinwegsehen, daß er einige Institutionen geschaffen hat, die sich von den primitiveren Formen der Gesellschaft in riesigen Maßen abheben. Während er als Künstler, Philosoph, Gelehrter und Ingenieur von ganz fremden und neuen Reizen, einer hohen intrikaten Reizkultur, umdrungen ist, zehrt er im Verkehr mit seinen Nächsten, im Verhältnis des Einen zum Ganzen, der Vielen zum Einen, Vieler zu Vielen noch immer von den tiefstehenden und unentwickeltsten Affekten. Dies wird auffällig, wenn man im praktischen Leben einer sogenannten großen Person gegenübertritt, einem Schöpfer, einem Meister, einem Führer. Der Abgrund zwischen Leistung und Verkehrsimpulsen ist schwindelnd. Die große Tat läßt ihren Tuer, das große Werk seinen Meister weit hinter sich, der vor seinem Gegenüber noch von den gleichen Empfindungen des Mißtrauens und unaltruistischen Wollens als den rechtmäßigen beseelt ist, wie sein Urahne im Wald. Im Salon eines Tauchbootes, in der Gondel eines Zeppelins wollen wir zwei Menschen annehmen. Die Erwartungen, die sie voneinander hegen, die Absichten, die sie miteinander haben, die Fähigkeiten, eines des andern Menschsein und die daraus entspringenden gemeinsamen Steigerungsmöglichkeiten zu erkennen, sind bei beiden nicht aus dem gleichen Jahrhundert, wie der Zeppelin. Sie sind um viele tausend Jahre einfacher, ja einfältiger, dümmer, genieloser, roher. Ostasien und Christentum haben den Versuch gemacht, auf das Wesentliche des menschlichen Verkehrs entwickelnd einzugehen, das heißt, den Verkehr unpolitisch, ohne den Umweg über die Analogie aus andern, zumal technischen Fortschritten zu verfeinern. Das hat sich in der Gestalt der Kirche gar bald profiliert. Der "Großinquisitor" Dostojewskis macht den Umweg über die Analogie. Er organisiert, um zum organisationslosen Wesen des Zieles zu gelangen. In Ostasien gelang der Versuch zum Teil. Die Empfindlichkeit des Menschen für die wichtigen Dinge der Seele ist dort um so viel besser entwickelt, als sich der Ostler kulturvoller, gescheiter und fertiger dünkt, denn der maschinsmarte Kaukasier. Der Versuch Christs scheiterte. Die Kenner lehnten ihn ab; obwohl sie nur die Politisierung verabscheuten, und darin gerade waren sie seines Sinnes. Daran vielleicht war Christ gescheitert, daß er dem Staate gab, was des Staates ist, das Motivische im Querschnitt eines Lebenssystems unterschätze. Die Kenner versuchten es dann selbst, gewarnt, wie sie sich deuchten, als Antichrist, sie schufen den Nihilismus, die großartige Freizügigkeit, paradoxierend und die Antithese lehrend, formten sie sich einen unabhängigen Menschen, ein Ideal von Vogelfreiheit. Die Nihilisten waren keine bösen Tiere, wie sie der Polizeibericht darstellt, sie waren poetische, schwärmerische Naturen, die in der Auflösung ihrer selbst und des Alls den Weg begrüßten, auf dem zu einer menschenwürdigen Geselligkeit – die Gesellschaft verpönten sie, außer in Zirkeln und Vereinen – vorgeschritten werden könnte. Ihre Erkenntnis war richtig, ihre Sache gut. Aber auch sie ignorierten den Staat, nicht, indem sie ihn wie Christ gewähren ließen, bis er sich sein Recht im Großinquisitor, um beim Typus zu bleiben, verschaffte, sondern indem sie ihn überhaupt verneinten.

Der Nihilismus begann damit, dem Bestehenden und Geordneten die Teilnahme zu versagen. Das war anfängerhaft, das war noch nicht Nihilismus, das mußte sich vertiefen, und es vertiefte sich. Der Nihilist mußte, wenn er wirklich war, was er sich nannte, eine Kämpferfigur, ein Protestant im nackten Wortsinn, ein Vernichter des engen Alls, das sich in der Schule einer vierzehn Jahrhunderte alten Kultur in Europa geschaffen hatte, er mußte an den Dingen selbst seine Elastizität erweisen. Nihilisten wurden jetzt diejenigen, die Gegebenes und Gewordenes achteten, weil sie damit längst fertig geworden waren. Auch als Bürger mußte man zeigen können, worauf es ankam: das geistige Verkehrsmittel zu finden, die Verkehrskultur aufzubauen, das Verkehrsgedicht zu rhythmen. Der Nihilismus, Antichrist, ging ganz den Weg des Christentums des Großinquisitors: Er hat solange wieder dem Staate gegeben, was des Staates ist, verzichtete so sehr in harter Konsequenz seiner Geistigkeit auf den Umsturz, bis die Folgen abermals nur politische wurden, der Verkehr nur ein technisch gesteigerter, kein geistig verfeinerter. Gut gemeint war die Verneinung der Gesellschaft im Beginn. Besser gemeint ihre Bejahung in der Zeit des Reifens. Die Organisation in jeder Form war als Ausdruck einer zugleich stattfindenden geistigen Verständigung, einer inneren Organisation seelischer Beziehungen und Reize gedacht. Das altruistische Motiv, das sich in den dabei zu bewährenden Tugenden auslöste, versagte aber im Verhältnis von Organisation zu Organisation. Jenes patriarchalisch-autoritäre, altmodische Prinzip, das die Politik der Parteien in einem Staat, noch viel mehr aber die Staaten untereinander beherrscht, wo jeder sich um so viel stärker erscheint, als er den andern schwächen kann, anstatt um so viel stärker, als er dem Staatsnachbar in der Wahrung seiner Existenz moralisch und pragmatisch beispringen kann, jenes vorsintflutliche Prinzip ist die Trauerfahne über dem vorletzten Versuch des Nihilismus, der denkenden, der erkennungssicheren Menschheit, zur geistigen Gemeinschaft zu gelangen. Ein jüngster Versuch wird, über die äußere Sozialisation hinwegschreitend, wieder zur inneren greifen müssen. Der Großinquisitor wird den Rebellen Christ enthaften lassen.

Der Nihilismus war eine geistige Welle. Die Beziehung von Mensch zu Mensch sollte Kultur werden. Er begann als Politiker mit stark terroristischem Einschlag. Er besann sich, entsagte der Darstellung materieller Gesellschaftsfeindlichkeit: denn der Terrorismus ist noch ein Teil der materialistischen Weltanschauung gewesen. Der Nihilist ordnete sich mit Leidenschaft ein, vollzog die natürlichen Pflichten und Handlungen und suchte sich durchzusetzen, indem er den Begriff des Bürgers unerhört vertiefte. Es kam auch ein bedeutendes Ergebnis zustande, das ich seinerzeit in meinem Pamphlet "Macht" zu bewerten versuchte. Die westlichen Nationen haben nie verstanden, was sich in diesen Jahren in Mitteleuropa an geistigem Wachstum vollzog, mit welchem Schlüssel dieses Geheimschloß des deutschen Staatsbürgers oder des Großösterreichers zu ersperren ist. Menschen von vollständig nihilistischer Disposition und Geistigkeit, wie etwa Jack Slim, wurden die Dogmatiker von Einrichtungen, die geradezu reaktionär zu nennen waren. In der Weite, Grenzenlosigkeit ihres Blickes begünstigten sie die nahen Anhaltspunkte. Denn es bedurfte der Demonstration, daß die Höhe der Kultur nicht von den Einrichtungen abhängt. Der Österreicher hat eine Reihe glänzender Einrichtungen, aber er versagt in der Disposition zu diesen Dingen: andererseits besitzt er scheußliche Einrichtungen, inmitten deren er sich so anmutig und freiherrlich bewegt, daß er sich selbst und andere ihm das Zeugnis der hohen Kultur nicht vorenthalten. Fremdkontinentale Völker haben diesen Sinn; sie betrachten Lokomotiven und Vernichtungswaffen als überlegen, sind sich der Unfähigkeit bewußt, diese Dinge aus sich selbst hervorzubringen, des Geistes, sie auszudenken: und sehen doch mit gutem Gewissen auf die Barbaren herab, die das vermögen. Ein ähnliches Kulturempfinden spricht aus dem Widersinn, der tiefernsten Antithese der Westvölker, wenn sie von den Deutschen als "wissenschaftlichen Barbaren" sprechen. Die demonstrative Bürgerlichkeit des Nihilisten sollte diesen Sinn verbreiten helfen; wenn man aber die Lebensformen des Bürgers und seines

Staates verachtete, was konnte Großes daran sein, diese Verachtung zu bezeugen: der letzte Rest von Menschlichem, der auch diesem Starren, Blühkalten anhaftete, mußte bei niemand andrem als dem tief religiösen Nihilisten Liebe, Vertrauen, eine kleine Lust zur Bindung, Glauben erwecken.

Daß Sozialisten sich verkaiserlichten, ist nur derselbe Vorgang im kleinen. In Wirklichkeit haben sich, wie man eines Tages sehen wird, die Kaiser sozialisiert. Der Nihilismus wollte sich nicht verbürgerlichen; er wollte den Bürger nihilisieren, und er ist auf dem Wege dazu. Das Endziel aller Staatsentwicklung ist die Staatlosigkeit. Um einmal von der Organisation frei zu werden, muß der Mensch die schärfsten und strapaziösesten Arten der Organisation durchmachen. Die Vergeistigung ist nicht im Gegensatz zum Materiellen möglich, sondern auf dem Umweg seiner Beherrschung, nicht in der Verachtungsgeste für das Ungeistige. Um den Staat loszuwerden, war gewiß der beste Weg, den imperialen Staat zu fördern. Die vielen, oft plötzlichen Bekehrungen hervorragender Politiker oder Literaten in den letzten Jahren waren keine Verbesserungen früheren Irrens. Sie waren Klärungen, die Kontinuität der Urabsicht blieb gerade in der Wandlung erhalten; daß aus oppositionellen Typen Konservative wurden, ist nicht weniger in aller Ehrlichkeit geschehen, wie wenn künftig aus Konservativen wieder Oppositionelle hervorgehen. Der Radikalismus, der nicht der Partei, sondern dem Menschenziel treu bleibt, ist der fruchtbare und geniale. Lloyd George und Sozialisten in allen Ländern wurden imperial, Katholizismus, Zentrum, Konservatismus, die patriotischen Parteien fanden Zulauf nicht erst während des Krieges; der Krieg war nur der blutig beschleunigte Prozeß, die Abtreibung wohl noch unreifer Früchte, Katastrophengeburt. Ins Neue gereinigt, sehen wir uns vor einer jungen radikalen Welt, die wir geboren haben. Auch der Nihilismus hat sich in ihr geklärt. Das "Nihil" an ihm galt dem Gewordenen; er hat die Verneinung abgelebt und steht lange schon souverän über dem Komplott, der Handbombe, der Polizeifeindschaft. Ja, er nahm sich eine Zeitlang einer menschlich so schwach begründeten Sache, wie Polizei es ist, an. Einrichtungen sind nicht Kultur, es gilt die *sozialen Reize* auf die Höhe der Zunft, der Wissenschaft, der Technik, der Metaphysik zu heben. Aber in dem Weniger an Reibung, das zwischen Mensch und Einrichtung entsteht, wird der Fortschritt markant, Einrichtungen müssen zuletzt ins Unterbewußtsein gesunken sein, wenn der Mensch sich seiner Vollendung nähert, des Zeremoniells der Einrichtung libertin enthoben ist, da eine gute soziale Erziehung ihn trägt.

Ein großer Staatsmann mißhandelt seinen Dienstboten. Ein Künstler, wie er in hundert Jahren nur einmal erscheint, beleidigt Frauen, die er liebt, sagt schlecht über sie aus, verleumdet Freunde und stört durch sein Verhalten Beziehungen zwischen andern. Wir alle kennen einen solchen Mann, den wir verehren und den wir verurteilen müssen. Es ist das geläufige Bild. Der soziale Mensch blieb unentwickelt. Seine Methoden sind roh; seine Menschenkunst gering, seine Nerven unempfindlich, er ist in diesem Punkte noch zu wenig hysterisch; nur hysterische Personen zeigen heute eine höhere und vornehmere Verkehrskultur, die ausgesprochenen Psychopathen, die sogenannten Verfolgungswahnsinnigen, gebrechliche Instrumente des Menschenverkehrs. Ihre Feinheit müßte dem Menschen verbleiben, ohne daß er ihre Abträglichkeiten erbt. Die ist möglich, wenn der einzelne seine Neurasthenie verarbeitet.

Mit der Verbesserung der Einrichtung allein ist es nicht getan; sie zu stören, ist Unsinn und Unmoral, ein verbissener Wahnsinn. Möge eine neue Entdeckung an sich, Telepathie und Spiritismus, dem Menschen die plötzliche Entwicklung sozialer Funktionen inspirieren: der Weg zum immer Werdenden, Chaos, geht übers Gewordene, Ordnung. Wir gehen einer politischen Grundform entgegen, dem *Normal-* und *Einheitsstaat*. Die Originalität und Vielheit der Gesellschaftsformen wird vermindert werden; dies ist zu bedauern, Einförmigkeit und Druck des Staates, von keinerlei irrationalem Beiwerk freundlich überhellt, werden fühlbarer sein als je; aber nichts bereitet den irrationalen Zukunftsstaat, den Musikstaat, den Selbstaufhebungsstaat besser vor, als diese Reduktion zur Technik und zur Langeweile. Im vollkommenen Maschinenstaat wird Staat gleichgültig und werden irrationelle, geistige, eigentliche Probleme der Menschheit akut. Über die Ordnung führt der Weg zu ihrer Entbehrlichkeit. Wir kämpfen noch um Ordnung, unser innerstes Dasein aber ist in Fühlung mit dem Weltschöpfungschaos, dem unter den Zeitgenossen die Künstler den Ausdruck finden.

Beides vereinigt in sich der Vollmensch dieser Zeit: Ordnung und Chaos. Nihilismus, als Wort, drückt ihn nicht mehr aus. Er nennt sich

Simultanist, um zu bezeichnen, wie überall er ist, wie gegen das alte Gegen, *Nihil*, er gestimmt ist, wie gleichzeitig alles in ihm vor sich geht, wie panisch sein Lebensgefühl ist, wie umfassend seine Liebe, wie erobernd seine Güte. Die Simultanéitée ist ein Gedanke, den Bergson für die Philosophie verwertete. Aber damit begann es nicht, es begann mit den Futuristen und den expressionistischen Malern, die Simultanes sahen. Simultaneität ist seither ein Motiv, das nicht auf das Künstlerisch-Philosophische beschränkt blieb. Es bezeichnet ein Universal-Erlebnis, das sich in voller Unschuld gegensetzlich zu seinem Vorgänger, Nihilismus, benennt, aber die Kontinuität des Erlebnisses aufrechterhält, ja dieser Nihilismus ist seine neue Vertiefung selbst. Die impressionistische und pointillierende Richtung der europäischen Seele, die Analyse, ist von der Synthese, dem Ausdruck, der Expression, dem *Simul* abgelöst worden. Der Simultantist vermag unter Einrichtungen, zwischen Ämtern und in Beförderungsmitteln, je schneller, schockierender sie laufen, desto besser, desto erregender, geistig zu bleiben. Er bleibt Skeptiker im Glauben, bleibt immer seine eigene höhere Identität: über diese Dinge hat, soweit ich es jetzt übersehen kann, Theodor Däubler in seinem Buche "Der neue Standpunkt" das Entscheidene gesagt. Wir sind auf einem europäischen Platz angelangt. Die Wege dahin wollen wir im vorliegenden Buch ein Stück zusammengehen.

Und dann bereiten wir uns vor, in einen Garten, Europa, einzutreten.

Deutsche Menschen

Thomas Mann

Darüber kann kein Zweifel mehr bestehen, daß der Liberalismus nicht nur als politische Meinung, sondern auch als geistige Haltung abgewirtschaftet hat. Das Offen- und Freigebig-Sein im Empfangen, die Liberalität, kennzeichnet ein Übergangsstadium und eine Lernperiode. Der Liberalismus war den Erfahrungen einer neuen technischen Welt geöffnet; in seinen tragischsten Momenten, wie sie seine Dichter festgehalten haben, war er vielleicht sogar eine offene Wunde, ein sentimentaler Schmerz, eine Völkersehnsucht, eine überschwengliche ruhmredige Betonung der Unreife. Aber je offener er wurde, desto mehr begann ihm diese eine wesentliche Größe zu ermangeln: die Offenbarung. Der Liberalismus war für alles da, dies ist sein Verdienst, daß er sammelte, Menschenseelen zu Museen von Meinungen und Stimmrechten machte und die allgemeine Gleichheit unter die Lebensdinge verteilte. Aber dies eine große Erlebnis der Offenbarung in irgendeiner Art hatte er in seinen letzten Erscheinungen nicht mehr.

Die Praxis der Politik hat uns den liberalen Mann in der Gestalt des Bürgers vermittelt. Die bürgerliche Partei bedeutete eine liberale Partei, und der Appell an den Bürger den Appell an dessen Liberalismus. Die Zukunft nun wird beide trennen. Das heroisierte Ideal des Bürgers, das auf die aristokratische Wertgeltung des atheniensischen Polites, des Cives Romanus, des gotischen Freien, des mittelalterlichen Herrenbürgers zurücksieht, wird wie diese seine Vorgänger die entschiedenen und konservativen, nicht die "freigelassenen" und liberalen Werte begünstigen. Alle konservativen Ideale, vom Kriegertum bis zur verkirchlichten Religion und zum Katholizismus haben ihre Renaissance zu gewärtigen: ein unerhörtes Aufblühen der sie tragenden Rasse inmitten europäischer Nationen zieht wie der Duft von Blumen Sonnen auf entstirnte Himmel an.

Der heroisch bürgerliche Mensch der Zukunft ist, um ihm den geschichtlichen Doppelgänger zuzunennen, etwa ein Deutscher aus der Hohenstaufenzeit; sein Geist ist nicht mehr liberal, sondern imperialistisch, und nicht um ein Rheinreich allein und klein geht sein Sinnen und Sehnen, sondern wieder um ein heilig römisch Reich europäischer Nationen. Alte Tugenden und Symbole, stahlhart, klirrend, gurtig, schmiegsam und mit Feuer im Schimmer den Träger belebend, kommen aus der Rüstkammer der Welt wieder, Heldenschätze, Mythengeister regen in neuer Form uralten Sinn. Das Beste von Völkern, die dies Europa gebaut haben seit Armins, Marbods, Alarichs, Ruriks und Gensarichs Tagen, schläft im Blute kommender Männer und Frauen sich ins Wachwerden aus.

Der Konservativismus, dem vorerst einmal das Feld gehört, ist ein solcher der Eigenschaften, nicht ein solcher der Lebensmittel, ist einer des Seins, nicht einer des Habens. Dem Körperlichen ist die ungebundene Entwicklungs- und Variationsmöglichkeit und die Lust an ihr genau so mitgegeben, wie beim Geistigen, je stärker und findiger es ist, je reicher und perverser es schafft, die Neigung zum Erwerb alterprobter und längstgeübter Ideale. Alle großen Revolutionäre enden wie Nietzsche bei den alten Legenden, bei den ewigen und letzten Typen der Geschlechter, beim Krieger und dem Weibe. Alle kleinen Revolutionäre aber beginnen bei der Nichtelektrifizierung der Stadtbahn, singen die Zeiten des Postwagens und des Handbetriebes und werden vom Muß des äußern Fortschritts zermalmt. Dieser Konservativismus ist grell materialistisch; er überschätzt die Bedeutung des technischen Gebildes, indem er es verbietet; und ihm wäre keine Grenze gesetzt, wenn er eines Tages statt des Zündholzes den Flintstein einzuführen beliebte. Ihn vertritt der Chinese Ku Hung Ming in seinem Buche "Über die chinesische Oxforder Bewegung". Und von dem Glanze eines Könnens, das ihm nicht liegt, eifersüchtig geblendet, legt er Protest ein gegen eine gleichgültige Größe und Schöpfergabe ohne geistigen Kummer, fordert zu ihrer Verteidigung den Weißen heraus, macht Reklame für sie und weckt die technische Affektation des Europäers, der sich gibt, wie er sich beobachtet weiß. Dieser Konservativismus ist nicht nur wertlos, sondern gefährlich; denn er nährt den Geist nicht, den Körper zu hemmen, und es nützt Gott nichts, der Maschine in die Räder zu fallen. Der Geist, der die äußerliche Funktion vervollkommnet, um sich über sie hinaus zu konzentrieren, ist der stärkste.

Die gleiche Ungenauigkeit des Heils aber ahmt eine geistige Haltung nach, die, um aus dem Materiellen und Rationalen der Zeit zu entkommen, einen verschwörerischen trüben Irrationalismus wider die Vernunft hetzt. Die Hingabe an den zweifelhaften Instinkt wird der Gottesdienst berufloser Korybanten, schmächtiger Künstlerseelen und beredsamer Stotterdenker. Die Äußerungen der Vernunft im sozialen und technischen Leben fallen der Fehme von Hirnen hinter Kapoten anheim, das Klare und Gesunde, Wirkliche und Balsamische vernünftiger Lösungen freut den Geschmack Übergessener nicht. Weil zuviel Brot da war solange Zeit, wollen sie nun nur mehr die Rosinen und vergessen den Kuchen. Weil zuviel Zahl, Gradheit und Scharfsinn sie sättigte, treiben sie nun willentlich Askese in Leidenschaften und Trieben. Denn die Leidenschaft will sie nicht und läßt ihren Lebensbaum ihnen nicht Früchte schütteln, so wollen sie die Leidenschaft und beginnen zu klettern. Dies ist nicht Leidenschaft;

dies ist Leidenschaft, von der Vernunft vorgeschlagen, ist nicht leidenschaftliche Leidenschaft, sondern berechnete und ein Postulat. Denn der Witz der Leidenschaft geht anders: sie weiß sich zu übermächtig und gefährlich und schlägt die Vernunft vor, die Zahl, die Gradheit und den Scharfsinn. Sie spürt es zucken und votiert für das Rationale; die Leere aber spürt sich hohl und hofft nach dem Schauer.

Die Männer des 19. Jahrhunderts glaubten eine große Erfahrung über alles, was vorher gedacht wurde, gemacht zu haben. Bis zu ihren Tagen hatte die Welt auf Grund des Guten, Gesunden und Vernünftigen bestanden. Da ergaben sich Zwischenfälle, auf die diese Werte nicht mehr anwendbar schienen; es schien sich zu erweisen, daß Gutsinn, Gesundheit und Vernunft für das menschliche Leben ungültig geworden waren, und die Probe aufs Exempel konnte gemacht werden, daß die Kontrastbegriffe ebenso viel zur Bildung der Welt, des Menschenlebens und der Gesellschaft getan hatten wie jene ersten. Die Menschen ersannen und vollführten die Umwertung und stützten das Leben auf Bösartigkeit, Krankheit und Vernunftlosigkeit. Diesen indifferenten oder pervertierten Geist nannten sie den wissenschaftlichen im ganzen, in seiner entsprechenden Teilung *struggle for life*, Genie und Irrsinn, und Irrationalismus. Das Leben war ein ödes Getrampel und Getrete, das Genie stets ein wenig leidend, die Vernunft aber am glänzendsten durch ihre Abwesenheit.

Diese Periode ihrerseits zerfiel wieder in zwei Erscheinungen, in die Bösen und Kranken, die man Rationalisten und die Vernunftsheiden, die man Irrationalisten nannte. Die zweiten waren die Feinde der ersten. Die ersten waren unzufrieden mit der Lage der Dinge und figurierten die große Dekadenz; die zweiten waren bereits zufrieden mit ihr und waren nicht nur nicht mehr enttäuscht, sondern postulierten sie sogar. Den ersten war der Umstand, daß man sich auf gut und böse, gesund und krank nicht mehr recht verlassen konnte, peinlich; die zweiten aber fanden bereits das Stimulans, das darin lag, heraus und forderten, daß der Instinkt des Menschen, der sich um gut und gesund nicht sonderlich zu kümmern scheint, wider die Vernunft recht behalte; und setzten die Vernunft, die noch immer dagegen Einsprache erhob, kräftig auf die Erde nieder.

Sie kamen nicht vom Flecke. Denn was vernünftig war an der Vernunft, die Kraft ihrer Zucht, das gaben sie daran; und behielten gleichwohl, was fehl und unvollkommen an ihr ist, ihre Frechheit und ihre Tyrannei. Denn nichts ist rationalistischer gedacht als der Irrationalismus. Der Nationalist entzwirnt den ethischen roten Faden einem Knäuel des Eigennutzes aller organischen Wesen; der Irrationalist erhebt die Intensität dieses Eigennutzes zur Triebromantik und postuliert sie im bloßen ästhetischen Feuer der Leidenschaft; die Vernunft nützt er, ihr zuchtloses Gegenteil zu deduzieren. Ihren Fehl, den Mangel an Eingebung, dehnt er zur irrationalen Tugend, die Eingebung zu erzwingen, oder, woferne diese fernbleibt, mittlere und kleine statt der großen überwältigenden sich zu halten. Der Irrationalist ist nichts andres, denn der zufrieden und philiströs gewordene Rationalist; beide stehen der Gegebenheit und dem Wissen ewiger Werte skeptisch gegenüber; beide glauben dem religiösen Wunder der sinnvollen Läuterung menschsinnlicher Triebe durch eine weltsinnliche Vernunft nicht. Die Tyrannis der Vernunft ist durch die Pöbelherrschaft der Instinkte ersetzt. Das Leben aber, geschleust in Vernunft, macht der Dammbruch der Triebe uns nimmer strömen.

Aber die neue Erfahrung außerhalb des Überlieferten und Gesetzmäßigen, die Erfahrung wider dieses war wie ein großes Erlebnis gekommen, das ein System zerstörte. Dieses System enthielt alle aufbauenden, aber nicht alle zeugenden Werte. Aufbauen, bilden konnte nur das System der drei Dimensionen: gut, klug und gesund. Was außerhalb war, der Wahnsinn, wirkte hemmend, hintertreibend, vernichtend – aber er wirkte auch zeugend. Diese Erkenntnis verführte. Der starke Mann hieß nicht der, der seinen Willen brauchte, zu arbeiten, zu schaffen, zu bauen, sondern der, der seinen sinnlosen Sinn und Blutwunsch gottete. Aber so wahr es ist, daß gutes Blut freche und frohe Wünsche hat, so wahr ist es, daß bestes Blut Wünsche gegen seine Wünsche hat. Welcher Instinkt des Menschen wäre so sicher, so siegreich, so schön als der zur Vernunft.

Das System von gut, gesund und vernünftig fiel, als man gewahrt, daß der Zufall den großen Teig der Werte buk; da wurde, was weder diesseits noch jenseits des Systems lag, dem menschlichen Geistergaumen resch. Der Tolle schuf das Werk, der Kranke erntete Arznei aus seinem faulen Blute, der Böswillige schuf Milde und Arglosigkeit rings um sich und stach im Erfolg den Edelwilligen aus. So war es und ist es seit je und fürder; aber die Menschen der Zeit schlossen daraus, daß die Zeit gekommen sei, wo man den Gaul mit guter List beim Schwanze aufzuzäumen hätte. War den einen das Leben ein Logarithmus, so war es den andern ein unbeeinflußbarer Verdauungsvorgang; und wie recht die letzten auch haben mögen, so steht doch fest, daß die Aufmerksamkeit und Vernunft des Menschen willentlich nur dem Logarithmus, und er auf dem Umweg über ihn irgendeinem Dickdarm zugewendet werden kann, niemals aber der Tätigkeit dieses selbst. Der Mensch kann nicht das betreiben, was sich selbst betreibt; aber für alles Stumme und Dumme hat er Geist und kann er den Betrieb, seine Emanation, einsetzen. Mit den gegensätzlichen Begriffen zu gut, gesund und vernünftig kann man nichts leben und nichts wollen; und wie sehr man auch wünschen mag, daß eine unbekannte Fügung den menschlichen Willen überholen könne, so gibt es doch keine andre Gewißheit über die Richtigkeit von Werten als die alte konservativer Art und Herkunft. Im heutigen Zustande der Vernunft kann man nicht mit ihrer Ausgefallenheit rechnen; man kann so wenig die Zeit zurückrücken wie ihre Entwicklungsergebnisse; und es ist doch wirklich sehr fraglich, ob der Höhlenmensch oder die sogenannten intuitiven Kraftnaturen früherer Zeiten im ganzen genommen stärker waren als der moderne Reflexionsmensch mit seinen abgemessenen Trieben?

Denn erst dieser Reflexionsmensch ist imstande, die Zeit, die nicht zurückgerückt werden kann, zurückzurücken. Er denkt Gedanken wider sie selbst, er schafft das Paradox, diese fünfte Dimension, in der die Zeit normal zu sich selber verschoben wird, wenn sie im Gehirn einen Gedanken zugleich mit seinem Gegenteile formt. Dieser Mensch hat das große Erlebnis seines Geschlechtes, den Zweifel, nicht vergessen, aber er hält mit peinlicher Sorgfalt, mit einer Art boshafter und pedantischer Strenge an dem System von gut, gesund und vernünftig fest. Der tiefe Gedanke der Erbsünde, der ewig harte Werte und ein elastisches Versündigen des göttlichen Instinkts alles Lebens zur paradoxen Synthese bringt, ist ihm geschenkt. Man kann nicht die Hand rühren ohne die feste Regel der Vernunft, ohne das Gesetz, ohne die bindende Willigkeit zu ihm und seinen kleinsten Verpflichtungen. Man kann nicht, weil irgendwo ein fehlerloseres Gesetz am Werke ist, geschaffenes Gebot verkehrend befruchten; man kann nichts tun, als das Gesetz ohne Nachsicht befolgen, und vor seinen Ausnahmen andererseits nicht allzu blöde sein. Gutsinn, Gesundheit und Vernunft allein können Ziele sein und Willen auf sich ziehen; der Takt, den niemand niemandem geben, den niemand niemandem lehren kann, wird entscheiden, wo sich ihre Übertretung oder Verkehrung zur höheren vieldimensionalen Realität des Paradoxen erhebt. Es gibt nirgends einen Fleck der Erde, nirgends eine Faser Papiers, auf denen gestattet wäre, den Trieb gegen die Vernunft zu insurgieren und das minuziöse Verhältnis des Geistes zu gleichzeitigen Gegensätzen dem Mißverständnis der Massen auszuliefern. Völker lehret das Gut-Gesund-Vernünftig, selbst wenn sie stumpf und philisterhaft am Platze hocken! Denn lehrt ihr sie, was nicht zu lehren, sondern nur zu erzielen ist, indem man's spart und totschweigt, das Paradoxe, so glaubt ihr feine Köpfe zu züchten und verführt doch nur Pülcher. Die Zeiten aber, wo man darauf angewiesen war, den Rowdy zu affektieren, um kein Spießbürger zu sein, sind gottlob vorbei. Heute ist man, um kein Spießbürger zu sein, wieder ein Spießbürger. Man ist diskreter und zurückhaltender geworden mit seiner Unspießbürgerlichkeit. Dieser modernen Art von Bürgerlichkeit, ja Spießbürgerlichkeit ist Georg Aschenbach, das umdichtete Ich Thomas Manns.

Er ergreift nicht nur die feste Anschauung, sondern ergriff auch den blechernen Orden auf seiner Brust. Er lächelt über zweiflerische verzweifelnde Jünglinge und fühlt den patriotischen Rausch vom Anblick schaffender Staatsgewalt: er ist einsam in Arbeit und Denken, aber er fühlt den Rhythmus von Zeit und Volk die Grenzen seiner Person verwischen und ihn zur Zeugung des großen Kunstwerkes beleben, das allen Bestes gibt: Gutsinn, Gesundheit und Vernunft. Georg Aschenbach, der seinen eisernen Willen auf das Gesetzmäßige, das Überlieferte, das seit je Erreichte richtet und die Beziehungen findet zu den alten Werten seiner Rasse, wird vom Irrationalen in den Malstrom der Triebe gerissen. Aber seinen leuchtenden starken Untergang bietet uns Thomas Mann nicht als irrationalistische Lehre über das Leben, zieht nicht aus der Verwegenheit menschenmöglicher Schicksale den Rückschluß auf die Minderwertigkeit bürgerlich vernünftigen Schaffens. Wie der Trieb das Walten der Vernunft wildromantisch stört, wird je zu schildern die Aufgabe des bürgerlichen und im einfachen Leben tüchtigsten Mannes von Genie sein. Aber er wird, wie Thomas Mann, nicht verfehlen, den Heroismus des bürgerlichen Typs verlockend und menschenwürdig darzustellen.

Ich habe versucht, an den größten und ehrlichsten Gestalten unsrer deutschen Literatur jene Züge zu lesen, die das Bild des lebensfähigen Menschen inmitten einer stark entwickelten äußeren Zivilisation zu tragen berufen sein dürfte. Es liegt im Wesen der großen Dichter als der Fortgeschrittensten unter uns, daß sie die biologische Weiterbildung zuerst von allen am eigenen Leibe verspüren als einen Krampf, als eine qualenreiche Geburtsstunde des Lebens, als ein Wehenbett niederkommender Dinge und Formen. In diesem Sinne sind Thomas Mann und Gerhart Hauptmann die heldischesten, die leidendsten, die ihrer schöpferischen Qual anhänglichsten, und darum vielleicht die, die Kommendes am tiefsten, langsamsten und dauerndsten sich entwickeln lassen. Der Abschied von ihrem Entwicklerschmerze fällt ihnen schwer: und noch wagen sie nicht, Erfolge und Abschlüsse in sich zu sehen, Gestaltetes nun auch wirklich so wandeln zu heißen, daß es nicht mehr im Buche bleibt, sondern hinaustritt in die Welt, sich unter die Menschen mischt, in den Alltag wie in eine längst ersehnte Heimat findet und unmerklich den Typus ein gut Stück Weges weiterführt. Noch ist ihre Entdeckung von den neuen unerhörten Steigerungen der Lebenskraft, die sie im Sensibeln, im scheinbar Kranken gefunden hat, nicht ihrer Laune zugute gekommen. Am leichtesten fiel es dem Dänen Jensen, denn schon ist er um die Hälfte einer Generation jünger und schneller. Das positive Werk gelang wohl Altenberg in der Schöpfung der physiologischen Humanität, der Neuordnung menschlicher Kräfte gemäß der Verwandlung der äußeren Umwelt. Das erstemal schon als ein Glied seiner Gesellschaft ausgerichtet und eingewohnt entsteht der neue Mensch in der Novelle Thomas Manns: Der Tod in Venedig.

Dieses Werk ist berauschend in seiner Reife. Es ist von einer mythischen Einfachheit und Deutlichkeit der Personen, des modernen Lebens, seiner ungeduldigen Sinnlichkeit und leidenschaftlichen Bewußtheit, die zum erstenmal den heroischen Zug dieser Zeit festhalten. Die erregende, bis zum Weinen reizende Schönheit dieses nüchternen Stiles, den auch Mann hier zum ersten Male in dieser Meisterschaft dem Ohre des scharfhörigen Nervenmenschen anklingt, ist ein sinnliches Zeichen für den Grad seiner inneren Entwicklung. Jeder

Satz ist schwer von den Früchten einer Weisheit, die den Ernten eines ganzen Geschlechts entstammen. Weit über die Prestidigtativkunst des Impressionismus hinaus ist die durch diesen erzielte Geschmeidigkeit der Sprache zu Eleganz und in sich vollendeter vornehmer Masse verselbständigt. Diese Sprache braucht auf den Einfall keinen Wert mehr legen, sie braucht keinen Geist, keine Leichtigkeit, keine Detektivschlauheit, um den Gegenstand apart zu machen, sie ist vielmehr so vollkommen in diesen selbst versunken, so restlos in ihren Inhalt aufgelöst, daß sie kaum erstaunt, aber wohltut, nur wohltut und mit einem Brausen von Gnaden den dankbar kaum gewünschten Leser umwittert. Eine solche Harmonie aber mag die Folge eines endgültigen Erlebnisses von etwas Neuem Menschlichen sein.

Der Wirbel chemischer Umbildungen im Blute des neuen Menschen hat sich gesetzt. Die Paria-Psychologie, die Mißgunst-Seelenkunde, die Verräterei und Prostitution der Iche ist vorüber. Georg Aschenbach, der Führer seines Volkes, gibt der Jugend, die dem Höllennichts eigener Anfänge auf dem Fuße folgt, die sittlichen Maßstäbe wieder. Er zeigt "eine Sittlichkeit jenseits der Erkenntnis". Er ist entschieden, mit der Analyse im Rücken. Er ist ein Wille, mit dem Allwilligen und Nichtswilligen von einst unter den Sohlen. Er ist ein Recke mit einem zarten und feinfühligen, ja schwachen Körper, aber er hat die Kraft dort, wo er sie braucht: und dies eben ist Kraft! Der Irrwisch widerspenstiger und kranker Neugier nach den Folgen alles Zuchtlosen ist ein großes ruhiges wissendes Auge geworden, das über das Wissen, die Erkenntnis, die Amoralität des Probelustigen, den Kreislauf aller Logik, die Unverschämtheit des Rechnens hinwegsieht. Er handelt mehr denn je ursprünglich, nach einem Takte, nach einer rhythmischen Eingebung, und dies, je mehr er das exakte System der Vernunft und ihre Dreidimensionalität gut, gesund, vernünftig anzuerkennen beginnt. Er geht nicht von seinem Volke fort, sondern spitzt es zu sich zu, bleibt nicht ein Stern außerhalb von dessen Welt, sondern sammelt wie ein unendlich vereinsamter und vereinzelter Punkt dessen Lebenswirkungen zu sich als einer Gipfelexistenz ein. Ein starker Austausch von Strömen hält die zwei Weltkörper, Genie und Masse, im Kreislauf. Er fühlt, wie man so sagt, sozial, er ist Patriot im nächsten und im fernsten Sinne. Die Ruhe, Heimlichkeit und Konzentrationsförderung der bürgerlichen Welt läßt ihn nicht mehr an ihrer

Kraft zweifeln: er sieht sie als den Erfolg einer Entwicklung; nicht als einen Abtrag, sondern als eine Form des Menschlichen. Die höchste Form des Menschen ist der Bürger; freilich nicht jener im liberalen, sondern im heroischen und antiken Sinne. Aschenbach ist wie alle großen Geister, auch wie Kierkegaard, dessen poetische Justiz des Heims und aller Heimnaturen Gerechtigkeit übt, ein Spießbürger. Das Idyll paßt zum Heros; die Aufregung zum Schwächling. Die Eigenschaften des großen Dichters sind nicht die des Zigeuners, sondern die des Beamten.

Die Eigenschaften des großen Dichters aber sind ungeachtet des problematischen Zusatzes in seiner opferbestimmten Winkelried-Existenz die des jeweiligen großen Menschen. Wie ist das Genie, frägt, nach dem Muster von "Wie werde ich energisch" so mancher Literat. Aber es läßt sich vom Genie grundsätzlich nichts aussagen, es sei denn, daß es grundsätzlich ist. Das Genie ist die Summe der Eigenschaften, die alle im jeweiligen Augenblicke gegebenen Notwendigkeiten befriedigen. Der bürgerliche Dichter Georg Aschenbach erfüllt sie. Aber indem er sie erfüllt, wird er ein Opfer. Er wankt für den Sieg der Zeit, er fällt. Sein Untergang ist ein Mittel, um die ganze Fragwürdigkeit einer schon älteren Zeit, welcher der künstlerische Mensch der wichtigste Mensch war, noch einmal aufzurollen. Kurz vor dem Ende der Novelle finden sich anderthalb Seiten zusammenfassender Betrachtung, in denen Thomas Mann nach Art platonischer Dialogschlüsse der absterbenden Schönheit dieser Erscheinung ein Denkmal setzt: die neue Stärke siegt, nicht ohne dem besiegten Gegner ritterliche Ehrenbezeigung geleistet zu haben. Wohl wahr, der Ästhet, dem auch der größte Gedanke nur ein Vorwand für seine Form war, ist der Erbfeind: aber war er nicht schön? Ein Schweinehund, wer dennoch so sentimental wäre, bloß darum wieder zurück zu wollen.

Nein, denn der Kampf des Schönen und des Sittlichen, der Kampf zweier andrer Schönheiten nur, ist entschieden: Aschenbach hatte der Jugend das Mögliche "einer neuen Sittlichkeit jenseits der Erkenntnis" gewiesen. Das Werk steht, wenn auch Aschenbach fiel. Denn auch Thomas Mann lebt, es ist immer noch eine Ungenauigkeit, eine Fragwürdigkeit, ein Lebensreichtum mehr da: Thomas Mann ist als der Aschenbach des Endes gestorben, aber er lebt als der Aschenbach seines Anfangs und verdächtigt mit gutem Gewissen den Künstler im Menschen. Was davon als Fingerzeig bleibt, als sittliches Motiv für hörende Ohren, das ist: der Mensch ist zuchtlos und muß es sein; er kann aber nichts andres wollen als die Zucht, die Würde, den Anstand.

Der kommende Mann ist entschlossen wie ein russischer Anarchist. Jenseits der Aufklärung harrt seiner eine schwer verdiente Selbstgerechtigkeit, die ihn frei und leicht macht den finsteren Urkünsten seiner Triebe gegenüber. Er meidet die Auskunft über sich, ohne unehrlich zu sein, ohne ehrlich sein zu müssen. Er ist nicht mehr vor der eigenen Pose höhnisch. Die allgemeine Demoralisation zweier und dreier Jahrzehnte ist von ihm genommen.

Will man der entwickelten Anschauung dieser Generation die These geben und den Komplex von Gesamtresultaten der Empfindung und des Denkens publizistisch aufzäunen, so mag dieser Versuch in folgenden beiden Formeln glücken: *Überwindung der Analyse* und *Wiedergewinnung der Konvention*. Was das Kandaules Hebbels und der Siegfried Wagners begannen und was Nietzsche zu einem geschichtlichen Ende brachte, das ist nunmehr wirklich zu einem Ende gediehen, das jeden weitern Schritt gefährlich, epigonenhaft und wohl auch schon lächerlich erscheinen läßt. Die Konvention ist zerstört, und da nicht ihr Untergang, sondern die wünschbare Geschmeidigkeit des menschlichen Geistes, der sich an solchem Beginnen lediglich zu üben hatte, das Ziel darstellte, kann dem Raffiniertesten nur mehr die Aufgabe zufallen, abzuwiegeln. Das bleibende Resultat dürfte das Paradox, und zwar das geheime Paradox, nicht das ostentative, sein.

Dieses Paradox ist nicht eine literarische sondern eine existentielle Kategorie. Es ist nicht eine Form, sondern ein Zustand, eine Simultaneität widersprechender Zustände, ein synthetischer Zustand. Das Paradox gestattet dem Geistigen allein jene Entschiedenheit, die er sich kraft seiner fortwährend regen Analyse des Bewußtseins verbieten würde; es überwindet für ihn die Analyse, ohne sie aufzuheben und macht ihn tüchtig zur Tat. Der Paradoxe betont das Entschiedene, da es sich für ihn in einer höheren Sphäre widerstandslos auflöst; und man kann in Zukunft sagen, nur der Paradoxe ist ein Mann der Tat. Über jeder Entschiedenheit, jedwedem Gesetz und jeder Regel steht das Leben, das sie verlachen kann; aber nur das Paradox schließt jenes Imponderabile des regellosen selbstwilligen Lebens ein. Macht man die Regel zum Leitstern, den logischen Verlauf, den rationellen Hergang, so stößt man auf eine irrationale Wahrheit, die alle Regel scheinbar entwertet: aber man kann darum nicht die Regellosigkeit zur Regel und den Rausch gefühlsmäßiger Handlung zur Pflicht machen. Zu handeln und inmitten von seinesgleichen zu leben, kann man nur mit dem alten System von gut, gesund und vernünftig versuchen. Jede Umwertung und Umkehrung führt ins grenzenlose Nichts.

Alle kommenden Denker werden, am stärksten, wo sie an konservative und traditionelle Maßnahmen anknüpfen, paradox sein. Außerhalb Deutschlands nenne ich Henri Bergson, Bernard Shaw, G. K. Chesterton. Bergson hat einen übergraziösen, schon leicht anrüchigen und direkten Irrationalismus, der aber mit der gewöhnlichen Marktware dieser Art nichts zu tun hat, geschaffen: er ist vielleicht das einzige Temperament, dem man dieses Resultat wird glauben können. Bernard Shaw und G. K. Chesterton aber, der Sozialist und der Katholik, sind in ihrer konservativen Neigung die direkten Nachkommen der Nietzscheschen Epoche. Sie finden den Bürger menschlicher als den Menschen, die kleine tüchtige Handlung voll eines unberühmten Heldentums, den sozial Empfänglichen größer veranlagt als den ästhetischen Individualisten. Die Cincinnatustugenden des Bürgers, das römische Profil seines harten welterobernden Kopfes schmeicheln das Mannesideal einer männlichen Zeit. Kleinliche, aber schöpferische Züge schaden ihm nichts, so wenig wie seinem zigeunerhaften Vorgänger der malerische Leicht- und Zerstörungssinn. Während das liberale Jahrhundert und der Abschluß seines literarischen Jahrzehntes vom Bürger ein durchaus sentimentales Ideal entfalteten, sammeln sich um den Bürger als Typus kommender Zeiten und Kulturen heroische Maße an. Seine Intensität wird im Betrieb nur allzuoft kleinlich, starr, ungeistig erscheinen und dennoch nur der Ausfluß eines heftigen Geistes sein; aber die Proportionen seines Denkens, Fühlens, Wissens und Handelns werden sich nur aus einer unsentimentalen Zeit verstehen lassen. Es steht außer allem Zweifel, daß unser Typ sich dem früheren Jahrhunderte nähert. Wer die alten isländischen Sagas von Grettir und Egil und Hrafnkel gelesen hat, wird in dem Interesse an diesen heroischen imperialistischen Naturen eine Anweisung auf unsere Nachkommenschaft erblicken. Das schwere gewalttätige Blut im Kampf mit dem zähen Willen zur Vernunft und Gesetz wird dies poetische Schicksal solcher Männer auch in Zukunft sein. Die Gegenwart wimmelt von Zukunft; aber die Zukunft wimmelt von Vergangenheit. In diesem Sinne werden die radikalen Parteien in absehbarer Zukunft die konservativen sein. Es gibt, sagt Georg Aschenbach, eine zweite Unbefangenheit; sie mag ein Paradox sein; aber sie ist ehrlich. Und es gibt einen zweiten Konservativismus, eine Blutbestimmtheit jenseits des Gehirns. Sie ist paradox und hat nicht nötig, in ihren kleinen Bekenntnissen ehrlich und selbstquälerisch zu sein. Sie ist heroisch.

Gerhart Hauptmann

In Gerhart Hauptmanns Zügen hat beides, das Zerstörungswerk und der formgebende Charakter der Arbeit, gehaust. Der Arbeit! Die Arbeit verstört stets und meißelt doch das Neue, da fragt nur den Bildhauer! Dieser klopft, hämmert und sprengt an einem Stück Natur, einem rohen grimmig-gesunden Marmorblocke, und plötzlich entsteht daraus die sanfte Wölbung eines menschlichen aber tierischen Rumpfes und die leuchtende Schwellung von lebensechtem griffigem Fleische. Die Zerstörung, wollen sagen: der Krieg, ist eben nicht immer das Schlechteste, sie ist ein bildhauerisches Motiv der Natur.

Gerhart Hauptmann nun ist der Bildhauer-Arbeiter unter den Dichtern, den Dramatikern. Er schöpft das Neue in sich und außer sich, indem er zerstört, indem es ihn zerstört. Wenn man sein Gesicht und seinen Kopf ansieht, so möchte man schon sagen, dies sei plastischer als irgend etwas andres, das man gesehen hat; besitzt es doch eigentlich doppelt soviel Gesicht wie ein Beliebiger, wenn man Gesicht vom Standpunkt des Bildhauers auffaßt als den besonderen Reichtum an Ausdruck von organisch-körperlich bestimmten Vorgängen. Aller Ausdruck ist Gleichnis. Der Bildhauer ist dann der Mann, der es als Gleichnismacher am härtesten hat, denn er soll mit dem greifbarsten und verhältnismäßig dümmsten Stoff, dem Stein oder Metall, das Geistigste ausdrücken. Auch Gerhart Hauptmann ist ja sowohl ein großer Gleichnismacher, ein Symbolist, als auch eine Art Bildhauer: denn er ist, bevor er zur Dichtkunst überging, wirklich und wahrhaftig einmal mit Hammer und Meißel umgegangen, er ist bis zu seinem 25. Lebensjahre Bildhauer gewesen und hat lange sehnsüchtige Jugendjahre an diese mühevolle Aufgabe gesetzt. Und damit haben wir wieder das Gesicht vor Augen, einen ganzen Trubel von Gleichnissen, ein Gesichtsgesicht, nicht wahr, hinter dem eben auch eine ganz besonders verschärfte und verfurchte Menschlichkeit steht.

Auf diesem "Gesichtsgesicht" muß ich bestehen; es ist ein unerlaubt neues, festliches Wort, aber wir werden bald schlagend daraufkommen, wie wahr und notwendig es ist. Im ersten Augenblick erinnert Gerhart Hauptmanns Gesicht gewiß nicht an einen träumerischen, versonnenen Mann, sondern eher an einen Frithjof Nansen, den Nordpolfahrer, oder an Moltke, den Soldatenphilosophen, also jedenfalls an einen Mann der Tat. Das mag daher kommen, daß der Bildhauer im Vergleich mit seinen Künstler-Kollegen auch wirklich ein Mann der Tat ist. Er sitzt nicht vor dem Schreibtisch, er liegt nicht auf dem Diwan, er steht auch nicht ewig vor der Leinwand, sondern er bewegt sich während der Arbeit um seinen Gegenstand herum, er bosselt oben, er bosselt unten und muß sich sein Werk aus vielen Gesichtspunkten, aus allen vier Weltrichtungen besehen. Er unterscheidet sich fürs erste nicht von einem Pflasterer oder Grobschmied, der mit der Kraft seiner Muskeln auf das Stück vor sich losdrischakt. Er steht im Kittel da, mitten unter Schutt, feinem Staub und Schmutz, er schuftet und der Rücken schmerzt ihn, er schwitzt wie ein Knecht. Da geht's nicht aus dem Hui Hui! wie bei dem Versemacher, der im Schwefeldampfe über den Montblanc saust, jede kleinste Vollendung will erarbeitet sein und nur ein harter Kerl bringt das Werk zustande.

Nun, Hauptmann ist ja wohl heute und seit etlichen Jahren schon kein Bildhauer mehr, sondern ein Dichter; aber bei ihm merkt man von den Schwefeldämpfen nichts, sondern alles ist schlicht und greifbar und aus ehernem Guß, und die Menschen sind nicht einseitig betrachtet, sondern von vielen Gesichtspunkten, so daß keiner absolut böse oder schuldbeladen oder verflucht erscheint, sondern einfach *seiend*. Es kostet den wunderbaren Bildhauer-Dichter, den Dichter-Arbeiter schmerzliche Stunden im Großen und kleinliche Quälereien im Kleinen, bis er die Anschauung mit der Ergiebigkeit des Stoffes in Übereinstimmung gebracht hat. In der "versunkenen Glocke" zum Beispiel geht so ein Gleichnisbildner um, der weise meisterliche Glockengießer, der um den "reinen Klang" seines Werkes ringt. Bald erfaßt er ihn in den ursprünglichen elfischen Lauten der Natur, bald klingt er ihm nur vom menschlichen Alltag vergiftet und verbittert im Ohr. Hauptmann, der bei seinem harten Schaffen weise und gut geworden ist und in der Glocke wie nie einer das *Drama der Arbeit* geschrieben hat, ist diesem Ungeheuer der unverschuldeten Unfruchtbarkeit noch oft als Bildner jägerisch gefolgt. Den reinen Klang findet als Meister, wer ihn als Mensch in sich trägt.

Einmal ist Hauptmann diesem Ungeheuer in dem Drama "Gabriel Schillings Flucht" an den Kragen gegangen. Der Maler Gabriel Schilling hat nämlich diesen "reinen Klang" gewiß nicht in sich. Es ist etwas zerborsten in ihm, die rechte Mischung zur edlen Glockenspeise fehlt, er tönt nicht richtig und mit Nebentönen: er hat sich in den Tag, und zwar in den Großstadttag, hineinverloren. Das dürre Fieber dieses Lebens hat ihn trocken, heiß und wund gemacht, aber nichts in ihm geboren als öde Saumseligkeiten und Aufschübe und Unentschiedenheit. Eingangs des Dramas stehen als Motto die Worte Plutarchs: "Einige versichern, Eunosthus sei ihnen begegnet, ans Meer eilend, um sich zu baden, weil ein Weib sein Heiligtum betreten habe." Dieses Weib, das Schilling die seelische Unschuld nahm, als es sich in sein Heiligtum, den künstlerischen Mut zum Ich, stahl, ist zuerst einmal: die Großstadt, die Großstadt überhaupt, diese lockende blutlose Dirne, die den Mann ruiniert, den sie fesselt, und von seiner ureigensten Arbeit abhält. Und in zweiter Linie, aber sichtbarer und realer, ist es dann das Geschöpf eben dieser Stadt, die "Dame", also eigentlich das Unweib, das als Weib zu Schilling kommt und sich ihm wie die leibhaftige Schwindsucht um den Hals legt. Hanna Elias, die bestechend schöne – eigentlich, das ist die Mystik ihres Wesens, ist sie gar nicht so schön, und Mäurer, Schillings Freund, findet sie sogar abschreckend – ja, Hanna Elias, die kapriziöse, verworrene, leidenschaftliche Frau, halb Künstlerblut, halb Kokotte, ist für den Maler ein zuträglicher Aderlaß, um ihn von der Kongestion: Eveline zu befreien. Aber bei diesem Prozeß, der an und für sich bei einem rechten Manne eine gesunde Wirkung hat und durch die Rassigkeit des Weibes die des Mannes herausfordert, verliert Schilling im Lauf der Zeit so viel seines schönen roten Blutes – – – Eveline ist seine gesetzliche Frau; aber diese Ehe war ein polizeilicher Akt, und auch Eveline, die betriebsame eigensüchtige Bedienerinnenseele, ist kein Weib, Schillings Verkommenheit fällt ihr zuschulden, sie hat den ganzen mächtigen Kerl zum Stillstand gebracht. Da stockt nun der Betrieb, das bißchen Leben wird flau und das Räderwerk schrabbert vom Kopf bis zu den Kniekehlen. Er kommt auf Fischmeisters Oye in der Ostsee; 's ist eine kleine Insel, die – helf Gott! – noch keine Berliner Ausflügler gesehen hat. Der Maler ist so empfindsam, daß ihm beim Anblick der wetterwilligen See und gottspielender Sonnenuntergänge die Tränen in die Augen treten. In diesem Salzbrudel wird er seinen alten Menschen abwaschen. Kuui! Kuui, diesen Ruf hat der Bildhauer Mäurer eingeführt, so rufen die afrikanischen Buschleute auf Fischmeisters Oye. Wo hätte sich Schilling, obwohl 'ne waschechte Berliner Unscham, jemals so in einer bürgerlichen Zeiten ausgeführt? Jetzt aber ist er bloß eine Füllung für eine Badehose und oft auch vielleicht dies nicht, und er taucht so heftig und so gründlich in den Salzbrudel unter, daß er dabei ein kleiner Durchgangskanal für den Ozean wird, in der Hauptsache. Die Nerven fahren dabei zusehends besser. Aber eines Tages zeigt die schöne wilde Jüdin ihr schwarzes Haar und ihr blasses Gesicht, und vor diesen Emblemen des göttlichen Tieres Sinnlichkeit lockern sich ihm die Kniekehlen wieder. Es entspinnt sich ein kurzer Kampf, in dem das mächtige gute Blut Schillings und der Jüdin und das dünne, aber so abstoßend intensive Blut der Streberin Eveline in einem wunderbaren dramatischen Katarakt zusammenbrausen. Schilling zieht im Unterliegen wie ein sterbender Cäsar die grüne Ewigkeit des Meeres über seinen Leib.

Was ist nun geschehen? Eine Liebesgeschichte aus unsern Tagen und unsern Kreisen und unsrer Großstadt hat sich abgespielt. – In dieser Großstadt nämlich fehlen Mann und Weib; das Weib ist eine Sache, die bei Wertheimer, beim Friseur und, wenn viel Geld da ist, bei Monsieur Poiret hergestellt wird; oder ein Gespenst aus einer Strickstrumpfschule mit Ehrgeiz, Rackerbuckel, Altersversicherung und Moral; also eine französische oder eine deutsche Gans; wobei "Gans" ein Zitat aus Hauptmann ist; oder aber eine erotische Gans mit Dämonien und andern seidenen Unterröcken. Diesen Liebling nun soll man keineswegs durchprügeln, man versage ihm überhaupt jede Art von Gefälligkeit, sondern sende ihn in eben jene herrlich erzieherische Strickstrumpfschule. Dies also wäre das Weib; der Mann aber, ein wandelnder Hain von Nerven, sobald du ihn von ferne oder durch die Literatur betrachtest, wird aus einem Märchen von Dumas oder

Schnitzler ein schnoddriger alter Knabe, der an Herzschwäche, Rheumatismus und syphilistischen Nachträglichkeiten leidet.

Das mögen auch die Modelle Hauptmanns gewesen sein, des großen Zeit- und Wirklichkeitsdarstellers, eine für den Künstler bis auf Widerruf gestattete Menschlichkeit. Und nun kommt das Große: Hauptmann hat widerrufen, so sichtbar, so deutlich, daß es ihm im eigenen Gesichte geschrieben steht. Sein Widerruf heißt: Mäurer und Lucie Heil! Lucie *Heil* ausgesucht. Und nun geht hin und seht euch dies Heil an, oder nehmt das Buch vor und lernt die neue Generation daraus kennen.

Mäurer zu Schilling: "Und jetzt, Junge, sage ich einmal etwas Mystisches: wir sind aus der gleichen Generation – – so sind wir auch schon vorher gewandert, in ähnlichem Rhythmus, im *gleichen Schritt* – – also schreiten wir nur mal wieder eine gute Strecke stramm bewußt miteinander!" Da klappt Schilling ab, Mäurer überholt ihn und wir sind bei dem fertigen Hauptmann angelangt. Das ist nämlich die Bewandtnis, die es mit diesem Gesichtsgesichte hat. Von Schilling heißt es: es sei "ein hoher, blonder, bartloser Mensch, mehr der Typus eines feingeistigen Schweden als eines Deutschen. Die Kleider hängen sehr lose um seinen mageren und eleganten Körper, das Gesicht wirkt durch tiefliegende große Augen und Magerkeit etwas verfallen." So ist auch das erste Gesicht beschaffen, der Stoff gleichsam, aus dem das zweite Gesicht Hauptmanns modelliert wird, und dieses ist das eigentliche und vollständige Gesicht Hauptmanns, mit dem "schalkhaften" lebensbejahenden Lächeln Mäurers. Das Gesicht hat also zwei Tiefen, eine Tiefe des großartigen Verfalls und dahinter eine Tiefe einer neuen Kraft, eines "Rinaszimente", wie Hauptmann das einmal nennen läßt. Schilling, der nervenkranke und tragische Typus, war das Zerstörungswerk, über das hindurch wir alle uns zu einem neuen Kraftausbruch durchgearbeitet haben. "Wenn wir Toten erwachen", nannte Ibsen sein letztes Stück. Wohl, in Hauptmann sind wir Toten erwacht. "Jumalai" schrie einer in "Und Pippa tanzt", das bedeutete "Freude für alle!" Jetzt heißt es: "Kuui – – –!" Das bedeutet: Hier sind wir. Wir mit dem Buschmanngewissen, mit dem Badestrandgewissen, mit dem Seemannsgewissen – – –

Der nordische Mensch

Hamsun, da ist das Stichwort für den Skandinavier gefallen. Ein Mann tritt auf, das ist alles, was über ihn zu sagen ist, er ist, sofern er sich mitteilt, ein Dichter, also nebenbei; sein Apparat ist so einfach wie möglich, er hält eine Muschel ans Ohr, darin braust Meer und Hochwald, von einer gellenden Dampfpfeife, dem Symbol der Zivilisation, von Zeit zu Zeit unterbrochen, darin singt sein eigenes Blut. Es singt immer wieder dasselbe, so daß es den Kritikern schon zu dumm wird, die sich ebenfalls immer wieder in Kaffeehäusern sozusagen in ihrer Unruhe von einer Seite auf die andere wälzen und sich nur die eine Änderung ihrer unerträglichen Situation ersehnen, daß Knut, der Bauernjunge, einmal ins Café käme und sich kräftig blamierte. Sie sagen, er hätte erstens kein Talent, zweitens sei es kein Duell, wenn einer sich auf die Repetierpistole einschösse, drittens, er käme im Kaffeehaus überhaupt nicht vor, sondern nur als Plagiat, als Hamsunmensch. Diese letzten von Nummer drei sind die ehrlichsten, das Lynchgericht, das ihnen selbst gilt, ist an und für sich schon eine Hamsunsche Spezialität, kurz, der Umstand, daß sie auf ihr eigenes höchst verdächtiges Seelenleben offiziell pfeifen, ist riesig Hamsunsch. Es fehlt nur, daß sie sich nun einmal wirklich so defekte Gefühle anziehen, ein richtiges Selbstbewußtsein mit einem nie wieder flickbaren Loche, sich wirklich einmal in aller Gleichgültigkeit waagrecht auf den Rücken legen – markieren im Kaffeehaus gilt nicht! – und mit der großen Zehe den Mond unter der Nase kitzeln – – – aber ach über diese Stümper! Sie wollen modern und impressionabel sein und bringen doch den perspektivischen Fehler nicht zuwege? Seht ihr, ihr Hamsunmenschen, nun habt ihr's dem Herrenbauer erst recht nicht nachgemacht. Er schnitzelt, baumeistert, reist, liebt und schreibt über Nacht ein Buch, ein ambulantes, ein höchst ambulantes Buch, verdammt noch einmal, der Flickschuster kommt zum Vorschein, die Lederforten pappen übereinander, das Buch schiebt hin, schiebt her, ratlos steht das Exterieur aus, aus dem Flickschuster wird der Vagabund, und nun geht es höflich zu, das Buch wird eine Landstraße, aber nicht im Sinne Stendhals, der seinen Roman kinematographisch längs ihrer hinbewegt, sondern im Sinn Hamsuns, der dort rastlos marschiert und lyrisch, katastrophal, witzig, sophistisch und hanswurstelig aufgelegt ist. Es ist ja Nacht, in der gedichtet wird, die Buchstaben stehen groß und verschroben auf dem Papierfetzen, in der Dunkelheit, die sie nach außen absperrt, erleben die Organe alles das, was ihnen tagsüber am meisten aufgefallen ist und das Capriccio ergibt sich von selbst. Der wilde Chor zieht vorüber, was er geleitet, das ist eine sehr irdische, sehr menschliche Frauengestalt, die Salonsylphide. Der Dichter beobachtet skeptisch seinen Schmerz, skeptisch sein ungeschlachtetes Raffinement, das ihm nichts gewinnen und alle Selbstachtung verlieren hilft. Am nächsten Tage ist ein Gedicht oder ein halber Roman fertig, er ist großartig und packend und wunderlich, Genie und alles ist darin, nur kein Talent. Kein Talent ist unserm Sinne; es sind Trivialitäten darin und eine Menge Ausgeschriebenes, Wiederholungen und Typisch-Allzutypisches. Die Gedichtsammlung, die unter dem Titel "Das Sausen des Waldes" (Det vilde Chor) erschienen ist, enthält bestenfalls drei Treffer. Alles andre ist biographisch interessant, aber so kunstlos, daß sich keine Propagandaschrift für den Frühling dessen erbarmen würde. Und doch ist dieser Dichter ohne Talent ein Genie. Denn Genie ist Schicksal, Talent ist Glück. Die Monotonie seines Ichproblems, seine Schwermut, sein Nachtigallenruf sind Genie genug; ist es nicht Genie, nicht Persönlichkeit, im Leben immer wieder denselben Situationen zu begegnen, ist es nicht ein geistreiches Schicksal und ein Leumund der Kraft, die Gesellschaft ringsumher immer wieder so zu polarisieren, daß sie einem denselben Typus immer wieder entgegenschickt, gratis und ohne Inspiration gerade die Hemmungen abgibt, die Einem seine Einsamkeit bestätigen? Aber Glück, nein Glück hat der geniale Mann nie gehabt, es ist ihm schlecht ergangen, er war ein Pechvogel, J. V. Jensen sagt's ihm selbst ins Gesicht, daß sein Genie nicht den richtigen Platz gefunden habe, die Politik. Mit seiner Produktion ist es schief gegangen, er hat die Punze als Romancier noch immer nicht gekriegt, in Norwegen haben sie ihn ausgelacht. Aber er ist unser Skandinavier, sein Typus interessiert uns persönlich, wir alle wissen, daß wir Bücher über ihn schreiben könnten, wie über eine Frau, mit der wir gelebt haben. Denn das bezeichnet unser Verhältnis zu ihm ein für allemal.

Unsern Vorstellungen vom Leichtgewichtheros, als welcher der Skandinavier in unserer Einbildung lebt, entspringt Hamsun sicherlich mehr als Björnson, der das historisch Massige an sich hat. Wir finden den Fettbesatz der Majorität, wenn nicht gerade unschön, so doch reizlos und entscheiden bei Ringern stets zugunsten der konzentrierten Figur, der mageren Muskeln, in denen mehr Elastizität und die größere Wollust der Form sitzen. Von Hamsun läßt sich sagen, daß er jenes Embonpoint, das ein ruhiges und geregeltes Hausen inmitten der bürgerlichen Gesellschaft verschafft, selbst wenn es von gesunden Temperamentsausbrüchen unterbrochen wird, nicht besitzt. Hamsun hat sich, nachdem sie ihn aus den geistreichen Salons der kleinbürgerlichen Städte hinausgeekelt haben, im hohen Norden ein Bauerngut gekauft, dort wirtschaftet er und bleibt mit der Natur im Bunde. Die wirkliche soziale Struktur Skandinaviens hat er in seinen Büchern und Mysterien des näheren erklärt, sie unterscheidet sich in nichts von den Erfahrungen, die der gleich tiefe Ibsen, für dessen "Apothekerdramen" unser Knut allerdings nicht besonders schwärmt, gesammelt hat. Der Persönlichkeit geht es dort noch schlechter als bei uns – bei uns kommen die Leute doch in Zeitschritten mit zyklischen Tendenzen zusammen.

Hamsun ist ein Einsamer, immerhin ist seine Einsamkeit spezifisch skandinavisch. Der andere Mann, der als Paradigma der skandinavischen Nationalseele bei uns gehandhabt wird, ist Johannes V. Jensen. Aber man kann ihn kaum mit Hamsun vergleichen, persönlich haben sie nichts gemeinsam, als die Unstetigkeit und den Wandertrieb des Wikingers, literarisch die Dialektik. Die Dialektik Hamsuns entspringt einer Naivität des Empfindens und der Wandlungsfähigkeit eines Stimmungsmenschen, der seinen Zustand vor seinem Scharfsinn zu rechtfertigen hat. Die Dialektik Jensens ist ein Training. Als Person, als Dichter wäre Jensen ohne diese Dialektik nie in die deutsche Literatur verschlagen worden. Seinen vehementen Ruf haben erst jene Stilpräparate begründet, in denen Seiten mit den Geburten einer vollständig equipierten Wortphantasie gefüllt wurden. Der äußeren Form nach waren sie erzählerisch; aber die Lust zu fabulieren ward eine Lust zu sprechen. Die Worte fielen würfelig, glatt und beinern, und zum Schlusse ergab sich ein Gewinst. Das gedankliche Resultat kam als der Blitz aus der trächtigen Wetterwolke von Worten. Als Erzähler ist Jensen ein studierter Herr. Er hat es wirklich zuwege gebracht und sich durch die amerikanische Magazinliteratur durchgelesen. Als er mit europäischen Mitteln daran ging, den amerikanischen Standardroman zu schreiben, war er bis obenhin mit dessen Techniken angefüllt. Was er zu erzählen hatte, war eine Detektivgeschichte, er hatte nichts Eigenes zu geben, keine neue Figur in unsere Verständigung einzuführen wie Hamsun, der uns den Hamsun-Menschen brachte. Aber eminent Jensensch ist der Umstand, daß ein Roman im wesentlichen aus zwei Gesprächen bestehen kann. Das Berückende dieses Literaten, der ein Literat vom reinstem Wasser, ein Brillantenschreiber ist, liegt in dieser Dialektik. Wir möchten sie heute nicht mehr missen; die formale Beherrschung eines Gedankens entschuldigt keine verschiedenen Mängel an Gründlichkeit und Allgemeinheit; die Sauberkeit einer Idee ist wieder hergestellt, wenn sie ventiliert wird, und Sprachkunst wirkt Gedankengunst.

Jensen, der Federgewichtheros, gehört den Starkgeistigen. Auch hier ist es eine Passion, aber es kommt nicht zur Ehe, eine Spannung bleibt bestehen. Hamsun hat mit seiner Produktion den gesellschaftlichen Erfolg gesucht; Jensen hat ihn errungen. Hamsun ist originell; aber nicht von einer Originalität, die im Salon Aufsehen, sondern Ärgernis erregt. Jensen ist seiner ganzen Wesensart nach der Vertreter des romantischen Materialismus. Er liebt die soliden Aufregungen gewisser Zirkel, seine Genießlichkeit hat gegen den vornehmen Bourgeois nichts einzuwenden, dessen Anblick ihn in einen angenehmen Zustand der Behaglichkeit versetzt. Diese Zustände findet er immer wieder einer kräftigen Notiz wert. Er reitet zum Beispiel über das Kopenhagener Flugfeld, inmitten von Putz, Lebensfreude und distinguierter Schönheit durchströmt es ihn, hier ist es wo ein Aspekt von Kultur sich ihm eröffnet. In einem Pariser Kaffeehause, in der kampflosen Passivität des Zuschauers, geht ihm die Bedeutung der modernen Technik auf, er faßt seinen größten Gedanken, humanisiert die Maschine. In einem Glase Bier, getrunken auf der Veranda eines angloindischen Hotels, wird ihm eine Zivilisation, ein Beruf und ein Lebenssinn fällig. Die stilisierte Gemütlichkeit ist seine Domäne, er ist mondän, wo Hamsun panisch, er ist kosmisch, wo Hamsun Naturbursche ist. Wenn er schreibt, hat er stets einen Salon als Publikum um sich, sein Mittel ist die Pikanterie, er fesselt; worüber immer er spricht, es wächst sich zum intellektuellen Klatsch aus, er erzählt über die Dinge, wie über Verhältnisse, sachlich wie ein Freigeist, mit Andeutungen, wie ein Schelm, er streift, pointiert, flirtet mit seinem Gegenstand, provoziert das Geschlecht in ihm und wirkt erotisch auf die

Nerven seiner Zuhörer. Wenn er Applaus haben will, spricht er über Gegenstände der Wissenschaft wie über ein Weibsbild, seine besten Bonmots stammen aus diesem Gebiete. Und das ist denn auch unser Verhältnis zu ihm; ein richtiges Verhältnis, hingebend und perfide, auf die Wollust spitzend und wirtschaftlich. Er macht alle Welt zur Kokotte, obwohl niemand schöner und überzeugender über die Tugend einer ehrbaren Frau zu reden weiß. Die Folge ist, daß alle Länder ihm nachlaufen, Deutschland, er hat es selbst gesagt, allen voran. Knut Hamsun, der Mann, bettelt um das Weib oder nimmt es. Er gewinnt uns nicht, er nimmt uns; und er hat um die Gesellschaft angehalten; sie hat sich ihm versagt. Er interessiert sich nicht für ihre Politik.

Mit Hamsun ergibt sich eine Ehe, der Held steht, wie alle Helden, solange sie gemütlich sind, ein wenig unter dem Pantoffel der Gesellschaft, die mit allerlei Schikanen seine Macht kompromittieren möchte; wenn aber einmal der Mann, der Liebhaber mit dem Tierblick losbricht, dann gibt es ein Schauspiel, ein baumlanger Rolandsen oder ein vertrackter spitzfindiger Johann Nagel marschieren auf und weisen alle Einmischungen in die Persönlichkeit zurück. Man bekommt eine wirkliche und edle Anarchie zu sehen, ohne verbissenen Haß und Verrücktheiten, das Problem des Einen zur Gesellschaft wird in seinem ganzen Realismus, so gut lyrisch als humorvoll, nicht allein katastrophal aufgefaßt. Der Gegensatz zur Gesellschaft und ihren Fälschungen der Wirklichkeit ist diesmal ein Erlebnis, diesmal und vielleicht ein zweites Mal nur mehr bei Gorki, er ist nicht Literatur; Jensen aber ist der theoretische Demokrat – wir wollen einmal sagen, der bürgerliche Demokrat. Das demokratische Empfinden ist das normale politische Empfinden, es stützt sich auf die Mittel der Autonomie und der Rücksicht, die sich im schwimmenden Balancezustand innerhalb der Intelligenz befinden. In dem Augenblicke, wo die Rücksicht von dem Fruchtwasser der Intelligenz nicht mehr bespült wird, erfolgt eine Verschiebung, die demokratische Norm degeneriert zu irgendeiner der herrschenden Gesellschaftsformen, es kann eine Allherrschaft oder eine Alleinherrschaft sein, und die Alleinherrschaft wird dann der demokratischen Norm noch immer näherkommen als die Allherrschaft. Der Demos ist das Volk, die primitive Gesellschaft; Demokratie aber beruft nicht das Volk, sondern den Mann aus den Winkeln der

Gesellschaft. Der Alleinherrscher ist ein Um und Auf an Demokratie; er ist der Bürger Ich und der Bürger Du, er lebt sozusagen mit sich auf gleichem Fuße, Autonomie und Rücksicht bleiben in einem, dem der Physik ähnlichen Spannungszustande. Jeder Einsame ist eine solche demokratische Gesellschaft; so gewinnen wir denn als Bild der kompletten Demokratie den Hamsunmenschen, den vernunftbegabten Anarchisten. Um eine Demokratie aufrechtzuerhalten, bedarf es zweierlei: Rasse, das heißt einen Durchschnittsgrad von Begabungen und ein Maximum an Erziehung. Das Menschenmaterial der Demokratie muß im Besitz von Adel, der feinsten und stärksten Fähigkeiten sein, es gilt einen Typus von animalischer Expansionskraft im Theoretischen und von unerhörter Selbstzucht im Praktischen, also wiederum den Hamsunmenschen. Hamsun, der außerhalb der Gesellschaft steht, zeigt gerade damit das reine demokratische Genie, die hochgradige politische Empfindungsnorm. So wie die Sachen in der bürgerlichen Gesellschaft liegen, ist die Demokratie eine Idee, die niemals verwirklicht werden kann, der man aber gewisse vorteilhafte Proportionen der Norm entnehmen möchte. Die Politik ist die Ökonomie der seelischen Kräfte einer Gesellschaft, auf die Züchtung eines Kulturpatriotismus richtet sich ihr Hauptaugenmerk. Das reine materielle Erwerbsproblem ist zu allen Zeiten und heute nicht mehr als je vorhanden, immer waren die Zeiten schlecht und teuer; die bürgerliche Gesellschaft von heute aber verpulvert ihre gesamte Disziplin auf das wirtschaftliche Moment. Wir stehen im Zeichen der politischen Dekadenz. Der echte politische Typus hat sich aus der öffentlichen Karriere zurückgezogen, er gründet eine Demokratie mit sich selber, eine Gesellschaft von identischen, kräftigen, wohlerzogenen Individuen, und lebt mit seinen 24 Ichs zwischen Tag und Nacht nach eigener Verfassung.

Jensen, der Schwerenöter der bürgerlichen Gesellschaft, ist auch ein kräftiger Vertreter ihres Geschmackes. Sein Liberalismus, der die Schwärmerei für einen borniertem Multimillionär und für den Proletarier vereinigt, interessiert ihn in Amerika. Sein Liberalismus – aber wir wollen dieses Exterieur des bürgerlichen Luxusliteraten nicht ausnützen.

Vor allem, der Amerikaner ist ein Philister, J. V. Jensen ist es nicht. Das Philistertum enthält gar viel an Süßigkeit, von der man mit zunehmenden Jahren gerne nascht; aber erst wer des Philisters Feste feiert, der ist selbst einer geworden und mag er auch an Wochentagen des Philisters Satan sein; wer aber noch Philistern Feste veranstaltet, der ist ein guter Mann und hat ein rechtes Herz. Die Tugend unter allen Umständen ist ein Hindernis des Intellekts, weil sie ihn zu wenig hemmt; denn der Intellekt ist ethisch und will gehemmt sein, er ist pervers und will gereizt sein; er ist ein Fetischist und liebt zuerst die Dinge, weil sie abgetragen sind, er geht weiter in seiner Pietät und liebt die Dinge, obwohl sie nicht getragen sind, zuletzt kann er den Fuß lieben, weil er in einem geliebten Strumpfe steckte; es ist sein Entzücken, bewußt den Weg zurückzukommen, von dem er weiß, daß er ihn unbewußt gegangen ist, und zuletzt liebt er die Tugend, weil die geliebten Ausschweifungen sie ihm verhüllten. Jensen ist nicht etwa eine lebendig gewordene Gletscherpartie Skandinaviens wie Knut Hamsun, ein romantisch belebter Glazialmensch, aber er ist auch nicht jener kleinbürgerliche Nordlandtypus, wie ihn Strindbergs oder Ibsens Schöpfungen uns heruntergesandt haben. Jensen ist vielmehr ein sehr raffinierter, sehr gelehriger, sehr gescheiter Kopenhagener Bohemien, viel gescheiter als Hamsun und der von ihm so hochverehrte Björnson jemals hätten sein können. Hamsun liebt dieses materialistische Amerika nicht, Björnsons amerikanische Sympathien innerhalb seines literarischen Werkes, das stets nur eine Anfeuerung und ein Rufzeichen hinter seinem Wirken war, sind Kasuistik und mehr von Temperament als von Überzeugung getragen. Warum sollte der viel intellektuellere Jensen für Amerika schwärmen, wenn nicht aus einer ganz unamerikanischen Paradoxie seiner Sympathien, für die Tugend und Bürgertum die Endentladung einer Entwicklungsreihe von Lustwerten sind?

Johannes V. Jensen ist ein ausgezeichneter Kopf, einer der besten Köpfe unter heute schreibenden Leuten, es ist selbstverständlich, daß er sich auch mit der wirtschaftlichen Seite seiner Gesellschaft eingreifend stilistisch befassen kann und faszinieren wird. Was aber geschieht mit den im bürgerlichen Sinne unwirtschaftlichen Menschen, die keine derartigen Instinkte, keinen materiellen Selbsterhaltungstrieb besitzen, die, wie Hamsunmenschen, wirtschaftliche Probleme ethisch oder zufällig, naiv, lösen? Und was soll mit Hamsun selber sein? Wird ihn die Gesellschaft zu den Narren und Verworfenen zählen, oder wird man ihn, den Demokraten, zum König machen – zum König unserer Weltanschauung?

Slawen

Die Poesie der Masse

Inhalt ist Form. Diese These ist künstlerischer Apriorismus. Und was wäre in der Kunst nicht apriorisch? Man kann ebensogut sagen, Form ist Inhalt. Und man wird, je nachdem zwei Menschen das eine oder das andere voraussetzen, nicht einmal auf sie schließen dürfen; die Überlegung ergibt, daß man aus Stärke das Gleiche, aus Stärke aber auch das Entgegengesetzte wählt. Jenes kennzeichnet etwa den Franzosen und den Engländer, dieses den Deutschen und den Slawen. Die Permutationsmöglichkeit des Verhältnisses Form zu Inhalt ist also für jenen Typus gar keine; für unsern engeren Typus eine vierfache, denn es wird das Entgegengesetzte gewählt; aber im Gegensatze als Bewegungsprinzip der Seele liegt es, daß man nicht auf der Gegensätzlichkeit besteht, sondern sie beweglich durch positiveres Verhalten unterbricht. So gelangen wir schließlich auf diesem spekulativen Wege zu einem Ergebnis, ausdrückbar in den Sätzen erstens: daß die deutsche und slawische Wesensart permutativ, also innerlich verwandt und nach außen hin gegen den fränkisch-angelsächsischen Komplex abgegrenzt ist; zweitens: daß dieser letzte seelisch positiv wirkt, an Form zwar straffer und klarer, aber an Inhalt genau um die Hälfte aller östlichen Möglichkeiten bar ist. Diese beiden Sätze enthalten mehrere neue Auffassungen, die an Hand der Literatur und der sozialen Kultur gedeutet werden sollen.

Der hier vertretene Standpunkt deckt sich nicht mit von der laufenden Politik abgeleiteten Anschauung von "russischer Barbarei". Diese Anschauung kann man bei näherer Betrachtung nicht teilen. Kriegsgreuel gehören in ein Gebiet von seelischen Äußerungen für sich. Die russische Seele ist zweifellos grausam und zu Exzessen jeder Art geneigt. Die Empörung über gestrige Skandale kann aber unmöglich bestimmend sein für die Aburteilung eines so alten und entwickelten Seelenlebens, wie es das des Russen darstellt – und dies versteht man ja wohl unter Kultur, die Entwicklung einer typischen Seele und ihre Schwankungen und Festigkeiten.

Teilt man die europäische Seele, die im Ganzen germanisch wäre, so erhält man einen fränkisch-normannischen Westen und einen gotisch-slawischen Osten. Im Mittelland, das heißt über Deutschland und England breitet sich ein verbindend nivellierendes Element aus, das sächsische. Zum Osten gehören die Skandinavier, die Deutschen, Russen und andern Slawen. Diese Einteilung widerspricht jedem herkömmlichen Begriffe. Studiert man aber das Wirken der Volksseele genau, wird man finden, daß die "Westlichkeit" des Deutschen nur in seiner Permutationsfähigkeit inbegriffen, aber nicht dominierend ist. Noch heute besteht die uralte Sympathie des Deutschen für den Franzosen, die sich in der schattierten Haltung des Publikums gegenüber den Gefangenen, in Äußerungen bedeutender Politiker, Militärs und Schriftsteller kundgibt. Der Deutsche ist vom Franzosen gefesselt, eben weil dieser das schlechthin andere ist. Er hegt den Franzosen in sich; umgekehrt ist hier nicht gefahren. Der Franzose, der seine Form nicht dehnt und sie nie paradoxiert, der einen "stehenden" Inhalt besitzt und nicht einen "setzenden", leidet den Deutschen nur wenig, weil auch er in ihm das schlechthin andere sieht.

Ein Volk, dem wir keine besondere studienhafte Zuvorkommenheit beweisen, sind die Russen. Sie sind uns gleich; nicht in der Absolutheit, die sie nicht besitzen, so wenig wie wir; sondern im Mangel an dieser, in ihrer Differenziertheit. Desgleichen sind wir für den Russen das uninteressanteste Volk; wir sind ihm zu ähnlich. Er haßt uns als Kenner. Er verachtet uns, weil er an uns die gleichen Eigenschaften gewahrt wie an sich, nur in größerer Strenge und Härte. Er verachtet uns um so mehr, als er uns mit diesen wohlbekannten Eigenschaften einer derberen Ausgabe Erfolge erzielen sieht, die er selbst im Grunde seiner Seele verschmäht. Er empfände es als Blutschande, uns zu lieben. Unsere eigene Gleichgültigkeit gegen ihn hat dieselben Gründe. Er ist eine verwilderte Form unseres wilden Geistes; etwa gemäß unserer ausschlaggebenden Gegensätzlichkeit in uns Bekämpftes und – natürlich, da wir es vermeiden wollen, konsequent zu bleiben – Überwältigtes. Wir interessieren uns für das *Behagen*, die *formgewordene* Inhaltlichkeit des Franzosen oder Engländers, produzieren sie wohl auch in Kunst und Leben, unterbieten oder überschreiten sie aber ebensooft. Denn unsere Liebe gehört nicht uns noch dem eigenen.

Stark und eigenmächtig, von alles niederwerfendem Selbstgefühl sind wir erst in der Erhaltung unserer Universalität, Gegensätzlichkeit, Inklusivität. Schon den nächsten Universellen, den Russen, übersehen wir als unauffällig.

Dennoch sind wir ihm anverwandt; verwandter als irgendeinem Volke, den Skandinavier ausgenommen. Gerade dieser zeigt wieder den osteuropäischen Charakter. Kierkegaard könnte ein Russe sein. Dostojewski könnte ein Schwede sein. Und Nietzsche, der moderne deutsche Prototyp, nicht als endgültiger Philosoph, sondern als Existenz, war in der Tat ein halber Slawe. Dem Dreiklang *Kierkegaard – Nietzsche – Dostojewski*, dem man nunmehr noch Strindberg hinzufügen muß, steht der Zweiklang *Zola-Darwin* gegenüber. In der Tat hat die russische Literatur in der skandinavischen und deutschen eine befruchtend-kongeniale Wirkung gehabt, die von der französischen, die bloß zur strengeren Maßnahme zwischen Form und Inhalt erzog, nie ausgehen konnte. Noch der amerikanisierende Roman "Der Tunnel" von Bernhard Kellermann, der erfolgreichste Roman der letzten Jahre, weist Hamsunsche Züge auf. Zu jedem seiner vorhergehenden Bücher aber, "Yester und Li", der berühmten Mädchengeschichte "Ingeborg", beliebt wie ein Heinesches Liederbuch und der jeweils ersten Geliebten in ganz Deutschland empfohlen, dann "Der Tor" und "Das Meer", Bücher übrigens, die den "Tunnel" an ehrlicher Kunst und Menschlichkeit weitaus überragen, zu jedem dieser Bücher ließe sich bereits eine Geschichte von *Knut Hamsun*, dem Norweger, finden. Zum Beispiel "Viktoria", "Pan", "Mysterien". Hamsun selbst ist aber bereits ein Russenschüler, ein Annex zu Dostojewski. Seine Reverenz vor Rußlands Tiefe und seiner Literatur, in die "Kaukasusreise" eingestreut, brauchte man nicht erst gelesen zu haben, um zu diesem Schluß zu kommen. Auch Johannes V. *Jensen*, der Däne, ist bei Hamsun zur Schule gewesen. Und nun muß man wissen, wie sehr französisch und englisch, jedenfalls westeuropäisch der Däne in seinen politischen und zivilisatorischen Neigungen ist, um ganz einzuschätzen, wie stark der russische Dämon auf dieses jütisch-finnische Volk, ein deutscheres Deutschtum, gewirkt hat, und wie östlich selbst diese Weltler sind. Bei uns hat es ja bis zur Verblüffung überrascht, als man erfuhr, daß ein Sohn des berühmten Gymnasten *J. P. Müller* in der englischen Armee diene, und daß Joh. V. Jensen für das Preßbüro der französischen Regierung arbeite. Die letzten Arbeiten Jensens, "Der Gletscher" und "Das Schiff", sehr respektable und fesselnde historische Systeme, kommen stark an die französische Literatur heran; es ist etwas von der rechtschaffenen und in einsamen Kunstkellern gekälteten Arbeit Flauberts an ihnen. Aber was auf uns daran wirkt, ist just nicht dies, sondern das Abstechende, das "seelisch Abenteuerliche" möchte man sagen, jener leise psychologische Druck, der in den literarischen Kolportageromanen "Madame d'Ora" und "Das Rad", ferner in den "welttiefen" Erzählungen noch so stark war. Jensen ist permutativ wie seine osteuropäische Seele; eben darum einverleibt er sich gerne Kipling, Zola und Walt Whitman. Aber er wäre ohne Kierkegaard und Dostojewski unmöglich. Es handelt sich darum: Niemals in Frankreich und England war die Ausländerei je so bedeutend, daß dort die Männer hätten auftreten müssen, die zur Besinnung auf das eigene Volkstum rieten. Dies geschah und mußte geschehen: in der skandinavischen, in der deutschen und der russischen Literatur und Lebenshaltung. Diese bilden einen Komplex östlicher Seelenverfassung mit dem gemeinsamen Maß des Maßlosen im Gegensatz zum Maßvollen, das die Äußerungen der westlichen Seele regiert – aber auch wirklich absolutistisch regiert. Hier, in der Westseele, ist Form schon ein Inhalt; man braucht nicht erst auf d'Annunzio zu zeigen, dessen Kriegsgesänge dem romanischen Ohr durchaus nicht so inhaltlos dünken wie unserm; man kann dies auch an der ganz eigentümlichen Romantik selbst der besten englischen Zeitungsarbeit merken, an diesen historisch pompösen Namen, an diesen martialischen Zeitungsköpfen, dem nahezu taciteischen Stil der Berichterstattung und nicht zuletzt an den wirklich phantasievollen Beschimpfungen. Denn kein Engländer hält uns darum wirklich für Hunnen, weil Herr *Wells* uns schriftstellerisch so betitelt; Wells glaubt es selbst nicht. Auch das "boche" ist nur schriftstellerisch. Das Vergnügen am Namen, an der Pracht des Worteinfalls genügt, der Inhalt wird nicht besonders exakt durch und durch gemeint, wie etwa vom Deutschen. Beim Deutschen könnte man gleichwohl nicht das Gegenteil sagen, daß Inhalt Form sei. Denn seine a priori gegensätzliche Stellung hierzu ist eben eine so durch und durch gehaltene, daß für ihn auch einmal gelten könnte, es sei Form Inhalt. Form und Inhalt sind ineinander umhergewälzt, Form ist sozusagen vom Inhalt so durchspeichelt, daß es einem Franzosen, der etwa unsere gedankenschweren Metaphysiker liest, übel wird. Freilich ist es ein Zeichen von schwachem Magen, aber wir wissen andererseits ganz gut, daß wir sprachformalistisch nicht ganz appetitlich sind, denn unsere Verdauung ist sichtbar schwer und gründlich. Und darum sind wir auch wieder mal für Form allein, für eine mit ganz dünnem und restlos zu bewältigendem Inhalt.

Das gleiche gilt vom Russen. Er ist zu weit, um je worteng zu sein. In den ungeheuersten epischen Gebilden jedweder Literatur, in den Romanen Dostojewskis, ist die Form nicht bewältigt. Man sieht deutlich, sie hat dem Dichter keine Flaubertschen Sorgen gemacht. Der Stoff ist nirgends verdünnt, wo Zusätze gemacht scheinen (Anläufe, Übergänge, Einschübe mittels Phrasen wie: "so geschah es denn, daß ..." oder "An diesem Tage sollte etwas Merkwürdiges geschehen..." oder "Was nun N. N. betrifft, so..."), ja, wo also derlei Schnörkel und manu propria verwendet sind, runden sie nur Ecken der Erzählung ab, verbinden Loses, eilig Produziertes, oder fälschen Aufgeregtheit in epische Gemütlichkeit. Der Stoff ist so außerhalb, besser überhalb der vermittelnden Form, daß ihn Franzosen, die dieses Wort ganz anders verstehen, metaphysisch nennen. Metaphysisch ist er natürlich niemals. Es wird zur Charakterisierung der Gestalten über Metaphysik gesprochen – hat man schon bemerkt, daß die Figur des Kirilow in den "Dämonen" Zarathustra glatt vorwegnimmt? – aber der Inhalt selbst ist nirgends metaphysisch. Das "Tagebuch des Verführers" von Kierkegaard hingegen ist, wenn man es richtig liest, metaphysisch an Inhalt. Der Franzose versteht unter metaphysisch das Unsinnliche statt des Übersinnlichen. Und Dostojewski ist zweifellos stark unsinnlich, er ist undinglich. Er beschreibt weder Landschaft noch Milieu; er hängt gar nicht am Gewerblichen, an der Sache, an der Form. Und dies dürfte der wesentliche Grund sein, warum er uns so außerordentlich fesselt. Es gibt keine Kunst, die uns Deutsche so beim Wesentlichen faßte wie die seine. Denn auch wir lieben das Ding und die Form gar nicht. Wir sind, möchte man sagen, "Formnomaden". Wir haben keine Anhänglichkeit für sie und lassen sie leicht im Stich. Wir sind im gewissen Sinn wie Dostojewskis Helden und er selbst, besitzlos. Das Unsrige tragen wir jederzeit bei uns. Die Möglichkeit, die Form zu wollen. Denn wir haben auch Form: jene, die wir wollen.

Form ist für uns ein Willensakt. Sobald wir wollen, ist es getan: Das Unaussprechliche; es bekommt Form. Aber auf dem Wege zum Willen sind wir formlos und dingvergessen. Und der Wille ist nicht immer unser Glaube. Bei den Deutschen trat ein Philosoph des Willens auf. Nicht, weil der Wille fehlte. Aber weil der Wille fragwürdig war. Gibt es etwas Natürlicheres als den Willen? Die Besinnlichkeit wird, sobald einmal die erste rohe Natur überwunden ist, etwas Tieferes als der Wille. Hierin empfinden wir ganz mit den Russen und den altarischen Indern, die das Problem allerdings so lösten, daß sie den Willen verneinten. Wir gehen darüber hinaus, indem wir fortwährend sinnen und nie lösen; oder richtiger, indem wir stets neu besinnen, was wir gelöst haben. Denn der Inder ist aktiv und tritt ein für allemal aus der Besinnung heraus, indem er den Willen verneint. Wir bleiben kontemplativ, indem wir die Aktivität nicht aufheben, sondern jeweils besinnend erleben, aber stets im Verdacht haben. Das gleiche Erlebnis hat der Russe. Dies ist ja eben der Grund, warum er uns als Verräter empfindet. Denn für den Russen scheint heute der Deutsche das Willensproblem bejahend, also gleichfalls kleinlich und endlich gelöst zu haben. Der Hochmut der Russen beruht auf dieser eigenen Elastizität von Ja und Nein, die aufrechtzuerhalten er allein die Kraft zu haben glaubt. Er erblickt die deutschen Erfolge, den Übergang zum Willensvolk, die scheinbare Ermüdung in der Besinnung; und, da er im übrigen die Anlagen nur zu genau kennt, respektiert er diese "billigen" Erfolge, die mit Verrat eines höheren Standpunktes erkauft sind, nicht, sondern verachtet sie. Lebte Dostojewski heute, er würde sich mehr als je berechtigt vermeinen, die Einzigkeit dies Russentums zu predigen, das allein sich das Leben bisher nicht erleichtert hat. Aber es liegt hier bei ihm eine dialektische Steife, ein ruckartiges Halt, eine Prellung vor. Er hat das Folgende nicht fertig gedacht: Es darf nicht nur eine Hintanhaltung der Antwort auf die Willensfrage im einen oder andern Sinne geben; es muß auch unter Beibehaltung der höheren Unentschiedenheit die faktische Entschiedenheit in jedem Falle durchgeführt sein. *Die Tat geringschätzen, aber sie tun!* Die Form, die unendlich gleichgültig ist, ist endlich die Voraussetzung, daß der Inhalt sich erneuern kann. Denn was nicht erstarrt, bewegt sich nie. Was sich immer bewegt, ist stets in Ruhe. *Die seelische Bewegungs-*

philosophie als Sittlichkeit scheint demnach vom Deutschen restloser erfüllt zu sein als vom Russen.

Es wäre nun die Frage, ob der Russe wirklich unsinnlich und undinglich, "formlos" sei. Er ist es natürlich ebensowenig wie der Deutsche. Wäre er es, so hätte er ja kein Recht auf jene seinem Wesen eingeborne Betrachtungsart. Beim Deutschen ist die Form Willensakt und, sobald sie dies ist, ganz hervorragend gewaltig. Da aber seine Sinnlichkeit nicht frei waltet, und, wo sie auftritt nicht "ausnahmsweise erlaubt", sondern "gesetzt" ist, haftet seiner Form der Weg über die Besinnung an: Die *Form des Deutschen ist das System.* Es würde hier zu weit führen und ist im Augenblicke der sich selbst erklärenden und in diesem Punkte nur Bekanntes bietenden Weltereignise überflüssig, den Nachweis der deutschen Form zu erbringen. Diese Gedankengänge sind heute Gemeingut. Der Deutsche formt nicht, er organisiert. *Der Russe* organisiert nicht. Formt er? Er *massiert.* Dieses Ungeheuer im Russen, in seiner Seele, in seinen endlosen Romanen, seinem Lande, das alle Welt bewundert und wie etwas Elementares betrachtet, ist ein Seelenprodukt. *Die Masse ist sozusagen Lapsus der russischen Formkraft,* die, jeden Damm der Willensfrage und der sittlichen Haltung durchbrechend, an Quantität und wütendem Wachstum ersetzt, was ihr an Gliederung von innen her verboten ist. Der Russe ist nicht formlos. Dies beweisen Gogol, beweisen nicht nur der allerdings französische Turgenjew und der deutsche Mereschekowski. Es beweisen's auch Tolstoi und Gorki, der Dichter der Steppe, des Meeres und des großen Stromes. Es beweist es das Ritual des russischen Kultes. Es beweist es vor allem die russische Psychologie selbst, der gegliedertste denkerische und empfindungsgemäße Vorgang im allgemeinen, neben dem kluge Franzosen und Engländer als Flachköpfe erscheinen. Wie steht die Erotik eines Maupassant neben der Liebe einer Dostojewskischen Person! Ja, dies Übermaß an seelischer Gliederung frißt an den andern Gliedern des russischen Gehirns. Da seine Natur hochbegabt aber *konzentriert* ist, türmt sich um ihn die Masse. Nicht weil alles in Rußland so endlos ist, ist der Russe ein solcher Mann. Sondern weil der Russe ein solcher Mann ist, ist alles um ihn so endlos geworden. Warum sind denn Flüsse, Meere, Ebenen in Rußland größer als anderswo? Wohl nicht. Aber der Russe muß massieren, quantitativ, nicht intensiv; er muß erobern, weiten, dimensionieren, um nicht unter dem inneren Druck zu bersten. Es ist ein sehr hochstehendes und interessantes Volk, und wir wollen nicht vergessen, daß wir mit dem russisch-tatarischen Slawen und dem Indoarier zusammen eine Ostseele besitzen, die uns von den westlichen Völkern des europäischen Kontinents grundlegend scheidet. Es ist ebenso falsch und gewöhnlich, bei uns von den Russen als formlosen Barbaren zu sprechen, wie wenn ein Pariser Quartierlatinist uns formlose Boches nennt. Ist nicht auch "Sammeln" ein Formen und ist der Sammler nicht eine rohe, mittelbare Art von Künstler? Heute baut man. Die Zyklopen türmten einfach Blöcke, sie "sammelten" sozusagen ein Bauwerk. Der Russe ist fein und baumeisterlich bei sich selbst; nach außen hin gleicht er einem Zyklopen.

Orthodoxie, die "Streng"-Gläubigkeit des Russen, nicht nur eine kultische, sondern auch eine kaum zu überbietende Sittlichkeitskategorie, die aber formal verstopft, schafft ebensolche kulturelle Hemmungen wie der Mohammedanismus, der an ähnlich primitiven dialektischen Fehlern des sittlichen Bewußtseins krankt, aber unter dem Einfluß des Deutschen, der hierzu wieder durch seine Ostseele befähigt wird, den Weg der Gesundung beschritten hat. Die Frage ist nur, wie Krankheit und Gesundung jeweils wechselnd übereinander hinausschreiten.

Blumen der serbischen Wiese

I

Eine Ebene quillt über in Chlorophyllfontänen, ballt sich klumpig in Buschserien zu einem blitzblauen Himmel, quirlt sich staudicht in Haine zusammen, die millionenhaft weiße, wohlriechende Blüten abschuppen; diese Ebene knäuelt sich förmlich aus einer Tafel Grün zu Formen, die dickgrünen Segel sanftansteigender Laubwälder sind halbschräg vor den gleißenen Horizont gespannt. Ist es Oberitalien, von dem Licht, Duft, Farbe auf die Sinne schnellen? Es ist Nordserbien.

Dunklere Rauten saftigen Gebüsches säumen Bäche, weißgesogene Landstraßen, aus denen Kalkbrocken gleißen, punktieren Kastanienalleen ins hellere Grün. Dieses Gebiet gleicht den Landschaften jungwiener Maler, ihrem Gesicht von Italien. Seine dickversponnene

Grüne, seine knorrige Saftigkeit, seine überschüssige wachsende Gartenenergie unter dem blau erhitzten Metall des Gewölbes muten wie Frühlingserde der Poebene an.

Aber das Land, seine Blüte und sein Wachstum sind härter, noch klassischer, man möchte sagen, trotz aller grünen Weichheit felsiger als die Vielfarbe Italiens. Und wie das Land, ist auch die Seele seiner Menschen. Südlich-streng, übertrieben-einfach; die Leidenschaft nahezu einfältig, das mittlere Gefühl kompliziert, vom slawischen Skeptizismus zersetzt, umgangen, zuletzt gesteigert. Auch in dieser Seele finde ich wieder, was die Landschaft bietet: die farbige Glätte, die wuchernde, im klassisch Einfachsten phantastische Oberfläche; und zugleich den Felsen, Karst, starr, brüchig, unterirdisch. Die slawische Seele, die in den Werken der großen Russendichter Menschentiefen sprengte, wird auch aus diesem sonderbaren, noch nicht zu Schöpfung gesammelten, hochbegabten Volke der europäischen Welt Werte zu zeugen haben. Der europäischen Welt zu zeugen? Vielleicht von ihr zu gebären haben. Denn dieses Land, dieses Volk hat strenge Züge wie seine Frauen, die doch hingebendes Weib sind, feurige Geliebte, Mütter, Trägerinnen des werdenden Lebens. Dieses Volk ist nicht weibisch, nichts weniger als dies. Aber es hat jenen vermengten Geschlechtscharakter, wie ihn Musiker haben sollen, sagt die moderne Biologie; hat jenes Geschlecht, das gebiert, nicht das zeugt, jenes, das sich fruchtbringend befruchten läßt. Eine männliche Frauenseele, felsig in den Zügen: hingestreckt üppige Matten, poetische Laubwälder im Gemüte. Was wird daraus im sozialen Leben? Verschlupfte Räuberromantik, Grandezza der Handlung, zerworfene Leidhaftigkeit am Dasein, religiöse Inbrunst, mystischer Überschwang aus dem Konfikt von sachlichem Verstand und unbefriedigter Sehnsucht nach dem Weltmonumentalen, Felsengroßen. Der Garten und der Karst streiten in ihm. Ein Volk der Verzückungen, ob es liebt, haßt, Geschäfte oder Politik macht. Ein Volk, tiefer und problematischer als der pragmatische und tüchtige Nordslawe, hurtiger, aktiver, nervöser (nicht neurasthenischer) als der Ostslawe der Weichsel-Wolga-Länder. Ein Übergangsslawe aus dem Orient zum Europäer, aber kein europäischer Epigonentypus, sozusagen; eher ein neuerer, frischer Typus Mitteleuropäer, der den Kenner der österreichischen Seele interessieren dürfte.

Während ich die Landschaft durchschiene, durch vom Kriegsverkehr zerschundenes Land, jetzt einsames Terrain rassle, muß ich über diese Seele grübeln. Was ist die Erdoberfläche ohne den Menschen, den sie, der sie formt, der sie sich geformt hat gleichsam, als er sie zur Heimat wählte? Der, als er sie zum Weilen bestimmte, sie sich als seine Form erschuf? Wer war felsiger, wer war frischer und grüner vom Anfang; die Erde hier, als die Menschen kamen, die Menschen, als sie diese Erde eroberten? Bildet das Land sich den Menschen, bildet der Mensch sich ein Land ein? Sie kommen zusammen und sind einander Ausdruck. Ihre Züge sind Bruder und Schwester, von gleicher Art, die sich einmal im Schicksal fanden. Es liegt ein selektionistischer Vorgang vor. Sage mir, wo du Heim nimmst, und ich sage dir, wer du bist. Was ist Heim? Heim ist Wahl. Tausend Jahre, länger saß kein Volk in diesem Eurasien im letzten Osten, China, ist's anders – am Flecke, modeln dreißig Geschlechter nicht, wenn nicht die Urkommen gewählt hätten. Die Heimat ist ein Ausdruck, schöpferischer politischer Urakt, ein Formwille. Ändert sich der Mensch, ändert sich auch sein Heimatskennen. Dadurch entstehen Völkerwanderungen. Es gibt keine Heimat. Wir Menschen, irgendwo hergekommen – und Reife führt zu den Herkünften zurück – sind mit keinem Boden bloß der Dauer nach so verwachsen, daß er uns formen könnte, wenn wir nicht disponiert wären. Heimat nennen wir die Ähnlichkeit mit uns, eine metaphysische Identität, eine Doppelvorstellung des gleichen Willens im Schopenhauerschen Sinne. Was wäre der Grund sonst, daß man einen Boden so zäh verteidigt, mit solcher Liebe an ihm hängt, wenn er wirklich nicht mehr als eine Gewohnheit wäre? Aber er ist mehr, er ist eine Wahl, eine Selbstbespiegelung. Wer ist dieser Mensch, der sich die Gras- und Felsenheimat erkor, muß ich mich fragen, während der Kraftwagen auf den Seitenrädern kantet, zu Deichen rutscht, die Innenwände von Straßengräben schneidet, über Risse kippt, durch Rasten schaukelt?

Diese Straße, Heeresstraße nach Lazarevac, ist in einer nahezu poetischen Weise schlecht. Sie ist Straße, das erkennt man eben noch, denn sie springt weißgrau aus der grünen Fülle. Aber sie ist bodenlos klippig, mit riesigen Wunden, stagnierenden Pfützen, Rutschungen, wo Damm ist, Bruchstellen, hohlgefressenem Unterbau, wo sie flachliegt. Es ist das betörende, sinnlich erschütternde Skelett einer ehemaligen Straße. Sie hat die Schicksale des Weltkrieges verkostet, es ist eine der nun historischen Straßen der Welt: wie wohl die meisten in Serbien. Armeen Europas, englische und französische Hilfshaubitzen, Kuriere, Ordonnanzen, Kommissionen aus Paris, London, Petersburg ritten über sie hin. Deutsche Bataillone aus dem Norden, Trains und schwere Pferde aus dem Westen haben sie getreten, österreichische Mörser sie vielleicht beschwert. Serbische Heere gingen her, hin und wieder zurück auf ihr. Frost und Glut machten sie springen. Granaten mögen sie an Stellen, wo sie Schlachtgelände wie bei Arandjelovac durchzieht, gerissen haben. Auch diese Straße spricht, während sie die Ebene an sich vorbeischiebt, harte Laute, pulst unruhige Gedanken in den Beobachter wie die Ader eines zermarterten Herzens. Wo die Ebene wieder endet, wogen sanft grüne Höhen heran und heben sie, die unter mir rasselnde graue Ader, als dürftigen grauen Strang über sich, an dem es mich zum zermarterten Herzen des Serbenlandes vorwärts zieht. Werde ich das Herz finden?

Es ist mir nicht gegeben, zu sehen ohne zu denken, zu beobachten, ohne sinnvoll zu organisieren, und sei's mit einem Kommando, mit einer letzten, höchsten metaphysischen Art von Initiative. Ich bin ein Deutscher. Zur Ehrlichkeit gehört mehr als die Wahrheit und die Tatsache: die Anordnung. Einer der Gründe, warum der moderne Künstler, der aufschlußreich schlechter porträtiert als die guten Porträtisten der früheren Zeit, sich ehrlicher dünkt. Alle Künstler sind Deutsche. Ich käme mir grundschlecht vor, verlogen im höheren Begriff, wollte ich nur beschreiben und nicht ordnend folgen. Auch dieses serbische Land, dessen anthropologisches Porträt ich gebe, würde mich nicht reizen, wenn nicht der serbische Mensch mich beschäftigte; auch dieser hellsinnige Frühling wäre mir keine Heimat, wenn er nicht den Frühling einer Seele bedeutete, die ich deute. Unter Winterkrusten des Kämpfens, unter der Asche eines historischen Frostes keimt junge Saat; nach drei Ausrottungskriegen wider sich selbst kräftigt und verfeinert sich der Lebenswille eines hochbegabten Volkes.

2

Wir suchten die serbische Seele. Wir finden das serbische Land, in seinem Grün und seinen Felsen, seiner Fülle und seiner erbarmungslosen harten Nacktheit. Der Serbe hat einen Trieb zur Monumentalität. Aber im Kleinlichen seines Raumes, seiner Gesellschaft, ja, in der Enge seines noch rohen Könnens wird sie zum Monument, zur Zierde. Seine Sehnsucht greift massiv, formt aber ohnmächtig. Sie greift nach der großen, lebhaft bewegten Gesellschaftlichkeit, nach der Macht, nach dem Weltstaat, strebt hinaus aus der sozialen Geschnürtheit, in der unklare Halbnaturen, Dorfherren, Stammdespoten, die selbst wieder Früchte der Sorge und gequältes Erz der serbischen Zange sind, das gesellige Dasein erhalten. Und wenn sein Wollen aus dieser Atmosphäre, in der es edel schien, in die starke Luft des geistigen Europa tritt, erstarrt es zum politischen Putsch, zur Geheimbündelei, zur Weltheldengeste des kleinen Horizontes. Mittelalterliche Verspätung des Fühlens webt zwischen verfallenen Dörfern, durch die wir fahren, Räuberromantik spinnt zwischen Buschschlüpfen, zikadenerfüllten Heiden, verdeckten Häuschen, interessant wilden Gäßchen am Stadtende. Die Kinder, kleine kräftige Tiere, und männliche und weibliche Greise, zerflatterte Vögel, abenteuerliche vom Leben zerflickte Seelen in den körpergewordenen Formen ihrer Leidenschaften, schießen, klettern, wackeln an den Straßenrand, an dem wir vorbeirasseln, oder tauchen phlegmatisch aus undefinierbaren Interieurs in Türfüllungen und über Fensterbrüstungen. Kämpfe innen und außen haben diese Alten zerstört, gehärtet, geläutert, betäubt.

Der monumentalistische Serbe ist eine Hypothese, die ich begründe. Sie ist so gut, wie irgendeine Hypothese, zum Beispiel über das Radium. Aber das merkwürdige Radium kann man definieren. Den Menschen drückt nicht die Beschreibung, sondern die Metapher besser aus. Ich verantworte meinen Serben mit den Visionen, die mir aus der serbischen Prärie aufsteigen.

Zwischen Buschgruppen und Laubdickicht, in mineralgrünen Wiesen versenkt bis zum kleinen Fenstervierreck, stehen hingewürfelte Kalkhöhlen, ohne Ordnung, sich die Kanten weisend. Sie sind ebenso hoch, daß ein großer Mann drin stehen, ebenso breit und tief, daß zwei Frauen oder Kinder drin an einer Wand schlafen können. Auf diesen Sockeln, seinem Heim und Herd, seinem Um und Auf, baut der Serbe, während draußen die Zwetschgenbäume für ihn wild wachsen, seine Träume, seine Größe, seine Herrschaft, seine Weltmacht auf. Auf diesem angekalkten, tiefsinnigen, klassischen Lehmviereck als Postament sieht er sich in Überlebensgröße um das Leben ringen.

Ein Monument aus Ziegeln, Poesie aus billiger Ware, schragt der Kalimegdan, heute die zerschossene Festung aller Symbole, an Belgrads donauzugekehrter Achsel hangauf, Sockel über Sockeln, Piedestale über Piedestalen, auf denen nichts je steht: eine Serie von Monumenten, die der Figur harren, Monumente, die nichts als wieder sich selber tragen; eine fruchtlose Pyramide der Sehnsucht, eine Klimax, karg bemessen, ins Ungemessene. Man genießt den schönen Ausblick ins gelobte Land der ungarischen Serben und Schwaben. Kalimegdan, von kalos und mache (griechisch) benannt, ist die schöne Stadt der Wettkämpfe, der Turnierplatz des allgemeinen Ehrgeizes, die Verkörperung des belletristischen Gesichtes, den Lebenskampf zu sehen. Der Serbe ist ja Poet. Aber er ist nicht so süßlich wie der Italiener, nicht so nobel auch, nicht so vollendet. Er ist ein frischer Emporkömmling im Poetischen. Er ist lebhaft und feurig; aber was die runden Bewegungen des Lateiners, sind an ihm Zuckungen, Interjektionen des Körpers gleichsam, Ekstasen des physischen Reizes. Er ist immer grausam, mit Genuß, messerheldisch in jeder Bewegung, aber mit mehr Gemüt und auch mehr Genuß davon, und nicht um der Pose der Leidenschaft willen, wie der Italiener, sondern um der Leidenschaft der Pose willen. Er leidet an der Fragwürdigkeit des Leidenschaftlichen wie der Pole, der Russe und – der Deutsche. Er ist der jederzeitige Schlafwandler des Triebes, der jederzeit zur Räson – und welcher Räson: im serbischen Krähwinkel stehen mehr Büsten Voltaires als irgendwo in Europa – ja, zu dieser Räson erschrickt.

Das Streben zur Monumentalität drückt sich auch in seinen Farben aus. Der Serbe ist grell, aber nicht bunt. Die Farben haben etwas Großes und Besonderes, oder sollen es haben. Weite Einförmigkeit im Auffallenden kennzeichnet sie. Mineralgrün wie die serbische Prärie sind die Kleider der serbischen Frau. Es ist beinahe immer dieses Mineralgrün in allen den konsistent gehaltenen Farben des Spektrums, das wiederkehrt. Man trägt viele Einfarben, aber sie sind alle mineral und grünlich. Man trägt Orange, Zitrone, Chamois, beliebt sind Violett, Lila, Flieder, Heliotrop, Weinrot, man bleibt einfach, klassisch, groß über allen Teilen des Leibes. So ist der Serbe zwar grell, aber nicht bunt wie etwa der Italiener oder andere östliche Slawen. Gediegen in seiner Ausschweifung, nüchtern in seiner Phantasie: seine Häuser, seine Farben. Er ist melancholisch-extrem, einförmig-exzessiv: seine Lieder, man würde besser sagen, seine Klagen. Der lustige Serbe ist stechend lustig. Das unterscheidet ihn von dem Deutschen, dessen forciertem, intellektuellem Typus er sich vielleicht wieder nähert.

Sein Haus, dieses kleine Monument seines engen Lebens, in heroisch schlichten Maßen häuslich gedeutet, verrät allerstärksten Geschmack. Oft vergrößert, ist der Raumwürfel an einer Seite aufgebrochen, die Wand um Schritte hineingerückt. Dann tragen einfache schlanke Säulen das Dach und bilden eine antike Arkade. Dies ist schön. Zu dieser Schlichtheit fallen die extremen Einfarben der Frauentrachten nicht auf. Sie sind ein durchgebildeter Lebensstil, sie sind in Herz getaucht, wie die Räume aus Blick gemauert. Äußerstes, die Sättigung, die Fortführung des Lebens zu Gipfeln seiner selbst, restlos übertriebene, zu sich geläuterte Tinten auf jedem Gefühl, in jeder Handlung, dies ist serbischer Ehrgeiz. Man fand nicht grundlos in den Stuben armer Bauernstudenten Nietzsche-Ausgaben.

Was lebt an Mensch über diesem Mineral der Prärie, was träumt in den kleinen, harten Häusern? Als ich mit dem Kraftwagen durch Nordserbien fuhr, sah ich zwei Grüße, die mich blendeten, zwei Haltungen, versteinerte Seelenwinke, die mich erschreckten, so schön sind sie gewesen. Die erste war Demut: vom nobelsten Stolz dargetan. Es war eine Art Salam, jedenfalls ein höfischer Rest aus Türkenzeiten. Frauen, junge und alte, die in Gruppen auf einem Acker standen, bückten sich, als der Kraftwagen mit Offizieren vorbeifuhr, gelassen zur Scholle, führten sie symbolisch zu Stirn und Kinn. Ein anderes Bild gab dies her: In einem Garten beim Busch stand ein junges, kräftiges Mädchen. Ohne Eile, als der Wagen nahte, riß es einen langen Blütenzweig ab und hielt ihn edel schräg über das Kopftuch uns entgegen. Dies war die Natur. Schöner grüßt auch die berühmte Tahitianerin nicht als diese serbische Magd. Ihr Innerstes ist voll Stellungen, Romanzen, gedachten Monumenten.

Die serbische Frau hat die weichen Formen der Prärie, aus der die Züge plötzlich des Felsens starren. Ihre Prärie ist ein Riesenmensch aus Gebüsch und Rundheit, kräftig geschwungene Wiesenfrische: aber das Gesicht aus Felsen, die Knöchel aus Felsen. Die serbische Frau blickt aus Felsen und geht auf Felsen. Die Augenbrauen sind stark und "brauen" über einem hervortretenden Stirnbein. Es macht das Gesicht, wenn die Augen glänzen – und sie glänzen verzückt –, geheimnisvoll und tief. Die Nase ist kräftig, wenn nicht hamitischer Einschlag von Zigeunern sie verplattet hat. Um den Mund ist das Gesicht verwildert; hier sprechen andere Rassen als der arische Slawe mit. Serbien war das Land, wohin Byzanz' wildeste und freieste Sklaven ausbrachen. Kriegszüge aus Asien streiften Serbiens Weiber. Türkische Harems, seltsamen Geschmackes voll, hinterließen das Gebiß kurioser Odalisken, das verbrauchte Lebemänner durch seine Tierheit gereizt haben mochte. Der serbische Teint ist bäurisch; er ist, wie der Mund, unslawisch. Die Slawen sind sonst unter Europas Völkern das teintzarteste.

Das Auffallendste der serbischen Frau ist der Fuß, die mannbar starke Fessel. Dieser Knöchel ist felsig. Ihn hat die Bäuerin und die Belgrader Dame. Man führt ihn darum auf das ausgesucht schlechte Pflaster der Straße zurück, die mit Katzenköpfen, einem homerischen Straßenbaumaterial, ausgelegt sind. Aber ist wirklich dieser Fuß die Folge der Straße oder hat nicht jedes Volk vielmehr die Straßen, die sein Fuß verdient? Der serbische Fuß ist ungraziös, aber er schreitet, beobachte ihn gut, richtig und resolut vorwärts. Wenn die Serbin barfuß oder in Holzpantinen geht, geht sie hübsch, sogar liebenswürdig. Härten sind erwünscht, Unebenheiten am Leben sind geschmackvoll. Zyklopisch im Kleinen, verrät sich serbischer Drang auch in seiner Straße, in der vollkommenen Übertreibung, die an das Lachen grenzt.

Dieser heroische Fuß, der über Katzenköpfe zu gehen geliebt, ist die Karikatur des Serbischen, wie sie die Natur geben wollte. Dieser Felsenfuß steht, romantisiert, schön geworden, zärtlich-roh im Gesicht des Serben und der Serbin. Denn das serbische Gesicht enthält eine Roheit, die ästhetisch einzuschätzen ist. Diese Gesichter bei Mann und Weib ziehen an. Diese Überschärfe, Eckigkeit, Monumentalität des Gesichtes wirkt spannend auf die Einbildungskraft des Reisenden, der den seelischen Hinterhalt der serbischen Felsenmaske gewärtigt. Er ist bereit, sich überfallen zu lassen. Ehe er sich's versieht, ist der Eroberer erobert. Das serbische Mädchen im Kopftuch, das den Blütenzweig zum Gruß bog, ist eine Jeanne d'Arc seiner Rasse. Wildheit, Tiefe, knochige Natur lebt noch ungeschmeichelt in den Zuckungen, mit denen diese die Kulturvölker der europäischen Mitte begehrt. Ihre Zeit ist gekommen, sie wird erhört.

Die Prärie, der Riesenleib der serbischen Frau aus Büschen und Gräsern, schlingt sich sanft um den Reisenden. Wenn Rassen zusammenkommen sollen, wird es eine künstlerische oder erotische Angelegenheit für den einzelnen. Eroberung ist immer Liebe, die Völkersynthese ist immer Dichtung. Und wenn die große Katastrophe des Ineinanderverschwindens nur von einem Einzigen tiefst erlebt ist, ist sie vollbracht. Für alle geht der eine an das Kreuz der Dichtung, nimmt den Hohn, den große Ereignisse stets zeitigen, auf sich und läßt seiner gehandelten, im Einzelfall Geschichte werdenden Menschenliebe die formenden Zäume schießen.

Das Monument der serbischen Prärie ist ein kleines, viereckiges Haus. So weit die Entdeckung. Später erst fällt einem der Dalmatiner Mestrovic, der Monumentaliker der südslawischen Bildhauerei, ein. Dieses Haus in der Prärie ist alles, was in der Eintönigkeit immer wieder frisch wirkt. Es ist bedeutungslos wie ein tiefer menschlicher Zug, den man nicht bemerkt, weil er Wesen ist. Wenn alles Irdische ein Gleichnis ist, ist dieses irdische Haus das Gleichnis einer kleingezwungenen Monumentalität. Das Leben ist eine Dichtung vom Figürlichen ins Figürlichere. Die Prärie, das rechteckige Serbenhaus, verstreut, liegen in der serbischen Seele, nicht nur auf einem Fleck, den die Landkarte wiedergibt. Eine konstruktivere Hand erst wird aus diesen Hausblöcken das Monument zu türmen haben.

3

Über Belgrad liegt es von Abenteuer und Provinz, Unreife und Verwelktheit. Die Stimmung ist amerikanisch, das Impromptu überwiegt, das Sachliche und das Flotte gehen Hand in Hand. Alles ist alt und verstört, und zugleich ist alles neu, geschwind, von heut auf morgen. Gewaltige Betriebe sind aus dem Hurra entstanden, Beschleunigung und Zwang ergeben ein hitziges und doch kahles Gepräge. Solides steht neben Dürftigem und Lückenhaftem: so ist es gleichsam das Amerika des Donaustrandes, das südöstliche Neuland der mitteleuropäischen Kultur.

Belgrad ist eine Verwaltungsstadt, eine Stadt der Arbeit, des Unternehmungsgeistes, der Ökonomie, der Zusammenfassung aller Landeskräfte. Es war eine poetische Stadt; dazu hat die Natur und der Sinn seines Volkes es bestimmt. Nun sieht es nicht viel von Lustbarkeiten. Die großen Lokale sind geleert, von Granaten eingerissene Mauern, Sparrenwerk, Zusammenbrüche von Räumen, die ehemals der heftig geäußerten Lebenslust gedient haben, sind das Fundament, auf dem jetzt Sachorganisationen, Nutzinstitute, Büros, notwendige Zentralen der aufbauenden und systematisierenden Tätigkeit werken. Statt der glänzenden, lauten, debattierenden, flirtenden, träumenden Gefolge serbischer Offiziere, statt prächtiger Adjudanten, nobel aufbauender Instrukteure aus Paris, London und Petersburg gehen jetzt einfach uniformierte Männer mit strengen und ein wenig müden Zügen durch die Gassen der Stadt, von den Pflichten des Tages sprechend, vom Entwurf neuer Organisationen, von Hemmungen, Ressourcen des Landes, Möglichkeiten und Renten des schon Geschaffenen. Ein Heer von Verwaltungsoffizieren, eine vielsprachige Männernation von Organisatoren hat die Stadt überflutet. Ihr Auftreten ist schlicht, ihre Arbeit lang, ihre allgemeinen Gespräche kurz. Sie tragen die Uniform des Kaisers und Königs nun in Ämtern und Übungen, die ihnen des Friedens Brot und Laufbahn waren, der Erwerb für Haus und Familie. Denn die meisten sind Familienväter, die Überzahl hat den Kampf im vordersten Graben gesehen, bis besondere Anlage oder verkürzte Kampffähigkeit sie an diese Kurbel der großen Kriegsmaschine berief. Der Schöpferwille Mitteleuropas, rassig im Vielnationalen, hat in einer modernen Völkerwanderung seine sachlichen Naturen über die alten Grenzen abgestoßen und neue Gebilde erzwungen.

Dieses Verwaltungsheeres im Kulturbrachland, im Amerika der Donau, als einer heroischen Erscheinung der Zeit wird man einst gedenken müssen.

Der frühere Mann und sein Gehaben, seine Gäste und seine Feste waren poetischer. Das verbliebene Volk mag sie vermissen, sein Naturell bleibt dieweils noch unbefriedigt, denn sie waren mehr seiner Art. System, Zucht und Richtung schaffen Wohltuendes, aber sind nicht wohltuend. Größe ist in diesem modernen Kulturleben, das aus Mitteleuropa herüberströmte, unanschaulich, sie ist so bemeistert, daß sie sich nur in ihren Werken andeutet. Der Schaulust des Monumentalikers genügt sie nicht. Er wird sich noch lange nach dem Glanze sehnen, der vollen Gebärde, dem Glück der Darstellung, der Feinheit des Sinnlichen. Muß sich sehnen, bis diese neue Verwaltungsmaschine, die inmitten der Ziegelruine einer Zivilisation noch Staub aufwirbelt, zu jener Eleganz gereift ist, die das frühere elegante Lebensideal ersetzen kann. Schon ist Belgrad gegenwärtig seine eigene Abstraktion. Aber wirtschaftliche, militärische und technische Vollendungen können musisch werden; das zertrümmerte und beweinte Monument wird sich vielsagender und lebendiger als Baustein im größeren Organismus, in der mitteleuropäischen Massengesellschaft, im zeitgewollten Globus empfinden.

Die alte Eleganz, die der amerikanistisch-militaristische Betrieb, der Dingfleiß, die geschäftige Genußohnmacht, aber auch der stärkste schöpferische Idealismus heute dieser Stadt ersetzen, ist in der Politik und der Waffenchance, die ihr eigen waren, historisch gerichtet worden. Sie verdrängen dürfte nur jene neue; bis dahin, wo für einen Menschenwert der reifere übergeben wird, muß gewartet und zart geschont werden. Nur, wer eine neue Poesie gibt, darf eine ältere, die für den Liebhaber des reichen Lebens ihre Entzückungen hatte, ablösen. Daß man Altes versteht, wird der erste Reiz des Neuen sein. Die alte Poesie war dennoch nie so echt, daß sie erhalten bleiben müßte. Sie wird sich, im Gegenteil, erst zu füllen und zu verfestigen haben. Ein Beispiel soll erläutern. Die Beschießung hat die schönsten und größten Häuser, die aufdringlichsten jedenfalls, gestreift und guten Geschmack bewiesen, indem sie den schlechten bloßstellte. Hohle Blechvoluten und Karyatiden, die angekalkt waren, hängen jetzt in Fetzen an Erkern, die sie tragen sollten. Billiger Reichtum, öde Größe, falsche Monumentalität sind seitdem in den Straßen von Belgrad zur Schau gestellt, Richtigkeit gähnt, Anstrich täuscht nicht mehr Inhalt vor. Halbheit grämt sich verlassen nach Gänze, die nie war. Wo dies Ausdruck sein sollte, Selbstwille, Darstellung, durfte mehr als dieser Ausdruck lädiert werden: eine Volksseele. Ihr Besseres wird als Glied einer weniger eleganten Gesellschaftlichkeit, die einer höchsten Welteleganz immerhin zuschreitet, zu seiner eigentlichen Poesie kommen.

Der Phantasie junger und starker Völker bietet der mechanistische Prozeß, der sich von Mitteleuropa her über die Welt ausbreitet, nichts. Die Eroberung unter die Nüchternheit wird mit Schrecken empfunden. Denn solche Völker ahnen nicht, welche Kräfte der Phantasie, der Selbstbesinnung, der Muße, der lieblicheren Lebensbetrachtung durch die Mechanisierung freiwerden. Es wäre indes falsch, jener naturhaften und schönen Phantasie sehnender Völker mit knarrendem Ernst entgegenzutreten; sie muß verstanden, gepflegt, ihre Wunden gekühlt, ihre Träume geahnt und dadurch erlöst werden.

Über den Trümmern einer zerschossenen Stadt, über einer historischen Schicht, über einem Zivilisationskomposthaufen zirkuliert jenes kalte und federnde System, der Verkehr; noch so primitiv und schon so smart. Geworfene Halbkultur füttert aus ihren Resten und Ruinen ein neuwerdendes Leben. Die elektrische Bahn, die geradewegs über eine Ruine führt: dies wäre das Bild zu dem seltsamen serbischen Amerikanismus, dessen nüchterne Überraschungen beinahe schön wirken. Es ist hier wie zur Zeit der mykenischen Kulturen, wo neue Lagen in den Schutt der altversunkenen gegründet sind. Belgrad macht einen unaufgeräumten, aber hochorganisierten Eindruck wie junge Städte im amerikanischen Westen. Man denkt an Seattle oder Frisco nach dem großen Erdbeben. Zum Aufräumen war noch keine Zeit; es galt, neu zu schaffen und zu konstruieren. Aber die neue Organisation verbraucht den Unrat, und Scherben und Trümmer saugt der neue Hochdruck, einmal eingeschaltet, von selbst auf. Man baut und ordnet großzügig, Lücken füllt die Zeit aus. Diesem Werden zuzusehen, wird Erlebnis; es zu erfassen, bedeutsam. Drin zu stehen, verkürzt wie überall den Block dafür. Dieses Verwaltungsheer kommt sich nicht so bedeutend vor, als es in der Tat ist.

Zum Belgrader Amerikanismus findet sich von selbst ein Bild in seinem jetzigen Leben. An den Terrazije, der sich gelegentlich mächtig ausbuchtenden Hauptverkehrsader, verkauft, bewirtet und verdient ein barartiges Lokal, halb vornehmer Schank, halb Café und Konditorei, dessen Wirte ein Konsortium von vier Damen der früheren Gesellschaft sind. Eine von ihnen ist Professorin. In der Trafik, zwei Häuser weiter, steht eine hohe, serbische Offiziersdame hinter den Scheiben und reicht Tabak und Postkarten. Eine Ministerstochter klopft irgendwo in einer Kanzlei Maschine. Persönlichkeiten schreiben in Geschäften. Es geht gut, wenn man sich's auch besser wünschte, aber man geniert sich nicht. Vorurteile fallen und beweisen, daß sie grundlos waren. Die Arbeit allein zählt. Das Gesicht sieht nach vorwärts, der Kopf im eisernen Exempel der groß angegliederten Maschine rechnend, stemmt nach vorne. Der Verkehr hat einen resoluten, dringlichen, unternehmungslustigen, unverträumten Ton. Es ist ein Platz für Amerikaner. Und werden sie nicht kommen? Die Schlachtfelder, eine nationale Zukunftsindustrie, ein blutgetränkter Bodenschatz erwarten sie; der Kalimegdan, der zerschlachtete alte Schlachtenplatz, macht sich so schaurig wie möglich für sie. Schier unerforschliche Römerbrunnen, Katakomben, geheime Gänge, politische Verließe, der "Fürchte-dich-nicht"-Turm des Türkenspottes, aufgeklappte Paläste und Soldatenkirchlein; Sehenswürdigkeiten, die von Granaten entdeckt und von Volltreffern zur Vollendung der Ruine gemanaged wurden, erzwingen Andacht für ihre bizarre Schönheit. Aber neben und über dem verrückten Wirrwarr der drolligsten, erhabensten und sentimentalsten Zerstörung springt scharflinig und exakt, von der Zeit erfunden, von Soldatengeist durchgeführt, ein neues, murmelndes Leben hervor, dessen Rhythmus aufhorchen macht.

Belgrad besteht heute aus der vermißten alten Halbeleganz und tragikomischen Romantik zerrütteter falscher Fassaden, einer Ruditätengalerie des ehrlichen Wollens mit falschen Mitteln, aus der Unauffälligkeit der fleißig wirtschaftenden Arbeit, aus der schönen Zertrümmerung, aus der Nüchternheit, doch Frische und Freiheit der Sache. Aber dies alles ist noch nicht Belgrad. Belgrad ist noch üppiger Park, alles beherrschender Busch und Baum, warmer Duft aus Jasmin, Akazie und Linde. Er streicht durch die Gassen, haftet an den Menschen, nistet in den Winkeln der nun so zahlreichen Schreibstuben. Kastanien, Ahorn und riesentatzige Platanen greifen aus, stehen dick zwischen Häuserzeilen, Wänden und in Höfen. Der Geruch ist stark wie ein feiner, unsichtbarer Staub, wenn die Frauen schreiten, scheinen ihn ihre Kleider aufzuwirbeln. Kirschbäume tropfen rot von Früchten, sprudeln lackrote Punkte entlang der Äste hervor, wie im Blütenfall. In Topcider, dem Naturpark, steht vor dem Milanschloß mit dem türkischen Tor die uralte Platane der Obrenovic; ihre schweren Äste sind von rostigen Eisenträgern gestützt. Wie ein Schwamm ist der Baum über das Eisen gequollen, wie Sauglippen hat das Holz um die Stäbe gegriffen und hält sie jetzt fest. Diese naturalistische Wachswildheit der Parkgrundlage von Belgrad sticht scharf ab von dem schoflen Blendwerk seiner Architektonik, aber sie gesundet sie, macht sie auch dem leichtverletzten Geschmack verdaulich. Zusammen ergibt es diesen Stich ins Bizarre, der unsere Stadt zur etwas orientalischen Schönheit macht.

Und laßt die Sonne zum Abend gehen: dann gleißt der Ball über dem Häuserriegel von Semlin schräg gegenüber. Save und Donau sind über die flachen Ufer getreten und bilden einen Hafen bis an den Horizont. Aus dieser stillen, von steten Böen gekräuselten Fläche schlagen Farben wie Flammen aus einem riesigen Ölbrand. Alles blitzt, glimmt und zerrinnt in brennende Flecken, daß das Auge des Beschauers schmerzt und sich abwendet. Wenn Wolken die Helligkeit abblenden, blüht es dort unten vom Belgrader Hügel, dem Kalimegdan, gesehen, wie grau erzitterndes Silber auf, eine flüssige Asche, die Farbenstarre eines erlöschenden Farbenvulkans. Süß duften am Abend die saftigen Gräser auf den molobreiten Mauern der Festung, und just in den Granattrichtern hat sich rotwilder Mohn gestaut, den die Abendbrise neigend entblättert.

Belgrad ist eine internationale Stadt. Die Armeen Österreich-Ungarns haben im feldgrauen Gewande die vielfachen Typen der Monarchie in ihrem Offizierskorps und den Mannschaften versammelt. Feldgrau ist die Pointe auf den Straßen, entsprechend dem sachlichen Lebenswillen der Stadt. Aber es hat seine Schatten und Fette. Grüne Deutsche und lodene Bulgaren kommen einzeln und in Trupps. Ein kleines Heer von Kriegsgefangenen durchzieht täglich die Straßen, breite Russen und sehnige Serben, schlendernde Italiener mit hübschen, aber ob der Arbeit verstimmten Gesichtern und räkeligen Bewegungen; es sind Alpinihüte darunter. Sie alle tragen sichtbare Nummern auf Blechschildern an Mützen und Hüten: an Hüten, weil mancher für eine klingende Draufgabe sein militärisches Original mit einem zivilen Strohhut oder ähnlichem vertauscht hat. Türkische Pluderhosen und Fes stehen an den Straßenecken und mundschenken bierfarbenen Met aus hübschen Messingkannen in Gläser. Muslims in blütenweißen Turbanen, den Träger mit sakralem Anschein umgebend, lehnen mit vorgestreckten Beinen im Eckcafé und rauchen aus langen Pfeifen; Besitzer, Nichtsbesitzer, Allesbesitzer, zufrieden, auch wenn der Gast die weißgedeckten wenigen Tischreihen von außen bewundert; und vielleicht ist unser Muslim nicht einmal auf diese Bewunderung angewiesen, so wenig wie auf die auffallende Sauberkeit der Stube, die vielmehr von dem großen, wildgesichtigen Militärpolizisten des Kaisers und Königs ausgehen mag, dessen altertümlich langes Bajonett an der Kreuzung Ruhe und Regel des Verkehrs aufrecht erhält.

In den Außenbezirken werden die Häuser klein wie Praterbuden und enthüllen ein wirbelndes östliches Leben. Die Menschen hier haben groteske und scheue Gesichter, sind aus Wanderrassen und notorischen Abenteurervölkern gesammelt; roh und unverblümt, aber oft prächtig und beglückend äußern sich die Gewalten der Menschenseele in diesem Straßendasein. Spaniolen mit weisen fetten Zügen stehen und sitzen vor ihren überladenen Geschäften; noch "wilde" Juden sozusagen, ein wildes, überschüssiges Gewächs in dem drakonischen Ziertopf ihres Ghettoprinzips. Ihre kleinen Frauen, schön, dunkel und schmutzig, sehen mit graziös gezähmtem Verlangen ins Leben hinaus, aus Verzicht zum Spott geneigt, durch Steife die ungesättigte Sehnsucht zu Ironie verwertend. Zigeuneralte siedeln sich zerfallen und restlos verkommen in Winkeln umher; sie sind ebenso stumpf als ihre Jungen überwach, deren schwarze Altägypter- und Hindugesichter in jedem Gedränge, jeder Balgerei, bei jedem Kauf, jedem Straßenvorgang spürend und geistesgegenwärtig, auf Bettelei bedacht, auftauchen. Überall zwängen sich diese kleinen altklugen Leiber, fertig in ihrer Form wie winzig geratene Erwachsene, hindurch, weichen der Drohung zäh und praktisch, aber furchtlos aus und verwerten, vom Zartsinn unbeschwert, jedes Mitgefühl oder Interesse. Sie leben hier schon ganz östlich, wie die herren- und hoflosen Hunde leben, die aber, weil sie die sanitäre Ordung als Bazillenträger gefährden, in nächtlichen Treibjagden von der Polizei abgeschossen werden. Es klingt das erstemal wie nächtliche Rebellion.

Die Belgrader Kreise kleiden sich gut. Neben der Dame, die Moden aus Wien und Paris trägt und Schuhe von Del-Ka oder einem Geschäftsamerikaner, geht die starke serbische Bäuerin in Spagatschuhen, Opanken und im groben Kittel, der sich in Farbenringen um die Hüften dreht, ein Insektenleib. Über der Achsel trägt sie eine Stange, an deren Enden das Gepäck schlenkert. Das kleinbürgerliche Mädchen, in das die Dame übergeht, denn die besten Familien sind außer Landes, kleidet sich im Schnitt solid, nicht immer scharmant, in den Farben jedenfalls grell. Man hält, auch bei den Herren, auf gutes Schuhwerk; der Schuhwarenläden sind auffallend viele. Die Herrenmode ist bequem und lehnt sich an Italien und London an. Die Frauen sind dunkelrassig. Unter den Männern sieht man arische Typen, viele große schmale Figuren mit breiten Schultern, heller Komplexion, engen Schläfen. Hier ist auch einmal Ostgotenblut durchgegangen.

Ostgotenblut mag den Weltdrang, die Monumentalität, den ungestillten Herrenwillen der Serbenseele hinterlassen haben.

Nun sind die Goten wiedergekommen. Wie damals, so kommen sie auch heute nicht allein. Fremdes Kriegsvolk ist unter ihnen, schlägt die Schlachten und gewinnt sie ihrer Organisation. Slawen kamen einst wie heute in der Gefolgschaft der Germanen, als Schwestervolk, seit die Geschichte Europas abläuft. Was wir erleben, ist nur der letzte Akt der Völkerwanderung. Die Völker der Mitte überströmen das Zentrum ihrer Herkunft und schieben ihre Mitte umfänglich hinaus. Aufzunehmen, sich austauschend zu erobern, sind sie von der Natur in die Geschichte gesandt. Mit Aufgenommenem, als Ausgetauschte kehren sie mit dem Sinn ihrer Urersten wieder. Diese Völkerwanderung als Staat und Organisation, als imperiales Naturgebot, ist vor allem Österreich-Ungarn. Als Träger eines Gesellschaftsgedankens, der im Norden vor Römerzeit geboren wurde, finden sich die Rassen und Völker Österreichs bei den Verwandten ein, deren lang bestrittenes Schicksal sie zur Mitte ruft. Ohne die alte, in einer neuen poetischen Verklärung, dem Sachlichkeitsbetrieb, der die Seele nicht stört, sondern fördert, spiegelt sich dem distanzierten Blick der Gang der großen Ereignisse in der vielfältigen Ereignislosigkeit von Belgrad wider.

Ich sehe Belgrad und Serbien im Bilde der Kalemegdan. Eine harte Stirn stieß an Europa von Süden. Die Augen, dicht überbuscht, tiefliegend wie Felsenforts, blinzelten in die Nordwestsonne. Der Mund, Quadernkiefer, verliert sich im bezwingend Weichen und Vielen, das er nicht zermalmen kann. Der Dämon der Mitte bannt, Donauwasser spülen und rauschen zwischen seinen Zähnen, schäumen zu seiner Stirn empor. Das Gesicht ist tief in ihr Wasser vergraben.

Dieses Wasser, eine länderlange Schlange, ringelt sich aus dem Nordwesten an den Kalemegdan heran. Ihr entlang müssen Völker sich finden, so will es die Natur. Es ist die Donauvölkerschlange. Ihr Weg ist langsam und weit, aber unaufhaltsam, ihr Haupt endlich sichtet die Mitte von Asien. Von der Mitte zur Mitte! Dort, wo die Save mündet – und die Save ist nicht eigener Fluß, sie ist Donau, Lungenflügel wie später die Theiß, die rechte Kieme des Wasserwesens – wo die Save mündet, sprengt diese ungeheure mitteleuropäische Schlange die Kiefer, die sich nach Europas Mitte geöffnet hatten. Die Stirn birst, der Balkanschädel zittert und erstirbt. Das Generalstabsgebäude am höchsten Punkt des Kalemegdan zersplittert und verbrennt. Nun geht die unaufhaltsame Völkerschlange ihren Weg nach Osten weiter, ihren Weg zur Mitte. Sie kriecht durch einen Totenschädel, ihre Wasser spülen die toten Lefzen eines versinkenden Maules aus. Die Augen oben im Gebäude des Generalstabes starren hohl.

Die Augenlichter Asiens, eins um das andere, erlöschen. Poesien, die wir verehren müssen, sterben, Poesien erobern.

Der Kelte

Es ist hier nicht der Raum, um den großen immerwährenden Kampf des ursprünglichen und anschauenden Denkens gegen das mittelbare Wort und den Kalkül der Wissenschaft zu führen. Wenn man aber zu G. K. Chestertons tiefstem Wesen vordringen will, muß man einer festen Grundlage von Verachtung für alle Wissenschaft, die sich Selbstzweck ist, mächtig sein. Man muß einem Auge trauen und wissen, daß der Himmel an schönen sonnigen Tagen blau ist. Denn die Wissenschaft wird behaupten, dies sei eine Illusion, die ökonomische Vereinheitlichung einer Anzahl von Schwingungen des Äthers. Woraus folgt, daß der Mensch, wenn er nicht von Grund aus verlogen und sensationslüstern wäre, anstandshalber statt das Blaue anzuschauen, es vom Himmel herunterholen müßte, indem er die paar Millionen Schwingungen in jedem Augenblicke sorgfältig zusammenzählt. Aber *niemals irren* ist *menschlich*. Denn der Himmel ist ebenso reell blau, als das Ich eine übernatürliche Wahrheit ist. Keine Tatsache ist von ihren wissenschaftlichen Begründungen umzubringen. Daß wir leben und daß der Himmel blau ist, erfahren wir unmittelbar von innen her. Die Wellenbewegung des Lichtes ist, selbst sofern sie sich wissenschaftlich als richtig erweist, eine Theorie. Theorien sind, außerhalb der Wissenschaft betrachtet, unwahr und praktisch; Vortäuschungen, Spiegelfechtereien, Köder, diplomatische Aktionen, man kann mit ihnen "arbeiten". Für das Leben und das Lebensgefühl ist die Wissenschaft keine Instanz; aber wohl das Leben eine Instanz für die Wissenschaft.

Der Gegensatz zwischen rechnendem und denkendem, zwischen – vor dem physiologischen Sprachvorgang – sprechenden und anschauendem Menschen hat stets bestanden. Niemals aber hat das Religiöse dem Wissenschaftler so viel Gebiet abgetreten wie heute, niemals ist er so "organisiert" worden wie in diesen Zeiten. Alles Äußere ist organisierbar und soll organisiert werden. Es erwirkt zunehmende Entmaterialisierung. Das Innere aber, das die absolute Freiheit zu Sein und Geschehen aufrechterhält, entzieht sich jedweder über- oder unterindividuellen Zusammenfassung, da es eben auf der Distanz des Ichs zum Gesamtleben beruht. Wie die Sachen heute liegen, ist die Organisation Religion geworden; die Erreichbarkeit materieller Wünsche soll dem Ich jene zuverlässige Sicherheit und Freude geben, die früher dem Glauben und der Innensichtigkeit anhafteten. Dies hat einen Verfall geschaffen, der bei überwältigender äußerer Entfaltung die letzten 20 bis 30 Jahre schwer verarmte. In England ist diesem Verfall unserer Rasse und ihrer Kultur ein geistvoller und sicherer Gegner in G. K. Chesterton entstanden.

Welcher Meinung ist nun Chesterton? Er ist vorerst einmal überhaupt keiner Meinung, denn er würde es als eine durchaus grundlose Zumutung betrachten, wenn man von ihm etwas so Liberales wie Meinungen verlangte; wobei er sich nicht etwa einen kritischen Hut voll auf die mehr kontinentale denn englische Bohemiensfreude an Charakterlosigkeit zugute täte. Nein, eben darum, weil er sicher ist, braucht er keine Meinung. Er hat Gesinnung und ist Christ; wir sehen hier den großen paradoxen christlichen Denker vor uns, der die stärksten Züge der visionären gleichnisfreudigen Schlagfertigkeit vom Urbilde übernommen hat. Ist er also für den höchst modernen, bereits salonfähigen Irrationalismus? Chesterton selbst würde sich wohl als streng rational bezeichnen. Es ist nur vernünftig, die Dinge so zu nehmen, wie sie sind; so, wie sie sind, aber sie sind poetisch. Das menschliche Gemüt hat Bedürfnis nach Gott, Schönheit, Poesie und Glauben jeder Art; Zweifel, Ernüchterungen, Materialismus machen schlaffe Züge und schlechten Teint. Darum ist "wahr", was der Mensch braucht. Weil Brot da ist, hat er Hunger; und weil er Hunger hat, ist Brot da. Es handelt sich also nur darum, daß alle, die Hunger haben, dies Brot, sei's leibliches oder geistiges, erhalten; und ohne weiter Meinungen oder Knöpfelschuhe zu besitzen, muß man sein Augenmerk auf dieses richten. Man sieht schon, wo das Paradox Chestertons hinauswill: es legt kein Basiliskenei, gebiert keine monströsen und geschwollenen Redensarten, sondern lustige Naivitäten. Was dem menschlichen Gemüte selbstverständlich ist, aber von ihm vergessen wurde, bringt sein Paradox mittels Übertreibungen, scheinbarer Sinnwidrigkeiten, absichtlicher Verwechselungen wieder in Erinnerung. Das Große, Betäubende, neue Alte, das Geständnis, die Entdeckung macht er schlicht: *credo!* Wie man mit dem angestrengten Denken auf die Selbstverständlichkeit zurückkommt, zeigt er unumwunden.

Von seinen Arbeiten sind einige ins Deutsche übersetzt worden. "Der Mann, der Donnerstags war" ist eine satirische Erzählung, in der sich der Anarchismus und seine Vertreter in ihrer folgerichtigen Entwicklung selber zum Witz werden. In den Schriften "Orthodoxie" und "Häretiker" entwickelt er sein christliches Erlebnis und seine Erkennung des Katholizismus. In seiner oft nur für schwindelfreie Geister gangbaren Dialektik erinnert er wie keiner der neuzeitlichen Denker an Kierkegaard, mit dem er bei unbeschränkter Freiheit des Denkens die konservative Überzeugung und Leidenschaft gemeinsam hat. Seine ganze Haltung ist Loyalität. Er haßt den Nihilismus nicht, doch scheint er ihm ungesund. Der gesunde Mensch glaubt an Gott, zitiert mit Begeisterung Verse, ist vorwiegend lyrisch, abenteuerlich und romantisch veranlagt, besitzt Widersprüche und fühlt sich schuldbeladen. Der gesunde Mensch ist krank an Heißhunger nach Vollkommenheit. Er ist gutherzig, aber kein Vegetarianer. Er besitzt Gemeinsinn und gesellschaftliches Verantwortlichkeitsgefühl. Er hält also Ideale aufrecht, dieweilen sie noch nicht erreicht sind, also kein Grund vorliegt, sie als überholt zurückzustellen. Wie wäre das mittelalterliche Ideal des christlichen Menschen erreicht? Die Menschheit hat es nie erreichen können, denn sie war zu schwach dazu. Nun aber stellt sie, ohne die alten erfüllt zu haben, neue Ideale auf. Der wichtigste Gedanke scheint mir der: Wissenschaft und Mechanisierung geben keinen Anlaß, die mittelalterlichen Gotiker und ihre christlich-ritterliche Kultur für überwunden anzunehmen. Wenn aber heute einer zufällig ihre Eigenschaften, Werte und Tugenden in sich trägt, wird er für rückständig und ungelenk gehalten. In Wirklichkeit ist es wohl nur sein gesünderes und rassigeres Blut, das ihm Selbstzucht, Enthaltsamkeit, Phantasie und Abenteuerlust auch vor dem Telephon nicht erläßt.

In den vielen Punkten ist Chesterton ein Gegner Bernard Shaws. Die Antipodenstellung der beiden Männer kennzeichnet sich im Spiegel der Öffentlichkeit durch die Ähnlichkeit der Chiffren, die man für ihre vollständigen Namen zu schreiben und zu sprechen pflegt. Shaw ist durch die Initialen G. B. S., Chesterton durch G. K. C. geläufig, vertreten. Chesterton ist Mitarbeiter der London News, in denen er kurze Wochenübersichten veröffentlicht. Es ist dann seltsam, keine gesunde überlegene Art mitten unter der englischen Durchschnittsjournalistik und der süßlichen Sentimentalik ihres literarischen Magazinfutters zu finden; zumal wenn man in einer wilden germanophoben Vision mitten in seinen Text hinein die Eroberung Englands durch eine deutsche Luftflottille gedruckt ist. Aber dies widerspricht Chesterton nicht, der, selbst weit entfernt von Deutschenfurcht oder -liebe, sich inmitten romantischer und bunter Umstände wohl fühlt. Es ist alles von einer blühenden kindhaften Gesundheit an ihm. Er ist Romantiker und tritt darum für die Ehe ein; sie ist ihm die einzige Einrichtung der Freiheit, der anarchischen Entbundenheit von gesellschaftlichen Zwängen, eine Statt der Wildnis und der Abenteuer. Denn "Hotels sind Plätze, wo man gezwungen ist, sich anzuziehen; das Theater mag bezeichnet werden als der Ort, wo man nicht rauchen darf. Ein Mann kann seine Landpartien nur daheim ohne Kompromiß durchführen." – Er bittet Gott um einen unpraktischen Menschen, er setzt es in die Zeitung: Gesucht wird – unpraktischer Mann! In England wird zu dieser Zeit viel von der Tüchtigkeit des deutschen Vetters und Wettbewerbers gesprochen: Gesellschaften werden gegründet, Maßregeln empfohlen und geprobt, Gründe erforscht, und der Verzweiflungsschrei auf den Straßen frägt, warum der Deutsche erst bei acht, der Engländer aber schon bei sechs Stunden Durchschnittsarbeit des Tages abzuklappen pflegt. Um Heilung zu schaffen, wird eine künstlich korsettierte, sehr literarische "Tüchtigkeit" hergestellt. Das geht Chesterton wider den gesunden Sinn, er flammt auf, er protestiert. Mit Recht, wie mir scheint, wenn ich das physiologische Unheil an den Leibern der deutschen Männern ansehe, das diese zwei Stunden Arbeit täglich mehr angerichtet haben. Chesterton aber, der davon nichts ahnt, hat noch bessere Gründe vorzuweisen. "Lebt ein Huhn bloß, um sein Ei zu legen? Es mag ebensogut leben, um sich zu amüsieren, Gott zu preisen, und vielleicht einen französischen Dramatiker zu einer Idee zu inspirieren. So wie es nun einmal ist, aber wahrscheinlich ist, ein bewußtes Wesen, ist es wertvoll in sich. Die Erzeugung dieses tatsächlichen glücklichen und bewußten Lebens ist über alles hinaus das Ziel unserer Schlüsse, Gedanken und Bestrebungen."

Das Ich hat ein Recht auf seine transzendenten Vorstellungen und Wünsche, denn es hat sie. Wir proklamieren den Sozialismus der übernatürlichen Menschenrechte. Daß alle Menschen zu essen hätten, sagt Chesterton, ist kein Ideal; daß sie es nicht haben, die Folge davon, daß wir keine Ideale besitzen. Zuletzt aber ist es immer noch wichtiger, daß alle Ideale, denn daß sie zu essen haben. Ein materielles Recht ist immer fraglich; der Geistige hat es mehr denn der Materielle. Der gemeine Mann aber wird immer gründlicher entrechtet, je mehr man ihm jene dem Menschen so natürlichen Dinge wie Religion, Patriotismus, Nationalbewußtsein und staatliche Loyalität nimmt. Dann ist der Mensch wirklich nichts denn ein kombiniertes Freßwerkzeug, eine an die Befriedigung organisierte Bedürfnisanstalt, ein denkökonomisches Zellenhotel. Und Chesterton sagt: "Für den Mann der Tat gibt es nur eines: Idealismus... Ein Konservativer kann dem Sozialismus bis zur Schneide folgen, wenn er wüßte, was Sozialismus ist. Aber wenn man ihm sagt, Sozialismus sei Geist, eine sublime Stimmung, eine edle, doch undefinierbare Tendenz, je nun, dann geht er ihm aus dem Wege; und das mit vollem Recht. Man kann einer Behauptung mit einem Argument begegnen; aber eine gesunde *Frömmigkeit* ist die einzige Art, mit der man einer *Tendenzmäßigkeit* begegnen kann. Man sagt mir, daß die japanische Ringmethode nicht im plötzlichen Überfall, sondern im plötzlichen Nachgeben bestehe. Dies ist einer der vielen Gründe, warum ich die japanische Zivilisation nicht liebe. Die Nachgiebigkeit als Waffe zu benützen, dies eben ist der schlimmste Geist des Ostens. Denn sicherlich ist keine Macht so schwer zu bekämpfen als jene, die's leicht ist zu besiegen; jene Macht, die stets abbiegt und wieder zurückkehrt. Dies ist die Macht eines großen unpersönlichen, gott- und ich-losen kritischen Vorurteils, wie es die heutige Welt in so mannigfacher Hinsicht besitzt. Dagegen gibt es keine Waffe denn eine strenge und stählerne Gesundheit und den Entschluß, auf keine Fadessen zu hören und nicht von Krankheit geschlagen zu werden."

Die hysterische Rasse

In allen Lagern rüsten sie zum neuen Menschen, räuspern sich und spucken *unisono*, und haben's irgendwo dem Wind abgeguckt, von dem man nun weiß, daß er sich gedreht hat. Und niemand hört auf den weisen Erfinder einer neuen Gesundheit: *Heinrich Mann*!

Sein Schaffen finanziert unsere Sehnsucht. Er ist der anonyme Kapitalist der Neuwelt, der Mann mit dem klingenden Schmiedehämmerwerk in einem stillen Moltkegehirn weit hinter den Fronten und Sturmkolonnen. Er fühlt den Pulsschlag Europas im eigenen Gelenke und ist auf seine Art hinausgezogen, vom Norden nach dem Süden, um das Fiebern zu lernen, er entdeckte dort dem Gesunden die höhere Temperaturmöglichkeit. Heinrich Mann, der fundamentale Deutsche mit dem romanischen Zuschlag der feinen Fingerspitzen, ist auch der Taster des ungreifbaren Neuen.

Heinrich Mann, der natternkluge, der Kenner unserer Höhen, unserer Müdigkeiten, der kleinen Lächerlichkeiten unserer Genugtuungen und der Instinkte unserer Reflexion, unserer Sehnsüchte und unserer Hemmungen, er ist Vollblut wie die Besten je. Aber während andere die klassische Linie des Lebens suchen, das Natürliche, Primitive, Profane, das Gesunde und Diätetische, nimmt er das Entlegenste in seine Zirkelspitzen und weitet die Perspektiven des Krankhaften zu unheimlichen Fördernissen. Eine fanatische Gesundheit wuchert hier am Bresthaften, am Eitrigen, und schlägt Wurzeln im eigenen Verfall. Sie kontrolliert das Grauen und den Ekel. Sie wertet die Symptome um, und wie es auch geschehen mag, sie zieht den Nutzen der höchsten Spannkraft aus ihrer Neurasthenie. Eine Gesundheit, die nicht Zeit noch Muße hat, gesund zu sein, und deren Ziel der Rausch ist, die Vergiftung, der Exzeß.

Leben ist Versäumen. Es gibt keine Zeit, zu nichts, nicht einmal zum Zeithaben. Heinrich Mann gehört zu den Menschen, die ihr Leben stets versäumt haben, ob sie es lebten, oder ob sie seinen Typus schufen. Sie mochten das Verfahren noch so kürzen, sie mochten dichten, statt zu leben, die vorüberfliegende Minute erwies sich stets zu eng, um ihren Überschuß aufzunehmen. Wenn sie handeln wollten, reute sie der Zeitverlust. Sie wollten dies erobern, fühlten sich stark genug dazu, und konnten doch jenes nicht missen. So hasten sie ein Buch nach dem anderen hinaus, erschaffen sich in der Facette eines vielfältigen Lebens. Die bleiche Angst steht hinter ihnen, daß das Leben zu klein sei. Sie fühlen sich beklommen, und ihr Lebensgeist rennt mit sich selber um die Wette. Jeder Entschluß, jede Möglichkeit wird zu Literatur, weil die ersparte Zeit sich einer andern Sehnsucht öffnen kann. Die ganze Vollkommenheit, die Mann für sich in Anspruch nimmt, verteilt er an den Typus. Er tut im Leben keinen Schritt, ohne ihn im beseelten System von Gedanken und Empfindungen zu konzipieren. Er entdeckt eine Hoffnung, eine Verfeinerung, eine Lebensform, er geht nicht hin und verwirklicht sie. Aber er erzählt, wie es getan ward, und unter welcher Maske er dabei war. Die Kurvenlinie gilt ihm mit als der Gang des Uhrwerks. Er verzeichnet das Leben und die aufsteigende Spur einer Herzogin von Assy, einer Ute, wie den Triumph seines eigenen Wachstums.

Er wählte die Frau zum Ausdruck seiner Persönlichkeit. Auch ihm war sie die Frage an das Leben, und seiner Fülle kam nur die ihre gleich. So wurde sie der Held seiner Odyssee. Er hat das Weib nicht überwunden, daher die Spaltpilznatur seines Wesens. Denn der Sinn der Frau geht nach Vielfältigkeit, ihr Wesen ist die mütterliche Fruchtbarkeit. Der Sinn des Mannes geht nach Einheit und Organisation. Die Frau entwickelt sich von sich her, denn sie ist das Gegebene und Erste, der Mann entwickelt sich und die Welt zu sich hin, denn er ist wie die Stücke einer zerlegten Maschine. Eigentlich ist die Frau allein produktiv, sie gebiert Kinder und Taten und Gedanken, nämlich durch den Mann, und nichts geschieht in der Welt ohne das Weib. Der Mann ist dann reduktiv. Je männlicher, desto einfacher. Es ist männliche Eigenart, das eigene Leben durch den künstlerischen Ausdruck zu vereinfachen. Jede Komplikation in Materie und Geist bedeutet Vereinfachung in der Ökonomie des Gesamtlebens. Kultur ist Vereinfachung, wie der Hebel die simplere Lösung eines Kraftproblems darstellt. Die Phantasie des Mannes vereinfacht. Die Phantasie des Weibes ist massig, polyphon und undiszipliniert.

Heinrich Mann ist der Visionär einer intersexuellen Kultur, er hat die Embryonalität dieser sexuell noch nicht differenzierten Kultursäuglinge erlebt, und er gibt ihr Symbole. Es ist der Anfang des Mannsmenschengeschlechts, und so hat er denn soweit nicht unrecht, er kreiert den Typus der Zivilisationsamazone, des überlegenen streitbaren Tierweibchens, wie es am mystischen Anfang einer jeden neuen Kultur steht. Darum hat er für uns mythologischen Wert. Er hat das Weib nicht überwunden, seine Entfaltung gipfelt nicht, am allerwenigsten aber in jener innigen, nachdrucksvollen Primitivität, die etwa für Peter Altenberg Bestimmung ist. Aber wie sein Krankes ein Zeichen höchster Gesundheit, so ist sein Feminismus ein Untertrakt der Virilität. Sein gefräßiges Bewußtsein, seine Vampirgeistigkeit konsumiert alle Kräfte.

Die Einfühlung eines Heinrich Mann, dem das Weib Mundstück seiner Kultur sein kann, ist der Gegenschlag zu der scharfsinnigen Beobachtung eines Hamsun, dessen Frauen nie anders sind, denn in ihrer Wirkung auf den Mann. In Hamsuns Büchern läßt die Identität des Autors keine Zweifel zu. Es gibt nur zwei Gegenspieler: den Dichter und das Weib, und selbst dieses erscheint nur als Rüstzeug der männlichen Psychologie. Heinrich Mann faßt den Brennpunkt seiner Möglichkeiten in einem intersexuellen Individuum, dem Kreuzungsprodukte männlicher und weiblicher Identitäten. Herzogin von Assy, Ute, Lolo lehren an dem elementaren Spiel der umgebenden Menschlichkeit sich und den Künstler in der Totalität der persönlichen Ausstrahlung. Ihre Doppellebensgröße wird sich nie am Partner bewußt – weil sie ihn als Segment im eigenen Kreise trägt. Verblühte Sehnsucht nach den heimischen Wäldern führt sie zu Grabe. Sie sind's, deren Hoheit für den Pöbel gefront hat, und sie sind die Verzweifelten im Spiegelsaal, der ihnen ihr Ich in tausend Gestalten zurückgibt. Sie haben ja nicht überwunden, und ihr Mangel an Selbstbeschränkung war maßlos gewesen. – Wo Heinrich Mann sich widerspricht, in dem überhasteten Schluß von "Zwischen den Rassen", da verführte ihn Müdigkeit und Ekel vor solchem Alleinsein.

Heinrich Mann umfaßt wohl die Voraussetzungen unserer Kultur. Er könnte der Turner sein, von vollkommenster Bildung der Muskulatur und höchster Pflege des Körpers. Ein Fechter, schlau, stark, geschmeidig, mit gewölbter Brust wie sein romanisches Prototyp. Ein jugendlicher Kämpfer voller Begeisterung wie Nino, und voller Gradheit wie San Bacco. Aber das verzehrte ein ganzes Leben, und die eine Möglichkeit wäre mit zehn andern erkauft. Er könnte ein Pippo Spano sein, er kennt das Gedicht des Renaissancemenschentums in den stählernen Reimen der Panzerscharniere. Aber der Geiz der Verschwendung bereitet ihm Gewissensbisse vor der Tat. Ein Doppelmord soll geschehen. Da der Augenblick naht, ist der Mord getan, aber die Vitalität des Dichters hat überlebt. Er hat die Zeit nicht zum Selbstmord. Er kann nicht sterben, und was hülfe es, die Zeit mit Sterben zu versäumen? Aber da es zu Ende gedacht, ist es so gut wie geschehen. Der Selbstmord ist erledigt – der Dichter ist neuerdings geboren. Er hat die Zeit nicht mit Handeln versäumt, und der gerettete Augenblick erschließt ihm dreifältiges Leben. Denn er mordete, weil er den Mord dichtete, und weil er den Mord dichtete, mordete er nicht, und weil er nicht mordete, dichtet er den Dichter, der nicht mordete. Die Reflexion kreist, und das Leben wird Programm. Im Taumel der Besinnung, die ihm Notdurft ist, findet er die Zeit nicht zum Handeln. Besinnung verbeißt sich in Besinnung, und im Besinnen auf sich selber kommt er nie zu sich. Das ist keine Arnold-Möglichkeit. Das ist seine Geste, wenn er müde und von Selbstbespiegelung aufgerieben beim Fenster sitzt und die frische grüne Welt trotzdem draußen für sich wachsen läßt. Denn es ist nicht seine einzige Möglichkeit.

Heinrich Mann ist ein Werdender. Er ist kein Unumwundener, denn er hat noch nicht überwunden. Er hat noch die Melancholie der Frage, er rief noch nicht das Echo der Welt an, um die eigene Antwort zu hören. Er weiß noch nicht wie Altenberg, daß Vollkommenheit gleichbedeutend ist mit Leben, und daß alle Dinge vollkommen sind, die man mit Liebe und Einfalt betrachtet. In dem Monumentalwerk "Die kleine Stadt" nähert er sich und seine Typen der Bejahlichkeit dieser Zeit, deren Aufschwung zur Kraft er trotz seiner Unlust sich nicht zu entziehen vermag. In diesem kribbeligen ameiselnden Monsterfilm ist die Revolution in Krähwinkel, also eine bürgerliche Fatalität, geschildert. Historie kommt zustande mittels Schäbigkeiten, mittels Ehrgeiz von der Brandröte gesundgeschminkter Wangen, mittels Waffensuggestionen und Hysterien. Kurz, seelische und geistige

Bagatellen erheben eine immerhin historische Summe, denn es war Leben da, Leben von allen Seiten, Leben abgerundet und mit Ungenauigkeiten, aber doch jedenfalls eine Sache jenseits der Negativität und Absage. Dies Leben siegt auf allen Linien hoffnungslos gegen seine Verbrecher von heute, die Künstler. Hoffnungslos, denn Mann scheut sich, unter den Trommelwirbel zu geraten, er ringt und ringt mit dem Vertrauen in seine Regenerationskraft. Er fürchtet das Leben, denn er liebt es, und er gibt sich ihm nicht hin, verhält sich zu ihm wie seine Liebenden zueinander. In "der kleinen Stadt" läßt er darum das Leben zwar siegen, aber elend siegen, und seine Gegenstücke zugrunde gehen, aber prachtvoll zugrunde gehen.

Das ist nur ein ganz kleiner Schritt vorwärts zu einem echten Interesse für eine Zeit, eine Ahnung von ihrem Heros. Der moderne Heros ist Zivilist, er ist der heroische Zivilist, wobei der Grundgedanke des "Bürgerlichen" nicht einer parlamentarischen Fraktion, sondern einem großen Zivilisationsbegriff entlehnt ist. Der moderne Heros ist nicht Krieger, sondern Soldat, denn das Wesentliche des Soldaten besteht eben darin, daß er Zivilist ist. Mann gibt diesen Heroen, die, er versteht das, unserer Zeit interessant sind, Demagogen und Allerweltskerle, er gibt diesen aber noch die alte Trödlergesundheit mit, läßt sie an nichts Tiefem partizipieren und zeigt dadurch seine Antipathien. Es sind noch immer die alten Bierbankpolitiker, die er bloßstellt; setzen wir aber nun einmal den Fall, ein ganz intellektueller Kopf, ein ganz tiefer und über die eigene Eitelkeit hinausgewachsener Mensch stände an der Spitze einer Revolution, ein ganz ganz – ah, warum nicht Heinrich Mann selber? Warum soll sich diese moderne Debilität und Zartheit, mittels der die Menschen genau so zäh und nachhaltig, nur viel gequälter und geistiger leben, nicht auch zur Tatbereitschaft eignen? – Weil Heinrich Mann in seine Gesundheit verliebt ist, in seine prächtige, verruchte, widerstandsfähige Nervenschwäche, mittels der man imstande ist, ein ungeheures literarisches Schaffenswerk wie Wasser aus totem Stein herauszuschlagen – und weil Heinrich Mann nie die Erfüllung seiner Sehnsucht letzten Endes wirklich wünscht und mit seiner Liebe wieder nur seine Liebe nährt statt des Geliebten.

Den Menschen der letzten geistigen Epoche sah man müde am Flecke verweilen, und darum fragte man voll Anteilnahme: Wo kommst du her? Er aber sagte und fiel vor unsern Augen in Starrkrampf: Ich will zur Tiefe! Den Menschen unsrer Tage sieht man mit dem Gewissen in den Beinen eilen und schreit freudig erregt auf: Halt, halt, wo willst du hin! Er aber antwortete: Ich komme aus der Tiefe! Da war er fort.

Heinrich Mann will noch immer zur Tiefe, obwohl es schon etwas spät an der Zeit ist; ist es Eigensinn oder Revanchelust gegen diejenigen, die ihm schon zuvorgekommen sind, wie sein Bruder Thomas Mann? Niemand ist berufener, eine neue Kraft vorzuschlagen, als der, der die gute alte treue Schwäche gründlich erprobt und geübt, und so lange geübt hat, bis sie jene neue Stärke wurde. Mit Heinrich Mann sollte eine neue Ära in der Medizin anheben, die Begriffe sollten umgestoßen werden und an ihre Stelle der neue Terminus einer "distinguierten Gesundheit" treten. Dies wäre eine haltbare Schöpfung über die Literatur hinaus. Dann kann man noch immer sagen, sein schriftstellerisches Lebenswerk ist die Theogonie unsrer Kultur und unsrer Rasse. Die Athletik der Nerven ist entdeckt. Krankheit und Hysterie werden zum Tempo einer höheren Art von Gesundheit und laden die Anker der Maschine Mensch mit Spannungen von unerhörter Durchschlagskraft. Mann hat diese Konsequenz seiner Persönlichkeit noch nicht gezogen. Er hat nichts zu tun, als seine Gesundheit aus der Taufe zu heben.

Aber welches Schauspiel wird uns gegeben? Mißtraut sich einer? Legt er seine fanatischen Beile an die Wurzeln des eigenen Pathos? – Nichts Peinlicheres, nichts Erleseneres, nichts, das mehr Ärgernis erregte und mehr Glück zubrächte, nichts vielseitig Wirksameres als ein mißtrauischer Ichspäher. Er gewinnt uns Schlachten, und wir behandeln ihn wie einen Spion. Er selbst ist unter uns und gegen sich – denn er ist ja gegen das alte Ich. Immer wieder stellt er sich im Typus des Geschmacksverbrechers hin, schafft das Genie der Analyse und sein Widerspiel, den mit den schmelzenden Formen, der den Takt der Umgebung hat und dessen Tiefe ein: Bis hierher und nicht weiter! gesetzt ist. In unsrer alten Gesellschaft gibt es einen Punkt, wo jener unanständig wird und dieser geistreich wirkt. Mann zeigt parteilos und ratlos ihren Kampf. Jener hat sein Herz und seine Freude, dieser tut seinem strengen Nobilegefühle wohl. Mann hat das Neue und weiß nicht, wie man's macht, das Alte zu verneinen, ohne den Gentleman aufzugeben. Eine so einladend bresthafte Abertiefe wie die Sibelinds ist beinahe von jeder Auslegung her zugänglich und kann mit jedem ixbeliebigen Worte angesprochen werden, kein Zweifel, daß sie ein etwas geschmackloses Muster von Seinsmöglichkeiten bietet, obwohl der Gaumen eines andern Feuerfressers als des Herrn Mortoeil dazu gehörte, derartiges mit Geschmacksattributen zu übergehen. Und *trotzdem* darf das ausgeblasene Licht Mortoeil mit vollem Rechte seine eleganten Gedankenprozesse entwickeln und die fremde mit der eigenen Geschmacklosigkeit trumpfen. Und *trotzdem* ist Mann kein Spion, und wir führen Krieg gegen das alte analytische Ich zur Synthese des neuen Menschen. Mann ist ein Feldherr; unsre andersartige Gesundheit mag seine Reserven an Nervositäten nur zu bald brauchen.

Der Amerikaner

Amerikanismus – gut; bleiben wir bei diesem Worte. Man kann damit arbeiten, es ist handlich, und wir verbinden damit bereits einen fixen Begriff allerhand guter Dinge und lieben die drum- und dranhängenden Gefühle und Emotionen. Es gehört zu den Gütern unsres modernen Sprachschatzes und ist ein Terminus, bei dem gleich jedermann weiß, worum es sich handelt. Und das ist gut so.

Aber weiß er, dieser Herr Jedermann, auch wirklich ganz genau, worum es sich handelt? Der eine meint es grundschlecht mit uns, wenn er uns "amerikanisch" nennt; er will uns tödlich beleidigen, und so gebraucht er denn das Wort statt irgendeiner beliebigen Verbalinjurie. Ein zweiter hinwiederum tauft eine schneidige und gelungene Sache mit dem gleichen Namen und hat für sich und seinen Kreis das Kind erschöpfend erklärt und untergebracht. Beide denken nun wirklich an dasselbe, beiden steht die gleiche Lebensäußerung vor Augen, aber beide reagieren mit verschiedenem Geschmacke und verschiedenem Temperamente darauf. Beide haben recht. Ja, der Amerikanismus ist eine noch mysteriöse und unaufgeklärte Disposition des modernen Menschen und kann mit zweierlei Gefühlen betrachtet werden.

Denn dieser Amerikanismus ist ein wortwörtlicher Amerikanismus und kommt von Amerika und dem Amerikaner. Was dort her kommt, ist amerikanisch; was sich dort zuerst äußert und bei uns nachgeahmt wird, ist Amerikanismus. Das stimmt doch, wie? Wer also Amerika und sein Leben, seine Fabrikate und seine Arbeitsweisen von vornherein liebt, weil er sich seit den romantischen Vorstellungen und Voraussetzungen seiner Jugend nicht mehr über diese Verhältnisse aufzuklären die Mühe genommen hat, der wird alles gut und schön finden, was dorthin Beziehungen hat, ja, er wird umgekehrt alles Gute und Schöne unsrer neuen Tage einfach "amerikanisch" finden. Wer aber einmal einen amerikanischen Versager kennengelernt hat, der wird enttäuscht und mißtrauisch sein und das Beiwort "amerikanisch" nicht nur abträglich empfinden, nein, er wird auch jedes groß und spitzfindig angelegte Unternehmen, das aus vielleicht ganz andern denn organischen Gründen umfällt, wiederum einfach "amerikanisch" nennen. Papperlapapp! – Beide Teile haben hier nämlich unrecht.

Beide Teile haben hier unrecht, weil sie eben nicht wissen, worum es sich handelt. Denn es handelt sich für uns keineswegs um Cowboys und Roughrider, um malerische Sports und belletristische Ausbeuten. Im Gegenteil, es handelt sich gerade um das andre, um banale Tüchtigkeit und um ganz glanzlose unillustrierte Tugenden. Darum, und erstens darum, handelt es sich auch nicht um den Amerikaner, weil dieser gar nicht so gefährlich banal und nüchtern ist, sondern höchst harmlos banal, aber dafür gefährlich voll von poetischen Liebhabereien. Und zweitens handelt es sich beim Amerikanismus ebenfalls darum nicht um den Amerikaner, weil dieser uns gar nichts angeht und wir seit dem Mittelalter und seit der Philisterepoche der deutschen Nation im Jahrhundert nach dem 30jährigen Kriege böse Sünden in unsrer Kultur, ja sogar in dem physiologischen Typus unsrer Rasse gutzumachen haben. Unter den Amerikanern befanden und befinden sich einige große und geniale Manager, Erfinder, Unternehmer und Arbeiter; das ist unbestreitbar und soll auch gar nicht bestreitbar sein. Nach dem politischen Vaterlande dieser Leute haben wir eine Etikette geprägt für dergleichen Leistungen, die früher auch schon in Europa heimisch waren. Seither aber hat sich unser Selbstvertrauen erheblich vermindert. Die Amerikaner sind dem Europäer noch immer nicht über den Kopf gewachsen, auch physisch nicht; aber wir sind seit einiger Zeit furchtbar klein geworden. Übrigens ist diese Rückzugsperiode glücklicherweise vorbei. Um darauf zurückzukommen, Napoleon würden wir heute gewiß "amerikanisch" heißen. In Deutschland gibt es nun so manchen Mann von diesem neuen, eigentlich uralten Schnitte. Viele junge Leute sind von der neuen Art, aber mit Amerika hängen sie höchstens durch eine, vielleicht enttäuschungsreiche Reise zusammen; sie repräsentieren vielmehr eine ganz originäre Strömung innerhalb der germanischen Rasse, und mit Amerika haben sie sich nur beschäftigt, weil dort angeblich das Stammland ihrer Lebenshaltung sein soll. Meistens war es ein Fehlschuß. Immerhin, diese bekennen sich zu "Amerikanismus", weil er nun einmal so heißt, nicht weil er Amerikanismus ist, und weil das Findelkind vor unserm Tore unsrer Elternschaft gerade recht kommt. Sein Signalelement deckt sich ungefähr mit einem gewissen europäischen Zeitgeiste, der unter Kulturmenschen die Sehnsucht – wenn man dies alte übersüßte Wort von einem so frischen schalkhaften Gefühle gebrauchen kann – die Sehnsucht erweckt, gute Europäer zu werden.

Amerikanismus ist also eine Methode oder eine Schwärmerei; in diesem zweiten Falle sollte er eine Antithese sein, aber er ist es nicht, und das ist ein zweites Mal paradox und unverständlich, nicht wahr? Man muß sich aber nur erinnern, was man von dem Amerikaner weiß. Er hat, wie alle Menschen, die sich *nur* um Geld und Geschäft kümmern, einen demütigen Respekt vor allen feineren Dingen, so z. B. vor der Frau, vor der Kunst, vor Gedanken usw.; und da er infolge der Beschränkung auf seinen Beruf ungebildet bleibt, wirkt dieses Verhältnis zu den ihm fernen *letzten* Dingen nicht wie eine sympathische Religion, sondern wie ein finsterer Aberglaube, wie eine ganz stumpfsinnige Köhlergläubigkeit. Und daher kommt es, daß der Amerikaner in Kulturdingen so weiblich reaktionär und moralisch rückständig, kurz so eigentlich unproduktiv und unentwickelt ist. Er ist kleinlich und hat alle Lüsternheiten des Kleinlichen, auch die Schwärmerei. Das Bild, das derart dem Amerikanismus zugrunde liegt, ist also ein Widerspruch zur Auffassung des Europäers, der mit dem Wörtchen Amerikanismus der Reform- und Gesundungsbewegung auf allen Gebieten des Lebens bei sich daheim applaudiert.

Im ersten Falle aber ist der Amerikanismus eine Methode, und sie dürften wir gemeint haben. Auch hier haben wir uns mit einem Widerspruch herumzuschlagen. Denn Amerika, der Krähwinkelkontinent, hat keineswegs immer den frischen Zug und die schnellfertigen

Methoden, die wir bei ihm vermuten. Hier und da gibt es in allen Zweigen des öffentlichen Lebens Talent, viel Talent und Charakter und Direktion! Aber man muß nur genauer auf den Durchschnitt hinsehen, um den geringen Grad von Ordnung und von Durchdringungskraft fester Arbeitsweisen zu erkennen. Nicht immer im Erzielten, wohl aber in der Arbeitsdisziplin und im Aufgreifen eines schwebenden Neuen waren Frankreich und seit letztem auch Deutschland stets voran, und so wird es wohl auch für einige Zeit noch bleiben. In Deutschland zumal hat man seit vierzig Jahren die führenden Geister einer europäischen Kultur proklamiert. Die skandinavischen Kulturdichter, Bernard Shaw, die neuesten Franzosen in Literatur und Malerei haben hier ihre intelligenteste Anhängerschaft gefunden. Joh. V. Jensen selbst, ein kapitaler Sproß von uralt germanischem Wuchs und modernster mitteleuropäischer Weltauffassung, hat in Deutschland eine Gemeinde begründet, die in ihrer amerikafreundlichen Gesinnung schon etwas zu sehr in seine Fußstapfen tritt. Sein Ruhm ist Deutschland und sein Geschäft ist ebenfalls Deutschland, und, er hat es gesagt, alles Gute kommt ihm von Deutschland wie vom Weibe. Unter diesem Deutschland ist wohl in erster Linie Reichsdeutschland zu verstehen, dann aber auch deutsches Land schlechthin, und, vielleicht hat gerade Jensen nirgends orthodoxere Verehrer gefunden als in den südlicheren deutschen Gegenden. Hier ist er ein Messias, er bringt Freiluft in die Geistigkeit, er ist die idealste Figur für junge Menschen, die um die Erhaltung ihrer Harmonie und ihrer Freiheit gegen schwere byzantisch-romanische und asiatische Konventionen im europäischen Völkerleben kämpfen. All das aber hat mit Amerikanern nichts zu tun. Jensens Landsmann, dem Leutnant J. P. Müller, wird man gerade in Deutschland einmal ein Monument errichten, denn seine Verdienste auf dem Gebiet der Körperkultur sind originell und groß. Freiluft für ganz Europa! Aber da fällt plötzlich wieder das Wörtchen "amerikanisch" mitten in die Bewegung hinein, und doch, was hat das hier zu suchen? So hat Jensen ein schönes Buch geschrieben, die "Neue Welt", eine Sammlung von Essays, agitatorischer kleiner Kunstwerke, die ihm niemand nachmacht. Die Beobachtungen über den Beginn eines neuen simpleren, aber zugleich intensiveren Daseins der intellektuellen und gut disponierten Jugend sind richtig wie alle Jensenschen Beobachtungen. Aber der historische Rückschluß ist falsch. All das hat mit Amerika nichts zu tun, es hat sich organisch ergeben aus der Dekadenzperiode, aus dem Übergangsstadium der europäischen Menschheit, dessen Fieber auch teilweise die Folgen des gesunden Vergiftungsprozesses waren, die der mitteleuropäische arische Typus bei der Aufnahme des lange angesammelten jüdischen Elements in seinen physischen und essentiellen Organismus zu bestehen hatte. Und nun kommt Jensen, er sieht, was da los ist, und weil seine Entdeckung einen Namen haben muß, nennt er es: Amerika! Die Leute, die einst seit Erik dem Roten aus Europa weggezogen sind, kommen jetzt gleichsam wieder zurück und kolonialisieren ihre alte Heimat mit den Erfahrungen, die sie während einiger Jahrhunderte draußen gemacht haben, nicht? Hier ist zu sagen, daß die Überschätzung der Amerikafahrer immerhin bei jenen älteren Generationen, die aus Stolz und Freiheitsdrang sich ein eigenes Schicksal zu ersegeln strebten, plausibel ist; daß sie aber recht unangebracht ist bei jenem Menschenschlage, der seit etwa einem halben Jahrhundert die Gesellschaft drüben vollständig umzuformen im Begriffe ist; denn dieser besteht aus ruinierten Sentimentalikern oder einseitigen Verdienern und stellt keine gute Blutmischung dar. Er schleppt Asiatisches aus Rußland und Österreich ein und schlechtes Levantinerblut aus den Mittelmeerländern. Die alte amerikanische Gesellschaft aber, ihrem Gesetze puritanisch-quäkerischer Entwicklungsunfähigkeit getreu, verhärtet sich in sich selbst und bekommt Sprünge. Es gibt drüben viel frisches Leben und manche neue Züge, besonders auf solchen Gebieten, wo wir sie als kriminell empfinden würden. Im großen und ganzen aber ist Amerika noch nicht gefestigt und aller Methode bar, und während wir in der Tat so eine Art Umwälzung wie zur Zeit der Renaissance und des Humanismus erleben, ist man dort lediglich auf ein paar Cranks und Spleensoldaten angewiesen. Amerikanismus als Ausdruck für Amerikanertum und Schwärmerei für dasselbe ist nichts, ist gar nicht, ist nur die vage Bezeichnung einer netten bürgerlich auffallenden Sache. Dann gibt es aber noch etwas, das dem Worte nach unter dieselbe Rubrik fällt, und diesmal bedeutet es ein Vorwärtskommen und Nicht-am-Flecke-Bleiben.

Weil aber der Amerikanismus des Europäers nichts mit Amerika zu tun hat und lediglich einige Berührungspunkte mit amerikanischer Praxis aufweist, wäre es gut, ihm ein Klampfel seines Gegensatzes anzufügen. Darum heiße ich ihn den *Konträramerikanismus*. Man soll gleich von vornherein sehen, daß er eine Widerspruchsbewegung ist, daß er darauf besteht und nichts mit Allzunormalem und also Krankhaftem und Unentwickelbarem zu tun hat. Konträramerikanismus, das heißt, der Amerikanismus ist mir schon recht, und ich habe auch ein Stück des Weges mit ihm gemeinsam; aber bei seinen Schwindeleien und seiner Verflachungstheorie gehe ich nicht mit. Ich, der Konträramerikanismus, prätendiere, daß man ein ganz gesund empfindender kräftiger energischer Typus sein kann, daß man aber deswegen nicht gleich jede zarte und intellektuelle Sache überschreien, jede Kompliziertheit und jede Dialektik und jede Zuspitzung für hirnverbrannt erklären muß. Es soll ja eben nicht dem Durchschnittsmenschen, der in einem Verhältnis von 99 Prozent krank und unvollständig ist, also das Kulturstimmrecht seiner ganzen Konstitution nach nicht besitzt, recht gegeben werden. Da hätten wir nichts zu tun, als tausendfältige kleine Kriege für kreuzwichtig zu erklären. Sondern man soll ja diesen hohen Prozentsatz von humaner Verdorbenheit auf ein umgekehrtes Maß von Vollgültigkeit des Menschlichen in ihm zurückführen. Man soll nicht die Eigenschaften des gemeinen Mannes obligat machen, sondern soll die Feinen und Spitzigen stärken und ihnen die Vitalität eines Eisenbrechers geben. Die Menschen sollen *alle oben* zusammenkommen, und die Pyramide der Vollendung soll auf der Spitze balancieren. Dies ist die Paradoxie meiner Leidenschaft. Dann wird Amerika stark und intelligent sein. Dies sage ich, der Konträramerikanismus.

Der Österreicher

Der Preuße führt. Er hat die öffentliche Meinung für oder gegen sich, aber er hat sie. Seine Erfolge sind einleuchtend, seine Motive karg, seine Formel einfach; er reduziert. Er ist das Genie der Abstreichungen. Man kann sich vieles versagen, man kann sich noch mehr versagen. Der Weltkrieg, Zustand, wird ihm als seine Erfindung zugeschrieben: eine höchst einfache Streichung des Friedens, nichts weiter; während der Dauer dieser Streichung ergeben sich die neuen Streichungen. Man streicht am Essen, in der Kleidung, das Vergnügen, an der Freiheit, am Einfall, am Individuum. Der Preuße zensuriert die Natur. Training stärkt den Abgehärteten. Es wird ein Stil erzielt, ein Tempo wird vervollkommnet. Nichts Anregendes haftet seiner formalen Nüchternheit an. Aber alle, die den Erfolg ersehnen, idealisieren ihn, der an Spannkraft und Gefährlichkeit mit jedem Strich zunimmt, den er an sich fortläßt. Seine Armut an Zügen, seine apparatmäßige Vehemenz, seine Schärfe, die durch Gebrauch einen Glanz an Adel erhält, wirkt bedeutend und abstoßend zugleich. Er ist in einem unangenehmen Sinn interessant wie der Spartaner und etwa der Jesuit, die gleich ihm Produkte eines politischen und kulturellen Klimas sind, Pressungen durch Wärmeentziehung, Kristalle, oder, bevor sie es wurden, Verflüssigungen von Gas, Menschenfluidum... wie alle Rasse, Nation, Submenschheit. Nur die deutsche Nation wurde ein zweites Mal vorgenommen, aus ihr preßte sich durch ein nochmaliges Verfahren von Bewegungsentzug der Preuße – ich komme nicht durch das Wortspiel darauf, denn derlei Schlüsse sind gefährlich: aber der Zufall bestätigt mir die Folgerichtigkeit, Lautverwandtschaft den Beweis von Abstammung, wenn ich den *Preußen* aus historischen *Pressungen* beschleunigt hervorgehen lasse.

Der Preuße ist nicht identisch mit dem Deutschen. Er ist dessen Ökonomisierung zur Armut und zur Tat, er ist sprengkräftiges, gespartes Deutschtum, Kriegsdeutschtum, deutscher Rohstoff in gestrecktem Zustande. Jeder Deutsche kann Preuße sein; der Daressalamese am besten, wie sich nach einer entsprechenden Stanzperiode herausstellen wird. Der Deutsche ist nicht eine politische Nation, sondern eine Nation von Politikern, von politisch Amüsierten, politisch Beschäftigten, politisch Spezialisierten – die Politik mit sich machen lassen. Der Preuße ist das beste Material für Feldherren und Staatsmänner, wenn sie sich aus dem preußischen Kristall wieder zum allbelebten, bewegten Deutschtum verflüssigt haben: das war das biopolitische Geheimnis der Existenz Bismarcks, der sich selber und seine Kristalle gut gekannt hat.

So etwa würde der Preuße, der aggregate, dreimal gestrichene Deutsche, von einem freundlichen, gerechten Gegner beurteilt werden; etwa von einem gebildeten Franzosen. Dessen Tugend ist Beweglichkeit, dessen Laster sind Leichtgläubigkeit und Mangel an Menschenkenntnis. Es ist die Fassungskraft eines Romain Rolland, der den

Schnittpunkt von Musik und System im deutschen Wesen klug berechnete, aber keinen Raum dafür hat.

Raum hat der Deutsche. Der Deutsche hat Zeit. Darum ist er eine Zeitlang Preuße, Sparapostel, die größte Verschwendung, die sich der reiche Mensch leisten kann. Alle runde Erde ist in ihm, auch die eckigen Formen. Der deutsche Raum ist überall. Der Deutsche ist raumüberall. Alle Völker hat er in sich, warum sollte er nicht ein neues gründen, den Preußen?

Da die Deutschen sich zu Preußen gründen, bleibt es nur einem übrig, deutsch zu sein, dem Österreicher. Österreich als Deutsches begreift den Freundlichen und Gerechten unter den Gegnern (mit Journalisten schlagen wir uns hier nicht). Es ergründet und versteht aber auch den Preußen, es weiß ihn für die Menschheit zu verwerten. Dies wäre vielleicht der wirkliche Makel des Preußen, daß er für das Preußentum da ist statt für die weite Welt.

Der Vergleich zwischen dem preußischen Militarismus und dem englischen Vorkriegsmilitarismus, Navalismus, Hochsee- und Flottenmilitarismus beruht auf einem Beobachtungsfehler. Der Engländer war bis zum Eintritt der Despotie Lloyd Georges nie militaristisch im deutschen Sinne. Er war militaristischer, wenn man bei der banalen Auffassung des Begriffes bleibt, aber er war es weniger peinlich. Der englische Militarismus ging unter Individualismus vor sich, er ging von ihm aus, er war kommod für das Individuum und beklemmend für den Planeten. Der deutsche Militarismus war erträglich im Allgemeinen und unbequem im Persönlichen. Den deutschen Militarismus fühlte der Ausländer beileibe nicht in seiner Heimat, in der Gestalt aggressiver Politik des Deutschtums; er fühlte ihn erst bei seinen Besuchen in Deutschland, dort war es, wo er ihn hassen und, in Rechnung der Kräfte, die er speichern mußte, fürchten lernte. Der englische Militarismus war eroberisch und aggressiv nach außen, er brachte Männer hervor wie Warren Hastings, Robert Clive, und Cecil Rhodes, Militärindividualisten. Derart war der deutsche Militarismus nie, der depressiv entstand, nicht als Verflüchtigung aus gehobener Herrenlaune, sondern aus negativen Stimmungen der deutschen Darniederlage um die Wende des 18. Jahrhunderts. Der Deutsche ist ja der Mensch der Depressionen, es gibt keinen höherstehenden Deutschen als jenen Arnold im "Zwischen den Rassen"-Roman Heinrich Manns. Stahl, gepreßt zwischen den großen Stanzhämmern England und Rußland! Die deutsche Ader, einstmals ein selbständiger Boden mit Vegetation, wurde zwischen den geologischen Schichten des Russen-, Franzosen- und Engländertums zu einem Metall gedichtet. So entstand der Preuße, ein Widerstands- und Reaktionstypus gegen die überlegenen Imperialismen der Nachbarschaft, und diese Leidensgeschichte ist zu verstehen, sie ist hochachtbar, sie ist naturgewollt, sie ist ethisch, wenn man aus späteren Jahren zurückblicken wird.

Der englische Militarismus ist nach außen gerichtet. Der deutsche Militarismus nach innen. Der deutsche Staat hat nie etwas anderes erobert als das Individuum, den Menschen. Ihm die Eroberung zugunsten der Menschheit streitig zu machen, nachdem sie geschichtlich gemußt und legitim war, ist der Rebell Österreich berufen.

Der geehrte Feind liebt es, mit neiderfülltem Blick auf uns von der Germanisierung der Welt zu reden. Er ahnt nicht, wie ungerecht er uns schmeichelt. Von der Rasse abgesehen, die bei den Kriegführenden unter allen westeuropäischen Nationen ungefähr gleich verteilt ist, in England am stärksten hervortritt, ist das germanische Ideal in den westlichen Ländern heimischer. Unter den Völkern des Vierbundes weist es Österreich am solidesten nach. Ich werde unten den zukünftigen Menschen beschreiben und beweisen, wie stark er dem lebenden Österreicher ähnelt. Dieser große Zukünftige ist nichts andres als die Vollendung der mitgebrachten germanischen Instinkte. Der Preuße bedeutet Entgermanisation, aber sie war notwendig, so wie ein charaktervoller Mann vor der Dummheit der Umstände seinen Charakter veröden und vergröbern muß, um zu bestehen. Denn die Hauptleistung des Genies ist Leben. Nun ist es der gleiche Mann, dem wir in den Kulturländern mit germanischen Ausgangspunkten, gleichgültig, ob in England, Österreich oder Italien, zusteuern. Um dieses konservativen Menschheitsideals willen muß Österreich als Rebell dastehen. Die gotische Linie scheint in unsrer Zeit stark verkürzt zugunsten der Horizontalwirkung. Der Preuße, heute noch von diesen Verkürzungen geladen, hochgespannt, droht in die Breite zu gehen: ein unästhetischer Anblick für Gotiker.

Die gesellschaftserhaltenden Tugenden sind am Deutschen zum erstenmal seit den Figuren des Mittelalters wieder im Preußen zielklar geworden. Der Preuße allein hat unter Deutschen etwas wie Linie, bestimmten Geschmack, Überlieferung, Urteil im härtesten Sinn. Dem Gentleman-Engländer, dessen Manieren, Diktion, Haltung, Ansprüche, Regungen, Geselligkeit in den Colleges, etwa in Eton, geformt werden und den Planeten suggestiv aufwerten, diesem allgemein bekannten Engländer, der nicht mehr jener aus den Zeiten Elisabeths und Shakespeares ist, *der* Gegner, ist der Preuße auf der ungefähr gleichen Ebene auch die Analogie. Es gibt heute im panisch-veranlagten Deutschen nur eine Bestimmtheit, nur einen Typus, den Preußen. Solange haben wir uns nach Typus gesehnt: nun, da wir ihn besitzen, verleugnen wir ihn? Seien wir dankbar! Anerkennen wir! Formen wir uns an! Hier ist noch eine Möglichkeit für uns zur Weltherrschaft im praktischen Sinn. Ein deutsches Format können wir ausgeben, Schule machen, das Genie der Abstreichungen kolportieren, den dreimal gestrichenen Menschen...

Wir haben uns gesehnt. Wir sehnen uns wieder. Wir haben preußischen Stahl passiert, der Druck hat uns glühend gemacht, wir haben eine Geologie gesprengt, das deutsche Erdbeben rüttelte England zu rechts und zu links, wir sind wieder an der frischen Luft, wir sind ein Boden mit Vegetation. Wir blühen.

Der Preuße ist die Eroberung am Menschen. Wir wollen nicht schelten, was sein mußte. Und wenn wir auch verstehen, wie fremde Kultur von unserm Preußen befremdet sein mag, wie berechtigt sie sich dünkt, expansiv sein zu dürfen, um die grausame Intensität aus der Welt zu schaffen, die "Innere Linie", wollen wir doch unser eigenes Rotgeschöpf nicht verleugnen. Aber seine Aufspeicherungen wollen wir gerecht verteilen; den gesteiften Muskel wieder relaxieren, in die übertrainierte Gestalt wieder Anmut bringen, Kraft zu Schönheit verschwenden. Erst dann ist der historische Weg zu Ende geschritten.

Wieweit gehört der Preuße der Zukunft an, und was an ihm ist für den kommenden Menschen verwendbar? Der Zukünftige wird auf zwei Wegen vorwärts kommen, die mit den Schlagworten "Komfort" und "Okkultismus" angepfeilt sind. Die Vollendung der natürlichen und materiellen Mittel, die Erforschung und Versinnlichung der medialen Disposition gehören dem Jahrhundert, das wir mit Weltkrieg und seiner Vorbereitung eingeleitet haben. Der Mensch nähert sich ungefähr dem Ideal, das, noch roh, götzenhaft, aber mit nicht zu verachtenden Instinkten projiziert, in den besseren Kinostücken, Detektivfilmen, agiert. Scharfsinn, Phantasie, Kombinationsgabe, Psychologie, Beherrschung materieller Möglichkeiten, spröde Eleganz, Sportlichkeit, Glätte, Elastizität ergeben einen knappen, herrischen, aber nie angestrengten Typus. Er wird zweifelsohne stark ins Englische schlagen, vielleicht ins Amerikanische. Nehmen Sie dem Preußen, wie ihn der Krieg fertig schnitzte, die eigentümliche Steife und Anstrengung, die Schweißperlen, das ewig benützte schlimme Sacktuch, so finden Sie die Verwandtschaft. Der preußische Offizier, Stratege, Organisator, Kampfflieger, U-Bootkapitän, Sappeur, Zeppelineur ist mit jenem vulgären Stuart Webbs ohne Sentimentalität irgendwie verknüpft, er ist, unverkitscht, das allgemeine Bedürfnis, die Idee, ein Trieb. Aber um Wer zu sein, fehlt ihm eines: er ist kein interessanter Mensch. Das Apparatische, Willentliche, die Fertigware seiner Erscheinung muß mit einer wilden, ungehorsamen Freiheit gepaart sein, mit Muße, mit Geist, mit Einsamkeit. Der Staat darf nicht auf Schritt und Tritt an ihm zum Ausdruck kommen, im Gegenteil, der Staat muß ihm Ausdruck sein, er expressioniert ihn, wunderlich kompositorisch und freischaffend.

Neben dem kompletten materiellen Verkehr wird der geistige Verkehr zwischen Menschen ausgebaut, das Okkulte entwickelt sich mit einer neuen, uns noch unbekannten Technik. Was die Gesellschaft anlangt, so mag sie immer stärker ein Gebilde der Dialektik werden; dies beweist gerade ihr materieller Zweig, die Wirtschaft. Der Kreditbegriff ist ins Unermeßliche, schon Gefühlshafte kompliziert, Geld, summarische Realität, ist nichts weniger als diese, sondern eine gotisch gebaute Fiktion, ohne Gold- und Erdengrundlage, ein Domgespinst von Kalkül. Wir brauchen enorme Köpfe, exakte Phantasten, Simultaneisten nicht gerade im Bergsonschen Sinn, aber in diesem: Assoziationsgenies, Seher, Produktivisten, Kontaktiker. Unsere jungen Künstler, Expressionisten, haben theoretisch vollkommen verstanden, um welche Zukunft es sich handelt: Verinnerlichung des Virtuosenhaften. Man sucht die Form, die große Disposition, aber nicht jene des Objekts, sondern die des Subjektes. Der Gegenstand hält der Anschauung nicht still und sie hält nicht bei ihm, der Akzent liegt auf Anschauung. Daß der Preuße als politischer, der Aktivist als künstlerischer Deutscher zur gleichen Zeit entstehen konnte, entspringt plan der Zeitkraft. Der Raum ist als Inneres entdeckt, die Eroberung nach innen konzentriert. Die jungen Intellektuellen, die bei Kriegsausbruch als Freiwillige ausgerückt sind, waren nicht normale Untertanen, Volkshymniker, Bierbankpolitiker, sie waren Sozialisten, Nazarener, Skeptiker, Räsoneurs, Pazifisten, Internationale, Antipolitische, fühlten durch Kunst oder Sport weltmännisch, in ihrem Gemüt war keine Leidenschaft gegen irgendwen, geschweige gegen eine Nation. Aber eine Leidenschaft zu restlos allem, das sie und solange es sie ausdrückte, zur Gesellschaft, zum Staate, zur Nation. Unter anderm entstand damals Österreich wie neuerfunden, man gewahrte, daß dieses merkwürdige Gebilde die Substanz zu einer dialektischen Seele, einer Bestimmtheit oberhalb Unbestimmtheiten war, außerordentlich lebensfähig, künftig und vielversprechend, die Stelle am Planeten, von der die Staatenidee ausgehen soll. Junge Mannschaft war zum Kampf gegürtet. Als der Krieg losbrach, sah jeder, daß er auf seiten des Klischees, des politischen Aufgusses für die Freiheit des Schöpferischen würde zuerst einmal kämpfen müssen: Disposition der Eigenkräfte. Die Großmacht des Ichs wurde damals in einer äußerlichen Aufgabe ausgestaltet. Junge deutsche Körper sanken in den Lehm der Schützengräben für Ideen, die den Gedankengang jener weit hinter sich ließen, die sie mit Toasten und Fahnenweihen begeistert zu haben glaubten. Ihre Geister waren bei sich, sie erfüllten in der Pflicht nach außen das Machtbekenntnis ihres ewigen moralischen Monologs, in einer schließlich ganz unpathetischen Katastrophe vollendeten sie eine innere Form. Diese Verschwiegenen, verschwiegen Gestorbenen waren es, die dem lauten Preußen zu seinem Denkmal verhalfen. Diese Intellektuellen und Skeptiker waren der stärkste deutsche Dynamit. Schweigend, nirgends führend, aber als Kopf das Handwerk begleitend und es zur Gefahr für eine belanglose Welt steigernd, waren sie die staatsbejahende Welle der Entwicklung. Erst diese Intellektuellen erfanden den Staatspreußen, sie dichteten ihn, Nachkommen jenes Kant und Fichte, die den Wert aber auch die Not zur Tat ins Ich verlegten. Himmelweit getrennt von ihm durch geistige Differenzen, waren sie irgendwie Preußen. Freigepreßte,

Verengte, Konzentrierte, Sparsame, das waren sie, das sind sie. Ihr Wesen ist Kombination und Disposition.

Einem Exemplar von großer Rapidität und von Eleganz steuern wir zu. Der Preuße als politisch aktive Persönlichkeit war ein Schritt vorwärts. Der junge deutsche Künstler, ebensogut einem Ismus Anhänger wie regierungstreu, ist ein Sprung in der Richtung. Die Form, weniger ein Sehen als ein Sichten, nicht als ein Genießen (von Ästheten), sondern ein fortwährendes Gestalten, suchen wir: nein, wir suchen nicht, wir machen sie, da ist sie.

Der Preuße war das korrekte Ideal, aber ihm liegt es, von seinem Staate erobert zu werden.

Wiederum politisiert sich ein inneres Problem; apolitisch, wie wir sind, müssen wir in der Politik aktiv zum Ausdruck kommen, um uns selbst die Form zu sichern. Wir vertreten ein Österreich, das den Menschen über Deutschland und die Welt verhängt.

Es ist klar, damit es glücke, müssen wir die Eigenschaften des neuen Gegners überbieten. Rapidität und Organisation in einem äußern und inneren Sinne hat uns Deutschen der Preuße entwickelt. Das Kriegsdeutschtum neigt dem Ende zu, wir gehen mit fliegenden Fahnen zu Österreich über. Seine Lockerheit muß gebührlich eingeschätzt werden. Selbstverständlich kann bei höheren Lebensformen füglich ungetan bleiben, die Natur unterschlägt es ebenso wie der gute Künstler und der hohe Denker. Und sehen Sie, diese Unterschlagung von Selbstverständlichem ist das ganze Geheimnis der geheimen österreichischen Überlegenheit, die niemand anerkennt und jeder fühlt. Zum Selbstverständlichen gehört im Deutschen der Gehorsam vorm Gesetz. Ist es eine so bedeutende Sache, ein Gesetz zu befolgen? Wenn der Österreicher spricht, sagt er nicht das, was kommen muß, denn dies kommt ja von selbst, er geht weiter, hält sich nicht auf, es steckt Eleganz darin. Es steckt ein Mensch darin, denken Sie einmal nach, man findet in Österreich nichts weniger tüchtig und versteht es als Zumutung, wenn man gewahrt, wie der Preuße sich in Selbstverständlichkeiten hineinkniet. Das Gesetz ist eine derbe Finte, mit der die Realität betrogen wird. Es läßt sich eben nicht leugnen, der Mensch ist etwas Besseres als das Gesetz. Das Gesetz einhalten ist selbstverständlich. Es nicht einhalten, ist, unter der Voraussetzung, daß es überhaupt da ist und gehörig gehätschelt wird, menschlich.

So übertritt man Bahnvorschriften in Österreich ohne ernstlich überfahren zu werden, man steigert den Vorgang. Man macht sehr gute, man macht glänzende Gesetze, denket nicht, daß sie nicht durchgeführt werden, aber sie werden nicht immer durchgeführt. Man wird nicht überfahren. Der Krieg – wer ruft da? – – eben der Krieg beweist es. Österreich hatte einen ganz tüchtigen Fall bereit, den Preußen. Es gehört zu seinen Kräften, daß es wirbt, daß sich Verteidiger finden, sooft es kritisch wird. Es gibt für Österreich Sympathien, überall. Der Preuße aber hat nur einen wahren Freund auf dem Erdenrund, einen einzigen, der ihn versteht – Österreich. Im übrigen ist er unbeliebt und erscheint aller Welt reizlos. Es gehört nun zum Lebenswillen Österreichs, die preußische Haltung für Deutschland und die Menschheit dadurch annehmbar zu machen, daß es an ihr den Zug von unschöner Anstrengung glättet. Wenn der Kampf vorüber ist und man gesiegt hat, muß man wieder locker in allen Gliedern sein, das lehren uns die Sportsleute und die Athleten.

Leichtigkeit, Muße, Fahrlässigkeit, die sich im Mechanischen zugunsten des Menschen vergreift, Gespür für das Falsche alles Fixen zeichnen Österreich aus. Was ist Österreich? Vom Österreicher, ohne ein Gegenstück zum Preußen erzwingen zu wollen, läßt sich schwer sprechen. Der Preuße ist der einzige deutsche Typus. Von Österreich läßt sich als dem Unpersönlichen des zahlreich Persönlichen reden. Österreich ist ein Fluidum, aus der mannigfachen Reibung von Rassen, Nationen, Sprachen entstanden. Dieses Fluidum haftet jedem einzelnen seiner Männer an. Es ist eine höhere gesellschaftliche Funktion, die Gesellschaft der Gesellschaftslosen, der Staat des Persönlichen, alle sozialen und staatsrechtlichen Begriffe scheinen gebrochen und laufen dennoch. In Österreich wird die Überlieferung genau genommen, spanisch zeremoniös, aber niemand bleibt dabei, man geht zum Menschen hindurch. Die Zeremonie selbst hebt sich auf, erst von jüngst wohnten wir dem symbolischen Vorgang bei. Der Guardian der Kapuzinergruft der österreichischen Kaiser läßt sich dreimal bitten, bevor er öffnet: nicht dem Kaiser, dem Menschen, Franz, bloß Franz. Jedermann erscheint es das Maximum dessen, was einer sein kann: gewissermaßen ein Franz.

Nur diese Auffassung, nur dieser Leichtsinn, der stets den Menschen refundiert, nur dieser Skeptizismus, der zu weltklug ist, um

Schein oder Gesetz zu leugnen, der die Formel ebensogut als notwendig erfüllt, als er sie als selbstverständlich verschlampt, wird in Mitteleuropa dem trostlosen Maschinenkraftmenschen mit seiner hochnotpeinlichen Hausordnung die weise, milde Stirn bieten.

Der zukünftige Mensch wird dennoch ein Skeptiker sein. Der Unterschied gegen früher ist nur, daß er es gegenüber dem Wissen ist. Er ist eine analytische Person, deren positive Lebensfähigkeit durch ihre Analysen nicht mehr gestört wird. Ein bewegliches, unermüdlich konstruktives Innenleben zeichnet seine Züge. Dinge, die heute den Geist beschäftigen, werden wie Hexenaberglauben abgetan sein; das Fixe, Absolute weicht immer mehr aus dem Denken, jede Entscheidung will nicht nach eingeborenen oder ererbten Grundsätzen, sondern in denkerischer Originalarbeit begründet sein. Anstands-, Ehr- und Pflichtbegriffe können nimmermehr übernommen werden. Die Gesellschaft wird einen Vorrat von Schlüsseln, Förmlichkeiten und Grüßen besitzen und sich ihrer nach wie vor bedienen. Alle allgemeinen Grundsätze, je sachlicher gebraucht, werden zu Grüßen eingehen. Wie das Gehirn des Gebildeten die Anhaltspunkte der ersten Lehrzeit verwischt, wie der Zeichner Hilfslinien ausradiert, wie das Gehör des Virtuosen ganze mechanische Assoziationsreihen abschleift, so werden alle gesellschaftlichen Begriffe zu bloßen Ehrenposten, zu Resten, zu einer Art Aprioris abgenutzt werden. Wir erreichen die Gesellschaft der Selbstverständlichen, unter denen der Mensch sich frei bewegt. Das Staatliche wird im Leben des Einzelnen so einfach erledigt sein, wie heute bei einer Person in guten Verhältnissen das Epidermale. Bis dahin hat sich der Mensch vergeistigt, Ereignis werden für ihn erst Dinge auf einer Stufe sein, von der wir heute nur die Höhe, den Abglanz, nicht aber das Wesen ahnen. Es ist nur in der Ordnung, daß dieser Mensch ein Skeptiker auch vor den Funktionen der Natur wird. Er wird vielleicht, ungefähr in der Richtung eines indischen Yogi, der vier Jahrtausende Denkarbeit seines Geschlechtes vor uns voraus hat und uns in mancherlei über ist, an den Tatsachen seiner heutigen Existenz so zweifeln können, daß er es vermag, sein Herz über 48 Stunden abzustellen. Für diesen Kopf kann es keinerlei Autorität geben. Die allgemeine Vergeistigung wird seinen Körper überempfindlich, seine Nerven aktiv bis zum Blitzen, sein Denken quasi sinnfällig gemacht haben. Die Nachbarperson von gleicher Vollendung wird irgendwie merken, was er denkt. Noch dumme Anfänge davon stecken in der Telepathie. Bildende Kunst wird im großen ganzen etwas wie Graphologie sein. Ein einheitliches Formmotiv, von der Lagerung der Gehirnwülste, der Eingeweide, über den Körperkontur bis zum daktyloskopischen Abdruck, der Schrift, dem Stil, dem Bild wird sich pro Person ausbilden, und in diesen Motiven wird man sich verständigen und gegenseitig genießen. Die Menschenkenntnis und den Ordnungsblick eines Sherlock Holmes wird das Schulkind besitzen. Alles Derartige wird weit überboten sein. Nur Gedankenkatastrophen, Lawinenstürze und Kriege der Idee in einem hervorragenden Kopfe werden die Menschheit erschüttern. Politik wird das ganze Leben sein, aber nur die fortgeschrittensten Dinge werden politischer Art, Gegenstand der Geselligkeit, Gesellschaft sein.

Züge zu dieser Zukunft bieten Teile der asiatischen Kulturen. Auf dieser Seite des Planeten gibt es keine Kultur, keine Geistigkeit, keine Gesellschaft, die, noch schäbig, doch in höherem Maße einen Keim zum Kommenden bildete als Österreich. Es wäre ein Fehler, das Räsonnement, das Österreich kennzeichnet, etwa durch preußisches Tun abhärten, "stählen" zu wollen. Nicht um ein Haar soll es anders werden. Österreichs Härte wird sein, allen Abhärtungsversuchen zu trotzen. Ich bitte das nicht wörtlich zu nehmen; das wäre wenig österreichisch. Die Technik, zu bleiben, was man ist, besteht immer wieder darin, sich zu bessern und zu ändern. Ich will nicht vorgeschlagen haben, daß man die Minister noch als Leichen in ihren Fauteuils belasse. Es versteht sich, daß man ganz munter rebellieren und meliorisieren wird. Nicht – Opposition, dies wäre unösterreichisch.

Der Preuße ist weichgeistiger als sonst jemand. Der harte Geist, die vollendete mentale Disziplin läßt sich weder Starrheit noch Direktion anmerken, trumpft nicht auf damit, hat kein anderes Merkmal als unendliche Elastizität, Verständnis, Geduld und schwebendes Urteil. Die Spannkraft solcher Mentalität ist dauerhafter, kommt ohne Trotz und gefühlsmäßige Stimulantien aus. In Österreich rührt alles, was Mensch ist. Den Preußen rührt alles, was Form ist, ich glaube, das Quadrat muß ihn zur Raserei entzücken. Begriffe wie Vaterland und Volk sind dem Preußen rein formal sympathisch, Redebausteine;

Toastblöcke, monumental zubehauen; alles das schrumpft im Auge Österreichs zu verschmitztem Ding zusammen, man erkennt es an, man setzt sich darüber hinweg, je nachdem, jeder, vom Hofrat bis zum Pflasterer ist ein Skeptiker, die Gesellschaft als solche ist eine Institution der Skepsis und wird in ihren Äußerungen von Analysen leben. Denn am bloßen Menschen gemessen erscheint alles der Skepsis wert. Aber wo hinter dieser Quadratur des Zirkels, Begriffen wie Vaterland und Volk, das menschliche Gesicht, das ja die natürlichere und konkrete Quadratur des Zirkels ist, sichtbar wird, sehen wir sie ergriffen, sieht sie sich begriffen. Der Krieg hatte es bald gezeigt, als es aber in den Leitartikeln stand, wurde es wieder schamhaft. Der Leitartikel, wie er heute lebt und webt, ist ja ein Ding, das auch eine ungeistige Gesellschaft skeptisch machen könnte.

Für das Deutschtum wird Österreich mit dem ersten Friedenstage die große Hoffnung. Das ist dem Deutschen mitzuteilen und dem Österreicher in Erinnerung zu bringen.

Ich glaube, Österreich, was es wirklich ist, was es für alle Welt bedeuten kann, wie es Zukunft macht, die ganze Umwertung, die es in der sozialen Anschauung heraufführen kann, dies alles kommt erst jetzt in seiner ganzen Tiefe und naturwahren Glorie zum Vorschein. Wir befinden uns in keiner Neuzeit. Unsere politischen und kulturellen Verhältnisse sind geradezu mystisch, wir befinden uns etwa nicht im Zeitalter von römischen Kaisern, sondern in dem des Tarquinius Superbus. Die Neuzeit, zu der wir noch nicht einmal Mittelalter sind, wird sehr österreichisch aussehen.

Wer Österreich mit dem obligaten unverwickelten Mitteln groß machen will, wie sie in anderen Staaten gebraucht werden, ist kein Patriot. Er ist nicht heimisch. Er ist ein beliebiger, in einen österreichischen Meldezettel verkleideter Ausländer, vielleicht ein Spion, der uns Preußen ausliefern will, indem er uns seine Methoden anhängt. Österreicher sein, heißt nicht, der preußischen Mode nachlaufen, sondern die himmlisch verrückten Kräfte entwickeln.

Die kleine und die große Welt

I

Johannes V. Jensen, der Däne, und Peter Altenberg, der germanisierte Wiener Jude, mögen für den Literaturhistoriker nicht einmal als Gegensätze verwandt sein; aber sie werden es in unserm Erlebnis. Sie sind Namen für eine zentraleuropäische Entwicklung, eine biogenetische Assoziation emporstrebenden Ichwillens; eine große Synthese nicht der poetischen Laune, sondern eines typisch gewordenen Lebensgeschmackes. Im kleinen Leben sammelt und verdichtet sich der Geist zur großen Bejahung; im großen Leben sprüht er sich in kleine Bejahungen aus, verweltbürgerlicht sich zu rassiger Eleganz, die alles, auch die Spießbürgerlichkeit und Banalität, verschönt, und wächst anregend im allgemeinen Kreise über analytische Herkünfte hinaus.

Peter Altenberg gehört einer guten Wiener Familie jüdischer Herkunft an. "Meine schöne Mama sagte...", schreibt er; es greift uns ans Herz, ist es nicht die Jugend, unsre gemeinsame, wesentliche österreichische Junggewesenheit, die der mächtige, mit uns erst reif gewordene Dichter anruft? Altenbergs Kraft ist die Sommerfrischen-Lebensfreude von bürgerlichen Söhnen behaglicher Lebensumstände. Der Graben, der Ring, der Cafékiosk, Prater, Stadtpark, Belvedere, dann Wienerwald, Semmering, Salzkammergut sind die Welt unsres stärksten Bewußtseins. In jener Pause, den zwei Monaten Ferien entwickelte man sich, wurde größer und stärker, kam als Gereifter wieder und zehrte zehn Monate vom gesparten Schatz; in jenen zwei Monaten war das große weiterhelfende, mit Muße gelesene Buch, das Mädchen, die Natur. Ha, die Natur war begriffen als ein Ferialgegensatz zu Schulzeitdämmern, als die reine Vernunft zur praktischen Vernunft, als die Mannbarkeit zur Maturität. An dieser Werdezeit von Geist und Körper – und Körper – spinnt Peters treuherziges Lebens- und Liebeswerk, diese gesamte, nicht mehr zu vermehrende restlose, ergreifende Poesie all des Knabenhaften, das zwischen 1900 und 1910 in Österreich gedacht, gesehnt, geliebt, geturnt, geschrieben und sich veredelt hat. Dieser Kontinent, den noch Geschlechter später, urbaner, mondäner Österreicher entdecken werden müssen, weil er zu österreichisch war, zu rundes selbständiges Eiland des Geistes, als daß ihn Österreicher besucht hätten, war kaum ein Breitegrad und ein Längegrad im Geviert. Englische Knaben des gleichen Alters mögen längere Dampferrouten bedacht haben, als die paar Stationen der Westbahn und der Südbahn ausmachten, auf denen so viel strenger Weltwitz den jungen Österreicher begleiteten. Und doch ist diese kleine Welt, die Altenberg und der im Entwicklungsalter träumende junge Österreicher im Gemüt und in lieber Vorstellung tragen, eine herrschende Welt, eine ganze, nicht nur eine Halbwelt.

Wer war die nächste große Liebe der Knaben, die weiter wollten, nicht weil sie die eigene altenbergische, kleinweltliche Herkunft vergessen hatten, sondern weil sie die größere Welt für ebenso groß und mondän hielten wie jene? Wenn Ring und Graben so erotisch sind, der Donaukanal im Sonnenabschied so prangend, die Wienerwaldwarte so heroisch, das Semmeringhotel so weltmännisch: wie erotisch, prangend, heroisch, weltmännisch muß erst das Manhattan sein, der Golfstrom, das Dekan, die Singapurer Fremdenviertel? In Dänemark steht ein nordisches Wien, Kopenhagen, merkwürdig und rar wie das gotische Wien, mit fremdem, wildlebendem Blutzuschuß zur rassigen Tiefe. Warjäger mögen sich exotische Bräute und Liebste von fernen Raubfahrten mitgebracht haben. Davon kreist ein sinnlicher Schatten, ein mystischer Ostausdruck um blonde Langköpfe und sonnigen Blick. Lange Olivengesichter, ein weißer Malaienstamm, bevölkern eine germanische Höchstkultur; die Literatur ist süß und berauschend wie aus tropischen Gärten, die Jacobsenblüte duftet nach Europa, die asketische, gedanklich wuchernde Kierkegaardpose des Liebhabers schmachtet aus Norden verwunderlich herab in die europäische Seele, als schaukle sie aus indischem Gedicht. Johannes V. Jensen hat dieses weiße Malaiengesicht, ein vergroßstädterter fünischer Bauer, ein Mordskerl, ein exakter Phantast, der unglaublich viel will, alles, die ganze Welt, und eigentlich gar nichts will. Ein Österreicher? Nein, ein Däne. Eine germanische Weltsorte Mensch, beide. Die kleine Welt findet sich bald in der großen wieder, erkennt nach mancherlei Fahrt und Gedanke sich selber als Vorbild zum Größten.

"Als ich mit meiner schönen Mama...", schreibt Peter Altenberg und ich verjünge mich zusehends. Laßt uns wieder Reisen spielen, rund um die Erde, im Stadtpark, im Weltpark. Wir sind wieder da, hochrot im Gesicht, sitzen, der Sessel kostet 2 Kreuzer, wie enorm teuer daheim die Jugend! Nun bleib aber sitzen, du Fratz! – Dies schreibe ich. Oder schrieb es Peter? Jensen könnte es auch geschrieben haben, damals, als er noch welttief in Großstadtparken nachdachte. Die kleine Welt und die große Welt sind unweigerlich dasselbe. Verstehst du die erste, hast du auch die zweite verstanden. Aber du bist verpflichtet, wenn du Österreicher bist, auch die zweite zu verstehen. Verstehst du?

2

Das Milieu macht den Dichter nicht modern. Automobil, Radium und Psychoanalyse kann sich heute jeder auf dem Lesermarkte kaufen, wenn er in Schlagworten zahlt. Der moderne Schriftsteller ist vielmehr durch sein spezifisches Lebensgefühl gekennzeichnet. Seine Lebenskraft ist nicht ganz die alte starker Jahrhunderte; sie erscheint zugespitzt: Lebekraft. Er ist nicht nur geographisch der Kosmopolit, er ist's auch naturwissenschaftlich, und in allen Spezialitäten des Kosmos ist er Polites, Bürger, Stimmberechtigter, und in allen Erlebnissen und Sensationen ist er daheim: auch in der des Bürgers, auch in dieser. Wir werden ihn gleich haben. Was ist sein Stil? Breit, peinlich, besorgt, schön? Nein, kurz und tapfer; schlanke Gedanken und tiefe, wild wechselnd im beharrlichen Ich. Es ist der Weltmann und Lebemann im geadelten Sinne. Wir durchstreifen Legion und finden Joh. V. Jensen und Peter Altenberg.

Da sind zwei Einheiten. Sozusagen zwei Primzahlen, deren gemeinschaftliche Vielfache die Zukunft bevölkern. Sie sind einig und einzig, gewachsen nach Rasse, Klima, Tradition. Es ist Johannes V. Jensen, der Wikingersohn, dessen tatengieriges Blut nach Unrast und Leben beutet. Es ist Peter Altenberg, der germanisierte Sprößling einer Rasse von Reformatoren, der das traditionelle Talent der Rasse wiederholt, unverunkrautet der Gegenwart sein Wachsen bietend und okuliert am fruchtverwandten Reis der Menschheitssehnsucht.

Wie Joh. V. Jensen der Okkultist der Maschinenseele, ist Peter Altenberg der Psychologe der leblosen Dinge. Sie gehen jeder ihren eigenen Weg, kennen sich kaum, atmen ihre eigene Luft und besitzen doch gemeinsam die suggestive Kraft, das Ungeborene zu erwecken. Sie rühren die Hand und bedeuten der Plastik der neuen Dimension, der seelischen Optik, dem Konter-Konträren. Ihr Wort ist Relief ins Psychologische, ist getrieben aus lauterstem Erz des Stimmungsgehaltes. Es fühlt sich an wie eines andern Geistes Wort, wohllautet im Ohr und befremdet angenehm durch seine Gestalt, wie eines andern Geistes Wort, aber es verknüpft uns mit den Dingen selber, schaltet die Pole ein im selben Strom, daß sich's wie eine Kraftquelle lebt, macht die Dinge zu unserm Dasein und uns zum Dasein aller Dinge: *Tat twam asi!* Das ist ihr Stil als Künstler und Privatmann, ist europäische Kultur Buddha implicite.

Die höchste Meisterschaft eines Altenberg macht uns zu Künstlern, macht uns zu Altenbergs. Wir lesen einen meteorologischen Bericht vom Semmering und dichten ihn um zum Gedichte. Vier Zeilen Brief erschöpfen den Roman unseres Lebens. Nein, Altenberg ist kein Dichter und will es nicht mehr sein. Der Dichter ist tot – es lebe der Dichter.

Peter Altenberg spricht mit den stummen Dingen ringsumher und dichtet sie beredt. Es war auch ihm nicht von allem Anfang an gegeben, aber verhältnismäßig doch früher als irgendeinem andern, und zumal einem besondern andern, den ich gleich nennen werde. Peter Altenberg hatte es also bald heraus, daß das Leben auf der ganzen Welt Dinge sind, und daß sie nicht ungern in ein Verhältnis treten, wenn man sich nur der Mühe unterzieht und es ernsthaft nimmt. Also, er blieb bei den Dingen, mit denen er bereits auf vertrautem Fuße stand. Aber da war ein Mann, der hieß Korrah, der brauchte einen Sklaven. Er braucht nämlich immer einen Sklaven – wie eben gewöhnliche Menschen gemeinhin einen Sklaven brauchen, an dessen unverbrauchter junger Kraft sie schmarotzen und faulenzen können. Peter Altenberg enthielt sich dieser Bekanntschaft zunächst, wie er meinte, obwohl er ihr hin und wieder nicht entgehen konnte. Doch er wußte wenigstens, daß er keine Wälder gefunden hatte und hielt es für einen bedenklichen Mangel diätetischer Lebensprinzipien, wenn die Kastanienalleen der Ringstraße oder im äußersten Falle die Semmering-Salzkammergutlandschaft als Notausgang nicht genügten. Aber da war nun ein andrer, der verwechselte in einer Anwandlung jugendlichen Lebensüberdrusses den Fabrikschlot seiner instinktiven Sehnsucht mit einer gewissen lyrisch begabten Turmspitze aus Heineschen Reminiszenzen. Es war ein Irrtum, der sich in der Tat nicht so grausam rächte, als der später Aufgeklärte es aus belletristischen Gründen haben mochte. Allerdings, ein Irrtum war und blieb es. Und so warf sich der jugendliche Johannes mit Leib und Seele dem Sklavenhalter in die Arme und schuftete sein junges Leben lang für ihn, natürlich ohne Erfolg. Er besuchte der Reihe nach etwa ein Dutzend Wälder, die er allemal, aber stets mit Unrecht, heimisch vermutete, immer in der Gefolgschaft der greisenhaften Spekulation irgendeines borniertes Korrah, dessen Idealismus vor Zeiten schon im Geschlecht verbraucht ward. Sein Kapital schmolz dahin, Muschel auf Muschel, Sehnsucht auf Sehnsucht, und zuletzt war er genötigt, die eigene Spannkraft und Initiative um unerschwingliche Prozente von dem Wucherer zurückzukaufen. Es ging ihm so, wie es den Besten unserer jungen Leute heutzutage ergeht, die den Teutoburger Wald immer noch in seiner fossilen Urform suchen. Sie dehnen ihre Streifzüge in immer hitzigere Klima, in immer tropischere Breitengrade aus, bis ihnen einmal der Boden unter den Füßen nachgibt, wie der schleimige Blust eines indischen Dschungels. Jetzt verdoppeln sie das Tempo für eine Arbeit, die dem andern nicht die Hälfte des Willens gekostet hätte, und tun's in einem Aufwaschen. Wer es nicht hat, der baut sich sein Sprungbrett selber. Sie wollen es wohl nicht Wort haben, daß ihnen ihr Sprungbrett auch nicht just gewachsen war. Es wäre ihnen aber nicht zu Tadel eingestanden, denn auch unser Jensen ziert sich nicht und gibt es zu, wo immer er einen Anlauf hat nehmen müssen. Den Sprung hat er ja doch getan, und das war die Hauptsache. Er gehörte zwar auch zu den Leuten, denen die Sehnsucht, aus dem Vollen heraus zu leben, alles verleidet, sobald erst nur ein Bröckelchen zur Rundung fehlt, aber im Grunde genommen war es ihm doch vor allem darum zu tun, ins Volle hinein zu leben. Und so unternimmt er den Sprung und landet glücklich auf der andern Seite. Rechtzeitig erwischt er ein zweirädriges Symbol seiner Bestimmung und radelt schnurstracks über die Bahnschranken hinein in seine heimischen Wälder von Stein und Eisen. Noch einmal bekommt er es mit den beliebten Witzen des Schicksals zu tun, und zwar diesmal in Gestalt der eifersüchtigen Zukunft. Mit Volldampf voraus wird er mitten von den blanken Stahlschienen weg, in deren heimischen Gruß er gerührt versunken war, an die freie Luft gesetzt – an die Freiluft des Verkehrs und der technischen Zivilisation.

Und doch war das nicht soweit um; er war seinem Berufssterne stets auf der Fährte geblieben. Er hatte zwar am Mulai-Hafen oder irgendwo in dieser Gegend eine Auseinandersetzung mit Zarathustra und verleugnete verräterischerweise seine Identität. Und freilich saß er auch der Sphinx auf, als sie ihm anscheinend nicht unerwartet im sonnigen Sevilla zuerst begegnete. Aber er zeigte bald, wes Geistes Kind er war. Sein vernünftiger Sinn, der schließlich immer mit seiner Neigung, die Dinge an den fünf Fingern abzuzählen, durchdrang, machte hurtig den Überschlag. Die Sphinx war nötigenfalls ein brauchbarer Pegasus und konnte ihr Geschäft stellen. Und er begann, sie als Karussellfigur zu behandeln, sozusagen nämlich, und trat eine Tournee durch die Nationen an. Wohin er kam, überall war es die gleiche unverrückbar glatte Stirn, auf die er stieß. Denn er war ein ganz bestimmter Mann, und darum traf er stets das bestimmte Weib. Dasselbe Lächeln der Treue und des Verrats auf den blühenden Fragezeichen des Mundes, die gleichen unerschöpflichen Mittel, die sich nie verausgabten, das gleiche verbissene Werben, das sich nie vergab. Es ist kein Zweifel, ein andrer Mann hätte eben ein andres Weib gefunden, vielleicht in derselben Person. Aber Jensen ging es nun einmal so, und er brauchte es so für seine Entwicklung, das war sein kerngesunder Instinkt auch im Kränklichsten. Er kam ja schon nicht blank und ohne alle Prätentionen nach Sevilla. Im Gegenteil, er wußte ganz gut, daß es so geschehen mußte, denn er hatte alle Vorzeichen für sich. Er wußte mit Sevilla schon Bescheid, bevor er's noch gesehen hatte, er ging mit der festen Überzeugung hin, daß er die Folie für eine Liebesgeschichte werden würde. Ja, er kannte schon den Mädchentypus, mit dem er es zu tun haben mußte. Das beweist der Augenblick, da er vor dem Kaffeehause sitzt, vor sich das grellweiße Pflaster und die sengendheiße Luft, und von weitem eine musikalische Erinnerung durchschlägt, auf irgendeinem zufälligen Ton der Nachbarschaft aufgebaut. Hier draußen ist es zu hell, da wandern die Augen nach innen. Und da sieht er nun, was er schon längst gesehen hat, obwohl er achtlos daran vorüberging, und was er schon gesehen, bevor er je Sevilla vor Gesicht bekam. Es ist ein kleines, glatt getünchtes Haus, es steht gleichsam mit blinzelnder Miene in der Sonnenfülle, ein bißchen schieflinig und gedunsen wie eine verdrückte Pappschachtel, sei es, daß es im Flimmern der Hitze so erscheint, sei es, daß eine ganz stilgemäße Baufälligkeit die Ursache ist: Jedenfalls hat es einen Hof mit sonnversengter Pflasterstimmung, irgendwie ein paar Steintreppen mit massiver Brüstung, die in ihrem unteren Schlußkachel in eine Steinkaktee ausläuft, in den grobschlächtigen Leib eines heraldischen Tieres oder eine seitwärts vorquellende Volute: und schließlich eine breite schattige Einfahrt mit maurischen Bruchstücken im weißschwarz geflickten Gemäuer. Im Schatten dieses Gewölbes, in der kalkweißen Giebelnische mit der sinnverwirrenden Ornamentik, daran in der Nähe die Scharten des Meißels bemerkbar werden, sitzt ein junges Mädchen. Es ist nicht genau zu erkennen, der Schatten löst seine Gestalt in ein paar starke Farbenflecke auf, außerdem hält es den Kopf in die Hände gestützt. Aber der blonde Fremde auf der Plazza, vor dem Kaffeehaus, weiß, was er davon zu halten hat. Das ist Sevilla, wie er es sich gedacht hat. Dolores! Wer könnte sagen, wie sie ihrem bräutlichen Schuster erschien? Ob sie für ihn nicht eine Jeanne d'Arc war? Aber für Jensen ist sie nicht mehr und nicht weniger als Dolores. Die Sache nimmt ihren ordnungsgemäßen Verlauf, ganz wie Jensen es sich wünscht. Er erhält eine Menge Gelegenheit, um seine Schätze zu heben und kann von seinem Überfluß noch einen hohlen Zahn als Reliquie entbehren, ohne seiner Verdauung Eintrag zu tun. Er baut jetzt eine Kathedrale, das heißt, er dichtet eine Kathedrale, eine funkelnagelneue Kathedrale, wie man sie noch nirgends gesehen, aber mit allen Finessen des alten Stils, und nennt sie: Dolores. Und stiftet dazu den hohlen Zahn, den sie ihn gekostet hat. Aber das Ganze entpuppt sich als ein monumentaler Schwindel. Er weiß selbst recht gut, welch verzweifelte Figur sein Gewissen als Kastellan und Pförtner macht, darum versucht er es mit Paris. Paris, das sind die kleinen süßen Frauen mit den lauten Küssen, der naiven Unverfrorenheit des guten Magens und der oberflächlichen großäugigen Sinnlichkeit der Sektstimmung. Das weiß man, noch bevor man nach Paris kommt, und man weiß auch, welches Ende man nötig hat. Man kommt also nach Paris und stürzt sogleich auf den Boulevard hinaus. Die erste beste, die einem in den Wurf kommt – es ist ja doch stets die gleiche, "Pardon, mein Fräulein – – –"

So sah er stets in dasselbe Gesicht. Im Norden wie im Süden, in der Barbarei wie in der Zivilisation und noch in der internationalen Rasse des eigenen Geschlechtes. Es ging hin und her, fertig wurde er damit erst, als er die Geschichte von dem elften Stockwerke eines Chikagoer Wolkenkratzers aus erledigte. Seither hat man irgendwie von ihm das Wort der Erlösung gehört, von dem tüchtigen Manne, der als Lohn dafür, daß er das Weib überwand, noch stets das Weib erhielt, das zu ihm gehörte. Er hat sich also an sein Gesicht gewöhnt wie der Verzweifelte im Spiegelkabinett, dem aus allen Wänden sein verkanntes Ich entgegenspringt, bis zu dem Augenblicke, wo er mit sich einig wird. Nachdem er seine eigenen weiblichen Möglichkeiten erschöpft hatte, fand er Beruf und Weib. Die Antwort wurde eindeutig. Er verstand sich mit der Sphinx und schwieg und nahm die Sache natürlich und ohne Kabbalistik. Die Sphinx schwieg eben, das war ihre Beredsamkeit. Denn sie war ein grundehrliches Wesen, ehrlicher als der Mann, man mußte sie nur ausreden lassen und durfte ihr nicht ins Wort fallen. Sie war und ist aber jeweils gerade immer im Zuge, das nächste rechte Wort zu finden. Etwas andres liegt nicht hinter der Sache.

Und dabei fand er seinen Beruf. Das ging so zu. Seine heimischen Wälder hatte er wohl schon entdeckt. Aber er war noch immer ein poetisierender Fußballspieler und kickte verzweifelt nach irgendeinem übersinnlichen Goal. Von Sevilla war er nach Paris gegangen, um sich zu erholen. Dort widerfuhr ihm dasselbe Schicksal, und so flüchtete er sich nach Dover. Von dort gings in die Tropen, immer erholungsbedürftig, und dann hinüber nach Amerika. Er dichtete spanische Fabrikarbeiterinnen, Grisetten, indische Kaffeekränzchen und andre, dazwischen aus einer Vorahnung späterer Neigungen, Hagenbecksche Tigerevolutionen und kinematographische Genreszenen aus Kiplingschen Romanen. Einer psychologisch feinen Sympathie für den geist- und nervverwandten Mahomed zuliebe dichtete er zur Abwechslung ein religiöses Volapük, sozusagen eine Religion in Taschenformat, handlich und für alle Gewissensfälle berechnet. Dann wurde er wieder rückfällig, dichtete robuste Künstlerinnen, unwirkliche Armeniermädchen, flotte Chikagoer Backfische und schob den Typus Weib in das an einem genießlichen Bonzen des Bluffs sinnfällige Extrem. Und damit war er am Ende seines Anfanges. Evanston lag mit zerschmetterten Gliedern, und der reif gewordene Lee fand den Weg zur Mannheit. Eines Tages fand er sich wieder in Paris, und während er noch philosophierend, aber bereits voller Ahnungen in einem Boulevard-Café sitzt, gerät er unter das Riesenrad. Er fühlte sich gehoben, seiner Schwere völlig entbunden und durchschaute mit blitzschneller Intuition den Rhythmus einer ganzen Weltkultur. Als er auf der andern Seite wieder herunterkam und festen Boden unter den Füßen hatte, sah er sich in seiner neuen Weisheit wie vom Himmel gefallen. Hurtig begriff er den Ausruf der Erleuchtung. Auch er schickte den Poeten zum Teufel. Jetzt dichtet er Maschinen, soziale Strömungen, Politik, Ökonomie, Arbeit, selfmade-Männer, Licht, Lebensfreude und sich selber. Er dichtet den Mythos unsrer Technik, die Heroika unsrer Industrie. Er ist ein Seelenforscher der Materie wie P. A., ein wissenschaftlicher und ein neuer Mensch, ein neuer Eroberer, der die dunkelsten Erdteile unsrer Kultur und unsres Lebens erschließt.

Altenberg, der Dichter der menschlichen Dynamik, und Jensen, der Dichter der physikalischen Ästhetik, sie haben dem unbewußten Drang der Zeit ihre sonore Stimme geliehen. P. A., der sich wohlberechneter Rücksicht, so sähe sie es gerne, geschlagen geben soll, meidet die langatmige Geste des Literaten. Ihm ist die Kunst unter der Hand zu Leben und Wirken geworden. Er teilt sein Brot und seinen Wein im unmittelbaren Worte. Jensen, der Saul der neuen Zeit, hat seine Bekehrung ebenso ernst genommen wie die Sehnsucht, die bei ihm daheim wild wächst. Er hat jetzt in seiner Rasse schon manchen Arminius gefunden. Er hat uns Hamsun demonstriert und Roosevelt gelehrt. Er selbst ist ein ganzer Kerl und kann einfach unerhört viel, aber es verleitet ihn, für Sachen einzutreten, die er selber vertragen mag, die aber beim Exemplar 2 bereits nicht mehr Geist, sondern typisch verdächtig sind. Denn wer verträgt es heute, und wer ist heute reif genug dazu, daß man ihm bereits wieder den Philister predige? Unsere gesamte Kultur ist heute in zwei heterogene Teile gespalten; in jene, die noch freigeistige Schmöcke sind, und in jene, die noch nicht einmal das sind. Bei den Einzelnaturen und Promethiden, die allein mit reinem Feuer heizen, aber kann der Volkserzieher nicht verweilen. Die Statistik macht sich nichts aus ihnen, und sie, sie haben ihre eigene Einsamkeit und Vielsamkeit, der Staat ist ihr Ich, und sie geben dem Kaiser, was des Kaisers ist, wie jener erste, der ihnen den Spruch dazu wies. Ein Mensch aber wie Jensen "Platz da, Gesindel, laßt ihn unters Volk kommen!", der sich prinzipiell trotz seiner Herkunft vom Berge in die Täler der Geistigkeit begibt, sollte wissen, wem er sich aussagt und ein Beispiel gibt. Der Anblick eines solchen

Menschen, der mit Reichem und Vielfältigem zu den armen Teufeln und Einfältigen kommt, ist ein wunderschönes Erlebnis für den Gutherzigen mit Besitz. Ein Wunder von einem Manne ist uns erstanden, und dies ist's, was die Jungen mit den offenen Herzen und den feinen Lüften des Intellekts Verehrung lehrt. Es ist die teuflische und letzte Nuance der Paradoxie, der Begabteste nimmt das Kleid des Ärmsten im Geiste und wandelt. Er nimmt es wirklich, er gibt sich nicht etwa ein neues originäres aus seinem Reichtum, nein, er nimmt das alte des andern, den er ehren will, um sich zu ehren. Denn an der Distanz, die er zurückzulegen hat, um vom Geiste zum Spießbürger, um vom Ethos in die bürgerliche Moral zu kommen, kräftigt sich seine Eitelkeit zusehends, und wenn er halt gemacht hat, sehen wir wohl recht alle, wie weit er hergekommen ist und wie gut ihm eigentlich das alte schäbige Philisterkleid steht, ein sprühender Einfall eines Gutgelaunten, Ewiggelaunten, der Abstecher aus Geistesewigkeiten in die gute Stube des Daseins. Das Ewig-Weibliche, just dies ist hier getan, ein schäbiger Rückfall und Rückzug in die Sucher-, Stümper- und Wanderjahre. Die Mode ist gemacht und findet einen erstklassigen Vertreter. Du wandelst Arm in Arm mit den Paragraphen des mitteleuropäischen Sittlichkeitsgefühls – "gut, daß ich dich treffe! Ich kann dir die Versicherung geben, daß du oben durchschaut bist. Du bist ein falscher Wechsel, meine ehrwürdige Figur, du bist entdeckt, wir losen dich ein. Gilt es dir oder gilt es Zarathustra? Die, die wir eine kurze Zeit am höchsten gestellt haben, die ziehen wir nachher am tiefsten in den Staub, damit sich das Wort in der heiligen Schrift erfülle!"

Schade drum, daß in Johannes V. Jensens Sehnsucht doch noch einige Druckfehler stehengeblieben sind. Amerika, was ist das, was soll das heißen? Wo kommt das vor? Sollte es wiederum nur ein Irrtum dieser riesigen Seele sein, dieser Schrittmacherin unsrer Weltanschauungen? Die Korrahs haben sie beim Kragen. Eine ganze Nation, ein ganzer wohlgeordneter Dschungel von Korrahs hat den Mann umstellt, und nun diktieren sie ihm in die Feder, und er macht den Tiger. Er sieht vor lauter Bäumen die wahren heimischen Wälder nicht, sieht vor lauter Bürgern die Bürgerlichkeit nicht. Er beißt den Bürger nicht, aber er fällt den wahren Träger der Humanität und Sittlichkeit an, leckt sich seine Muskeln, wenn er ihn verbellt hat und wedelt mit seinem Feuilleton freundlich und populär nach allen Seiten hin. Dahinter steckt ein Trick; – man weiß, er hat die Tasche voll mit solchen, und sie sind amüsant, das rettet alles, vielleicht auch den dunklen Leumund einer Karriere. Der Bourgeois ist diesmal und nur diesmal ein Pseudonym, das notwendigste, das der Intellektualismus gerade jetzt wählen konnte. Es ist klug und arriviert, für eine gesunde normale und betriebsame menschliche Gesellschaft zu wirken. Gibt sich aber der Geist nach dem Buchstaben seiner modernen Anschauung, bleibt er bürgerlich auch innerhalb des bestehenden Systems, dann war es eine Falschmeldung. Handelt es sich wirklich um den Bürger alten Schlags, den liberalen und demokratischen Mann, oder ist er nur ein Gleichnis gewesen und ein Analogieschluß, um uns aus der Verlegenheit zu helfen, daß wir keinen Terminus für den neuen Typ besitzen? Es ist schön, wie gesagt, wenn der Geist herabsteigt in die Trivialität, seine Demut steigert ihn. Aber er sollte mit aufgehobenen Händen flehen, wenn sie ihn verkennen. Denn seine Schwäche rächt sich und schlägt ihn, und eines schönen Tages seht ihr ihn in Reih und Glied, hört ihn ihre Lieder singen und von ihren Tugenden trunken gehen, gegen den Bessern wüten und nach der Polizei schreien, bis die bürgerliche Harmonie wieder heiser ist.

Die Unreife der Zeit verbietet's der Gesellschaft, den Philister anzukündigen. Er ist vorläufig noch Projekt. Seine unbeugsamen, geistlosen, mechanischen Tugenden stehen der Boheme an, den Faulenzern, Nichtstuern, Veraasenden, den Unproduktiven, Derassinierten dieser Tage, die keine Persönlichkeiten sind und nicht einmal die gesellschaftliche fermentierte Kraft des Bourgeois haben. Denn für den Durchschnittstypus wird eine Figur wie Roosevelt vorbildlich sein. Der Geist wird immer wieder gegen ihn aufstehen und ihn modifizieren müssen. Aber er wird ein brauchbarer und nachgerade erlösender Typus sein, denn erst, wenn der reguläre soziale Verlauf sich ungehemmt vollzieht, wird der Geist zu seinem Rechte kommen. – Er sitzt jetzt hinter Mißverständnissen und falschen Betrieben. Das "Los-vom-Geiste" gilt den Geistigen, die immer, auch in ihrer Antithese, geistig bleiben werden. Es ist ein paradoxer, also höchster Zustand, der sich zugleich mit seinem Gegenteile, nicht dieses allein realisiert. Dieser Zustand ist ein gültiges Symbol unsrer panischen Lust, das All mit seinem Alles zu umfassen und das Leben haushälterisch bis in seine letzten Schlupfwinkel auszunützen. Erfreue dich an dem Brote des Philisters, und du kannst ein Geist sein wie jener Ursprungsmensch und Moderne, der es brach. Aber sage es dem, der Kaviar schlingt. Der Seele des Bourgeois erzähle, daß sie die Hartlebigkeit davon bekomme, und wenn einer zur Feier Kaviar sich aufs Brot streicht, dann preise ihn als einen Lebenskünstler.

Und ein solcher Lebenskünstler ist Altenberg. Hätte er nichts als seine übermenschliche Genußkraft, die an der berauschenden Eile eines Automobils, dem Ornament einer Stickerei, dem Schwung eines weiblichen Knochens sich beseelt, er wäre ein Phänomen. Aber er ist mehr. Er ist auch kein Literat, kein Dichter, kein Künstler. Er gehört zu jenen großen Typen, die restlos eine Zeit ausdrücken, mythisch durchs Leben wandeln wie Sokrates, Epikur und alle großen edlen Lebemänner. Ist Jensen unser Weltmann, Peter Altenberg ist unser Lebemann im funkelnden Sinne des Wortes. Und er ist Ausdruck, nur Ausdruck dieser Lebezeit, ist kaum begreifbar als menschliche und gesellschaftliche Figur. Die physiologische Humanität, der neueste Gedanke seit Jahrhunderten, hat in ihm ihren Messias. Lebt er überhaupt noch bei Lebzeiten? Es ist interessant, zu beobachten, wie er eigentlich mehr Mythos ist als eine Figur in den Polizeiakten, mit der man rechnet. Alles um ihn herum wimmelt von Anekdoten und Mythologie. Er lebt Anekdoten, Fußnoten zu der Größe, die in ihm wohnt und ein sozial unäußerbares Gut ist. Er muß darum sogar verkannt werden, muß sich notgedrungen als den sozialen Narren geben, weil er bereits unzeitlich ist, aber mit seinen Offenbarungen als gleichzeitiges Glied einer gesellschaftlichen Kette scheinbare Widersprüche lebt. Und doch liegt gerade darin sein Zeitliches, Symbolisches, Gestaltendes. Er vereinigt Persönlichkeit, höchstes Glück der Erdenkinder, und höchste soziale Empfindung und Verantwortlichkeit. Seine Gestaltungskraft ist stark und formt Zeitgemäßes noch außerhalb seiner eigenen produktiven Aktion. Die Anekdoten, die über ihn im Schwunge sind, werden eine Bibel geben, spezifische Künstler werden nötig sein, um sie zu formen, und es wird die Zeit darin sein, denn sie werden Gleichniskraft besitzen. Die sozial-kristallisierten Resultate des Lebegenies, der absoluten Persönlichkeit, werden unsern Kindern zugute kommen.

Altenberg liebt die Liebhabereien des Bourgeois, er versteht sie mit Zartsinn. Er predigt das Gesunde, Normale, Diätetische, Prinzipielle wie Jensen. Ihr müßt werden wie die Kindlein und Bürgerlein, denkt er. Er bleibt Geist, wo er am körperlichsten interessiert ist. Die Geographie seiner heimischen Wälder steht bei ihm fest. An mannigfachen geselligen Talenten ist ihm Jensen über. Wem wäre der nicht über? Er ist entzückend, er hat rätselhafte Eigenschaften wie eine Frau. Achtung vor ihm, er zeigt uns an, wenn er unsre Gefühle sieht. Schlagt ihm schnell auf die tüchtige Hand, daß er sehe, daß es ein Mann war, und daß man ihn als Mann, nicht als Surrogat für ein Frauenzimmer goutiere. Schlagt zu, schnell. Er ist demokratisch. Freie Meinung für alle. Der Neuen sind unser so wenig, daß wir uns Abtrünnigkeiten nicht bieten lassen dürfen. Meine geliebten Dichter des Neuen, denke ich. Und, schlagt zu, sage ich, schlagt zu! Hurra für Altenberg!

Nachwort

Atlantische Verlockungen

Der Band mit den österreichischen Schriften Robert Müllers mutet dem Leser einiges zu. Am Beginn steht die Vision eines germanischen Imperialismus, am Ende wird uns ein alter Jude als der neue Mensch vorgestellt. Der Weg führt vom Antisemitismus zur panegyrischen Feier Peter Altenbergs als Prototyp der neuen Zeit, einer Rolle, die dem Außenseiter der Wiener Boheme selbst seine Bewunderer nicht zugemutet hätten. Zwischen diesen ideologischen Extremen findet eine Verherrlichung Österreichs und der österreichischen Idee statt, in welcher der Vielvölkerstaat mit einer weltpolitischen Aufgabe belastet wird, die seine Kräfte übersteigt, aber auch mit sentimentaler Nostalgie alle seine Arten und Unarten als Garant einer österreichischen Weltzukunft gefeiert wird.

Österreich über alles, wenn es nur will. Es will nicht, aber Robert Müller will es zu diesem Willen zwingen, wenn es sein muß mit rassistischer Germanenrabulistik oder mit Altwiener Kaffeehauspackelei. Natürlich ist das auch Kriegspropaganda oder Nachhall dieser Kriegspropaganda. Die vier Bücher sind in den Kriegsjahren erschienen, aber das ist weder eine Entschuldigung noch ein Motiv für einen Autor, der unter Krämpfen von einer zeitentsprechenden rassistischen Germanenverherrlichung zur multinationalen Gesellschaft gefunden hat. Mit Thor ist er ausgezogen, mit einem Wiener Juden findet er sich am Ende im Südbahnhotel am Semmering.

Ist der Robert Müller des Erstlings "Was erwartet Österreich von seinem jungen Thronfolger?" noch derselbe Robert Müller, dem wir in "Österreich und der Mensch" und in "Macht", und dieser derselbe, dem wir in "Europäische Wege" begegnen? Die Entwicklung von einem in Vorurteilen seiner Zeit befangenen Ideologen zu einem vorurteilsfreien Utopisten hat sich so rasch vollzogen, daß es einem den Atem verschlägt. Aber es ist nicht (nur) die Wandlung einer Anpassung, es ist die Wandlung eines nur gelegentlich durch stilistische Versuchungen aus dem Konzept gebrachten Denkers. Das ist das Genie Robert Müllers: blitzartig, instinktiv weiterdenken, die Rücksichtslosigkeit der Wahrnehmung und Ausmalung von Zukunftsaussichten. Eine seiner wichtigen Eigenschaften ist ein unaufhaltsamer Vorwärtsdrang und Zukunftsoptimismus. Wichtiger für den Autor Robert Müller als sein Umschwung im Rasseglauben und der politischen Macht ist das, was ich seine Dialektik nennen möchte. Er stellt eine Behauptung, eine Forderung auf und relativiert sie. Ein Beispiel: Er schreibt über die Sittlichkeit der Macht. Plötzlich kommt er mit der Ausrede: Macht sei nicht Besitz, sondern Haltung. Macht drücke sich in der Haltung aus, ich könnte es haben, aber ich verzichte. Solche intellektuellen Volten schlägt Müller immer wieder, ob es nun um den Rassenkult, um die Germanenverherrlichung, um den Imperialismus geht. Es gibt kaum eine These, die ihn nicht zu ihrer Zerstörung lockt. Eine wesentliche Wandlung der Texte besteht darin, daß der Drang zur Mystifizierung mit Ironie versetzt wird. Ein Beispiel dafür ist der Absatz über die Entstehung und die Verluderung Wiens zum "Völkernaschmarkt". Das ist ein brillantes Lesebuchstück von einer Übertreibung, die sich nicht ernst nimmt. Ein Rundumschlag über die Vermischung von Kelten, Römern, Goten, Mongolen und Slawen gerät zu einer Parodie, die dem Leser offenläßt, ob er sie stilistisch genießen, für bare Münze nehmen oder sich über sie ärgern will. Ein anderes parodistisches Glanzstück ist die Nacherzählung des Nibelungenliedes als österreichischer Gesellschaftsroman, den Schnitzler geschrieben haben könnte, und in dem Hagen zum Vorläufer von Metternich wird.

Auffallend sind die genauen Beschreibungen des körperlichen Erscheinungsbildes realer und erfundener Menschen. Von hier ist es ein kurzer Weg zu der rassebedingten Erklärung der körperlichen Beschaffenheit. Ich erspare mir Zitate. Man kann sie nachlesen. Vom ebenmäßigen, indogermanischen Körperbau und dem krummbeinigen Mißwuchs mongolider Rassen kann man ja heute noch lesen. Die literarischen Körperzeichnungen Robert Müllers weisen ihn bei allen Idealisierungen als genauen Beobachter aus, als einen Journalisten, der zuerst einmal das Äußere scharf umreißt. Er begnügt sich bereits hier nicht mit angeblich rassemäßig bedingten Tugenden und Mängeln, er bemüht sich um den idealen Körpertypus eines idealen neuen Menschen. Es ist, frei nach Schiele, die Konstruktion des expressionistischen Menschen. In "Die Politiker des Geistes" gibt ihm die Bildhauerin Lotte Klirr Anlaß zu der literarischen Beschwörung heroischer Torsi, nicht um rassistische Schlüsse zu ziehen, sondern auf der Suche nach dem idealen Körper des neuen Menschen. Er muß die Menschen sehen, bevor er über sie ein Urteil fällen kann. Auch die ideologischen Abstraktionen Müllers werden in sicht- und tastbarer Sinnlichkeit hergestellt. Ob er idealisiert oder verwirft, er sucht aus Kopfform, Armhaltung, Gedrungenheit, Gesichtsausdruck die Herkunft zu erfahren und seine oft voreiligen und unberechtigten Schlüsse zu ziehen.

Was ist Rasse, fragt er sich und seine Leser selbst einmal irritiert. Der Begriff muß um die Jahrhundertwende eine Faszination ausgeübt haben. Man glaubte eine Formel für die Beurteilung der immer bedrohlicher wirkenden Menschenmasse gefunden zu haben. Auch andere Autoren dieser Zeit, die nach unserem heutigen Verständnis nicht in diese antisemitische Germanenschwärmerei und eine Rasseneinteilung in Über- und Untermenschen passen, sind diesem Rassenwahn verfallen. Eine kürzlich erschienene Dokumentation über Fritz von Herzmanovsky-Orlando ("Sinfonietta, Canconata Austriaca", Sämtliche Werke, Band X, Salzburg 1994) zeigt die Infektion Herzmanovskys und seiner Frau mit mystischem Rassenwahn, wenn die verspielte Phantasie des Nostalgikers Herzmanovskys ihn auch poetisiert und verharmlost, während Robert Müller das sofort in Realpolitik umsetzen möchte. Die Unterteilung in Herren- und Sklavenrassen war im Zeitalter des Imperialismus und Kolonialismus vollzogen worden, wenn auch im offiziellen Sprachgebrauch nicht zugegeben. Ein Mann wie Robert Müller, der sich in seinem "Thronfolger"-Buch in die Politik einmischen möchte, hat hier seine Tarnungen. Seine Ideologie läßt mit sich reden, wenn sie sich auch noch so martialisch gibt, während ein naiver Dichter wie Herzmanovsky sich zu Tiraden hinreißen läßt, die seinem Weltverständnis überhaupt nicht entsprechen.

Müller ist in seiner Rassenideologie einem Schlagwort erlegen, das er so lange bedacht, gepriesen, bezweifelt, verteidigt und umgewendet hat, bis er sich danach von ihm befreit hatte. Bald beschränkt sich die Infektion darauf, daß er von dem Wort Rasse nicht loskommt und sich rassistische Überlegungen auch nicht verkneifen kann, als er längst (nach Jahresfrist bekehrt) eingesehen hat, daß Rassen Kompromisse sind. Er entdeckt, daß es zuerst überhaupt keine Rassen, sondern nur Geschöpfe gegeben hat, daß in den fernen Urzeiten, mit denen er im "Thronfolger"-Buch so souverän umgegangen ist, jede Familie eine Rasse war. Auch der Germanenkult ist gedämpft. "Über die Germanen wissen wir nur, was wir darüber wissen wollten." Ich zitiere nur, um zu zeigen, daß man mit Zitaten Robert Müller nicht festlegen kann. Man könnte aus Müller-Zitaten aus seinen vier Kriegsbüchern ebenso eine Fibel des imperialistischen Rassismus wie eine Demontage des Rassenbegriffes zusammenstellen. Robert Müller hat seine Infektion durch Denkprozesse nicht mehr widerrufen, er hat seine Ansteckung intellektuell überwunden. Er schreckt jetzt vor dem "chaotischen Gebiet der Rassenforschung", an die er längst nicht mehr glaubt, zurück.

Der Germanenbewunderer, dem es in seinem freizügigen Umgang mit den Völkergenerationen sonst nie an Beweisen für die germanische Überlegenheit gefehlt hatte, konstatiert nun, ohne das zu beklagen, daß dieses germanische Siegervolk, wohin es kam, die Sprache der Eroberten angenommen habe. Womit er immerhin beweist, daß wertvolle Substanz auch dort, wo andere Sprachen gesprochen werden, vom Germanischen herrührt. Assimilierung wird, was bei einem Mann, der von Österreich nicht nur die Kultivierung der Welt, sondern überraschenderweise auch die Rettung der Deutschen erwartet, selbstverständlich ist, als Positivum anerkannt. Die Unterteilung der Rassen in Deutsche, Österreicher, Balkaner und Türken ist offenbar wie manches andere ein Augenblickseinfall. Er verfolgt diese absurde Idee auch nicht weiter in dieser Periode, in der ihm die Deutschen so viele Probleme bereiten, daß er in die Deutschenverachtung vieler Österreicher verfällt.

Von Robert Müllers erster Buchveröffentlichung, dem Pamphlet "Was erwartet Österreich von seinem jungen Thronfolger?", gibt es zwei Auflagen, von der eine 1914 und die zweite, um ein kurzes Kapitel gekürzt, 1915 erschienen ist. Die erste Auflage schien unauffindbar. Das Exemplar, das ich in einer Wiener Bibliothek auftreiben konnte, zeigt, daß es sich bei der Streichung um einen Abschnitt über "Die ostjüdische Frage" handelt. Es umfaßt gerade sechs Seiten. Robert Müller hatte, falls er die Auslassung selbst veranlaßt hat, dafür gute Gründe, diesen Abschnitt zu entfernen, oder falls es sich, wie angenommen, um ein Verbot handelte, sei es, daß dieses auf Grund einer Intervention oder von den Behörden im Alleingang angeordnet wurde, dieser Maßnahme dankbar zu sein.

Die antisemitischen Bemerkungen bis dahin halten sich im Rahmen des vulgären Wiener Antisemitismus, wenn da etwa die Demokratie als Werk des Juden Marx herabgesetzt zu werden versucht wird. "Die ostjüdische Frage" ist der falsche Titel. Robert Müllers Angriff gilt den emanzipierten Juden. Die Ostjuden haben ihm aber den Anlaß gegeben. Wenn er schreibt, der Jude sei nicht der Gegensatz zum Arier, er sei der Fremde, dann meint er die zahlreichen Galizier, die, aus den östlichen und südöstlichen Provinzen der Monarchie kommend, ihr Glück in der Metropole Wien versucht haben. Viele bedeutende österreichische Autoren waren Juden, für die Wien erste oder auch Endstation ihrer Flucht aus der theologischen Enge und Armut in die literarische und geistige Freiheit der Residenzstadt war. Dieser Zuzug hatte sich bei Kriegsbeginn durch die Flucht aus den umkämpften Gebieten verstärkt. Diese Ostjuden waren auch bei der Mehrzahl der ansässigen emanzipierten Juden keineswegs erwünscht. Ich erinnere mich, mit welcher Verachtung in dem jüdischen Teil meiner Familie noch in den zwanziger Jahren von den "polnischen Juden" gesprochen wurde. Diese Flüchtlinge unterschieden sich schon äußerlich durch den von Wiener Geschäftsleuten, Beamten, Journalisten, Anwälten längst abgelegten Kaftan.

Insofern stimmt der erste Satz, daß die jüdische Frage in Österreich (für die Antisemiten) in ein entscheidendes Stadium getreten sei. Müller schlägt sofort zu. Er beklagt das Fehlen der "Absolutheit" in ihrer Behandlung. Immerhin läßt er gelten, daß diese jüdische Macht dem Wiener Bürgertum aus ihrer eigenen Struktur entgegengewachsen sei. Und er beklagt, daß sich Schärfe und Wehleidigkeit durch Reibungen zu einer förmlichen geistigen Antipodenstellung entwickelt haben. Der Jude sei nicht der Gegensatz zum Arier, aber er sei der Fremde. Worauf er in Klischees verfällt, wie jenen, daß der deutsche Mystizismus dem Juden verschlossen sei. Diese Andersartigkeit reduziert sich darauf, daß der Jude der ordentlichere, aber weniger intuitive Kopf sei. Müller schätzt sogar die jüdische Orthodoxie, die Idealismus, Weisheit und Edelmut auszeichnet, während der emanzipierte Jude die Werte seines Blutes verraten habe, was ihn zu dem Schluß veranlaßt, daß er sie immer wieder verraten werde. Also mache man ihn zum Fremden, zum Bürger zweiten Grades, zum Ausländer. Dazu empfiehlt er in einer Parodie Herzlscher Gedanken die Ansiedlung der Juden im südlichen Ausland. Mit einer Rabulistik, die Müller als jüdisch bezeichnet haben würde, wenn sie ihm bei einem Juden begegnet wäre, begrüßt er die Nachbarschaft dieses Judenstaates zu Österreich wegen der leichten sprachlichen Verständigung, während die Russen sich der Organisationsbegabung der Juden weiter bedienen könnten. Unverzeihlich ist der Ruf nach der rücksichtslosen Faust und das Verständnis für die Gewalt, die das auslösen wird.

Das war Robert Müllers Haltung 1914, die mit einem rhetorischen Judenlob halbherzig zurückgenommen und wieder radikalisiert wird. Er hat diese antisemitische Mode rasch abgelegt. Man darf annehmen, daß er durch seine Kraftakte niemand angesteckt oder verführt hat, er hat nachgeplappert, was ihm vorgesagt worden ist. Vor allem aber: Er hat sein Vorurteil seinem Urteil gestellt. Schon in "Macht" liest man es anders. Juden dominieren in den prominenten Zeitzeugen, die Müller für seine Weltpolitik- und Weltkulturentwürfe in Anspruch nimmt. Bergson nennt er einen konstruktiven, beinahe deutschen Kopf, dem seine jüdische Herkunft die Überlegenheit über sonstige gallische Philosophie sichere. Das verleitet ihn zu der Anmerkung, daß deutscher und jüdischer Geist einander näher kämen als andere.

In seiner ebenso unsinnigen wie kursorischen, aber brillanten Völkergeschichte Wiens spielen die Juden bereits eine positive Rolle. Er nennt sie "Heilkeim". Die "Kinder Jehovas, des Gedankens", die einen ähnlichen Mischprozeß durchgemacht haben wie die Wiener, treten jetzt als die Ureuropäer auf, berufen zur Begründung einer neuen Menschheit. Aber das "Reformwerk des Scheiks Moses" wird durch Vermischung mit minderen Völkern "wieder einmal vereitelt", was Robert Müller zu weiteren ebenso kühnen wie unbeweisbaren Rassenhistorien verleitet. Die Goten wittern in dem verhärmten Volk Asiens Verderbtheit und Verspanntheit, bewundern aber die "Auswüchse europäischen Geistes". Die Goten hielten es wie Robert Müller: Mißtrauen gegen den jüdischen Mann, aber Leidenschaft für die jüdische Frau. Die Wiener, gibt Müller zu, haben im "Juden die Tugenden eines europäischen Stammes verfolgt, der der Stadt vom Schicksal als homöopathische Kur verhängt" gewesen sei. Immerhin: Nicht die Juden haben Wien, Wien hat die Juden verdorben, die zwar Kultur und Literatur gebracht, aber damit die nationalen Werte verdrängt hätten.

Er betreibt zwar noch immer Rassenforschung, aber er warnt vor ihrem chaotischen Gebiet. Der Verstand räumt mit dem Mythos Rasse auf. Judenbewunderung drückt sich in Einsprengseln wie dem Satz von der "internationalen Expedition von Eingottsuchern" aus. Er hofft auf Österreichs Wirksamkeit in einem "kulturell assimilierten Sinn" und versteht "wahlverwandt Jüdisches als Bewußtseinsfortschritt".

Ich will den Antisemitismus Robert Müllers in dem "Kronprinzenpamphlet" nicht verharmlosen und mit seinen philosemitischen Anfällen entschuldigen. Müller hat seinen Antisemitismus nicht widerrufen, er hat ihn einfach vergessen. Der Schnelldenker hat ihn zurückgelassen und sich nicht mehr an ihn erinnert. Er war längst in einer anderen Zeit als jener, in der er vom Wiener Zeitgeist überwältigt war und der Kriegspropaganda gedient hat.

Wesentlich für Robert Müllers Denkprozesse ist seine hier vielfach bezeugte Fähigkeit, oder soll man sagen Leichtfertigkeit, Dogmen aufzustellen und in einem naiv delirierenden Optimismus zu widerlegen oder doch zu verharmlosen. Robert Müller fordert den Imperialismus, aber erwartet von ihm alle demokratischen Tugenden, die er bezweifelt und denunziert und allen demokratischen Instanzen abgesprochen hat. Er erweist sich hier als ein Meister des Ausweichens, des Umschlagens, des Voltigierens. Martialischer Rhetorik der Machtverherrlichung folgt eine geradezu fürsorgliche Beruhigung der Eroberten, daß gerade die Ausübung von Macht ein rücksichtsvolles Zusammenleben ermögliche. Eine Beschönigung, die dem Kriegsberichterstatter Müller von der Wirklichkeit des Kriegsschauplatzes rasch widerlegt worden sein dürfte. Beschönigungen sind in der Ideologie üblich. Robert Müller hat das in der Gewißheit niedergeschrieben, daß die unbehinderte Ausübung der Macht den Geist in der Politik freisetze. Beeindruckt hat er damit nicht nur seine Leser durch die Brillanz seiner Formulierungen, sondern auch sich selbst. Er hat die Wahrheit nicht für eine Pointe verkauft, wie ihm vorgeworfen wurde, er hat sich durch die Phantasieketten seiner Brillanz selbst mitreißen lassen; dies auch zu seinen Rassen-, Eroberungs- und Herrscherhalluzinationen, die sich übrigens im "Thronfolger"-Pamphlet gut mit einer Art Hofberichterstattung vertragen.

Zur Ambivalenz Robert Müllers gehört der Widerspruch zwischen der Forderung nach politischen Taten und dem literarischen Interesse. Eine typische Robert-Müller-Dialektik: der rhetorischen Verachtung des Literarischen steht gegenüber, daß jede politische Attacke in Literatur mündet, daß Kronzeugen Literaten sind. Der Politiker Robert Müller ist ein Wichtigtuer, ein Polemiker, der sich in die obskuren Rassenideen seiner Zeit und eine widerspruchsvolle Germanenverehrung verstrickt. Anteilnahme zeigt und weckt seine essayistische Prosa, wenn er sich literarischen Zuständen und Autoren zuwendet oder von der Ideologie unversehens in seine Streifzüge durch die Kulturgeschichte verfällt. Das Beste seiner politischen Essays sind literarische Bekenntnisse und literarische Porträts, die sich durchaus im Zeitgeschmack bewegen, auch in seinem von Karl Kraus bezogenen Nestroy-Verständnis, den er zum Repräsentanten des Österreichertums erwählt. Wobei er sich einer verehrungsvollen Spitze gegen Karl Kraus nicht enthalten kann: Wenn Nestroy die Vollendung des Österreichers sei, müsse Karl Kraus die Übervollendung sein. Im Philosemitismus, zu dem er sich in einem kurzen Kriegsjahr bekehrt hat, darf die Prise Antisemitismus nicht fehlen, der sich auch die Wiener Juden selten versagt haben. Die Klage, sich an Literatur zu verzetteln, statt zu handeln, zu schreiben, wo politisiert werden müßte, die den Literatengenerationen der Vor- und Zwischenkriegszeit gemeinsam ist, verleitet Robert Müller ebenso zur Diffamierung oder zur Überbewertung der Literatur, wenn er sich hinreißen läßt zu sagen, Nestroys sprachsinnliche Meisterschaft mache Österreich unüberwindlich. Der Verdacht liegt nahe, daß die österreichische Literatur den Literaten Robert Müller dazu verleitet hat, die führende Rolle Österreichs in der Weltpolitik zu proklamieren.

Der Literat nennt seine Leitfiguren, teilt Zensuren aus, geht sorglos mit Bekenntnissen um, an Thomas und Heinrich Mann, Johannes V. Jensen und Henri Bergson, den damals keineswegs deutschfreundlichen französischen Philosophen jüdischer Abkunft.

E. A. Rheinhardt, ein heute vergessener Wiener Lyriker, wird zu einem Leitbild der neuen Literatur stilisiert. "Wir sind entdeckt", jubelt Robert Müller, und das schließt Rheinhardt und offenbar auch alle anderen jüdischen Wiener Literaten im Jahr 1912 ein. Von Bahr übernimmt er den Begriff "Inventur der Zeit". Und ist nicht alles, was er schreibt "Inventur der Zeit"? Er läßt die Zeit sich selbst darstellen, indem er ihre Argumente und Irrtümer übernimmt. Der Kommentar folgt später. Von Johannes V. Jensen zeichnet er ein brillantes (Selbst)porträt. Wen sonst soll der dänische Globetrotter und Weltbürger, auf allen Romanschauplätzen und Ideenschmieden der Zeit daheim, sonst vorstellen, wenn nicht Robert Müller, der wie Jensen ein blonder, nordisch aussehender Recke war, ein Vertreter des damals grassierenden Amerikanismus in der Literatur, der ständig zu neuen Eroberungen, in neue Länder, neue Gedankenwelten und politische Theorien aufbricht? Das ist das idealisierte Selbstporträt aller Robert Müller-Helden. Müller begreift, daß er, um dieses Vorbild zu erreichen, seine ideologischen Vorurteile ablegen muß. Mit Jensen verbindet ihn auch sein Verständnis des "Betriebes". Er meint damit die Betriebsamkeit ebenso wie die Technik. Robert Müller hat im Gegensatz zu vielen Intellektuellen seiner Zeit keine Angst vor der Maschine. "Der Mensch wird nicht eine Präzisionsmaschine werden, aber nur darum, weil die Maschine ein Präzisionsmensch ist." Die Maschine, postuliert er, ist unschuldig an dem Kulturverfall, es ist der Menschenanteil an der Maschine, der ihn verursacht. Er fürchtet auch das Massenprodukt nicht, ganz im Gegensatz zu seiner und den nachfolgenden Generationen, die ihre Zivilisationskritik auf der Angst vor der technischen Reproduzierbarkeit aufgebaut haben. Zur Verteidigung dieses Zivilisationsoptimismus bedient er sich auch antiquierter Begriffe. Der Ingenieur ist der neue Ritter. Dergleichen Banalitäten waren damals auch in sozialistischen Proklamationen zu lesen. Ich schlage vor, großmütig zu übersehen, daß Müller die Verherrlichung der Maschine und ihrer ungezügelten Produktion zu einer Attacke auf die Aufklärung nützt. Denn die Maschine versteht er als Kind des

Idealismus. Da spukt noch immer der Pangermanismus herum. Vor der technischen Entwicklung verstummt seine Kritik. Er schreckt vor keiner Verallgemeinerung zurück. Mensch und Maschine scheinen ihm eine ideale Paarung. Der Zivilisationsoptimist verspricht den Lesern, daß der Mensch seine Verantwortung als Erfinder und Betreiber der Maschine erfüllen werde. Selbstverständlich hat er keinen Begriff von der Ökologie: Er denkt wie auch die Marxisten in der christlichen Maxime, die Erde sei dem Menschen ohne Einschränkung untertan. Die Natur war der Plünderung durch Theologen, Kapitalisten, Sozialisten und Philosophen freigegeben. Robert Müller hatte daran ebensowenig auszusetzen wie seine Zeitgenossen.

Er stürmt auf dem Schlachtfeld in die neue Zeit. Er schreitet im wahren Sinne des Wortes fort. Politische Ungeheuerlichkeiten entschuldigt er nicht, ebensowenig wie er seinen Antisemitismus mit seinem Philosemitismus entschuldigt, an den er ebenso fest glaubt wie zuvor an seine rassistischen Vorurteile. Er vergißt seine falschen Prophezeiungen und Verführungen. Er hat eine vitale Fähigkeit, oder soll man sagen Leichtfertigkeit, Dogmen zu verkünden und zu verwerfen. Die Zeit ist zu raschlebig, um sich bei dem Überwundenen aufzuhalten.

Die politischen Purzelbäume des Kulturkritikers Robert Müller könnten übersehen lassen, daß ein optimistischer Utopist wie er immer eine Zukunftsvision hat. Sein Zukunftsland heißt Atlantis. "Atlantis, ein deutscher Kontinent" ist der Titel des Schlußkapitels in "Macht", dem Band, in dem er die "psychopolitischen Grundlagen des atlantischen Krieges" zu klären verspricht. Müller hat wie seine Vorgänger und Nachfolger unter den politischen Utopisten dafür ein Niemandsland gewählt: Das mythische Märchenland Atlantis, das angeblich Amerika und Europa verbunden hat. Der Mythos Atlantis hat zahlreiche Deutungen hervorgebracht und Hoffnungen befruchtet. Atlantis, das bedeutet Heimkehr ins verlorene Paradies und Vorwärtsstürmen in einen unermeßlichen Kontinent. Es ist der Mythos der konservativen Utopie.

Die Verlockung Atlantis hat Robert Müller ein Leben lang begleitet. Das große verlegerische Unternehmen, mit dem er den Aktivismus Kurt Hillers, die pazifistische "Herrschaft des Geistes" in Politik und

Wirtschaft, propagieren wollte, nannte er "Atlantischer Verlag". Atlantis sollte die Trilogie heißen, zu der er den Roman "Tropen" ausbauen wollte. Ernst Fischer, der Robert Müllers ebenso kühne wie hochstaplerische Verlagspläne erforscht hat, meinte, der Begriff Atlantis habe für Robert Müller, diesem "europäischen Amerikaner" eine Symbolik von Geist (Europa) und Tat (Amerika) dargestellt. Das Atlantis-Kapitel in "Macht" wird erst ganz verständlich, wenn man die "kommerzielle Robinsonade" des Verlagsunternehmens kennt, dessen Zusammenbruch zum Freitod Müllers geführt hat. Das Unternehmen wurde in amerikanischem Stil aufgezogen. Großzügig wurden Buchreihen geplant, Kulturkritik, eine "Atlantis-Edition" genannte Romanreihe und eine "aktivistische" Bücherreihe, deren Planung von einem Whitman-Band über eine Psychoanalyse des Antisemitismus bis zu einem pazifistischen Sammelwerk reichte.

Robert Müller hatte mehr versprochen, als er halten konnte. Nicht nur kommerziell, sondern auch in der literarischen Planung. Das Programm hätte, wäre es durchgeführt worden, kaum die hochgesteckten Ziele erreichen können. Müller verfing sich im Wiener Kultursumpf, indem er seinen literarischen Bekannten Publikationsmöglichkeiten versprach. Otto Flake, der in dieses Unternehmen am Rand hineingezogen wurde, schreibt in seinen Erinnerungen, daß Robert Müllers Scharfsinn erkannt hätte, daß der Amerikanisierung des Lebensstils die Zukunft gehöre. "Sein Fehler bestand darin, daß er zu früh auf den Zug aufsprang und zu hitzig Kohlen einschaufelte: Der Zug entgleiste."

Das war der Versuch einer literarischen Realisierung dieses atlantischen Kontinentes, den er im Ersten Weltkrieg als eine deutsche Brücke bilden wollte, die "bindend und freischwebend über den Völkern und Ländern liegen" sollte. Der Plan ist typisch für Robert Müllers Dialektik, imperialistische Forderungen aufzustellen und dann vom Geist zu träumen. Wenn man seiner Rhetorik folgt, träumte er von einem Großreich, das praktisch ganz Europa und den vorderen Orient (zumindest als Einflußgebiet) umfassen und nach Afrika reichen sollte. "Ein Kulturboden, eine geistige Auffassung werden in freier Verfassung das Entgegengesetzte wie sichs gehört, zusammenschweißen." Dieses "wiedergekommene Atlantis" erträumte er sich in den Koordinaten "Berlin-Bagdad, Warschau-Kamerun, Kiel-Katanga,

Hamburg-Tiflis." Ein großdeutsches Reich des Geistes sollte es sein, und das darf man daraus schließen, eine Völkerveredlung, die durch Lenkung unterentwickelter Völker entsteht. Skeptische Einsichten in die "demokratische Strenge dieser neuen Methoden der Herrschaft" wischte er mit seiner Überzeugung weg, "sittliche Arbeit" der Deutschen werde ein "aufklärerisches und erlösendes Ergebnis" erzielen.

Soll man solche Visionen fürchten, bewundern, belächeln? Man kann sie nur aus ihrer Zeit heraus verstehen und Müllers Glauben an eine Wandlung von einem Kolonialreich zu einem Atlantis des Geistes anerkennen.

Österreich hat einen Mythos, den Vielvölkerstaat. Es ist nicht ein Mythos der Macht, sondern einer der Übernationalität, etwas, das im Zeitalter des Nationalbewußtseins nicht gutgehen konnte und nicht gut ausgegangen ist, wie wir wissen. Es hat selbstverständlich niemals gestimmt, daß die Nationen und Religionen hier in Eintracht und Frieden miteinander gelebt haben. Es war ein Traum, eine Möglichkeit, diesem unübersichtlichen, unregierbaren Staat eine Ideologie zu geben und die Völker, die ausbrechen wollten, nicht zusammen, aber doch zurückzuhalten, unter dieser Ideologie neu zu versammeln. Joseph Roth hat sich in seinen letzten Lebensjahren mit dieser Illusion der Völkerverständigung am Leben erhalten. Für Robert Müller war es nicht Nostalgie, sondern ein Programm. Der Essayband "Österreich und der Mensch" aus dem Jahr 1916, ein Buch zur Stärkung der Heimatfront, setzt mit dem Programm der Austrifizierung der Welt ein. Jeder Ausländer, ob Japaner oder Engländer, unterliegt laut Robert Müller der Ausstrahlung Österreichs. Ein kurzer Aufenthalt genüge schon, um aus Angehörigen anderer Nationen Österreicher zu machen und nicht nur nationale Vorurteile, sondern auch soziale Unterscheidungen zum Verschwinden zu bringen. Wie das zugeht, weiß Robert Müller ebensowenig zu sagen wie andere Österreich-Ideologen. Er begnügt sich damit, womit sich alle vor und nach ihm begnügt haben: Es sei der unwiderstehliche Charme der Landschaft, der Kultur und der Menschen, denen die Fremden erlägen.

Die Kehrtwende seit dem Ende der Donaumonarchie ist notorisch. Aus Österreich-Bezweiflern wurden Österreich-Fanatiker. Aber nur bei Joseph Roth erhielt sich ein so unbedingter Glaube an die Erlösung der Welt durch Österreich, durch die Austrifizierung der Menschheit. Diese nach rückwärts gewendete Utopie unterhält heute noch Filmbesucher als Klischee. Bei Robert Müller war es eine politische Idee. Daß er davon Wien (die Verwienerung der Welt) ausgenommen hat, ist eine österreichische Pointe. Der Wien-Haß der Österreicher ist das Negativ zu ihrer Wien-Vergötterung.

Roth hat die Schwärmerei einer Verbindung der Nationen aus der Verklärung der Erinnerung bezogen. Er hat sich eine Utopie geschaffen, die nicht erfüllt zu werden brauchte, weil sie in der Vergangenheit lag. Er brauchte nur die Zerstörung dieser idealisierten Vergangenheit als eine verwerfliche Fehlentwicklung zu beklagen. Für Müller war die österreichische Multikultur ein politisches Vorbild. Ausgerechnet der Mann, der mit rassistischen Vorurteilen, antisemitischen Ausfällen, pangermanischen Bekenntnissen herumgeworfen hatte, bot das Miteinander der Nationen als Zukunftsprogramm an. Als er es veröffentlichte, haben deutsche, slawische, ungarische, jüdische und romanische Altösterreicher, zumindest ihre intellektuelle Mehrheit, dieses Modell bereits einmütig bekämpft. Der Rettungsversuch eines als Untergangsprophet mißverstandenen Kritikers wurde nicht mehr gehört.

Robert Müller hat an dieses Österreich geglaubt oder zu glauben vorgegeben, als es bereits, was der Kriegspatriotismus nur notdürftig verdecken konnte, in den letzten Zügen lag. Er stand in Wahrheit schon bei Kriegsausbruch zwischen den nationalen und ideologischen Fronten. Er wünschte nicht die Selbständigkeit der k. und k. Völker, und schon gar nicht die von vielen deutschsprechenden Österreichern betriebene nationale Selbstaufgabe. Was wollten die sogenannten Deutschnationalen der Monarchie? Den Anschluß an Deutschland, den sie in den Nachkriegsjahren unter allen möglichen Parteinamen weiter betrieben und unter der Hakenkreuzfahne 1938 erreicht haben. Den Anschluß an Deutschland hat Robert Müller ohne Einschränkung abgelehnt. Er führte dafür groß-österreichische Motive und mit ebenso großer Überzeugungskraft emotionale Gründe an.

Das Alldeutschtum, schreibt Müller, ist für Österreich unbrauchbar, es ist "hochverräterisch und zerstört das bisher Geschaffene". Die Österreicher würden "im engen Anschluß an den nordischen Bruder nicht glücklich" werden. Er argumentiert weiter: "Die Fähigkeit des

Österreichers, Menschen fremder Herkunft zu sich zu bekehren", sei ganz außergewöhnlich. Wirtschaftliche Motive, die Schaffung neuer Absatzmärkte, Interessensphären erscheinen ihm wichtiger als nationale Wunschtraumerfüllung: "Die nationale Formel ist keine absolute und war in der Politik stets nur Vorwand." Aber sein stürmischer Vorwärtsdrang täuscht sich darin, daß die Zeit des Nationalismus überschritten, daß er nur Vorgänger des Imperialismus gewesen sei: "Die Aufgabe Österreichs ist es, den deutschen Gedanken ins Mittelmeer zu tragen." Emotionale Motive ergänzen die geopolitischen: "Man ist als Österreicher in der Welt noch immer besser aufgehoben." Österreich, und das heißt seine national und kulturell assimilierte Gesellschaft, ist für ihn das Modell, der "Kristallisationspunkt für ganz Europa". Das steigert sich in pathetischen Formeln wie "Österreich oder Nichts". Tagespolitische Befürchtungen unterschlägt er nicht, und die zeigen auch die österreichische Distanz zu den damaligen Bündnispartnern. Da spricht er von "einem eifersüchtigen Italien und einem rücksichtslosen Deutschland", die "Österreich den Atem nehmen" könnten.

Österreichische Träume und atlantische Verlockungen: Völkerbeglückung durch einen intuitiven Schöpfungsakt des deutschen Geistes. Der Utopist Robert Müller träumt auch in diesen Büchern, in denen Macht, Imperialismus, Eroberung, Rassentheorie gepriesen und die Landkarten in kühnen Zügen, die keine Opfer scheuen, verändert werden, vom idealen Menschen und vom idealen Staat. Er teilte diese Illusion mit vielen seiner Zeitgenossen, dies Spiel aber hat so extrem kein anderer betrieben, extrem in seinen Irrtümern und auch in seinen humanistischen Hoffnungen. Die Sprache hat ihn zu Aberwitzigkeiten verführt, aber sie hat ihn auch immer wieder zur Einsicht gebracht. Visionäre Leidenschaft hat ihn verführt, intellektuelle Einsicht hat ihm weitergeholfen.

Wir atmen in diesen vier Büchern Zeitgeist mit allen seinen Ungereimtheiten, seiner Hoffnung und einer Einsicht zur Berichtigung, mit der Robert Müller gegen ein Heer von uneinsichtigen Ideologen allein gestanden hat.

Hans Heinz Hahnl

Editorische Nachbemerkung

Die in diesem Band veröffentlichten Texte erschienen von 1915-1917 in vier eigenständigen Publikationen. Sie sind hier chronologisch abgedruckt nach folgenden Quellen:
1. Was erwartet Österreich von seinem jungen Thronfolger? Von Robert Müller. Wien. Hugo Schmidt Verlag: München 1914. 114 Seiten.
2. Macht. Psychologische Grundlagen des gegenwärtigen Atlantischen Krieges von Robert Müller = Wien. Hugo Schmidt Verlag: München 1915. 102 Seiten.
3. Österreich und der Mensch. Eine Mythik des Donau-Alpen-Menschen von Robert Müller. S. Fischer Verlag: Berlin 1916. (1.–5. Tausend). 107 Seiten (= Sammlung von Schriften zur Zeitgeschichte).
4. Europäische Wege. Im Kampf um den Typus. Essays von Robert Müller. S. Fischer Verlag: Berlin 1917. 152 Seiten (= Sammlung zur Zeitgeschichte).